中国作家协会 **重点作品扶持项目**

嫁果记

JIA GUO JI

马宇龙 著

作家出版社

故事是虚构的,地名却是真的。请原谅我的任性,一切源于我对这片土地的热爱,实在不想放弃"静宁"这个美好的字眼,你不妨把文中的"静宁",当作另一个虚构的"静宁"吧!

——作者手记

1

春天来了又走了。七棵苹果树长得枝繁叶茂,一棵弱小,六棵健壮高大。美丽芳香的花朵似乎刚刚开过,不经意间就结出了又大又红的果实,香气飘出很远。

这一天,国王的儿子到这儿来打猎,远远地就闻见了苹果的香气,他不由得流下了口水。你们去找找看,是什么东西这么香啊?王子吩咐手下人。仆人们顺着香气一路来到园子里,看到一棵苹果小树被六棵大苹果树环绕着,众星捧月一般。皇宫里也没有这么好的苹果呀!仆人便决定摘两个带回去给王子尝尝。

住手!仆人们刚想伸手摘苹果,忽然一个严厉的声音喊道。人们吓了一跳,四处张望,终于确定那是一棵大苹果树在说话。仆人们更加害怕。是王子派我们来的,我们只想带两个苹果回去给他。一个仆人壮起胆子说道。原来是王子想吃苹果,哥哥们,你们说给不给他呢?那棵小苹果树也说话了。我们可不管什么王子还是平民,只想知道王子做过什么好事,或者有什么造福大家的事情来回报我们。六棵大苹果树七嘴八舌地说道。仆人们互相望望,回答不上来,低头耷脑地骑着马离开了园子。

我们最最尊敬的王子,说出来你一定不会相信,香气是从很远的一个花园里飘来的。我们进去一看,里面有七棵苹果树,上面的苹果那个香啊,简直能把人醉倒。王子呀,我们向您发誓,这些树都会说话。当我们要摘苹果的时候，竟然遭到了拒绝。仆人们向王子报告说。你们这些骗子，一定是偷懒了，你们根本没有找到香气的来源，所以才跑回来用这种幼稚的谎言欺骗我，有谁听说过树能说话？谁听过？王子生气地说道。随后，王子自己怒气冲冲地顺着香味寻去，很快就找到了那个花园。果然看见一棵小苹果树被六棵大苹果树围绕着。看来他们确实来过这里。可是树怎么会说话呢？王子自言自语道。他试探着走到苹果树下，伸手想摘苹果。住手！不管你是谁，怎么可以不经允许就拿别人的东西呢？一棵大苹果树大吼一声。我是这个国家的王子呀，难道我摘两个苹果都不可以吗？王子吓了一跳，冲着大苹果树说道。原来真的是尊贵的王子，哥哥们，你们说让他摘吗？小苹果树兴奋又犹豫地说道。无论什么人，只要品德高尚，做过很多好事，就可以得到你的果实。王子，你说说看，你都做过哪些好事？帮助过些什么人？一棵大苹果树问道。王子站在树下挠着脑门想了很久。从小到大一直都是别人在照顾自己，而自己却从来没有为他人做过任何事情。想到这里，王子的脸红了。他躬身向七棵苹果树行了个礼。谢谢你们教给我做人的道理，你们说得对，不管什么人，如果没有奉献和付出，他就不配得到最好的东西。王子惭愧地说道，然后转身离开了。之后来过很多人摘苹果。但都被大苹果树——哥哥们——拒绝了。他们中也有人做过好事，但也犯过很多错误，所以也就失去了品尝苹果的权利。

一天，一位老人风尘仆仆地来到花园，坐在苹果树下乘凉。啊，这一定是世界上最香甜的苹果啦！老人赞叹道，却丝毫没有摘苹果的意思。这么好的苹果，你为什么不摘一个尝尝呢？一个大苹果树哥哥忍不住问道。是呀，老爷爷难道不馋吗？小苹果树妹妹也很好奇。对苹果树会说话，老人虽然感到惊奇，但一点儿也不害怕。世界上好东西不计其数，如果一见到好的东西不经过主人的同意，就想着装进自己的口袋，不征求主人的意见就把它吃到肚子里，这和小偷强盗有什么区别呢？老人笑着说道。老爷爷，你满头大汗，这是要到哪儿去呀？小苹果树妹妹问道。我是一名兽医，听说前面的一个村子里有好多的牛羊生病了，很痛苦，所以要赶过去看看。我有这个手艺，一生救过很多小动物的命，老人回答道。小苹果树妹妹感动得快要流泪了，她和苹果树哥哥们一起摇曳起了叶子，唱起了欢快的歌。哥哥们，我可以请老爷爷吃苹果吗？苹果树妹妹迫不及待地征询六个哥哥的意见。当然，亲爱的妹妹，爷爷是一个品德高尚的人，并且喜欢帮助别人。这样的人，能邀请他来品尝苹果，我们感到很荣幸。哥哥们齐声说道。老爷爷，请你吃苹果吧！小苹果树妹妹热情地发出了邀请。谢谢苹果姑娘，老人从树荫下站起身来，感激地说道。老人摘了一颗苹果吃起来。他觉得浑身的毛孔顿时都舒展开来，疲惫一下子全消失了。感谢你们珍贵的礼物，我要为你们祝福一声，永远安乐，不会被邪恶诅咒。老人诚恳的话音刚落，七棵苹果树的树干就突然"咔嚓"一声裂开，六个哥哥和他们的小妹妹从树干里钻了出来，原来是老人的一句祝福解开了老妖婆的咒语。被妖婆诅咒变成树木的兄妹七人终于打破了捆绑他们多年的枷锁，高兴地连连向老人道谢，老人也为自己帮助别人走出了困境而感到高兴。

兄妹们告别了老人欢快地向家里奔去。他们的妈妈看到了多年前最早失踪的六个儿子，也看到了随后去找哥哥们同样失踪的女儿，又惊又喜，对她这个女儿既佩服又后怕。一家人紧紧地拥抱在一起，喜极而泣，发誓再也不分开了。

这是杜尚别最冷的时节。周末，所有的店铺都关了门，安静的大街上人迹寥寥，远远一望，那结着蓝冰的湖面像是一块从别的行星上切割下来的镜子，湖畔的碎冰散射出一粒粒蔚蓝的星光，映在米拉·果斯曼和李宁生的年轻的脸庞上。霍罗格是李宁生梦想中的高原小镇，它躺在帕米尔高原陌生与熟悉的夹层里，如一把生锈的老茶壶，在李宁生童年的炉火上，发出咕嘟咕嘟的冒水泡声。那声音是安静的，有些像遥远的家乡，尤其那持续地顶起壶盖的热气，都恍然给他一种置身家乡的幻觉。童年，有些模糊，有些时断时续，李宁生感觉到自己慢慢变小了，米拉·果斯曼也是，小小的他旁边的，正是六七岁的米拉，浅金色头发梳成了两条长辫子，身上是宝蓝色的收腰连衣裙，肩头罩着淡蓝底镶白绒边的斗篷，活脱脱就像是从苹果树里钻出来的童话仙子。

你就是苹果妹妹。

李宁生凝望着米拉·果斯曼有些深深的眼窝说。霍罗格小镇上唯一不像家乡的，就是没有苹果树，但是有不少白桦树。米拉·果斯曼把一棵白桦树假想为苹果树，说，妈妈把苹果树妹妹的故事给我讲了十年。它的开头是很悲惨的，那是一个关于骨肉分离的故事，其实我小时候也遇到过，就像噩梦一样尾随了我整个少年时代。

或许是"悲惨"两个字打动了李宁生，李宁生说，依你的故事，我是没有资格吃到那么好的苹果了。米拉·果斯曼深深的眼睛里闪烁着疑惑。李宁生说，我五岁的时候偷吃过人家的苹果，王子还知道羞臊，我不如他，我做不了你的王子。

为什么又是菜汤？一连几天，汤里连菜都没有了。李宁生的筷子在缺口的黑碗里搅了一遍，又搅了一遍，像是这碗不是碗，成了一口深不见底的水井，总有想象不到的东西沉在最深处。搅了一遍又一遍，筷子上终于粘上了一片有些蔫黄的绿叶子，他搅着，母亲就看着，脸上的阴郁都渗透到了她眼睛里，有些冷。搅一遍，母亲的眼珠子就跟着他的筷子转一下。不搅了，筷子抽了出来，扯出了母亲的心。李宁生把筷子往炕桌上啪一拍，母亲的一只拳头就捂在了心口上。筷子上有黏稠一点的汤汤水水滴答在了桌面上，它们还没来得及顺着坑坑洼洼的褪漆桌面漫延，母亲就一只手抓起筷子，伸出舌头舔完，咂咂着嘴吮干，另一只手伸出指头，把桌上的汤汤水水揩在拇指肚上，哧哧溜溜地吮，贪婪又丑陋，让人生厌。李宁生不忍看母亲，他担心有人进来看见，心里一酸，头也不回地跑出了家门。一路上，他的眼眶里都蓄满着泪水。

这一年的春夏之交，连续几场霜冻，和随后的持续干旱无雨，等不到秋天降临，田野里就已经光秃秃一片了，本应收获的季节，却成了一年里最艰难的日子，连一地的野菜、野草们都早早枯黄枯萎，白花花的根茎也早被人们抢着挖完了。显然，整个漫长的冬天将会在饥肠辘辘中摇摇晃晃，缓慢而又凝滞地在岁月的年轮中擦出伤痕。不知不觉顺着干梁梁爬上去，李宁生的双腿有些发软发虚，最初不时响在肚子里的咕咕声已经演变成一种无名之手的抓挠，整个脑袋晕乎乎不听使唤。就是在这个时候，李宁生看到那片果园，无疑像是看到了救命稻草。就在干梁梁下面，几只有些泛红的果子在黄黄的叶片下面探头探脑，向他发出某种难以抗拒的挑逗和招引。战胜了霜冻和干旱存留下来的果实，一定是世间最稀罕的美味。

李宁生手脚并用滑下了干梁梁，浑身是土，裤子扯得一绺一绺的，他顾不得这些，来到了果园跟前，只见那些果树东倒西歪，树枝纷乱，果实稀稀拉拉，最大的也只有鸡蛋大小。尽管这样，它们还是强烈地吸引着李宁生。披沙沥金，绝无仅有，再小再不好看它也比菜叶子大，比菜叶子饱满。这是他看到的最香甜的食物，把它咬下去，下进肚子里，肯定不会像那些菜叶子一样咽下肚子毫无反应。眼前的果园，包括悬在枝叶间的果实，正被倒塌了一半的土墙阻挡着，土墙的豁口处，还有一大堆交错纠缠的山枣枝条，荆棘横生。李宁生发了一会儿愣，这些长满尖利枣树刺的枝条就是一些警告，它们仿佛是母亲的牙齿，那一句句从牙缝里吐出来的话冷冰冰又硬生生。饿，再饿也不能去偷，那是辱先人的事。李宁生眼巴巴注视着那只苹果，他只需纵身攀上断墙，伸手就能摘下来。他都好久没有用过牙齿了，他怀疑他的牙齿是不是已经退化甚至变软。那一碗一碗的菜糊汤，几乎来不及品尝就灌下了喉咙，这只苹果，那得顶上多少碗菜糊汤呢？这时候他觉得他的身体里有些动静，像是有柴烟从咽喉里冒上来，他看到那只笼罩在浓烟里的苹果在向他招手。李宁生挥手拨开枣树枝条，攀住矮墙爬了上去,他一只手拉住那根伸展过来的苹果树枝,另一只手一把就把那只苹果轻而易举摘了下来。树枝条子反弹回去的瞬间,李宁生手握结结实实的苹果跳下了半截土墙。

一切来得太快,跳下土墙还没有完全站稳,一根带刺的木条子就抽在了他的脖子上。

现在我还能觉得疼。你看,是不是伤疤还在?李宁生问米拉·果斯曼,伸过脖子让她看,他经常这样让别人看。尽管别人一再说,他自己也确信什么都没有留下,可他还是觉得那里很疼。母亲是在炕眼里刨出一只烧透的洋芋攥出来寻他的。因为他的"辱先人",母亲始终没有把那只洋芋拿出来。李宁生怀疑母亲站在下面就是专门等他跳下来打他的,他觉得母亲完全可以阻止他爬上去。被母亲扯回家,交给父亲李耕读,父亲言语没有母亲那么方便,想骂,半天骂不出一句话,手里的烟锅在他头上敲一下,骂半句,连贯起来,也就一两句话,为一两句话,他的头上挨了七八下。

要是挨带刺的枣树条子抽,烟锅打,流些血也就罢了,可是大人的世界远不是这么简单。母亲在果园边上抽打李宁生的时候,还是被人看见了。晚上,母亲就被一个穿着四个兜兜衣服,上衣兜里别个钢笔的人叫去了。母亲一晚上都没回来,父亲李耕读的烟锅明明灭灭了一夜。

第二天,母亲回来了。后面还跟着一个人,等她在屋里收拾行李铺盖,李宁生感觉到事情有些不妙,他一脸无辜地扯着母亲的衣襟表达他的悔意。母亲从口袋里掏出那只苹果,迅速塞在了李宁生的手里,说,吃吧,这下是你的了。李宁生不懂母亲的话,他把那只还带着母亲体温的苹果攥在手心里,撵着母亲出了院子,看着她背着行李卷跟着门口等着的人走了。这一走,就是十天,后来他才知道,母亲所说的"这下是你的了"这句话的含义。母亲给穿着四个兜兜衣服、上衣兜里别个钢笔的人说,苹果是她偷的,她想带回去全家人吃,娃闹着要吃,她不得已动手打了娃。一气之下,回来的路上她把那只苹果吃了。母亲用陈河大队林场一个礼拜的劳动改造，给他保住了这只苹果。

父亲李耕读带着哥哥、姐姐都去了西番沟水库参加义务劳动，留下李宁生一个在家里看门收鸡蛋。每次回来，李耕读都不停捶打着腰，眼泪叭嚓地说，辱先人了，大人娃娃都辱先人了。

白桦树静穆，像是一幅画。米拉·果斯曼仿佛想起了好多事，两行清泪缓缓滑下脸颊，孤寒中，泪分外热。她说，我有六个哥哥，可是我长这么大了都没见过他们，母亲说，他们受了女巫的蛊惑，以为母亲又生了一个小弟弟。他们满怀希望拥有一个漂亮的妹妹。于是他们离家出走了。我知道我有六个哥哥后，我就去找他们，受了好多罪，吃了好多苦，好不容易找到他们，结果女巫又把他们变成了六棵大苹果树，把我变成了一棵小苹果树。你说，为什么这个世界上会有那么坏的女巫呢？

李宁生疑疑惑惑地看着米拉·果斯曼，他搞不清她是在说她自己，还是在讲前面的故事。他小时候也想，拉土，推车，挑水，实在苦得不行了就胡思乱想，希望自己变成一个力大无穷的神仙。这下知道了吧，这个世界上之所以有女巫，就是为了我的出现，没有女巫欺负你，我的无畏勇敢在哪里体现呢？李宁生搂住她的肩膀，觉得她好看的脸庞就像一只苹果，冬天的风一吹，红扑扑的。

我说的是真的。米拉·果斯曼盯着他疑惑的脸说。

李宁生瞅着清寒的空气中冒起浅浅的白烟，说，你说的那种芳香扑鼻的苹果我没吃过，我吃过母亲给我的那只苹果又涩又酸。米拉·果斯曼喃喃自语，你的家是个什么样子呢？这时候，白桦树对面走来一位当地居民，隔着树林，跟坐在地上靠着树干的他们热情地打招呼：萨拉姆马力空。米拉·果斯曼报以同样的问候，她竟然说的是中文"您好"。李宁生说，我离开家已经一年多了，我自己都快要忘记它的样子了。

远处的山涧传来轻轻的流水声，有两条河流在那里交汇，如蓝色的丝带飘洒而过，它们是贡特河与喷赤河。在我们家乡，也有一条河，它叫甘渭子河，特别神奇，冬天多冷它都不会结冰。米拉·果斯曼说，长这么大，我都没有离开过杜尚别，也许我会跟你一起回家去。我想看看你说的不结冰的河。

李宁生说，真的吗？那个地方虽然苦，可是故事不比杜尚别少，那个地方有个久远的名字：古城。

2

西湾村看起来跟其他村子并没有什么区别，盘山沥青路上去拐进了一条通村水泥路。沿路都是庄稼、果园和开阔处的一片片移民新居。沿着四米五宽的水泥路绕几个圈圈子，就到了西湾村部，现在规范的叫法是西湾党群中心，门口的牌子也是这样立的，但是人们除了文件上叫党群中心外，口头上还是习惯叫村部，就像上了年纪的庄里人还是一口一个公社、大队什么的。马天雄来西湾当第一书记已经一个年头了。这是他这辈子当的最大的官，不当就不当，要当就当个大的。一次跟九十多岁的老支书李安福闲聊，他说，五十年代省委就有第一书记，军区也有第一书记、第一政委，官都大得劲大，不得了。李安福是撤销的新华生产队最后一任支书，也是新成立的西湾大队第一任支书，见证并亲历了西湾的新旧交替。马天雄笑，你这么一说，我一下子就有官势了。

可是马天雄心里清楚，一年了，西湾人还没有真正接纳他，表面上客客气气，言听计从，可他能看得出来，也能感觉到，没人把他当回事。支书刘文山还是支书，村主任也还是村主任，你再是第一，也是个村上的临时工，有走心没守心。今年局里要发生大变革，隔几年就有一次的机构改革，这两次都让他碰上了。上次是文化局和广电局合并，合并后他好不容易熬到了副科长的位置上，这次又轮到了他们局，又要跟旅游局合并。李安福老汉说他见证了新华生产队向西湾大队的变迁，如今他也要见证文化广电局向文化广电和旅游局的变迁。听到这个消息，马天雄就坐不住了，他不停地向局里同事打探消息，旁敲侧击了解合并后的人事安排。离开一年，他尴尬地意识到，西湾村里还没认可他，局里已经开始疏远他了。人事科长在电话里跟他哼哼哈哈，一顿官腔打得让他一时没反应过来。正在他气恼的时候，局文物科的胡烁科长给他打电话说，他来古城乡上了，打算顺道来看看他这个第一书记。

胡烁是来普查文物的，这里有一段古城墙，据说是北宋遗迹。古城乡就是因为这个古城墙遗迹而得名的。这个位于两省三县交界处的乡镇，半山半川，山高皇帝远。古城城墙遗址少有人知，马天雄也只是听说，并未亲见。听说胡烁就在那里，他有些急不可耐，有些莫名兴奋。这兴奋一半得之于胡烁要来看他的热情，一半是想到在他前路迷茫的时刻能有人替他分析分析形势，拿一拿主意了，至少，从胡烁那里了解一下局里的情况应该不成问题。胡烁能想起来看他，足见旧交情并未因人走茶凉而变得淡漠起来。

古城城址在邹河村，西湾的东边，走起来还有些距离，马天雄发动他的长城车驶出西湾急嗖嗖奔邹河而去。远远看到所谓古城墙遗址时，马天雄都怀疑胡烁他们是搞错了。顺着两畔铺着带状玉米的田地尽头望去，一溜子长方形的夯土台台尽入眼帘，不远处还坐落着几户人家的院子。他看见胡烁带着两个人在一旁指手画脚。就这？马天雄走到跟前，一边亲热地跟胡烁握手，一边不相信似的问。胡烁说，就这啊，你别看就是个普通的土台台，北宋时期刘沪将军就靠它对抗西夏王李元昊的进攻呢。刘沪这人马天雄知道，刘沪在章川筑城的记载他听得早了，原来史书中的章川堡就是古城乡啊。他知道，刘沪为了屯兵，在这里集纳了上百顷的良田，收服了不少氐人归附大宋。为了打通天水和平凉之间的安防，护佑百姓平安，刘沪修筑了水洛城，古城往东南走不远就是另外一个县庄浪，水洛城就在庄浪县，所以刘沪几乎就是庄浪人的神呢。九百多年来，当地人民一直铭记于心，每年的正月十二都要举行盛大的纪念活动。马天雄随胡烁走出田野，一路听他继续说，别看你待的这个地儿平淡无奇，有历史有文化呢，只是这长城只剩下了四分之三，都是改土的时候破坏的。马天雄不由再望望那土堆堆，心说，原来这里还有过轰轰烈烈的战争呢。仔细看，城墙根的夯土一层一层，颜色深深浅浅，黑黑白白，表明这些土是从不同的地方挖取来的，时隔漫长的光阴，这些土尽管紧紧地夯实在一起，可与生俱来的基因却又显现着各自稳固不变的独特个性。经胡烁一解说，马天雄这才看出来真的是一段城墙呢，越看越像，它断断续续绕成一个长方形的圈，形成一个完整的防御体系，城墙上面并排走两个人都不成任何问题。可想当年，这一带旌旗相望，鼓角相闻，是怎样激昂的一幅场面。尽管已经过去了千百年，似乎依然可以从那些残破的瓦砾上，从那锈迹斑斑的箭镞上，感受昔日的刀光剑影，嗅到弥漫压抑的血腥气息。来到大路上，胡烁给他介绍县文广局和博物馆的同志，都是清一色的九零后，马天雄都不认识。跟他们握手，马天雄表面上一副前辈的波澜不惊状，内心其实早已经暗流涌动了。一茬茬干部上来，逼着一茬茬同志退场，越来越年轻的面孔晃在自己的周围，自己没有危机感都不成。胡烁安排他们几个回县城汇总数据，回头自己回县里跟他们再会合。打发走他们，胡烁上了马天雄的车，走，参观一下马书记的官邸。跟着马天雄来到村部，前不久，这里已经被布置成党建活动室加脱贫攻坚阻击战作战室。走进这间被各种喷绘标语、图案和表格装点的崭新的办公室，胡烁感叹，啧啧，这气氛，不被感染都不由你。这时候，村委会食堂的饭做好了，是洋芋面。马天雄刚来的时候，吃住在乡上，早饭后随包村干部一起到村上工作，中午有时候在支书、文书家里蹭，大多数啃干馍馍就大葱，不到半年，马天雄的胃就不好了，一查，萎缩性胃炎，他给人说笑，这是他扶贫以来第一份意外收获。半年后，上级要求驻村帮扶干部都要吃住在村里，不得已干部自己购置了灶具，在村部办了灶，雇了村妇委会主任李小白当厨师。李小白名字里有白，可是人长得一点也不白，可能起这个名字是缺啥补啥吧。胡烁一听马天雄介绍，李小白大师傅，李白的白。胡烁忍不住笑，会写诗吗？诗不会写，饭还做得真不赖，别看她后厨掌勺，她背后还有个神秘的身份呢。胡烁追问，马天雄却笑而不答。三两下吃完面，胡烁到了他的宿舍里聊天，马天雄说，咱们同一年进局里，你这科长都干了两三年了吧？我这一下来，怕是连副科长的位子都保不住了。胡烁知道他说的机构改革的事，叹了口气说，旅游局合并进来，虽然科室增加了，但总有些科室只能设一个吧，你比如办公室、财务科、产业科，所以算下来科长长出来六七个，都放着呢，一个个都要摆平也不容易。马天雄一听发愁了，那咋办？反正你这文物科长没人抢，你这岗位专业性强，可不是谁都能干得了的。胡烁待了两个小时，看着时辰不早了，就要去县里忙工作。马天雄开车去送他，车子驶上通乡油路，胡烁透露给他一个重要的消息，机构合并，局长要走了，原旅游局的廖阔海局长要过来当他们新组建的文旅局局长。

再有半个月就到中秋节了。周五下午，马天雄一回到市里就给廖阔海局长打了一个电话。三年前，市上举办一个大型文化旅游活动，马天雄被抽调到廖阔海负责的接待小组里，跟廖阔海相处得不错，后来有饭局，廖阔海还叫他去过几次。廖阔海的到来对他来说预示着一个新的转机。他是怎么被派下西湾村来的，只有他自己心里最清楚。前年元宵节市里要搞个彩灯展，十来万的项目，他作为群文科主持工作的副科长，负责实施，招标一共有五家公司报名，投了标书，根据标书预算看，其中有四家在局里的预算内，只有一家别出心裁，做了十二万元的预算，高得有些离谱。报完名那几天，有一次上厕所，碰见局长，隔着小便池，局长说，天雄，有个公司专门来找我要做咱们的灯展项目，我说具体你负责，让他直接找你。马天雄听到那个公司的名字，便收住了一股尿说，预算报来了，我审了一下，贼高，高出其他公司好几万呢。局长点点头，系好了裤子，说，当然咱们要选价廉活干得好的公司，具体你看着办吧。自然，那家公司在招标中落选了。开春，市政府总结春节文化活动工作，表彰先进，他们局的元宵节灯展受到了表彰奖励，同时也表彰了一批先进个人，其他参与节会的单位都有先进个人受到表彰，就他们局一个都没有。这很反常，他们局是牵头单位，统一调度整个活动，其他单位都有先进个人，他们局只有一个集体奖，完全说不过去。毫无疑问这都是局里推荐的，推荐表彰奖励的文件他看过，不仅有先进个人名额，而且还不止一个。马天雄已经感觉出局长对他有了心思。果然在后来的一次职工大会上，局长说，我们有的干部滥用公权力，大小个项目一旦拿在他手里，就完全成了个人的一项特权，给个鸡毛就当令箭，不开会研究，不公开公示，典型的违规违章，没人追究倒也罢了，追究起来，那是要出大事情的。马天雄看到会场的好多人把目光投向了他，以他多年的职业敏感，他如坐针毡的同时，意识到灯展这事他办砸了，而且他知道，办砸的不是工作本身，而是人事关系。他正考虑着怎么补救时，市委下了通知，要抽调选派驻村帮扶干部下乡开展精准扶贫精准脱贫工作。局长首先找他谈话说，精准扶贫是党中央的一项重大战略部署，任何人都不能置身事外，按照市委要求，要选派优秀的有培养前途的同志下去，党组会议研究决定，让你下去，这是对你的信任和重用，你准备准备交接一下手头工作吧。该来的终于来了，什么优秀，什么有培养前途，干了十多年了，还是个副科长，而且群文科科长空了一年多，当的副科长，干的科长的活，既然优秀，为什么空着位子不用？有前途，一个科长都干不上去，前途又在哪里呢？马天雄开着自己的车，翻山越岭来到西湾报到的时候，觉得自己有一种被流放的恓惶感。一间平房安顿下简单的铺盖和生活用品，空气中顿时弥漫着洒水扫地腾起的土腥味儿。曾几何时，静坐床头，环顾四周，想想，这就是未来三年的工作栖身之所。一种莫名的委屈涌上心头，不知今后的一千来天咋熬？脑子里不断闪过要逃离的念想。单位机构改革，人员的重新调配，让他蠢蠢欲动，胡烁的突然到来以及给他提供的这个意外的消息，让早已做好了破罐子破摔心理准备的他重新看到了曙光和希望。他给廖阔海打电话是想叙叙旧，约请中秋节吃饭的，不想廖阔海在电话里快人快语，天雄，我马上就要过去上班了。过去了安顿下我打电话给你，你来办公室聊。吃饭就算了，今后一个单位，吃饭的机会多着呢。马天雄不失时机地说，廖局，我这驻村都一年多了，别的单位都开始申请换人了，你看，我这……廖阔海说，你恐怕还得待着，具体，见面谈吧。

很快，市文化广电和旅游局的牌子正式挂起来了。廖阔海就职不到一月，单位挂牌和科室、下属单位的人事安排也都基本完成了。马天雄终于拿掉了科长前的那个副字，成了乡村旅游科的科长。万象更新，从头开始，廖局长找他谈话，语重心长，他说，下去一年多了，老实说，啥事也没干下吧？马天雄刚要辩解，廖阔海朝他摆摆手，当然，大多数人都这样，走走贫困户，填填表格，算算数字，也就算是不错了。我的观点历来是，要干就干好，要么就不干。静宁县是咱们的包扶县，你想过没有，扶什么？怎么扶？静宁的苹果产业已经形成了气候，品牌也打得响亮，一个小苹果，形成大气候，广大老百姓依靠苹果改变了几十年来的贫困境遇。今天总体来看，静宁南部的苹果种植早，见效也早，十几年的发展，果树普遍开始老化，各种病害也开始滋生，面临着更新与科学防护的瓶颈期，而你所帮扶的古城位于静宁东部，果园发展较迟，也就五六年吧，正在盛果期，我想我们的帮扶思路是这样的，除了进一步扑下身子帮助乡村扩大苹果的规模和销路外，更重要的就是紧扣我们的业务，利用产业优势和生态优势，在乡村旅游上做文章，以文化带产业，以产业兴文化，走产业、文化和旅游一体化的路子，为脱贫后的乡村振兴工作打个基础，据我所知，古城还是有些历史文化遗迹的，这些都是资源啊。

马天雄没有想到廖阔海局长会把局里的驻村包扶工作想得这么透彻，这么长远。从前的局长包括他们一次下去的大多数干部的原单位领导，人派下去了，任务就算完成了一大半，至于怎么干，干什么，那就是你的事了，很少有人再去花心思，动脑筋。廖阔海的一席话也让他明白，他在科室的新岗位、新业务与他的帮扶工作是密不可分的，不管在哪里，干的都是本职工作。马天雄想到这里，一副茅塞顿开的样子，廖局长，你讲得太对了，我觉得一下子有了方向。廖局长说，那是一块有着深厚文化资源的地方，可供挖掘利用的东西不少，当然，为了旅游产业需要，有些远古传说也可为我所用嘛，比如咱们系统有个老干部，也算得上是县里的一个文化学者，他就杜撰过一段关于伏羲与静宁苹果的故事，当然，我并不是多么推崇他，只是举个例子，提个思路，下去好好干吧，科里给你配了名得力的副科长，既是你局里的副科长，也是你村上的副科长，有什么困难和想法随时给我说，我全力支持你。

当晚马天雄回到家，就从他的书堆里翻出来收录有廖阔海局长所说的县上那个文化学者杜全知撰文的书，认真读起来：静宁是伏羲、女娲的降生圣地，葫芦河是人类文明的摇篮，上古，葫芦河畔生活着一只石狮子，每天要吃一只红山果，伏羲、女娲就每天喂它一只，直到喂到九九八十一只时，石狮子意外不吃了，它的眼睛血红、表情慌张地催促他俩，让他们俩赶紧钻进它的肚子里去。伏羲、女娲看石狮子的样子，预感到一定有大事要发生，就听了石狮的话，赶紧钻进了石狮的肚子。果然，刚一钻进去，苍天就破了个窟窿，顿时洪水滔天，滚滚而来，瞬间吞噬了人类。伏羲、女娲就是靠着吃石狮肚子里的红山果幸免于难，人间从此只留下他们兄妹二人，繁衍人类的巨大工程也便落在了他们二人的肩上。后来，静宁人为了纪念红果挽救伏羲、女娲的生命，就把这个红果叫作平果，即苹果。人们认为苹果能镇邪恶、保平安、增进健康、延年益寿而一直种到了现在。如今，人们常说，苹果是老祖宗留给静宁人发家致富的金果。马天雄在后来的日子里，才知道这篇叫作《圣果衍人类》的神话故事还被刻在了一个乡镇的石碑上，为鼓励人们发展苹果产业寻找历史依据和精神动力。

有这个神话故事引导，马天雄来了兴趣，由伏羲入手，探求起了伏羲氏族的饮食，他惊喜地发现，伏羲氏族主食熟瓠，崇拜图腾瓠、花。葫芦、瓜果是他们的重要食物。他还在何光岳先生所著的《炎黄源流史》一文里找到这样的描述："伏羲氏之母华胥烧煮瓠瓜为食，味美果腹，花枝艳丽。"葫芦河畔瓜果飘香，秦安果椒质优，桃子香甜。天水和静宁的苹果、梨子难道不是伏羲的福祉绵延？趁着去静宁宾馆开会，他特意去了宾馆对面的伏羲大殿。站在大殿前，风拂过思绪，伏羲顿时变得肃穆、庄严和神秘。他想，被贫困折磨了太久的静宁人突然发现了先祖赐予他们的小小果子能够改变祖辈的命运，一时间，茅塞顿开，柳暗花明，让苹果在静宁大地开花着果，让贫困了多少年的葫芦河子民扬眉吐气，腰壮声粗，日子红火。原来，伏羲氏族才是苹果的肇始，静宁苹果的发展与繁荣，绝非偶然，是有着深厚的历史背景和文明的根源。人人都知道静宁有苹果，人人也知道苹果在静宁，可是没人知道苹果为什么在静宁，苹果在静宁还会走多久，走多远。从县城出来，经过城川、威戎，沿甘渭子河进入古城，穿过果园夹持的水泥村道，探头探脑的果子像红彤彤的笑脸，不断撩拨马天雄的心，满山的红光仿佛大地辉临的阳光，仿佛河面上流转的波影，仿佛浓密果园间游走的四季的风，一种神秘的力量，震撼了他的身心。神话寄托着当地群众对于美好生活的向往，它让人们凡俗的生活充满了艺术的神奇与瑰丽。看着这一切之前被他忽视的景象，他似乎找到了方向。昨晚临行前，胡烁设宴为他送行，马书记，新的局长，新的人事，新的气象，我的家乡静宁就是你大展身手的舞台，我们等你凯旋。那天他才知道胡烁是静宁李店人，他告诉马天雄，静宁那边有啥困难给他说，同学、朋友、亲戚县里一大堆。酒至酣处，马天雄连连碰杯，频频示好。重回西湾，马天雄胸中鼓动着一种说不清楚的激情，他像是换了一个人，先是走访了全乡范围内的所有人文遗迹、传说故事以及山水风物，走访了一些上了年纪的人，听他们讲了一些过去的逸闻趣事，然后彻夜不眠地翻看四处找来的静宁县志、文史资料，在掌握了充分的资源后，马天雄开始了他的设想与规划。

那天，在宿舍里，马天雄正手指飞快地在他的笔记本上敲打关于古城发展乡村旅游的调查与设想的文案。他哪哪哪敲着键盘，神思遄飞，兴致正浓，完全没注意有人走进院子，远远就在喊，马书记，马书记在吗？马天雄循声抬头，散淡的阳光下，一个女子穿过门前那包裹着两棵云松、盛开着几丛鲜花的青砖砌成的花坛，站在门口，笃笃敲了两下他半敞着的房门。请问是马书记吗？只见她那顶带绒球的灰色圆帽在红艳艳的花朵和深绿色的云松中一闪人就进了屋子。这不是带领乡亲们种苹果、搞培训的致富带头人郭老师吗？她瘦高的个子，双腿细长，脑后扎个马尾，双手按胸躬身施礼，一副干练的样子。马天雄不知道，这个不寻常的女人，从此会改变他平庸无聊的驻村帮扶工作。

3

打起来了！

李城生刚把饭碗端起来，一口馍还没有咽下去，吼吼就着急忙慌地奔进来，一个趔趄，险些绊倒在门槛上，喤[①]，喤，不得活了，喤打，打起来了，快，快……李城生是三队的队长，西湾村的副主任。吼吼是他出了五服的家门哥，性子急，老是治不好的气管炎，一说话整个气管里都吼哧吼哧响，大伙都叫他吼吼。一大早，乡上的包

[①] 发语词，静宁方言。

村干部陶旺财骑着他那辆锈蚀斑斑的凤凰自行车进了他的院子，前轮蹭在门前的青石台阶上，一只脚踮地，一只脚踩在踏板上，冲着黑洞洞的门里喊，城生，县里来人了，乡上让通知栽苹果苗子呢。李城生没露面，声音从屋里传出来，你先去，我都安排好着，没麻达，先从我地里弄，我屋里有些事安顿一下就来。陶旺财不放心，调转车头，一再叮嘱，赶紧来，一定得来啊。

陶旺财拧着屁股，蹬着自行车跑远了。李城生走出门，在门口发了一会儿愣。

前几天，乡上叫开三干会，说是要落实县委、县政府关于发展果树生产的决定，村里要拿出五百亩土地，种苹果苗子，而且一律要路边的好地。会议还没有开始，各村的支书、主任事先已经知道了会议内容，刚进会场就开始嚷起来，这都十月份了，地里刚种上麦子，哪里再能腾出来地，山坷垃里倒是有些，一块块凑起来，百亩不成问题。只是山坷垃里的地块过于零散，结了果子不便管护。乡书记进来，听到了大家的议论，一坐在位子上，就拍了一下桌子说，看来大家都知道了，知道了还得传达，还得做深入思想发动，首先让乡长宣读一下县委、县政府的决定，决定说今年年底，全县要达到五万亩的建园目标，林果业及多种经营收入实现人均一百元的目标。乡长宣读完，书记说，大家刚才都听了，决定按照分类指导的原则把全县果树生产基地分了两大片，南部的李店、阳坡、仁大、治平等九个乡镇，中部的威戎、城川、城关等六个乡镇为重点乡镇，有小气候的甘沟、高界、古城、司桥等十个乡为辅助乡镇。我们古城作为辅助乡镇，今年要完成五百亩的任务，这个事没得商量，县上开会，人家专家说了，咱古城跟全县一样，也是黄土高原丘陵沟壑地貌，平均海拔一千七百多米，那个啥，无霜期一百四十多天，平均气温十九度，年平均日照时数、有效降水量啥的，都合适得很，是苹果树生长的最好地方，上面有那么多领导、专家在研究，不会有麻达，人家仁大川早就搞起来了，大伙要相信党，相信政府，发展果树生产都是为了提高农民生活水平，促进社会主义建设，总之一句话，都是为了咱老百姓好。苗子嘛，县上从陕西礼泉拉了一万株，一分钱都不收大家的，免费让大家栽，请大家回去做好群众思想工作，为了发挥好模范带头作用，我看就先从干部的地里开刀吧。

"开刀"两个字从书记口里吐出来，李城生觉得脖子一激灵，像是脖子上挨了一刀。这两个字虽然没有明说向什么开刀，但大家都听明白了，这事必须干，而且都得狠下心，向自己家里刚种的冬小麦开刀。书记讲完，让各村表态，根据村大小，任务面积也有大小，西湾分了五十亩，刚好是个平均数。李城生是副主任，支书和主任都在，也轮不到他表态。会前，大家议论纷纷，嚷作一团，这个说，这是亏他先人呢，这包产到户没几年，刚有了自留地，就又要收回去胡整，饿死人的事这么快就忘了吗？那个说，就是，就是，你问问上面那些定橛的领导专家去，他们不吃粮，都是吃苹果长大的吗？会前一顿乱嚷嚷，正经到了会上，却一个比一个态表得干脆，好像完全统一了思想一样，异口同声地说，没问题，下去就安排，尽快把地块落实了。

会开罢已经很晚了，李城生骑着自行车回到家里，太阳已经西斜了。在西湾村小学上四年级的弟弟李宁生已经回家了。母亲已经把饭做好等他了。看见李城生进门，母亲就对已经坐在饭桌前的李宁生说，宁生，叫你爹来吃饭。李城生爹李耕读在后院里给牲口铡草，被李宁生叫进门来身上还带着碎柴草。他看见李城生说，公社开会咋说的？李城生说，还能咋说，村干部带头呗。母亲说，真要铲麦子？李城生说，铲。父亲和母亲对望了一眼，一脸阴郁。李耕读刚拿起筷子，不由又放在了桌上，脸色难看地说，本来，本来就不够，翠玉家借着吃呢。铲了，往后吃啥？父亲一急话就说不出来，但李城生和母亲都明白他简单几句话里的意思，这也是他们所有人的想法，四口人十二亩地，能种麦子的十亩，六亩就在路边的川里，一年打的粮，除交过公，吃不到清明就断炊了，不得已向嫁到李店的老二女子翠玉婆家借，借多少新粮下来还多少。川地里这六亩麦子是一家人精心种下的，肥料上得足，雨水也好，巴望着今年再不向亲家张口了，这一铲，怕是要一下子又回到包产到户以前了。李城生母亲说，那年刚有了自留地，我在一亩山地里栽了几棵苹果树，被拉去批斗了几天，这才过了几年，又让栽苹果，这三反六正的，谁知道过几年又出个啥点子？

看着大家都没有吃饭的意思，母亲往李宁生的碗里夹了一块炒鸡蛋，话锋一转说，不过，大形势都这样，咱也拦不住，城生给公家干事，就得带头，那么难的日子都过来了，不怕，赶紧吃饭，苹果成了，能卖钱，你没听，将来挂了果，政府统一收购呢，这闲，快吃！

在关键时候，母亲总能给他吃个定心丸。李城生不是不愿意听上级的，他只是觉得，为什么不早规划，麦子没种上以前，或者这一茬麦子收了，明年栽植就不行吗？甭说爹心疼，搁谁谁不心疼？种子、化肥钱扔了不说，一家人的心血呢？还有一家人的希望呢？陶旺财一大早来叫他，他故意磨磨蹭蹭不去，就是不忍亲眼看到他六亩麦地被开膛破肚，翻得不成样子。当然，除了这个原因，他也不想直接跟乡亲们发生摩擦，低头不见抬头见，惹了谁都不好，今后在庄里咋工作咋生活嘛。没想到那么快，就打起来了。

李城生赶到地头上的时候，现场已经乱成了一团，包村干部陶旺财正用身体护着副乡长尹学林，一把铁锹高高举过自己头顶。庄里的青年李二楞带着三四个人，手里拿着镢头、铁锹冲陶旺财舞动，口里嚷道：把你些驴日的，是吃屎长大的吗？就是牲口踩踏了麦地，都要赔偿青苗费的，你们这些个干部，连牲口都不如！陶旺财举着两只手，护着脑袋，大喊：二楞，你把家伙放下，伤了领导你负不起责任。他一边说，一边朝后退，他和他身后的尹学林乡长已经被逼到了地埂上。

李二楞，把东西放下！李城生迈步跳过了田埂，把身子横在了李二楞跟陶旺财之间。李二楞一看李城生，气势明显弱了下来，他手中挥舞着的铁锹落了下来，嘴里嘟囔着，哥你给评评理，自己的自留地，凭什么让别人说挖就挖，你问问他们，他家的女人，谁想上就能上吗？听这话，陶旺财也许是看到他面前有人挡住了危险，李二楞手里的家伙也落了下去，就变得气势足了些，他抻展脖子，跳起来骂，我把你个二货，你这说的是人话吗，耍流氓呢么！李二楞的怒火又被激了起来，他再次抡起铁锹，要掀开李城生，直扑陶旺财。李城生一把拉住了李二楞的胳膊，指着自己的脑门说，做啥？做啥嘛？铲的又不是你一家子的，我的不是也铲了？放下家伙，有火冲我发，要打往我这打，这事是我同意的。李二楞刚要说什么，身后有摩托车突突地响。李城生扭头一看，三个警察刚停好摩托，手里拎着一副手铐走过来了。李城生认出他们是乡派出所的民警。大家看到民警，都悄无声息了。李二楞他们几个手里的东西都无声地放在了地上。

谁是领头的？一个民警手里摇着铐子左右环顾。李城生觉得事情不妙，就走过去，掏出他来的时候备好的"双羊"纸烟，给两个民警各递了一根，警察同志，咋把你们惊动了，这没啥事么，你看，大家都好好的么。有人报警，这里有人聚众暴力抗法，是谁？谁领头，啊？我刚才可看见了，一个个凶器都抡起来了。不说是吧，不说你们几个都铐走。李二楞脖子一梗站了出来，我领的头，与他们无关，我跟你走！其实民警早就看出来了，李二楞是西湾有名的生头，多少有些声名。他们看出来这几人中，只有李二楞跳得最凶。民警拉过李二楞的手，就要上铐子，李城生过来扯住了民警的衣袖，警察同志，人别带走，这不是还没出事吗？我是这队的队长，你交给我，我们处理，你看行吗？李城生说完望着副乡长尹学林，他知道肯定是尹学林报的警。

尹学林似乎还没从惊惧不安中走出来，看到李城生瞅他，就拍拍身上的土走过去说，发展林果经济是县委、县政府的重大决策，任何人必须无条件执行，李二楞，你聚众闹事，暴力抗法，影响了乡上工作的推进，本应该拘留你，让你承担严重后果，但考虑到村上前期的思想动员工作做得不到位，群众思想没转过弯子，才出现过激行为。为了下一步顺利推进工作，警察同志，对于李二楞同志，还是批评教育一下吧，认识到错误，改了就是好同志，你说是吧，城生？

是啊是啊，尹乡长说得对，根子还在我这个队长这里。群众工作没做好，惹了乱子，要说还是我的错。李城生赶紧顺着尹学林的话一个劲地道歉。民警见状，就收了手铐。从内心里讲，他们也不想把人带回去。派出所条件简陋，多一个人又得至少两个警力忙乎，一日三餐还得伺候着。既然报警的乡上领导都发话了，他们也就顺水推舟，指着李二楞说，那就先不带你走了，不过黑名单你可是上定了，再有下次，绝对从严从重处理。

民警发动摩托车，在高低不平的土路上疾驶而去。回转身，李城生对李二楞说，你争得茌大么，老鼠舔猫逼，干部也敢打？咋就管不住你个臭脾气？天大的事不能动手打人么。坐了班房，老婆娃娃谁管？遇事就不能多想一下。这事是上面定下的，你说尹乡长他跟咱一样也没办法么，事情总得过去么。尹学林一听，马上说，你看看人家城生，到底是干部么，就是觉悟高。上面的政策，理解的执行，不理解也得执行。李城生捏了捏自己已经塌瘪的"双羊"烟盒，撑开口子，在里面捏出最后一根纸烟，递给尹学林，说，先别恭维我，旺财也在，今天咱得好好合计一下这事。

"双羊"纸烟一盒子要一毛钱哩，并不是谁都能抽上。尹学林点着了烟，吐了一口烟圈，完全找回了他乡长的感觉，他尹学林，就是这里最大的官么。有啥合计的，你不也说了，事情总得过去么。李城生说，事情是得过去，这些苗子肯定得栽上，大伙去仁大川、阳坡都问问去，他们早就栽果树卖钱了，现如今苗子不要钱给我们栽，反过来说也是好事情。俗话说，舍不下孩子套不住狼，地上麦子的损失想法子在果树上补，咱们这块地方，靠天吃饭，老天爷跟你对付了，就能多产些粮食，不对付了，还不是眼睁睁看着歉收，大家回想近几年，要雨的时候青苗都能晒焦，收麦的时候连阴雨冷个劲地下，指望这打粮发家，我看没啥前途。果树栽是栽，但是咱有些话得说在前头。尹学林有些警觉地看着李城生，啥话？李城生说，这麦地变果园了，第一，公购粮得减吧，第二，咱不说这扔了的种子、化肥、灌水成本，第一年的农林特产税得免吧。尹学林嘴一张，刚要说话，被李城生一挥手制止了，别，我知道你要说"三提五统"收不上来，乡政府就没财力，乡政府没财力，干部的工资包括我们这些不脱产干部的工钱就没啥发。老百姓为了支持我们落实上面的任务，付出了这么大的牺牲，干部少发几个月工资都闲着呢。李城生的话说到了要害处，大家一听，异口同声地附和，对呀，这些不减免，这事就弄不成么。在一旁一直没吭气的吼吼也凑起了热闹，对的对的，得当头对面说清楚，不能吃冷亏么。

尹学林一听，知道今天不表态，熬到天黑这任务都完不成，他也看出了李城生在村里的威望。他抽掉了最后一口烟，扔掉烟屁股，用脚一踩说，事到如今，我也不改偲了，你看是这，这个意见先在着，我个副乡长也拿不住这么大的事，不过我会努力争取乡党委、政府采纳你们的提议，给大家一个交代，收公购粮，再收农林税，明显重复收，不合理么。李城生看了他一眼，有一句话顿了顿，就是没说出来，他想说，这样重沓啦叽的事你们以前又不是没干过。他抡起了铁锹，在地上挖了个坑，说，站着尿尿的儿子娃，说话算数，弟兄们，干活嘞！一阵尘土飞扬，土迷了李城生的眼，他的眼睛里一阵酸涩，有泪水汩汩涌了出来……

4

黄河水哗哗地流过来，像是装扮这个城市的一条围巾，而更像是这个城市的一个过客。新建的观景平台，坐落着两座古朴雅致的观景亭,与黄河风情线融为一体,让这个城市平添了几多风情,这风情里又多了些懂风情的人儿。李宁生从车窗子里看到绿树葳蕤,繁花似锦,百年中山桥下,穿城而过的黄河浩荡东去。黄河,曾经多少次看过它,李宁生还是第一次这么兴奋。或许是离家太久,游子归巢,又或许是这次他回来有些非同寻常,他的侧畔坐着美丽的塔吉克斯坦女子米拉·果斯曼,李宁生的心情兴奋得就像哗哗的黄河水,不断地冒着泡沫。回来了,终于回来了,像是做了一场梦,米拉·果斯曼的手还在他手里,她的脸上带着浅浅的笑。

在那个五月的星期日。米拉·果斯曼像往常一样。帮助妈妈做家务。作为长女,经历了童年亲人的离去,她比其他同龄人更多了些责任和担当,在家里她什么都会做。一大早起来,她骑着自行车把妹妹塔赫米送到住在隔壁小区的阿姨家,然后跟妈妈一起打扫房间。她洗碗,削土豆,把洋葱、胡萝卜切成细丝,她要做水煮蛋和肉丸夹饼——馕饼夹萝卜丝、洋葱丝。勤快原本勤快,可是今年以来,在父母的眼里,米拉·果斯曼勤快得却有些不同寻常。妈妈自己都不知道问了她多少次了,米拉,你是有什么事要宣布吗?没有呀,我多干点,你和爸爸就可以多休息了呀,难道不好吗?妈妈笑得像开了一朵花。果斯曼先生意味深长地说,事出寻常必有妖。其实,果斯曼先生心里什么都清楚了,他的宝贝,他的掌上明珠每次出门都要精心打扮一番,眉毛描了又描,头发一会儿整成这样,一会儿整成那样,关键是每次出去的时候脸色红润,泛着异样的光彩,而回来的时候,除了喜色依旧之外,脸上又多了些晕红。爸爸果斯曼先生是过来人,暗暗观察过一两次他就已经明白是怎么回事了。

自从他亲爱的米拉上了塔吉克农业大学,果斯曼先生这个受聘于孔子学院的俄语老师就明显感到他的米拉已经长大了。上大学一年了,果斯曼先生总有一种怅然若失的感觉萦绕心头不去。特别是最近一段时间,她总是常常出去,还总是带一些她平时并不热衷的干果之类。尽管果斯曼先生已经做好了充足的准备，可当米拉告诉他这个事实的时候，果斯曼先生还是有些不能接受。米拉说，爸爸，你一定会喜欢他的，至少你是不会反对的，我知道你向往那个国家。当听说那个叫李宁生的中国人要来家里求婚时，果斯曼先生险些笑了出来。这符合中国人的习惯。十多岁的时候，果斯曼先生在中国新疆待过一年，他从小就见识过形形色色的中国人。现在，他又在孔子学院工作，同事中的好多人耳濡目染，他的汉语已经说得越来越熟练。我亲爱的米拉，夜里，所有的猫都是灰色的。我们还是单独见的比较好？你说呢？这，是两个男人之间的交易，不是吗？米拉。米拉·果斯曼瞪圆了眼睛，爸爸，你会吓着他的。果斯曼先生撅着胡子笑，不会的，宝贝，有共同爱好的男人说得拢。那好吧，你准备怎么见他？果斯曼先生诡秘地一笑，明天一点吧，就在你们常去的地方。米拉·果斯曼愕然，什么？我们常去的哪里？鲁达基广场！不是吗？亲爱的，我想，至少是你们常去的地方之一。呀，果斯曼老师，你简直是个魔鬼。一阵大笑，果斯曼先生说，就让鲁达基这位大诗人见证这段神奇的缘分吧。

鲁达基广场是杜尚别标志性的建筑。李宁生穿着牛仔裤和黑色休闲衬衫，袖口挽起来，脚下是一双时髦的敞口便鞋，今天他特意喷了淡淡的古龙水，就连很短的头发，也精心打理了一下，他虽然整天与水泥沙子打交道，但他一直记得司马经理说的话，不管干什么，别忘记自己的身份，在这里，你就是中国。坐上公交车，李宁生就很自豪。在杜尚别，他最喜欢的就是坐公交车。因为杜尚别满街跑的公交车都是中国送的，车厢上面有中文和长城的图案。坐在上面，李宁生有一种踏实的感觉。他在鲁达基大道下了车，往鲁达基公园走来。鲁达基公园位于杜尚别市中心的鲁达基大道旁，这里有绿意盎然的整齐花坛，有水声激越的音乐喷泉，它的名字来源于一千年前伟大的波斯诗人鲁达基。每次来到鲁达基公园，李宁生都感觉特别舒服。这时候正是中午，人还不是很多，巍峨雪山包围下的杜尚别，空气里弥漫凉丝丝的清新。曾经多少次，他和米拉·果斯曼漫步在公园里，身心轻松舒畅，劳累几天的身体得到了完全的放松。当米拉·果斯曼告诉他，果斯曼先生要约见他的时候，他就已经开始在心里做着各种准备了。尽管米拉一再说，她的父亲虽然是俄罗斯血统，曾经在俄罗斯打工，但他在中国的短暂经历对他影响极大，他对中国充满好感。李宁生还是觉得忐忑不安。他把这事报告了司马经理，这位兄长一样的上司警告他，一定记得咱们的纪律，千万不要干出辱没国格的事，正经处对象不反对，要是玩弄塔吉克少女，那跟在中国人脸上撒尿没啥区别，开除不说，还要依照有关外事条例被关起来的。他告诉司马经理，他真的很认真，他要郑重其事地去求婚，然后带米拉·果斯曼回老家完婚。

　　走进鲁达基广场，看到了那棵茂盛的杨树，李宁生更加局促不安。他站在原地，望着那个空荡荡的长椅，想起米拉的叮嘱，你就坐在长椅上等他，可别到处乱走，别担心，他人很好。坐在了长椅上，李宁生开始等待。到了约定的地点，他才感觉他来得太早了。等人是难熬的，尤其这种结果未卜的等待，令他尤感时光缓慢，对面主楼上大钟的时针走得四平八稳，显示才刚刚十二点半，他真想伸手去拨一拨它。在杜尚别，时光一直很缓慢，这里跟他的家乡有三个小时的时差，这时候的家里，应该已经是下午两点多了。李宁生抬头望见公园的中央，有一根巨型旗杆。米拉·果斯曼曾经告诉他，这个旗杆是纪念国家独立二十周年时修建的，超过百米五高的旗杆，连红、白、绿三种颜色水平分布的国旗本身都要七百公斤重。一直看到这个国旗，却很少仔细研究过，这下他有足够的时间来端详它。中间是白色，有一个金冠，七星包围。米拉告诉他，这个象征棉花、白雪以及人民的团结。哥，我给你免费当导游？我正在学汉语。一个大学生模样的小伙子走过来，用中文问他。他的目光从远处的国旗上移过来，谢谢，我在等人。快要一点了，广场上的人渐渐多了起来，他看到有穿着橘色背心的老人推着大型三轮车送货；有胳膊绑着绷带的男人捏着一罐能量饮料；有戴头巾的女人挎着篮子一根一根出售走私的香烟。这一切，他在别处也经常看到。表面上看，人们的情绪和需求、希冀和期望强烈地跳动着，但李宁生还是觉得一些新兴的事物正在被这座城市的沉闷压抑着。

嗨，李先生！让你久等了。终于那个亲切又陌生的人出现了。李宁生站了起来，萨拉姆马力空①，您是叔叔？萨拉姆马力空，叫我果斯曼就行。米拉，我的宝贝，她的魂已经被你勾走了。果斯曼先生伸出双臂拥抱了一下李宁生，他的率性、随意与热情让李宁生松了口气，他不好意思地搓着手，不知道说什么好。坐吧，李先生。米拉她有权决定她自己的一切事务，她不属于任何人，包括我，当然也包括你。她是她自己的。但是，你应该明白，我爱她。李宁生连连点头，我明白，明白。果斯曼先生说，坐下，我们坐下说。李宁生坐下来，果斯曼从黑包里拿出两瓶"马克瑟姆"饮料，给了他一瓶，自己打开一瓶，开始自我介绍，我祖上是俄罗斯族，尤利娅，就是米拉的母亲，是塔吉克族人，想必你也知道，少年时期我在新疆的博尔塔拉待过几年，去过乌鲁木齐，知道北京、上海、西安、兰州、拉萨，一个庞大的国家。现在我在孔子学院做俄语老师，我的同事胡老师、宋老师都是我很好的朋友。所以，对于你们的国家我并不陌生，中国是我们的友好邻邦，是人类四大发明造纸术、印刷术、指南针和火药的故乡，中国的瓷器、丝绸和茶叶，早就名扬全世界。李宁生有一种听果斯曼先生上课的感觉，他补充到，两千多年前，人们就沿着一条山路，把自己的商品从中国运往欧洲，这条路就叫丝绸之路。我的孩子，我一点都不反对你们相爱，可是手杖都有两个头②，你不知道我是多么爱她。

果斯曼先生，你喜欢中国，我很高兴。你的开明大度让我感动。

---

① 塔吉克语，您好。
② 俄罗斯谚语，意思是事情都有好的和不好的两面性。

这几句话是李宁生想在心里的话，他试图说出来，可怎么也表达不完整，他似乎永远学不会说这种冠冕堂皇的外交辞令。他只说了一句：可我家既不在北京，也不在上海，更不在西安、兰州。那我的孩子，你的家在哪里？果斯曼先生，你不知道的，我的家在甘肃静宁，一个很穷很穷的地方。果斯曼先生拍拍李宁生的肩膀，说，我喜欢你的坦诚。但是重要的决定是不能随便在外面做出的。我需要我的宝贝——米拉——亲口对我说，她已经完全准备好了。

回到家，米拉·果斯曼已从大巴扎里买来了好多馕、酸奶和一只烤羊，准备犒劳她亲爱的父亲果斯曼先生。果斯曼先生回到家，手里还拎着没喝完的"马克瑟姆"，这塔吉克人眼里的"黑暗料理"。米拉迎上去接过果斯曼先生手里的包，望着父亲，等待他开口。可是果斯曼先生就是不说话。米拉·果斯曼去准备吃的，她想也许陪父亲的日子真的不多了，她要好好地给父亲多做些事。果斯曼先生看出了她的焦虑不安又充满愧意的纠结表情，心里有些不忍了。他撑过去，拉住了米拉·果斯曼劳作的手，怎么样，孩子，你做出什么决定了吗？我想你应该是做出了。那你知道。他，这个中国人与杜尚别有多远吗？四千多公里有了吧？四千多公里是什么概念，亲爱的，你相信自己能走这么远吗？米拉把头贴在了果斯曼的胸膛前，壁炉的火把她的脸烤得通红。我相信，果斯曼先生，您自己不是说过，通往朋友的路永远是很短的。对呀，我的孩子，你有着塔吉克民族勇敢无畏的精神，当年就是这种精神，我才追到了尤利娅女士的。米拉亲吻果斯曼先生的脸颊，亲爱的，我永远爱你。烤羊的香气已经弥漫了整个屋子。

这一夜，果斯曼先生和他的妻子尤利娅说了一晚的话。说到最后，尤利娅哭了，她哭着说十九年了，米拉就没有离开过家，俄罗斯人就是一头冷血的北极熊，只顾着自己。果斯曼先生抱紧尤利娅的身体，轻柔地抚摸她的脊背，时而拍打一下，宽容地说，亲爱的，雏鹰长大了,你是抓不住的,我们的工作只是放牧牛犊①,还是想想怎么好好梳理它的羽毛吧。背包你总要提前给收拾吧,女孩子的衣物,我想我是不在行的。

出发的时间说来就来了。那天,司马经理发动了他的三菱越野,仔细检查了车况,给油箱加足了汽油,他要亲自驾车送李宁生和米拉·果斯曼到边境。司马经理他们的公司在杜尚别修复杜尚别到恰纳克的公路已经三年了,李宁生作为路基桥涵施工队的工人,他们的任务已经全部完成了,所有的路基桥涵全部验收通过后,一部分人就要分批撤回国了,李宁生比他们早走了一步。这完全得益于司马经理的宽容与成人之美,司马经理喜欢李宁生的憨厚、诚实,尤其欣赏他的吃苦耐劳、不计回报的精神。在这两年里,年龄较小的李宁生就像是他们的勤务员,生活上的大事小情都是李宁生张罗、操心。他不是后勤部的人,这些不是他的分内事,都是他闲暇时间主动承担的。对于李宁生和塔吉克女孩米拉·果斯曼的事也数他知道得最多,他本人也跟米拉·果斯曼相对熟络,对于米拉·果斯曼义务给他们公司员工教外语他一直心存感激。无论是对于李宁生,还是对于米拉·果斯曼一方,这段跨国姻缘司马经理都是极力赞成的,两个年轻人喜结良缘他打心眼里高兴,当然要送走他们,他又有几分不舍,用他的话说,这一别,回国后全国各地各自单飞,怕是一把石子掉进大海,一个找不见一个了。所以,他执意要开车送李宁生到边境,还非常热心地联系喀什公司项目部的人在那边接他们去火车站。司马经理开车拉着李宁生来果斯曼先生家接米拉·果斯曼,果斯曼先生和尤利娅女士、妹妹塔赫米把米拉·果斯曼送上车,米拉·果斯曼从车窗子里伸出脑袋,把脸在尤利娅女士的左右脸上各贴几下,她已经感受到了尤利娅女士脸上的潮湿。他们拉着米拉的手叮嘱了又叮嘱,司马经理看到果斯曼

---

① 俄罗斯谚语,俯首听命的意思。

先生的样子，很是理解地动员道，果斯曼先生可上车一同前往，反正我还是要返回的。这话刚一说完，果斯曼先生就被米拉·果斯曼拽上了车。

李宁生和米拉·果斯曼父女坐着车，司马经理娴熟的驾驶技术让果斯曼先生赞叹不已，他们一直来到帕米尔山脉的派旺德山脚下。天气逐渐变得燥热起来。果斯曼先生说，司马君对路途这么熟悉啊，比得过我们塔吉克斯坦人了。司马经理说，不是我吹嘘，这条中塔公路也是我们修的，项目部到现在还没撤呢。中午十二点过一些，他们到了塔中边界科勒买——卡拉苏边防口岸。帕米尔高山多，氧气稀少，赶长途的人要保持体力，常在高原地带施工的人经验丰富。此时，烈日正当头，车厢里热气腾腾，路面上沥青都被烤化了，黏糊糊的，滚烫，几个人大汗淋漓，像要被蒸熟了。

下了车，米拉·果斯曼的衣服湿淋淋的，头发上也有了水滴，像一只无助的落汤鸡。果斯曼先生从她的眼睛里看到了恐惧，也看到了焦躁。我可怜的宝贝，你为什么要受这些苦啊？可是连一撮鼻烟都换不回来，别啦！回家吧，家里多舒服多凉爽，妈妈做好了香喷喷的晚饭，晚上电视里还继续演《指环王》，明天还有一场足球决赛，还有夏天刚刚来临，我们学校马上要放假了，我有大把的时间在家里陪你，怎么样？果斯曼先生说着，把双手放在米拉·果斯曼的肩上，也许你改主意了，要不跟我们回去？米拉·果斯曼扑在了果斯曼先生的怀里，和果斯曼先生身上的汗水流在了一处，分不清是谁的。果斯曼先生感觉到米拉·果斯曼的身子在颤动，他的心也在颤动，那一刻，果斯曼先生相信，他的亲爱的米拉不会离开他。可是，过了一会儿，她的身体离开了果斯曼先生的怀抱，不不不，您说什么呢？半途而废可不是我的性格。她最终向父亲和司马经理挥手告别，喊了一声，爸爸，我永远爱你。随后，跟在李宁生身后向中国边防员走去，他们的身后有一块界碑：塔吉克斯坦共和国。而前面是另一块巨大的界碑，红色的衬底上写着金色的大字：中华人民共和国。

司马经理已提前在边防站办理好了入境手续，李宁生向边防员交验过两个人的签证和中华人民共和国对外援建的相关手续，获准后与司马经理、果斯曼先生远远挥手作别。喀什项目部的任总已经候在出口，他们进入中国境内，跟随任总来到停车场，上了任总的车。东风日产皮卡越野驶上了通向喀什的路。李宁生感激地对任总说，太麻烦任总了，害你专门跑一趟。任总笑笑，一张口，一口的四川话，客气个啥子嘛，你们出国援建，不比我们松活撒。进了塔县县城，任总找了一家大盘鸡店，三个人吃了饭，任总开始打电话。跟他们俩对话，李宁生还能听懂，跟别人打电话，李宁生完全听不懂，只大致听说"两个""房间""洗澡"什么的。李宁生想，看来并不是只有外国人交流有语言障碍，中国人也会有。吃完饭，在饭店往旅行水壶里灌满了水，稍事休息，便重新上车出发了。去喀什的路并不好走，一路上任总热情地介绍，这是苏巴士九桥，李宁生看到路边的广告牌接二连三，"最美塔什库尔干，古有冬虫夏草，今有帕米尔玛咔""冰山上的来客，云彩上的人家——大美塔什库尔干欢迎您""世界屋脊，高原灵境"诸如此类，一会儿穿河谷，一会儿过水涧，一会儿爬山坡，三百公里的路走了七八个小时。进入了一片迷雾的大峡谷之中，这才看到，往回的路几乎全是下坡和弯道，车子动不动就跑不起来，大部分时间在用一挡。晚上九点半车子进入了喀什，李宁生这才搞明白，任总中午吃饭打电话是在给他们订房子。

公司的喀什项目部租了一家私人酒店的一栋楼，办公、吃住、接待都在这栋楼上。不知道司马经理是怎么给交代的，李宁生担心任总准备一间房，自己还不好要求。项目部工人都不容易，好几个人挤在一间宿舍里，自己在杜尚别也没有享受过一人一间的待遇。当看到任总真的为他们一人准备了一间后，感激之情里带着几分惭愧，他拉着任总的手说，房钱我结账吧。任总脸一黑，有啥子关系嘛，不要跟我鼓捣，自家的房子，要自家人钱那不成棒老二了，只是这里条件简陋，不要弯酸就成。李宁生大致听明白了，连连点头致谢。任总安顿他们进房间，放下行李，洗了一把脸后，又说，一路上辛苦了哦，我给你打个吆台哈，劳慰你们。李宁生给米拉·果斯曼翻译，任总是要我们一起去食堂吃饭呢。饭后回房间的路上，米拉·果斯曼说，你们中国人真好，这都第一次见，就好得跟一家人一样。李宁生深有感触地说，是啊，他们，也许这都是这辈子最后一次见面了，好多人说，出国了，人生地不熟，真不容易。其实这与出国不出国没关系，假如我跟他们这些人一样，在这里修路，也是常年在野外跑，跟在国外要面对的没有多少区别。不是你，我就跟着司马经理干下去了，这边的项目结束了，还会去其他地方。你的出现，让我突然想有个家，一个打工出苦力的，总有干不动的一天，等到那一天除了累一身病，啥也落不下。家里每次来信，都是叫我回去，我哥在老家承包了一个苹果园，种苹果卖苹果，缺人手着呢。只是苦了你，我回家了，你却离家越远了。米拉·果斯曼把头贴在他的胸膛上，总归是要离家的。就像你们中国人常说的"不中留"么。洗个热水澡，好好睡一觉，明天还要坐那么久的火车，晚安！

K454次列车轰鸣着，穿过沙漠、绿洲和城堡，把一切甩得远远，米拉·果斯曼这才意识到她真的离开家了。她离果斯曼先生、尤利娅女士和塔赫米越来越远了。一路上，她一句话都没有说。李宁生握着她的手，看着她魂不守舍的样子，几乎要后悔带她离开了。兰州！兰州！不知道昏天黑地得走了多久，哗哗的黄河水就从耳边响过，米拉·果斯曼眨巴着惺忪的眼睛，喃喃，这就是中国？这就是你的家？好大好繁华啊？这是兰州，傻瓜，北京才大呢，有机会我带你去北京，不知道比这要大多少呢！

兰州，我来了！李宁生舒展着蜷缩了近四十个小时的四肢，把身体从酸困中解放出来，精神头一下子来了。

5

这次，郭老师是专门跑到西湾村部请马天雄来的。

西湾的女人，大多数人们都不知道真实的名字，说起都以某某媳妇、某某家的、某某屋里的称呼，农村的女人，大多这样，嫁了人，就失了自己的名。唯独郭老师是个例外，人人见了，都郭老师长郭老师短地叫，起先是苹果种植户叫，后来村民们都叫，慢慢连乡村干部、外地果商都叫了。马天雄自然也只能从众，称呼她为郭老师。老师的含义似乎就此忽略了，老师完全成了她的另一个姓名。郭老师上他的门，开门见山，刚说她是西湾苹果种植户，姓郭，马天雄就指着她说，郭老师，对吧。郭老师笑，您也知道我？当然了，西湾的产业带头人，不光教大家种苹果，还教大家脱贫致富，西湾的明星哩！郭老师有些不好意思，我今天贸然来打扰，是听说你是搞旅游的专家，想请你帮我做个规划。

原来这个女人，不光会种苹果，还有好多想法呢。这一下子戳准了马天雄的兴奋点，最近他正在考虑这个问题呢。他来了兴致，刚要让郭老师坐下慢慢说，不想郭老师比他还着急，马书记如果这会儿不忙的，我想带您去现场看看，一边看我一边给您谈我的想法。马天雄当即关了电脑，随郭老师出门。也不远，你就不用开车了，顺道看看我们西湾的苹果花。马天雄刚走到车跟前，郭老师的建议就来了，他有些惭愧，车开惯了，就不想走路，不管远近，都要把车开上，下乡以来，虽说深入基层，他走的路却还没有在机关里多。机关上下班容易恰遇高峰，极容易堵车，他一烦就扔下车步行了，反正也就四十来分钟。到了农村可不一样，天高任鸟飞，开着车他想去哪里就去哪里。郭老师的话让他突然觉得，驻村一年，他很多时间都在车上，错过了好多人、好多事和好多风景。

一路上，郭老师说，本来去年年底就想来拜访您，这不是一直在修果库嘛。西湾的苹果树这两年逐年增加着产量，规模越来越大了，大家还习惯于之前的拉着架子车去卖，事实上，果子早就多到无法靠架子车拉着卖了。好多人家把苹果收了，都放在自己挖的地窖里。那地窖你肯定见过，里面啥都放，放最多的是洋芋，苹果放进去，就会飘出洋芋和苹果混合在一起的味道，你想想，啥结果？不是苹果的味道跑进了洋芋里，就是洋芋的味道窜到苹果里。来年开春，洋芋发芽，苹果坏的坏了，没坏的满脸皱纹，难看得很，只能倒进猪圈喂猪去。没办法了，村里就有不少人着手修建专门的苹果窖，他们在平地上挖出一个方坑来，用砖箍了，不用水泥勾缝子，特意留缝隙让湿气进来。再把挖出来的土盖在窖上，最上面埋上些土，保温保湿。在窖后头用砖砌上抽风筒，烟囱一样的，砌得越高抽风能力越强。这种土窖成本不高，只有两万多元。苹果成熟后，藏在这样的窖里，一直可以存放到次年三四月间。但是这种窖存储时间短不说，还费事费力，也很挑剔，需要经常性进果窖查看，一旦发现腐烂的果就得立即清除掉，否则，会传染带坏周边一大批的苹果。而且，要一一挑选，那些虫果、伤果、烂果和病果都不能拿进去贮藏。我去过仁大、阳川看过人家专门建造的气调库，那才叫现代化呢。

说话间，他们已经走到了建设工地，马天雄说，你这就已经不是土窖了，阔绰得很，现代化。郭老师说，苹果比粮食难贮藏，砖箍的果窖空间有限，温度忽高忽低的，不是长久之法，还是建造恒温果库比较好。这是我下决心投资的果蔬保鲜库。马天雄看到一大片开阔的空地上，主体库区已经一眼在望了，外面看基本已经没啥工程量了，远远有几个工人正在硬化周围的场地。郭老师告诉他，这个项目工程占地二十来亩，设计果蔬气调果库十一孔两千平方米，每年可贮藏果子八千吨，库内搭着铁架，把苹果分级、分类装进大木箱，码在分层的铁架上，库内温度和湿度不受外界气温的影响，阀门一扭就行了，温度一直在零度上下，把一颗存了一年的果子和一颗刚摘下来的果子放在一起，据说难区分呢。接下来呢，我要修一个综合办公楼，配套大门、围墙、停车场，把院坪硬化了，绿化也不能少。不错啊，这要多少钱啊？马天雄不由对这个看起来文弱的女人肃然起敬。一千多万吧，建一孔都要二三十万呢，政府很支持，乡上、县上都补助了些钱，归拢有三百多万吧，不瞒你说，当初建设这个项目，除了我丈夫，没人支持。这么多钱，都担心，我们两口子手里连一百万都不到，为了贷款，腿都跑断了。可我觉得值得，有了它，苹果存放时间会更长，整个古城的果农也不必再为贮藏的事情操心上火，他们只管种出最好的果子，以自己满意或者果商感觉合理的价格卖出去，果商租赁一角或者一孔贮藏，收取一定的租费。根据市场行情，由果商决定什么时候出库，出多少，去什么地方。马天雄赞叹道，真不容易，也不简单，这个库，解决了古城和周围一些乡镇苹果贮藏的大问题，苹果丰收，再不用发愁十天半月卖不出去没地儿放了。当然，果品包装、运输这些连带的产业也就自然而然起来了，老百姓可以在家门口打工、就业，多好，你这是起了个示范带动作用的好头啊。

往下走经过了狭长的树林，一座两层楼房的高门大院就一下子出现在眼前了。这是一个有后院的院子，前院水泥铺地，有花坛有盆景，后院泥土清香，一些树，一些菜，几头牛随意地走动着。马天雄经过她家门前，看到隔着一条水泥路的对面，就是一片苹果园，果树含苞待放，一眼看不到边，每一枝树枝都在迎风摇摆，每一只春天的鸟都在鸣叫。大门边上有一棵高大的洋槐树，枝繁叶茂，就像一位斜挎宝剑的守门将军。走进她家的院子里时，斜阳已斑斑点点地在草地上跳跃，昭示一种盎然的生机。院子里是两层新居，中间是客厅，左右各两间，左边的住人，右边是厨房。马天雄走进来的时候，有一个眼睛黑绒绒的男孩正在院子里对着墙上的挂图背化学元素表。

儿子李塔。郭老师指着男孩对马天雄说，学习认真很。然后对叫李塔的男孩说，这是马叔叔，咱村驻村帮扶的干部。在西湾，郭老师是个名人，马天雄来西湾一年，跑过不少贫困户，好多次也从这院子门前走过，可是从来没有进去过，名号响亮的郭老师他还是第一次正面接触，可能在一些集体活动比如村民集会看戏、演节目什么的场合她或许出现过，他知道，村民也经常讲起，在田间地头，在她家的二楼上最大的两间房子里，她都是定期给大家讲授苹果栽植技术。还听说，她上过大学，学过农学。

　　走进她家的客厅，足有五十平米宽敞，两边还有个套房。客厅的格局也跟以前大多数人家的不同，没有八仙桌，没有太师椅，而是西式化的。一套三组套的木质沙发，茶几，左边的电视墙，挂着六十英寸的液晶电视。门口一侧还有一个玄关，设计成博古架的玄关上，放着一盆花，还有一个带底座的石头画，画着一只苍鹰的头部，特别惹眼。她并没有吩咐儿子，李塔已经从套房里出来，端来了一个木制茶盘，茶盘上一把陶泥小茶壶精巧别致，里面的茶水正冒着热气，茶壶左右配着两只小茶杯。郭老师端起茶壶，给他倒了一杯茶，尝一尝，正宗的大红袍。红色的木头沙发、茶几，屋内的陈设都是现代化的，坐在屋子里，马天雄不敢相信他是在贫困落后的静宁古城西湾，身边的女人优雅、从容、自然，也不像个农民，甚至都不像是个本地人。马天雄问她，郭老师娘家是哪里的？她一笑，远啦，远得你想象不到，不过也没远到西方去。你看看，我们是不是长得都差不多？马天雄笑了，郭老师真会开玩笑。

　　马天雄呷了一口茶，果然清香扑鼻，回味悠长。他在心里想，这个女人带她看了果库项目、果园，介绍了她的项目投资和贷款，按照领导视察工作、检查工程进度的常规，对方肯定会在请求解决的事项里把资金帮助作为重要部分提出来。他已经想好了怎么应答她这样的要求。那么大的资金量，甭说他一个小小的科长，就是他们廖局来，也未必能有办法。然而他错了，这个女人并没有提钱的事，她漫不经心地说，茶不错吧？马书记，耽误了你一下午的时间，我是这么想的，这果库很快就要投入使用，我算了一下账，就这么个规模，不算我的苹果，只代贮别人的，年收入也可有七八十万，还贷款都不是问题。这都是小事，我在考虑后续项目，你也看了，那块地位置不错，开阔，交通便利，依托果蔬存储库和综合服务区，我计划培植集休闲采摘园、特色民宿、农家餐饮和苹果文化娱乐为一体的乡村旅游项目，将来项目运作是这样的，可由农民专业合作社统一管理，吸收贫困村、非贫困村集体发展资金和村里的剩余劳力，资金、劳动力入股都可以，十个村级合作社组建果品合作社联合社，吸收全乡所有村贫困户加入专业合作社，以财政补助建设果蔬保鲜库项目资金联合入股，投资建设特色民俗和文化娱乐项目，年终按照股金百分之八十的比例盈余分红。苹果发展这么多年，总有树苗老化、产业转型的一天，发展产业链、增加产业附加值才是长远目标。

想到了长远，这个女人不简单。马天雄想起廖阔海局长的话，在某种程度上跟这个女人不谋而合。乡村旅游是一个新型产业，目的在于围绕苹果做一些苹果之外的事，让更多的外地人来，带来人流、物流、信息流，搞活西湾，实现小康。这是包扶单位的目标，是驻村包扶干部的目标，更是所有贫困户的目标，有了共同的目标，就能凝聚各方的力量，这事就等于成功了一半。茶香袅袅。马天雄品着茶，想着她的宏伟蓝图，决定把这件事作为他驻村期间的大事来谋划施行。

郭老师，我加一下你的微信，完了你把有关数据发给我，我做个建议书，带回去让上面的专家看看。郭老师高兴极了，一再说，我说你能帮我，就是么，想法变成项目需要你们这些懂政策的人。她打开微信，马天雄拿出手机去扫，发现她的微信头像上有四个人。因为太小，他没看清，只能看出照片上是三女一男，像是还有个老外。

回到村部，吃完饭，马天雄躺在床上跷着腿打开了刚刚加的她的微信朋友圈，呀，竟然有一连串的直播带货。她还唱歌呢，什么《神话》《我心永恒》《站着等你三千年》，他点开听了几首，声情并茂，弹幕和留言一页页翻不完。真没看出来，她会唱的歌真不少，要是在KTV，绝对是个麦霸。利用信息技术销售农产品是这几年兴起的新鲜事，她竟然不失时机抢抓机遇，利用得这么好。他正在浏览间，忽然看到一首《静宁的苹果红又甜》，便打开了，手机屏幕上，她穿着一件花袄袄，站在一大片果园里，胳膊上挎个篮子，篮子里是又大又红的苹果，开场白她这样说：观众朋友们，大家好，好久不见，一定想我了吧，这里是甘肃静宁，北纬三十五度，东经一百零五度，这里有葫芦河，成纪水，还有世界上最好吃的苹果！随后，她手握麦克风，开始唱，歌声悦耳动听：

  吃一口来么爽一天，成纪圣地红富士，
  红了川来红了山，哎嗨哟，千家万户进果园。
  葫芦河水来浇灌，群山变成花果山，
  伏羲故里嗨，换呀换新颜。
  静宁的苹果红又圆，吃一口来么香一天，
  成纪圣地红富士，苹果之乡美名传，
  哎嗨哎嘿哟嘿，金果迎来金凤凰，
  致富的路子宽又广，红火的日子比蜜甜，
  幸福生活嗨，乐呀乐无边，乐呀乐无边嘿……

  嚷啥呢？嚷啥呢？马天雄正在床上看得美呢，支书刘文山推门进来了。马天雄关了视频，咻溜下了床，刘支书你咋来了？刘文山耳朵上别着一根烟，脸上阴沉沉的，你这第一书记咋啥都不管，一天要打溜吃闲的。马天雄一愣，心说管啥呢，你也从来没让我管过。遇到处理不下去的事了，就推给我，出了问题也推给我让我当背锅侠。这一年多，我在村上待得有多尴尬，不来吧，上面要考勤，催得紧，来吧，村里又嫌碍事，不怪我有走心没守心，这环境，被窝里打拳，哪里能扑腾得开。听话听音，今天看这架势，刘文山支书是真遇到啥事了。刘支书，这是咋了吗？我还正要给你汇报一件事呢。啥事？刘文山精神一振。西湾第一家果库修成了，这是一件大事，古城有古城墙遗址，有苹果园，可惜知道的人少，咱应该发挥两省三县交界的地理优势，发展乡村旅游，带动经济增长。没想到刘文山一摆手说，甭给我扯这些没用的，一个外来的女人还要主了西湾的事？池塘里下饭，汤整大了，到时候还不是村里给擦屁股。马天雄急了，刘支书你咋能这么说，有了这果库，西湾的苹果啥时候都能卖么。再说，发展乡村旅游也是国家的……好了好了！我不跟你说这个了，我是来告诉你，李小白早就不想在村上做饭了，我辞回去了，吃饭的人都不交伙食费，咱这灶也是狗吃羊肠子，连吃带甩花，办不起了。没钱再叫做饭的了，你自己看着解决吧。原来没灶不一样工作？刘文山说完披着外衣背搭手往门外走去，马天雄撵出去喊，不是月底一次性交吗？没钱你通知一下大家交嘛，咋说断就断炊了？

我也是秋后的蚂蚱，干不了几天了，以后有事别找我。看着刘文山出了大门，扬长而去，马天雄刚刚高涨的情绪又一下子落到了低谷。他妈的，老子也是一根木棒钉在墙上，大小算个橛儿，受这气。他给胡烁发微信，被狗咬了。胡烁秒回，用舌头舔一舔。马天雄笑了。

6

连续三天的暴雨把人心都下霉了。雨刚刚停，乡政府的院子还笼罩在一片阴郁之中。门口那棵不知什么年代的老槐树弯腰塌背，想要趴到地上去，李城生每次走进院子看到它，心上就悬悬的，他随时准备着伸手去扶它一把。一双已经裂了口子的高勒雨鞋在乡政府院子里坑坑洼洼的水坑里发出扑哧扑哧的响声。这政府大院子里有旗杆，悬挂着国旗，是个庄重严肃的地方，李城生一再控制着自己的脚底，尽量放缓动作，把响声减到最小，可是雨靴就是不听话，除了外面的水声，雨靴里面也进水了，一抬脚，里面的水也响。来的时候，李城生找了块架子车废旧内胎皮子，用胶粘住了裂口，本以为还可以凑合一个雨季，没想到走了不大工夫还是破了。想来这父亲穿了一辈子视若珍宝留给他的传家宝怕是要到头了。

到头了的不光这双雨靴，还有古城乡上的书记、乡长。李城生敲门走进书记的办公室，屋子里一片狼藉，文件、书籍、报纸堆了一桌子、一沙发，地上也是一些废旧烟盒、火柴盒、墨水瓶和蘸笔杆儿。李城生站在门口，不知道在哪里下脚，书记掀了一把沙发上的文件资料，露出一块地方，说，坐这，就几句话。我就不坐了，你说吧。书记摸了一把脸，靠在办公桌上，脸色跟窗外的天色没啥区别，工作没干好，免职我认，全乡十个村，就你们西湾成活率高，你说，这一伙瞎种把树苗子倒着栽，能有啥成活率么？我走了，事还得干，你的西湾支书是我力荐的，不是你关把得严，也不会好到哪里去！李城生说，书记，西湾果苗成活率勉强也就百分之五十，不敢说关把得严，我也有责任。你有啥责任？你个副主任，蚂蚁上秤，没分量，大伙心里一本账。好了，不说这个了，我叫你来，是想给你说，我走了，但是处分结论还没下，人倒霉，就成了过河的石头，谁都来踩，上面要是到村上去了解情况，你就如实说，还有在你们村上吃的那些饭——当然大家都在吃，还有县里下来的干部也吃过——我记得杀过一回羊，就一回，村委会新房上梁那次，唯一的一次，你知道怎么说。知道，知道，书记你放心，有的事我会掌握着说，没有的事绝不乱说。好好好，我相信你，你说这在古城待了八年，离退休也没几年光景了，老了老了，却落得个老和尚寻婆娘，晚节不保，唉，世事无常，世事无常啊。

李城生蔫头耷脑地出门来，走到门口那棵老槐树下扶着树，抬起一只脚，脱掉雨靴，倒里面的积水，想着刚才书记的话，心里很难过。这难过不单单是为书记免职的事，他为古城那五百亩土地难过。古城人人老祖辈开春卧粪打磨地块耕种除草匀苗，夏秋收割打碾，每日里一大早摸黑出门，大正午日头当头才啃一口干馍喝一口水，歇不了一霎子又要上工，回到家上了炕天都黑尽了，黑咕隆咚出门、黑搭糊涂回家，两头不见太阳，地里种些麦子、谷子、糜子，还有玉米和洋芋，风调雨顺的时候，倒也勉强糊口，一年的口粮还能凑合，可是静宁这地方，十年九旱，多数年份牲口草都收不下，别说打粮食。要说政府让减了粮食种苹果，李城生觉得这没有错，三年前，李城生去李店丈人家，李店人十年前就种苹果，说是最早苹果秧子还是从山东用信封邮寄来的，娃他舅给他算了一笔账：一亩苹果等于十几亩庄稼，按现在的市场价算，一亩苹果能卖到五万元，五万元相当于四万多斤小麦的总价格。等式的两端，一头是苹果，一头是庄稼。把李城生算得一惊一惊的。数字都是理论上的，事实摆在那里，丈人家的十亩果园，一年能卖二十多万。也就是那时候，李城生也就动了种苹果的念头，可是说给谁，谁都说，李店是李店，古城是古城，地不一样，气温不一样，海拔不一样，咋能照搬？连古城书记、乡长都给他泼冷水。后来县政府通知下了，他看得出书记内心是排斥的。百姓不支持不配合是一方面，李城生认为根子还在乡政府。

李城生回到西湾进村的时候，天已经黑了。他没有直接回家，而是去了老支书家里。老支书七十岁了，叫李安福，按辈分他要叫五爷，大包干后的第一任西湾村支书，人们习惯都叫大队李支书。他进去，屋子里黑乎乎的，两人靠喊话彼此相认，李支书，我是城生，你吃了吗？城生啊，狗娃，我给你把油灯拨亮。说话间，炕桌上的煤油灯亮了。映照出炕上盘腿坐着的李支书。李支书当了十几年支书，家里光景没有丝毫改变，烂场得很，炕上连个褥子都没有，一张破席子熏得焦黄焦黄的，席子下面扯出来半截装过尿素的塑料编织袋子，一股炕土味。李城生的屁股搁在炕沿子上的尿素袋子上。狗娃，这碗饭不好吃。我晓得，这不跑爷这找墙靠来了。老李支书拾起了烟锅，李城生赶紧抓了一把烟末，按住烟锅头，把烟末塞进去，老支书把烟锅头搭在煤油灯上，吸吧一下，一股烟雾升起来，呛得李城生鼻子眼睛一酸，咳嗽起来。烟雾中的五爷说，不敢再折腾了，要出人命的。你看人都长着一样的眼睛一样的鼻子嘴，人心害怕得很，人整人，不比豺狼斗，你还记得你妈前几年栽苹果树的事吧，栽了四棵苹果苗子，惹了一身的骚。

　　这事李城生知道，那时候他刚从学校里出来，跟家里人一起担粪担粮担草担水，挣工分没多久，弟弟李宁生偷了生产队的苹果，被队长抓住了。那时候集体果园里种的品种是国光苹果，村上安排了专人看管，看管只看管，不除草不施肥不打理，只是为了防贼偷。果子下来了，家家户户按人口分几颗吃，因为没有人整枝打杈、修剪，那些果树要么拼命长个子，要么四仰八叉地全身抽枝条，就是不怎么结果子。李宁生那时候才读小学一年级，正是长身体的时候，禁不住饿，就摘了集体果园的一颗苹果，挨了妈一顿打。他把打挨了，妈去陈河大队林场劳动改造了一个星期，还带到西番沟水库建设工地上批判了一天，工分也都扣光了。最后都昏倒在了工地上，好几天缓不过来。从那时候起，她就落下了胃疼的毛病。这件事像烙铁一样在他妈的心上烙下了印子，紧接着家庭联产承包责任制推行，李城生妈为了他们弟兄俩能吃上苹果，就自己折腾着在自家承包地里移栽了四棵苹果苗子。那时候，李支书已经当了支书，有人把这事反映给他。当时虽然已经开始生产责任制试点，搞"大包干"和"小包干"，但是李城生妈这事还大小是个事，地才到自己手里，就挖坑栽树，这究竟是不是"资本主义尾巴"没人敢说话，至少是离经叛道的事。李支书说，你妈犟得很，我劝她说，赶紧挖了去，那时候上面意见不统一，七嘴八舌，有一伙人死咬住大集体不放，要是有人捅到上面，就是给这伙人往嘴里送哩，肯定不是批评教育这么简单了，吃苦受罪身体受糟践。狗娃，当年我是在保护你妈，再咋说，也是我个侄媳妇，在我手里消化掉，总好么。李支书说起这件事，目的不言自明，有些事还要走一步看一步，不敢跟得太紧。

这一夜，李城生睡不着，翻来覆去地想这事。媳妇胡引娣也被他干扰得睡不成。两人也就熬煎着对上了话，你说，你家要是早几年种苹果，你也不会嫁我对吧？对啊，把我泼出门去，我家的苹果一下子卖钱了，第一年第一次就卖了七八百，想都不敢想的事。那是我妹妹带的福气，翠玉不嫁给你弟弟，你家苹果没准还种不起来呢。两个人你一言、我一语说着说着还撑了一脸火。后来，两个人都不说话了，那时候，不管是胡家的李店，还是李家的古城，那都是一个穷啊。眼看二十五岁都过了，紧赶紧往三十上奔，别的人家孙子都满炕爬了，李城生的妈急得转磨子，千打听万打听打听到了李店的胡家，胡引娣是老大，是家里的好劳力，多年里东一把、西一把地经管着家里，缝缝补补、做鞋纳衣不说，担水喂猪洗衣做饭铡草哪一样缺得了她。可是再离不开总得嫁人，李家上门提亲，胡家要了二百块，二百块是割肉呢，这下可难肠了李城生一家人。李城生第一次见胡引娣，就觉得踏实实在，是个能过日子的女人。可是遇到钱的难题，他不得不重新打算。胡家说，胡引娣的弟弟胡尚勤也说了一门亲，人家就要二百块，不多也不少，他也不是想指望女子给家里挣几个，填了儿子的娶媳妇的坑就成。李城生的母亲想了个辙，她自信满满地把小城生六岁的女儿李翠玉领到了胡家，跟胡尚勤一对生辰八字，猪遇猿猴不到头，江猪不敢跳龙门，牛羊相逢泪淋淋，翠玉属猪，逢上了胡尚勤的羊，大吉大吉，天作之合呀。胡引娣母亲一看翠玉的模样，欢喜得不行，这真是老鼠门口放粮食，遇了个巧么。两家由此联亲，亲上加亲，李城生娶了如意的胡引娣，可是妹妹李翠玉并不喜欢大她四岁的胡尚勤，哭鼻子抹眼泪的，母亲生生给她几天几夜地开脑呢。要说，胡尚勤人长得周正，要模样有模样，要本事有本事，娶了李翠玉没几年，就靠种苹果翻新了房子，添了农用车，李翠玉在胡家要比在家里享福得多，可是李城生心里明白，妹妹心里装着个人，多少年了，一直放不下。是自己拆散了他们。李城生一想起这个，心里就发紧。

跟着学样样子总会么。李城生搂紧了胡引娣的身体,我要把咱村这五十亩果园包了,我不信狼还是个麻的,赶明儿联系你弟弟,新苗子从他那儿弄,技术上也请他帮忙,不能干等着受穷了,一定要把儿子送进最好的学校,将来要上大学。胡引娣说,你当官了,只要你不胡弄,干啥我都支持你。当官就要带个好样子出来,看咱把苹果种成了,谁敢再说个啥?这一夜,看似没个好睡眠,但夫妻两人却不知不觉议定了一件大事,完成了一个重大决定。

第二天一大早,半个馒头还没啃完,李城生就去了吼吼门上喊吼吼,日头上房顶了,赶紧起来走。然后把烂扇子门踢得哗哗响,门都要被他踢倒了,这门,等咱挣了钱,先把这破门换了,再立个门头,门面货么,这么日鬼。吼吼提着裤子出来,裤腿上破烂得一缕一缕线头,尿迹在大腿两侧生成了白斑,哥,你娶了媳妇,饱汉子不知饥汉子饥,这么早是要干啥呢?走,喊人,叫上李二楞他们几个,地头上走。说完,口里嚼着馍,奔路畔上那一片苹果地去了。去年秋季翻了麦子种上苹果,就没几个人再去看。李城生却是去看了好几回,三伏天还拉了几桶子水浇过几回。不是书记说,还真有故意捣乱把树苗子根须朝天栽在地里的。他原来以为只有西湾人这么干,听书记一说才知道其他村还更厉害,几乎就没有几棵活下来的。他一块一块地查看成活的苗子,只有他自己六亩地里的个别没还过阳,大部分都长得好好的,一半的死亡率都在其他人的地块里。

不大一会儿,吼吼带着李二楞他们几个地主撵过来了。站好站好,李支书要训话哩!吼吼冲大家摆手,就像个二掌柜。训什么话?我是跟大家商量一件事呢。你们也看见了,这苹果栽了,活得也不多,说是块地吧,没得收,说不是地吧,却是你们每个人的最好的川地。你们把这么好的地都糟践着,看着都气忍。我想你们也不想一直就这样要死不活地撒着吧。所以,今日我就是跟大家商量一下,这些地我李城生全包了。一亩按一百元算,我包了。几个人一听,面面相觑，一百块，不算多也不少，这地看着那眼势了，一亩一百块明着是拿不回来的。炕上躺展展地拿着一百块，这不是天上掉馅饼的事吗？吼吼一听李城生的话，愣了愣，说，哥你再好好想想，你这是白瞎钱呢。李二楞说，李支书说话算话？李城生从裤兜里掏出一沓子皱巴巴的纸，我把合同都写好了，大家看看，签个字画个押就算数。签字的时候各把各的亩数写上。不过，这钱暂时我拿不出，毕竟五千块呢么。不说果树挂了果的话，年底前我保证全部发给大家。

要说，这些年李城生在西湾，没少帮衬大伙，有事出头，有难援手，有好事了总要喊上大伙一块，没有人怀疑他的诚信。不过有些人先前头一听每亩有一百块，就已经开始在心里打起了他的小九九，又一听暂时还拿不到手里，不免有些泄气和失落。吼吼看到他们的表情的变化，就喊，怕啥呢么，哥啥时候哄过大家，咱哥的为人那是脚腕子上绑锣锣，走到哪里响到哪里，再个往歪里说，他老婆娃娃都在咱西湾，你还怕人跑了不成？李城生说，信得过我的，过来签字，信不过的不要紧，有多少我包多少。话音刚落，大伙呼啦一下子涌过来了，一人领了一张纸，蹲着在自己大腿上把名字和数字写上了，有不会写的，路边上掐一朵指甲花，捻出花汁液，把指印按上。

好了，这些地就是我李城生的了，最后还请大家清点一下各人家地里的苗子，把死苗子给我拔了去，我要栽新的。一阵手忙脚乱，大家开始忙活了。

李城生站在一边，脸上露出了舒心的笑。

7

忽然回来，李宁生有一种被排斥在外的感觉。无论走在哪里，人多还是人少，都像被罩在一个透明罩子里，你看得见一切，一切却都与你无关，仿佛空气都不是你自己的。火车停下来的那一刻，他是兴奋的，走出火车站，汇入汹汹的人流，他又是落寞的。

　　人们总是迷恋不同，新鲜劲儿常常迷惑掉你的认知。无论是第一次见米拉，还是第一次见桑眉，都觉得新鲜，觉得他的世界里就从未出现过这样的人。哥说，娶媳妇，不妨娶得远远的，特别是咱大山里的人，能见世面，还有，娶了远远的媳妇，能生聪明的娃。小时候，他常常坐在山梁梁上发愣，眼前的世界山连山，山环山，大山套小山，小山摞大山，山就把人塞死了。他那时候就一直想，翻过这一座又一座山，会是哪里？会有什么？第一次来兰州的时候，好像跟现在没有多大的不同，快下山的时候，两旁也是跟家里一样的土丘高坡，荒芜，灰头土脸，一下山就不一样了，林林总总的高楼出现了。下了长途汽车，一路上他都是紧紧拽着哥哥的衣襟，生怕走丢了。进入威戎中学读高中的第一天，他就认识了桑眉，首先是她的名字，然后是她的穿着，完全把她和他们这些破衣烂衫的当地人截然分开了。她的母亲是他们的英语老师，叫柳青青，兰州下放下来的大学生，后来他们那一批都回城了，她嫁了个当地人，留了下来。桑眉的父亲不姓桑。桑眉说她生下来，就是个错误，因为她是女孩，父亲就不待见，母亲就不让她姓父亲的姓，扳开古书，取了桑眉这个名字。父母离婚以后，母亲说，也不单单因为她是女孩，没有她的时候，他们就吵，父亲嫌母亲爱买衣服，爱换衣服，总是把自己打扮得"勾人魂儿"，这是父亲的话。母亲嫌父亲不洗脚，不刷牙，随地吐痰，还老在人多的地方放响屁，让她很丢脸。本就不是一个锅里搅匀的，吵来吵去就散了。

　　在班里所有人中，对桑眉有想法的男生很多，唯独没有他李宁生。李宁生觉得他们就是两个世界的人，就像桑眉妈和桑眉爸，走在一起迟早得散。可是世界上的事情就这么说不清道不明，偏偏桑眉就看中了他。桑眉为了他穿旧衣服，学方言，有事没事跟女生宿舍的住校生混迹一处，有时候还留宿在宿舍里了。他们学校的女生宿舍，条件特别差，全校的女生宿舍放在学校的最尽头，一个非常阴冷的角落，离最近的那排教师宿舍还隔着一块不小的菜地。一个年级的所有女生住在一个大房子里，前后靠墙是两排用木板拼成的大通铺，地上放着她们的自行车，屋子里既阴冷又狭窄，出来进去都得侧着身子，宿舍离厕所远，还没有路灯，晚上上厕所，都得结伴而行才敢去。宿舍后面就是学校的围墙，外面经常有社会上的小混混吹口哨，如果节假日或周末，有些女生下雨路滑回不了家，晚上就有人推女生宿舍的门，还在外面乱叫，同学们害怕极了。这帮人推不开门，会骂骂咧咧地离去，经历过的同学，只有提醒其他同学加固门，或者不住在宿舍，却不知道如何反抗。那时候学校没有保安，也不知道有哪个老师管这些事情，所以只有不了了之。就是这样的环境，小姐身子的桑眉硬要把自己下架成个丫鬟，晚上熄灯了，她会陪着李宁生在校园里那盏唯一的灯泡下面背课文。大伙都看到了桑眉对李宁生如此明目张胆的示爱，一时充满了羡慕和嫉妒。

起初，李宁生对桑眉不远不近，他既喜欢桑眉白皙得跟本地人不一样的皮肤，渴望看到她，喜欢听她说话，又失落于自己的卑微与土气。后来，临毕业的时候，前者已经压倒了后者，李宁生发现自己对她的喜欢已经到了舍不得、放不下的地步。姐姐李翠玉嫁到了李店的胡家，有时候回娘家会翻过雷大梁来学校给他送吃的。不知怎么，就知道了这件事，姐姐就说给了父母。父母当然是劝他死了这心，没有可能的。没有人反对，可能李宁生自己随着毕业各自离散慢慢也就放下了，一有人反对，李宁生反倒拧起来了，倒是哥哥李城生一直劝说父母，只要桑眉一心跟，大好事咧，谁规定农家娃就不能娶个国库粮，再说咱宁生没准也是个国库粮么。不是他哥说，这个还真问题不大，宁生在他们班里成绩特别好，每次考试比桑眉还要多出几分，考大学一点问题都没有。这也是他能跟桑眉在一起的资本，桑眉学习也不赖，当然也是桑眉喜欢他的原因之一。桑眉总是学着静宁人的腔调对他说，镰刀打成锕子了，白脸对上麻子了。麻子长在皮肤外呢，要我心上可爱呢。

然而，柳老师成了最大的阻力，吃了一次静宁人的亏，她绝不允许她的悲剧在女儿身上再重演一次。柳老师快刀斩乱麻，最后一次会考，就把桑眉转学到兰州了。很快，她也调离了威戎，返回兰州工作了。据说，这几年，她恢复政策的父母一直在想办法调她这个流落在静宁乡间的女儿回去，偏偏在这个节骨眼上，母女俩回去了，桑眉突然就消失不见了。这对于李宁生来说，如晴空霹雳，他少年的心一时无法接受这样的事实，突然而来的变故让他心如死灰，对什么都没了兴趣。桑眉托同学给他留了一封信，信里先是道歉她的不辞而别实属无奈，然后说不要怪她母亲，毕竟高考在即，谁都不能分心，接着叮嘱好好考试，最后承诺半年后在大学校园见：兰州大学。这似乎是留给李宁生的希望，而李宁生已无心学习，就连学校里那盏昏暗的路灯都让他睹物伤情。他方才明白父母的心思。在静宁这个地方，最严酷的事实常常是，外地女子都不会嫁到静宁来，不说大城市，就是隔壁邻近县，在六盘山另一边的任何一个县，都比静宁自然条件好，地多人少，土地平坦，气候湿润，他们那些县里的人有着天然的优越感，宁肯嫁不出去也不愿意把女子嫁到静宁来。就在静宁本县，人家城川、仁大的女子都不愿意到古城来。他还想娶个国库粮家庭，他是想破了静宁多少年来牢固不破的铁律吗？靠他李宁生，痴人说梦吧，这时候他才意识到自己的可笑与愚蠢，当夜，李宁生横下心撕了桑眉的信，扔下书本一个人空手回家了。他们这些山里娃，学习全凭课堂，回家根本没有时间看书，因为家里的农活太多了，太需要人手了，周日回家就那么一半天，不是用架子车往地里运粪，就是给牲口铡草，要不就是去挑水，反正都是体力劳动活等着他们。回家四十里路，哥把他的旧自行车给了他，回家是慢上坡，山里风大，常常得下来推着自行车走，除了翻山，还得蹚河，每顿饭都是干馍头，如果用开水一泡，就着咸菜或者熟油辣子，这已经就是最好的吃喝了。可是学校的开水总是有限，胆小、脸皮薄，不敢去抢的，有时候好几天都喝不到一口热水。到夏天，馒头是肯定要长毛的，只能抠掉上面的霉斑继续吃。虽然学校里的这些苦日子快要过去了，可是像柳青青那些城里人对他们鄙视的眼光却永远不会过去，只有远离那些环境，回到属于自己的环境里去，才会找到自己的自信与尊严。李宁生告别了学校，挨了母亲一顿打。这顿打，并不比他一年级偷苹果挨的打轻多少。可他一点也不后悔。他离开学校，是为了离开那个环境，从那种不良的情绪里走出来，脚踏实地、正儿八经做一个农民，面对一切他与生俱来不得不领受的苦难生活。

李宁生离开了学校，一头把自己扎进农活里，跟一头牛没有啥区别。母亲看在眼里，疼在心上，她知道这孩子从小拧巴，没有想到拧巴起来根本不转向。母亲只是暗自叹息，这土起三扬的，真是亏了娃了，这娃还没进学堂的时候，就躺在炕上数着墙上糊的报纸读上面的字，最早不认识的问他父母亲，他父母亲不认识的就去问他哥李城生，逼得他哥李城生一边翻字典给他讲一边自己认，认一个字手指就蘸着锅底的柴灰圈出一个，那面糊报纸的墙上很快就黑圈套黑圈摆满了，哥哥李城生一看，觉得这个办法好，他们没有钱买书，就常从村里往回拿报纸。母亲记得宁生娃认的最早的三个字是"邓小平"，因为报纸上出现的那三个字最多，他告诉家里人，出现多的字一定是最重要的字，用处最大的字，后来他果然知道了这个叫邓小平的人非常了不起，打破了大锅饭，让他们不再饿肚子了。上了小学，他基本不用费多大劲，课本上的生字对他来讲全部变成熟字了，只是跟着老师学着一笔一画写。哥哥李城生一直说，咱家的天就看宁生的了。上大学，进城，住高楼，坐小车，娶远远的媳妇，这是他哥城生给他人生的定位。眼看着就要一脚踏进大学门了，这个犟驴却自己扔下书本跑回来了。书读得再好有啥用？就算你上了大学，城里有了工作，人家女子娃还嫌你是穷山沟沟里的，我总不能不回家，不认娘不认爹不认你们一家人吧。谁让老天把我生在这山套山、山擦山的西湾里，有些命不认不行，生到这搭了，就说这搭的话，干这搭的事。一席话说得他哥、他妈从此断了这个念想，一切归零，重新谋划起他的未来来。

第二年，乡里建筑工队要寻个识字有文化的施工员，李城生刚干了支书，近水楼台，就介绍李宁生去了。李宁生是西湾唯一一个高中读出来的人，在建筑工队自然鹤立鸡群，加上爱学习肯钻研，成了工队里的骨干。渐渐地他参与外出施工多了，手艺也高了，就有了一定的影响力，县三建公司又看上了他，很快，李宁生又被县三建公司挖去了。好事一直等不住，一旦好事降临，又是一串一串地挡不住，去公司一报到，公司出钱就把他送到县职业技术学校学了两年。两年的县城读书生活又鼓胀了李宁生的野心，他觉得自己摇身一变一下子就成了国家工人，拿工资了，跟农民不一样了。身份的变化又助长了他心底的欲念，让他念起早已埋压心底的桑眉来。听说哥李城生要去兰州订购苹果包装礼盒，李宁生提出要给哥当下手提包包，跟着他去。李城生一笑，看出了他的小心思，却不说破，有心遂了他的意，到了兰州，干脆有意无意直接把他领到了兰州大学门前。李宁生倒不是觉得自己今非昔比了，非要跟桑眉重续前缘，他就是憋着一股子气，想去看看柳老师牛皮哄哄的根源在哪里，兰州到底是个什么样的地方。拽着哥哥的衣袖，一头扎进车流不息的街道，李宁生觉得兰州的街道就像一面大海，他这只水滴，一滴进来就再也找不见了。兰州大学的校门很高大、很气派，比他们县政府的门都阔气。他远远地看了看，一些穿裙子的女学生三三两两地从门里进进出出，他一个人望着门口默默地站了一会儿，忽然听到一阵歌声，扭头一看，不远处的过街天桥上，一个穿着发白的牛仔服、长头发的少年坐在天桥台阶上抱着一把吉他弹唱，歌声飘进了他的耳朵：早知道黄河的水要干哪，修他妈的那个铁桥是做啥呢？早知道尕妹妹的心要变哪，谈他妈的那个恋爱又是做啥呢？……李宁生听着这样的歌，瞅着他忧郁蚀骨的脸，眼睛忽然就湿润了，这个少年，唱出了他心里动荡的爱情。他从兜里掏出五分钱，扔在了少年脚边的纸盒子里。

这次，李宁生又来兰州了。这一次，他不是一个人，他李宁生就要跟命运绊个跤,他偏要娶个外地的,娶个远远的媳妇,中国的都嫌近,娶个外国的回去叫静宁人看看。夜幕低垂的黄河两岸,华灯初上,李宁生和米拉·果斯曼漫无目的地走着,觉得整个兰州城都是安静的。在兰州三天,李宁生带着米拉把兰州逛了个遍,他们站在白塔山的百年白塔前望兰州夜景,看百年黄河铁桥静静地耸立在川流不息的黄河之上,看水车博览园的水车吱吱呀呀,不停歇地舀起一筒筒水注入到木渠中,再传送到小水车,又带动小水车吱勾勾转动。他们行走在中山桥上,看着行人来来往往;他们在黄河的沙滩上捡石头打水漂;他们坐着羊皮筏子漂流在黄河上,听米拉·果斯曼发出阵阵尖叫。当然,他们也去正宁路夜市品西北最正宗的美食。米拉最爱吃的是手抓羊肉和牛肉面,她说兰州的手抓肉比杜尚别的还要好吃,牛肉面他们换着地儿吃,东方宫、占国、金鼎、白老七、舌尖尖、伊鼎香,从最细的毛细到大宽,一律过一遍,牛肉和各种香料熬的老汤,然后是七八种不同的宽度带来的口感,外加一把青蒜,两勺辣子,越吃越有感觉。米拉一家对牛羊肉特别敏感,米拉能尝出不同店的口味,李宁生只能说,这家比那家肉多,萝卜片多,而米拉会说,这家汤更鲜,肉更好。除了牛肉面,还有再回首的酿皮、黄庙的烤羊肉、黄家园的肥肠面、通渭路的土豆片,还有灰豆子、酒醅子、羊蹄、烧烤都让米拉尝了。

　　米拉·果斯曼一边啃羊蹄子,一边嘴巴油乎乎地说,西湾都有啥好吃的啊?我想吃西湾的美味。李宁生手托腮帮想了想,嗯,我想想,西湾好吃的多得一时还想不起来了。对了,烧洋芋。洋芋?对,洋芋就是土豆,我老家把土豆叫成洋芋,好像是因为土豆是你们洋人种的。米拉·果斯曼笑,你才是洋人。土豆有啥好吃的。我说的是烧洋芋,把洋芋丢进刚烧着的炕眼里,或者炉子的灰里,让它扑哧扑哧冒个气,大约二十分钟后,刨开烫灰,洋芋就冒出股股香气,再在灰里撸上几下,从烫灰里捡出洋芋烤在火堆旁,挑一个放手里,滚烫的洋芋在两个手掌里跳来跳去,嘴里"嘘嘘"吹着气,吹散里面的高温，稍稍凉了些，就可以剥皮享用了。哈哈，不知香不香，你说得真香。当然香了，在老家，土豆是最好侍弄的庄稼，所以遍地都是，它养育了一辈辈人，也救了一代人的命，说它是最贫贱的粮食，也有说它是泥土里的钻石，外地人把我们静宁人都叫洋芋蛋，是贱称也是特指。一个土豆，被你讲得天花乱坠，我都想马上吃你的烧洋芋了，你带我在兰州这么到处乱吃，是准备把公司给你发的工资全花完吗？李宁生笑，花不完的，吃能花多少钱，这些年在杜尚别干活，公司管吃管住，出来玩，都是你抢着掏钱，工资都攒下了，好不容易轮到我请你，我要美美地请，你就那么大肚皮，放开了吃也吃不穷。其实，我带你美美地玩，美美地吃，也不全是为了吃，我就想让兰州人看看，我们在兰州一样自由自在，想去哪去哪儿，想吃啥吃啥，没有兰州人眼里那么落怜。你口里的兰州人是有所指吧？老实告诉我，谁？你要让谁看？

李宁生呷了一口黄河啤酒，望着远处来来往往的人流说，都过去的事了，告诉你也没啥。她们看不起静宁人，我要让她们都看看，有一天静宁就是比兰州强！

8

国庆节刚过，春节还远远没到，这一天的西湾就像过年一样了。让马天雄高兴的是，局长廖阔海来了，还带来了一场文艺演出助兴，唱歌的，跳舞的，演奏的，花花绿绿，彩裙飘飘，靓丽得很。这一天，古城第一家果品气调库在西湾建成了。

就是马天雄去过的那块场地，水泥硬化的路面工程已经结束，临时搭建起来的简易舞台上，音箱刚一调试，歌声响起，临近村的人们便接二连三，闻讯而来。不大工夫，舞台前已经站了不少看热闹的群众。马天雄和包村干部、村干部们一起帮着维持秩序，人一多，他们就忙得团团乱转起来。西湾村党支部书记刘文山背搭着手来，见人打个哈哈，丢下一句，老鼠拉瓜蔓，苦头在后头哩。说完，转了一圈子又不见了人影子。马天雄听说最近上面要下新政策，村里的支书、主任和文书都要纳入干部队伍正式编制，村文书从大学毕业生里考录，村党支部、村委会村级"两委"班子跟乡镇一级一样，候选人由乡党委、政府选派，选举产生。事实上，一听到这个消息，刘文山就已经把风凉话说遍了，这还没卸磨子哩，就要杀驴了，我算是水窗眼尿尿呢，看得透透的咧。去年马天雄这个第一书记被闲置了一年，他倒也不争，落得个清净悠闲，今年却是刘文山这个实实在在的支书自我闲置，马天雄反而觉得有压力，村里的情况他又不熟，也没啥人脉，大伙都把他当临时人员看待，面对刘文山的消极怠工，他在后面还是尽量推着刘文山来主事。就这个果品气调库建成投产仪式，就让他非常吃力，上面跑乡里领导，村里求爷爷告奶奶，这时候他才知道，刘文山不吐核，你就是从户里叫一辆农用车都办不到。郭老师看出来他这个第一书记的有名无实，就主动出面，四处跑，这家婶子，那家姨姨，哥长姐短，嘴甜得像抹了蜜。马天雄跟着她，学到了不少农村工作的经验，一边汗流浃背地奔波，拉关系，一边心里想，这旧的村"两委"干部配备模式赶紧废除。马天雄非常拥护村干部纳入正式干部序列这种新政策，都啥年代了，像刘文山这个年龄的支书，识字不多，电脑不会用，死抱着老一套的工作方法，动不动耍老资格，完全成了新事业推进的绊脚石了么。刘文山借村妇女主任李小白太忙顾不上做饭为由，停了村部的灶，明显是跟他过不去，赶他走。这还给马天雄办了好事，他搭伙入了思嫂果业合作社的灶，那里人多，饭菜质量好，样数多，马天雄心里说，此地不留爷，自有留爷处。气调库一开，合作社就跟气调库合并，明厨亮灶，鸟枪换炮，就更美气了，下一步乡村旅游发展起来，这里的农家宴就更加热闹，还愁没得饭吃。搞小伎俩的刘支书螳臂当车，焉能阻挡伟大事业发展的浩浩洪流？刘文山支书不见了，县里和乡上的头头脑脑们却依次到达现场，马天雄在这样的场合成了当仁不让的村书记。第一批来的是古城乡年轻的党委书记司安顺、乡长王栋梁，随后，县上包片领导、县人大常委会的副主任尹学林也赶到了。气调库落成典礼流程简单，西湾致富带头人、思嫚果业合作社社长郭老师上台双手按胸躬身施礼，向大家介绍了古城第一家气调库项目规模及建设情况，随后司安顺书记致辞，市文旅局局长廖阔海、县人大副主任尹学林揭牌，最后尹学林代表县里发表了讲话。一阵鞭炮声之后，文艺演出在"好运来，好运来……"欢快的舞蹈中拉开了序幕。马天雄坐在廖阔海局长旁边说，你来了好，我就知道你对这个项目感兴趣。之前，马天雄做了一个较为详细的西湾乡村旅游项目规划，直接送到了廖阔海案头。没几天，廖阔海就给他打了个电话，说找机会他下来跟项目负责人见面谈一谈。郭老师来给他送帖子的时候，马天雄就把局长的意思跟她说了，这下把郭老师高兴的，一定要马天雄把廖局长请到。廖阔海看着台上演员们卖力地表演，就给马天雄说，你掌握一下群众的文化需求，文艺扶贫这一块是咱们的长项，逢年过节，给大家唱个戏、演个节目，再不行，也能写个春联，照个相啊。马天雄说，平时忙，也就农闲，腊月里打工的一般也就回来了，那时候文化下乡好搞。

　　两人聊着节目就接近了尾声，郭老师有心，在现场空地上摆开了从学校借来的长条桌子，搞起了农家宴，她说，将来乡村旅游项目搞起来了，农家宴少不得。大饼一袋子一袋子往上提，烩菜一脸盆一脸盆盛，洋芋粉条、胡萝卜和白菜，红红绿绿，热气腾腾，紧接着最拿手的烤全羊也上来了，有人介绍这是郭老师两口子亲自烤的。演员们妆还没来得及卸，就甩开膀子吃上了。郭老师在席间穿梭忙碌着，她的五官紧凑而精致，说话间忽然就笑出声来，而且响亮，永远一副小姑娘的模样。这一次，马天雄终于见到了郭老师的丈夫——瘦瘦高高的李宁生。马天雄说，真年轻啊，李宁生挠挠头，四十了，不年轻了。这时候，尹学林说话了，宁生是我从小看着长大的，弟兄两个都很能干。古城乡党委书记司安顺给廖阔海介绍，尹主任是古城的老领导，前辈。尹学林一笑，一脸的褶子，在咱古城当了五年乡长，三年书记，那时候困难哪，工资都发不出去，教师工资老是拖欠，老师们动不动就罢课，我没有一天轻松的，我记得我当乡长和你哥当西湾的村支书是同一个时间，这说起来，古城的苹果还是你哥带起来的。马天雄知道李城生这个名字，他的故事都上了报纸、电视，十多年前，在李店镇注册了一家叫翠玉的果业公司，建了苹果储藏库和分选车间，如今又在县城创办农业企业，搞得红红火火。他还是好友胡烁的堂姐夫呢。李宁生说，李店的公司是我哥和我姐姐、姐夫合股的，我哥已经撤股了。我姐名叫翠玉，她家种苹果很早了。我们都是跟着我姐家种的。司安顺书记说，咱古城这个苹果气调库要比他那个规模大呢，宁生的公司前景更广阔。廖阔海插话说，关键是这两口子有想法，就苹果做苹果总有到头的一天，把苹果做成文化那才是长久的富民之策，我看了天雄给我的项目建议书，市文旅局全力支持，明年是脱贫攻坚决战决胜的冲刺年，紧接着是乡村振兴战略的实施，我看，这个项目要是明年能做成，那可是意义非凡啊。

　　李宁生和郭老师频频举杯，以茶代酒，向他们表达敬意。热气腾腾的烤全羊端上来，马天雄帮助李宁生给大家的碗里分肉，互相谦让着、赞美着。廖阔海尝着羊肉说，这烤羊一点都不像咱本地的，有几分异域风味呢。李宁生一笑，局长真是见多识广。怎么？还真异域来的？李宁生笑而不语。马天雄一边吃，一边给廖阔海汇报西湾村帮扶户的情况。明年县里、市里、省上就陆续开始脱贫摘帽验收了，目下所有的精力都汇聚在了这一点上，上上下下都动了起来。马天雄除了自己联系的户，还给局里操心着每个干部职工的联系户，有事没事，他就上门去坐坐，特别没事的时候，进了人家门，他尴尬，户里也尴尬。廖阔海说，下午没时间了，不然去走走几户，这样吧，过几天抽个时间，我带干部下来，谁的户谁靠实，谁的责任让谁担着。马天雄说，这些户我都一本账，谁家是个啥情况清楚得很，有劳力的贫困户都加入了思嫚果业合作社，剩下的不是老弱病残，就是五保户，看来只能靠政策兜底。郭老师听说表态道，这不怕，有人的来人，没人的入股，没钱入，土地流转置换也行，一句话，都得让大家有收入。尹学林发话了，都是乡里乡亲，宁生，你们富起来了，要为全村的脱贫做贡献，现在政策这么好，要带领大家好好干。是的是的，领导们放心，全面小康的路上，绝不落下一个贫困户。总书记讲的。茶杯子跟茶杯子碰响，笑语朗朗。

饭后，李宁生带着大家参观了西湾苹果园。西湾的几个自然村二百多户人家全都掩映在一百多亩一万两千多棵的苹果树林里。两边的山坡和山岗上全都是苹果树，树不高，但挂果都不少，个头也不小。李宁生介绍说，西湾的苹果最早是我哥栽成的，我这些有一半也是从他手里接过来的，我们夫妻种苹果前面都有老师呢，首先品种选得好，直接引进日本红富士，我哥，还有我姐在李店那边都种了多年，总结出了一整套苹果栽培管理技术，有相应的技术标准和操作规程，我们照猫画虎就成。郭老师补充道，我们的苹果你可以摘下一个直接吃，不用削皮，绝对安全，我们给苹果套袋，减少农药的危害，少使用农药、化肥，多使用农家肥和生物农药。乡长王栋梁不失时机介绍起了全乡的情况，西湾的苹果一开始就走上了由传统苹果生产向现代化生产的轨道，提质增效，质量就更好。它不搞大冠稀植，而是矮化密植，机械化管理，减少劳动力。你看，果树间的行距很大，留这么大就是方便拖拉机开进来，机械化管理呀，人工管理成本高得很。城生、宁生兄弟俩是古城苹果发展的亲历者和见证者，现在，古城的群众已经认识到"苹果"是致富经，要想如期脱贫，稳定脱贫，巩固脱贫成果，只有发展主导产业，形成规模，成立合作社，走向市场化，我们计划在接下来几年重点打造南山片区苹果产业基地，将育苗、栽培融为一体，由粗放型管理向精细化管理转变，川区果园逐步实现旧园改造工程，引进先进技术，大搞矮化密植，倾心打造脱贫攻坚"金钥匙"，让甘渭子川的苹果十里飘香、百里传香、万里说香。

乡长说得慷慨激昂，令人振奋。马天雄看到，树上的果子全部套上了果袋，远远望去，一幅丰收在望的喜人景象，他给廖阔海介绍说，今年的苹果价格很高的，一个直径八十五毫米以上的苹果市场价都卖十几元呢。

走出西湾村，下到甘渭子川里，清澈的溪流，苍翠的群山，古朴的村落，廖阔海、尹学林他们向李宁生、郭老师一一作别。马天雄说，下次来，就有苹果吃了。的确，很快苹果就要成熟了，整个西湾将由绿转彩，马上就会变得格外迷人起来，继而落叶也将次第飘零，冰天雪地的时节将至。对于果农来说，一年四季是没有安闲的，忙碌的冬季果园管护又将开始，修剪、施肥、涂白消毒，这时候是果树修剪的最好时机，只有在这时候打好基础，来年才有丰收、稳产的希望。除了要剪掉徒长枝、密生枝、重叠枝、交叉枝、断垂枝和病虫枝外，还应根据树体结构及不同树龄相应进行改形，让树冠通风透光。修剪下来的枝条进行粉碎发酵还田再利用，既增加土壤肥力又不造成环境污染。冬季追肥对果树的花芽和树势都有帮助，可以抵御明年的倒春寒。给果树刷上混合石硫合剂的白石灰，不仅能为果树保暖，还能防治病虫害。马天雄看着已经开始在果园里忙碌的人们，心里想，这些树树势正旺，花芽饱满，只要管理得当，不要遇上自然灾害，丰收是没有啥问题的，要是明年的乡村旅游项目一落地，美丽的西湾肯定会有另一番样子。活动间隙，马天雄发了几个朋友圈，把西湾第一个气调库的建成记录了下来，也算是他驻村期间的一大成果，不大工夫，胡烁就在微信朋友圈后面留言了，开局好，未来可期。马天雄回，不够意思，都不来。胡烁转成了私聊，很想来，你不是不懂，不是想来就能来，你给局长提议一下，下次带我来。

送走廖阔海、尹学林和司安顺、王栋梁古城乡上两位领导，李宁生夫妇把马天雄叫到他们家里喝茶。自从马天雄那次加了郭老师的微信，两人联系就紧密起来，郭老师性格开朗，不拘小节，很好相处，气调库建成，张罗落成典礼，也是马天雄的主意。他的意思借气调库落成，把后续乡村旅游项目的事先预热一下，让市、县、乡里都支持起来。一直很奇怪作为静宁当地人，李宁生他们夫妇总是与众不同，尤其在喝茶上他们的讲究程度已经超出了一个农民的生活习惯。南方人爱喝茶，北方人爱喝酒。马天雄摆出了一个观点。马书记，家里有酒呢，要不来两盅，十几年的西凤，来点。马天雄也不推辞，那就来点，少来点。酒拿出来倒上，李宁生陪马天雄喝上了。郭老师从厨房收拾了俩凉菜盘子端了过来。你也喝点？我不喝了，晚夕要给大家讲怎么嫁接换新品种呢，不能喝，让宁生陪你喝吧。说起嫁接新品种，李宁生告诉马天雄，那年，她在苹果园子里疯狂锯树，我给她把风，人都以为她疯了，还报了警，要说，她也胆子大，第一次学着嫁接，就拿自家园子开刀。郭老师笑，主要是有你撑腰，不然也不敢。人都说我被你这个狐狸精迷得五迷三道，没有了判断力，助纣为虐。马天雄感受到他们两口子融洽的气氛，不由心生羡慕。看到郭老师拿着一个本子，马天雄说，我看看你的这个小本本行不？那有啥不行的？又没啥秘密，都是上课的笔记。小本子接过来，马天雄翻开来，只见上面的字写得一笔一画，整整齐齐，她的字写得很奇怪，既像写的，更像是画上去的，一个笔画跟一个笔画一模一样，有点印刷出来的感觉。接穗采集，芽接，枝接，剪削接穗，呀，专业得很么，我这外行看不懂，像看天书。郭老师一笑，没啥不懂的，其实简单得很，我第一次拿锯子锯自己的果树，摸索着搞嫁接，就接成了呢。李宁生打趣，她就是个"嫁王"，天生的。这话有些意味深长，马天雄隐隐听出了言外之意。酒过三巡，马天雄问，今年咋一直不见你在家，外面忙啥着呢？李宁生喝了一口酒，西安呢，我妈做了个手术，化疗呢。

马天雄一听"化疗"二字就明白了。不要紧吧？难说，这些年已经做了两次手术，先是切了胆，这回又是胃，都是以前的苦日子落下的，为了我们弟兄们能吃饱饭，那些年她像挣命一样地劳作，自己吃饭又没个准点，饥荒的时候都是几天不吃，先顾着我们，她苦苦挨着。就是后来病着的时候，她也不闲，只要一出院，就在园子里忙乎，施肥，拉枝，剪树，疏果，啥都干。我跟我哥商量，不管怎么样，就让她在医院里养着，受了一辈子罪，最后就享这点福了。不是家里有事，我也不回来，这几天我哥看着呢，不到七十岁的人，还不到走的时候么。

李宁生说着别过脸去，鼻子吸溜了一下。好好看，会好的，有啥要帮的忙，尽管给我说。两杯酒一碰，两个人鼻子一酸，心情忽然都变得沉重起来。

9

李城生那时候还不是叫城生。叫丢丢。至于为什么叫丢丢，庄里没有几个人知道。十一岁那年，李城生随他这个母亲一路乞讨进了西湾，走了多少路，李城生不记得了，从哪里来的，李城生不记得了。他只记得他们不停地走，手里的那根棍子都折了好几个。可能是真的走不动了，母亲端着一个破碗刚走进一个破院子，就一头栽倒在柴火堆上，怎么叫也叫不醒。破院子两间土坯房被风烟所蚀，已脱落了最初的墙面，破烂的窗棂玻璃上也沾满了烟熏后的污黄，窗台下的烧炕洞口四四方方敞开着，一股黑烟正翻滚出来，弥漫了大半个院子。一脸泥污八糟的丢丢被浓烟呛得眼泪直冒，他害怕极了，撕扯着母亲的胳膊，母亲就是没有一点反应。可能是累的，也可能是赶了好多的路，乏的，不知什么时候李城生就倚在母亲旁边睡着了，醒来的时候，他躺在一面土炕上，一口水喂下去，他就醒来了，一眼望见斑斑驳驳的土坯墙。可是母亲还闭着眼睛，躺在他的旁边怎么叫就是不醒来。屋子里站着一个人，看不出年龄，一件污垢沾满的夹衣已经看不出颜色，蓬乱的长头发盖住的半个脸，留着青色红肿的伤痕，有些瘆人。狗娃，心口有动静呢，她是饿的，你看嘴唇。那人不知出去在哪里弄了点糜面糊糊，一点一点喂给母亲。天黑的时候，母亲真的醒过来了，看见李城生，两人相拥而泣。

　　第二天一大早，母亲整理着他身上扯挂得一片儿一绺儿的衣服，拉着他跪在地上，说，丢丢，谢过恩人。跪谢过那人，她带着李城生就要离开。她看得出来，多个人多张嘴，这个破烂的家，可怜的人，跟她们逃荒要饭的一伙没有啥区别。他们刚走到门口，碰到了后来他们叫五爷的人。五爷手里拎着半袋子玉米面，说，刚粉的。他拦住了李城生母子，这到处闹饥荒，你们要到哪里去？母亲枯黄的脸上，犹疑不定，看她半响无语。五爷说，是这，没想好去哪里，就先在我家待着，只要你不嫌我这脏兮烂蛋，有我一口喝的，就有你们娘儿俩一口吃的。

　　五爷把李城生和母亲领到了他自己的家里。五爷也是一个人，家里陈设简单，却很是整洁，比他说的脏兮烂蛋要好很多。五爷每天要带大家去上工，早出晚归，有时候还不回来，说是上面的工作组下来搞路线教育，要求与社员同吃同住同劳动，农业学大寨，修田改地，干得太晚就睡在地边的窝棚里了。李城生母亲就在家里做饭、洗衣。有了落脚地，就知道收拾自己了，脸一洗，头发一收拾，衣服洗干净，五爷这才发现她还是个娃娃伙儿么，就是明显营养不良，脸色不好、干瘦些。一问，才二十六岁。五爷这才明白为什么这个女子把李城生一直叫丢丢娃，而李城生却一句都不叫她妈，原本两人相差十四岁多，依她的年龄根本就生不下城生哩。一问，果然，她十来岁的时候，成了孤儿，两年前成了孤儿的她，却又在路上收养了另一个孤儿——九岁的丢丢。一对苦命的娃娃，相依为命讨生活，有了母性的她想把丢丢认个干儿子，丢丢看上去不太认可，虽没拒绝，也不肯叫。唉，这世道，天不睁眼，地不增产，人不争气，不用问，这一对特殊关系的苦命人背后的辛酸和难肠就是一部苦情戏。后来有一天，五爷在家里领进来一个人，李城生和他母亲一时都没认出来。仔细端详，他们终于认得正是刚来那日救了他们的那个人。只是他的头发理了，脸洗了，还挺精神，与那日简直判若两人。五爷说，这是我没出五服的侄儿李耕读，一个人邋遢惯了，今日我硬给剃了个头，往后不能只为自己活人嘛。后来，李城生才知道，这几年李耕读正在遭罪。李耕读的祖父是个乡绅，有过庄园和土地，父亲在旧社会的私塾当过先生，都不是贫下中农。要说，父亲的罪名没多大，也就是旧时的臭老九而已，是土里躺着的祖父连带了父亲，父亲连带了他，他除了上过几天私塾，祖上留下的一片瓦都被没收分给了别人，他小小年纪变得比贫下中农还贫下中农，替祖父背着恶名，有些冤，连祖父长啥样子他都不知道。两年前，他的父亲挨打，他帮父亲逃走被抓回来，他父亲一个文弱书生，禁不住凌辱，一根草绳就挂房梁上了。就在他带着父亲躲到破庙里被发现的那次，他忽然就说话不连贯了，一句话，要分成好多句群才能说出来，后来找郎中，说是突然间的惊吓造成的发音障碍，没得治了。

这一年冬天，五爷安排李耕读去宁夏西吉给队里买饲草，因为要急用，五爷说黑市上的也行。李耕读到了西吉，一打听，黑市上的饲草每斤一毛多。李耕读没有买，去找那边的生产队，有人说，他们社员的私人草足够他要的一万多斤，可以平价三分钱的价格卖给他，可以给他开每斤一毛的票据。李耕读坚决不干，还走访调查了几家有饲草的社员，结果他们一致说平价是二分八。李耕读坚持每斤二分八买，票据也要照实开。饲草拉回来，走霉运的李耕读一下子抬起了腰，这件事在公社上上下下传遍了，他因此被树立为发扬共产主义风格的好社员。李城生的母亲听说这件事后，也对李耕读另眼相看起来，在这个饥肠辘辘的年代，到手的钱不要，到口的肥肉不吃，几个人能做到呢？五爷看出了她对李耕读的好感，就因势利导，有意拉扯他俩。翻过年的正月，在五爷的撮合下，李耕读娶了李城生的母亲，那一天，李城生才不叫丢丢了。母亲说，丢丢是城里娃，她在城里领的。他的根子就在城里，这要让娃记住，就叫城生吧。五爷说，城里娃到了咱古城，死里逃生，生了第二次，城生好。一家三口，组成一个温暖的家庭。有了爸爸，不能没有妈妈，李城生终于开始叫她妈妈了。

年底的时候，这个家又添了一个女儿，取名翠玉，她的到来给这个家带来了一些喜气，春风化雨，冰消寒去，翠玉一岁的时候，古城开始搞生产责任制试点，第一批李耕读家就分到了十亩地，几头牲畜。有了自己的地，父亲、母亲和城生三个壮劳力，受宠若惊，把土地像命一样地爱着，只要一钻进地里，就忘了苦忘了累，冬小麦、春小麦、谷子、糜子、玉米、洋芋，还有胡麻，啥都想种，只嫌地不够，三个人一个比一个勤快，屋里屋外，种地、喂牲口，驴、牛、骡子、鸡、狗一样不缺，只要老天爷作美，每年交过公粮、承包费，吃饱肚子已经不成问题。耕读传家的李家，耕字在前，没有比他家有更多的农具了：锄头、铁锨、镰刀、镢头自不必说，犁铧、糖耙、连枷、背篓、杵子，堆满了破烂窑洞，在他们眼里，这都是些宝贝哩。李宁生母亲要比李耕读小十岁，正是生育旺期，翠玉四岁，走路、说话已经很利索的时候，他们又生了一个男孩子。那一年的九月二十五日，中央发表了著名的"九二五"公开信，也就是关于控制人口增长问题致全体共产党员、共青团员的公开信，五爷说，宁生来的真是时候啊，六月生，九月就不准生了。李宁生的名字是顺着城生的名字取的，李耕读乐呵呵地说，将来宁生要把事干到静宁城里去。

李宁生更是他们的福星呢，李耕读逢人就说。因为生了李宁生这一年，全县两千多个生产队全部包产到户了。而战战兢兢了半辈子的李耕读也彻底解放了，真正成了社会主义大家庭的一员被无条件接纳了。李城生这才知道，父亲炕眼里藏了一些旧书、古画，他的祖上真的是个读书人呢。可是，李耕读已经很怕读书了，捧着这些东西的时候，他都是心惊肉跳的。难怪后来李宁生高考前夕跑回家来，一家人都在惋惜，父亲李耕读却说，不读了好，读的书越多遭的罪越多。多了两张嘴，生活的担子就显得比以前重多了，母亲对李耕读说，一定要让娃娃们读书，城生本来就是城里人，咱们养着养着养成了乡里人，咱对不住他父母。李耕读听了母亲的话，早早就把李城生送进了学堂，只是李城生个头越长越高，本来就是上中学的年龄，站在一群小学生堆里难堪得很，老师们有的跟他年龄也都差不多，也觉得难为情。干脆，凑合到小学毕业也就回家帮父母干活了。妹妹李翠玉赶上了好时候，从小学一直读到了初中毕业。李宁生打小就对读书充满兴趣，还没上学呢，已经认了不少字，读一年级的时候连城生、翠玉都教不了他了。那些年，李耕读为了供三个孩子读书，每年麦黄六月，背着毒辣的日头随庄里的男人翻过六盘山去陕西一带赶麦场。三百里长路三百里歌，从八百里秦川到麟游山里，从长武塬到董志塬，麦场一个紧连一个，一天割八分麦子都不停歇。每次回来李耕读全身都蜕一层皮，后来腰椎出了问题，实在疼得干不动活了，才在李城生的劝说下丢手了。李翠玉不上高中也就是她看不得父亲李耕读的苦，再加上上学本身的不易。在她们班上，女生只占了全班的三分之一不到。上了初中，就要住校，冬天，身体不舒服的那几天只能睡在冰冷的木板床上，待在冰窖一样的宿舍里，很多时候连一口热水都喝不到，好多同学都落下了病根，一辈子都留在了身体的记忆里。李翠玉一方面怕给家里增加负担，弟弟宁生也面临上学，一方面还是觉得在家里劳动累是累，但温暖，有人疼，在学校的苦是说也说不出的。她自知就算勉强上了高中，也还是回家种地，那样的话周围的人还更瞧不起她，觉得她多读了几天书，下苦力反倒不如那些没读书的女孩子，针线茶饭又不会做，所以嫁人的条件还会比之前变得更没了优势。她回到家，李宁生也上学了。穷人的孩子早当家，翠玉被拴在了牛屁股后面耕种、耙耱，收割打碾，成了主要劳力，还要不时叨空空去地埂边上铲白蒿子，撒在院子里晒干了，一斤五毛钱交给收购组，换的一些零碎钱给宁生买书本、交学费，听说可以入药。常常，白蒿子眼看铲了一背篓，一晒干却轻得跟个鸡毛一样，换不了几个钱，还得赶季节，四月茵陈五月蒿嘛。没办法，只得改换着去挖甘草根，碰着啥挖啥。古城这个地方，土地瘠薄，粮食产量低，却盛产中草药。黄芪、蒲公英、板蓝根、甘草都很多。甘草根的身子比白蒿重些，但是采挖却比白蒿要费事得多，常常一篮子甘草根挖下来，弄得翠玉灰头土脸，十个指头磨得红肿。李宁生看在眼里，记在心上。那一年，他们家的成员发生了重大变化，姐姐李翠玉嫁出去了，嫂子胡引娣进门了。李宁生眼瞅着姐姐被人接走，眼泪止不住地就流了出来。李翠玉的婚事很突然，李宁生一直认为是姐姐拿自己给哥哥换来的嫂子，那年哥已经二十八岁了，姐十八岁还不到。他能看得出来，姐不想嫁人，他也觉得姐姐还是个小姑娘呢，跟他们班的那些女生看上去都一般大小。他不知道哥不是母亲生的，一直在心里责怪母亲重男轻女。尽管天佑姐姐，婆家公公很能干，带领他们一家栽苹果树，成为他们李店最早富起来的户。姐夫胡尚勤也还说得过去，人虽不是多么勤快，但也是公公一心培养起来的接班人，在公公的调教下，他成了苹果园里的技术能手，靠着搞培训也赚了不少钱。姐姐在婆家享着福，李宁生还是觉得姐姐是被动的选择。因为姐姐并不多么开心的情绪，让他本能地不喜欢胡尚勤。欣慰的是，嫂子胡引娣也还不错，待父母好，也关心他，可最初的几年一家人再怎么相处，还是替换不了姐姐在他心里的位置。姐姐每次回娘家，李宁生都缠着不让走。母亲从小对他很严厉，老是虎着个脸，也没少打他，在他内心里，温柔体贴的姐姐就像他的另一个母亲。

　　李宁生从学校跑回来那一年，哥哥李城生刚刚承包了村里的五十亩苹果园，为了缴承包费，买磷肥，花光了家里的所有积蓄，还拉了好多烂账，家里的生活一下子变得紧巴巴。一家人整天在果园里折腾。不干不知道，干了才晓得，务苹果所受的苦累和琐碎的泼烦是务庄稼所不能比的。原来想着，不就是个苹果树吗，地里长着，浇足水，施好肥等着结果子就成了。难怪接手的人不少、中途不放弃坚持到最后的却不多，再怎么动员，多数人就是不搂手。好在有姐姐李翠玉、姐夫胡尚勤指导、帮忙，每年集中修剪的时候他们两口子都会过来住下，带着他们干。尽管胡尚勤说得多，干得少，却也在技术上让他们少走了不少弯路。人说打虎亲兄弟，上阵父子兵，那真正是一家人哪。嫂子和妈留在家里做饭、洗衣，父亲、哥、姐和姐夫在园子里忙乎，四五年哪，这四五年间，只有投入没有产出，地里的活根本就不敢雇个人，就是一担水都是自己去挑。头一年幼园的时候，果树下还套种些洋芋、大蒜、南瓜，适当发挥一些空地的效益。第二年，胡尚勤坚决让李城生别套种了，果树一旦挂果，地力不足了，影响果子品质，地力要靠平时养，别看一时收了洋芋什么的卖了钱，折大钱还在后头呢，莫要因小失大。李城生虽然听了他的话，可心里还是不舒坦，多年跟着母亲养成爱地如命的习性，就见不得地这么浪费着，而且还不止一年的浪费。第四年夏天，李宁生从学校回来了，这个夏天忽然一场突如其来的冰雹砸在了果园里。好多苗子的枝条都被打落在地，七零八落，树叶跌落一地，如夭折的孩子，揪心疼痛。嫂子胡引娣跑到地头察看，园子里堆积的冰雹核桃一样大，白森森的，气得坐在地上直接放声大哭。她哭，是为几年来自己下的苦流的汗哭，是为一家人像养育自己的孩子一样经管这些苹果树而哭。哭归哭，老天爷的事谁也没治，哭也罢咒也罢，不可能换来老天爷一丝一毫的眷顾，只能面对现实，重新整理果园，挖掉更换受灾的苗子，保护好那些幸免于难的，胡尚勤说，凡是冰雹打过的这些果树未来五年内结果的可能性几乎为零，必须挖掉更换。

生活总不全是苦难和泪水，苦心人苍天总不负，这一年，这些含在口里怕化、捧在手里怕摔的娇贵的"孩子们"终于要给他们一些甜头了，苦尽甘来，经过了一月里雪天的熟睡和冬剪，二月的树枝上冒出的一粒粒铁黑，在三月的时候变成了芽苞，春雪飘着飘着飘成了春雨，枝条柔软了，像姐姐翠玉的腰身。李翠玉在田里拉枝、布条，绳子和树枝摆出一个硕果累累的图形，那是她心里丰收的样子。终于山上的桃花如期开放，四月来了，他们看到了杏花，看到了梨花，于是一遍遍往苹果园跑，都想搬到苹果园里住下。所有的花都开了，就等苹果树上的花苞打开自己，谁也不知道那些粉红的花是什么时候开的，整个世界一下子变得好静好静。当蝴蝶和蜜蜂闻香而来的时候，他们才意识到这是真的，方才压抑、紧绷在心里的一池春水一霎子奔涌荡漾起来，沉寂的园子里终于热闹了。五月，苹果花次第开，他们和蜜蜂、蝴蝶一起忙碌，一簇簇的花，全结出苹果来，只是一疙瘩一疙瘩扎堆，数也数不清，难免长不大，疏花就成了他们的主要任务。在胡尚勤和李翠玉的示范下，在一簇苹果花中只留下最适合长大的一两朵，性子急开得早的花，已经变成了小青果，胡尚勤对妹妹胡引娣说，这个不能心软，下手要狠，该匀的小青果还得拿掉。六月的太阳已经热辣辣的了，肥料一担担往地里担，肩膀再酸疼着，心里还是美的，小青果呼啦啦迎风长，眨眼就核桃大小了，到了给苹果穿衣的时候，一个个给套上套子，避开农药污染，不怕风吹日晒，就像皇宫里的公主。李翠玉说，要摘掉新枝顶上的那些芽苞，好控制树形和长势。很快就到了七月，苹果们已经沉甸甸了，树枝从深深的土层汲取水分和养料，果子承接阳光、雨水和露珠，酿成甜蜜的糖分……深藏在袋子里的苹果，宛如青春的少女，一天一个样，女大十八变，越变越好看。自然，也就招蜂引蝶了，蚜虫、鸟雀、病菌等等，趋之若鹜，骚扰不断，八月的雨水开始多起来，日头毒得很，雨一场晒一场，苹果就大一圈，向阳的一面已经微微透出红晕，春心荡漾地思谋起了出嫁的事。九月，苹果园里沉静，枝头的苹果挂果均匀，个大圆润，密度适中，李城生半猫着腰从苹果树下钻出来，边走边用手拨开挂了苹果的树枝，每拨弄一下，都能让人感到那些树枝回弹得很吃力。真担心他拨弄的幅度大了，会让苹果的重量折断树枝。笑意漾在他的脸膛上，苹果一样的甜。人们再看他，分明就有了伟大的人物成就一番大事前指点江山的样子。

十月了，美好的季节。套在苹果上的袋子次第揭开，一个个又大又圆的苹果青白着一张脸，大梦初醒似的。树底下银光闪闪，把从枝头漏下的阳光全部呼唤回枝头。一天，两天，短短几天，她们一个个穿上了红色的嫁衣，向着满世界甜甜微笑，吸引着更多的人来捧场。吼吼来了，李二楞来了，更多的人来了，李二楞起先拿了李城生给的土地租金，以为自己占了便宜，逢人就讲，老鼠掉面缸了，嘻嘻。沾沾自喜没多久，马上意识到他吃了天大的亏，又扯住其他几个租地户，捻着指母蛋说，前后一算，咱这是老鼠尾巴熬汤喝呢，啥啥油水都没么，得好好思谋一下。古城乡长尹学林带着各村的支书来西湾观摩，拍着李城生的肩膀说，城生打破了咱古城不能栽苹果的定论，增得茬大，今后，古城的苹果大伙都要种起来……

10

兰州是兰州，静宁是静宁。尽管这次回来，兰州到静宁的高速公路已经修通了，只需要两个小时，可静宁还是成不了兰州。在兰州待了三天，该逛的风景逛了，该吃的美食吃了，再好的地方对于他们来说毕竟是过客，静宁才是李宁生的家。米拉·果斯曼看出了李宁生的心事，宁生，你为什么要犹豫呢？难道你后悔了把我从家里带出来？米拉，怎么会后悔呢，一点也不，我只是担心。李宁生从杜尚别出发的前一天晚上，就给哥哥李城生打了电话，说了回来的事，也说了他和米拉·果斯曼的事。电话里，哥哥自然很高兴，叮嘱他们赶紧回来。李宁生挂电话前，又安顿说，哥，我的事暂时不要给妈说。越离家近，李宁生纠结不安的心越乱。父母年龄越来越大，尤其父亲，听力越来越差，每次说电话，得喊半天。哥哥李城生比他要大十五岁，在很多时候，都扮演着父亲的角色，很多事情他愿意给哥哥说，自从那年母亲态度坚决地反对他跟桑眉的事情之后，李宁生在自己的某些重大事情上开始下意识地回避着母亲。

母亲会不会像那年一样，对米拉这个异域的女人挡挡挂挂？毕竟这在古城，甚至整个静宁都是很少有过的事，往大了说，是离经叛道，当年母亲都不能容下一个兰州人，今天她能接受一个外国儿媳吗？当然，这个倒在其次，李宁生最大的纠结是，静宁跟兰州真的是天壤之别。一路上，在他的口里都是静宁多么好多么好，古城多么山清水秀，可是真正要走进静宁了，他却心虚得很，他生活了几十年的静宁是一副什么模样，他心里再清楚不过。俗话说，丑媳妇总要见公婆，静宁已经很近很近了，只需两个小时，就可一眼看见，刚刚从塔吉克斯坦的首都杜尚别来到这个穷乡僻壤，她会责怪他欺骗了她吗？她能接受这样的地方吗？为了她跟他回来，李宁生自然是粉饰太平，极端地美化了静宁。他之所以滞留兰州，那是因为兰州比杜尚别要繁华，他想让她感受到她是从一个小地方来到了大地方，也是人往高处走、水往低处流呢。三天，他带着她在兰州的街巷里流连，轻松愉快的外表下掩藏着一颗焦虑的心。他的磨磨蹭蹭和有意拖延让聪明的米拉·果斯曼看在了眼里，倒是她开始在催李宁生，我想很快看到你生活的地方，你的亲爱的家人，还有你哥哥的果园，你打算跟我雪藏多久啊？李宁生脸红红的，一句话没说立刻就去了汽车东站买了两张汽车票。

两个小时，高速。真的很快。第一次去兰州，返回家的时候，李宁生觉得真是好远，而这一次，他还没怎么感觉就已经进城了。封闭的高速公路真好，它把那些丑陋、那些贫瘠和那些经常在公路边沿路乞讨、叫卖乃至行骗的人都封闭在了外面。一进车站，哥哥李城生叫了姐夫胡尚勤开着他的桑塔纳专门在车站接他们。哥哥李城生的双鬓上已经有白发了，一眼看见，李宁生的心里一酸，显而易见，自己没在的这些年，家里大大小小全凭哥哥在忙乎了。哥哥好，常听宁生说起您。米拉·果斯曼双手按胸躬身施礼。李城生一笑，既然叫哥，这"您"字就免了吧，我还愁着怎么跟你交流呢，原来你汉语说得这么好，真是不错，不错！

李宁生不知道哥是说米拉·果斯曼人不错呢，还是指她的汉语说得不错，可能都不错吧。李宁生自鸣得意。胡尚勤驾着车，穿过静宁县城，你姐嚷着要一起来接你呢，这不，又到了给苹果套袋的时候，这时间，一年又一年，过得可真快啊，等你回去安顿好了，到家里来玩，这些年你姐可没少念叨你，你给你姐寄的绿松石吊坠，她喜欢得不得了。李宁生说，那是米拉帮我选的，塔吉克斯坦出产绿松石，有上千年的开采历史。说话间车子已经驶进了古城川，南北两山遍布的高低不齐的山丘仪态万象，李宁生指着它们给米拉·果斯曼介绍说，你看，那是老虎湾，那是黑羊碃，看看，过去的这个叫吊马湾，我们古城还有个叫娥儿湾的地方，那里的传说很迷人，不过今天我们不路过。李城生插话了，你可别信他的，叫我看，啥都不像，就是些黄土堆堆，咱们这块啥都缺，就是不缺黄土。往后，你可别嫌弃，只要人勤快，和睦，心往一处想，啥都会有的，这几年，县里乡里的面貌已经和宁生走的时候大不一样了。这几十年的皇粮国税一取消，当农民的一下子轻松多了，最近国家又出台的退耕还林政策让我们的苹果种植户获益不少，补贴更多了，大家种苹果的积极性更高了，日子也越来越好了。

走上一面缓坡，才看到了山梁梁，放眼都是望不到头的光秃秃的黄土山。米拉·果斯曼一眼望去有些惊心动魄，她从未见到过这样的地貌，所有的山全俯着身子趴下去，一些大梁，一些小梁，全是黄褐色，一段段七裂八歪，形成的沟渠豁缝，乱而无矩，给人一种视觉上的撕裂般恐惧。经过这些山，顺着一段坑坑洼洼颠簸的土路，车子终于到了小巷道口上。一路上，李宁生一直紧张地看着米拉·果斯曼，特别在那段颠簸的路上，他一边紧紧拉着东倒西歪的米拉·果斯曼，一边在心里盼望这漫长的土路赶紧走完。好不容易到了巷子口，家门在即，可本来就窄小的巷道，这家的粪土堆在一侧，那家的柴火挡了一半，车子还走不动了。听到汽车鸣笛，一帮孩子不知从哪里就围了上来，他们身上搭着宽大的烂褂子，一看就是哥哥或者姐姐穿过的，一双眼睛脏兮兮地盯着汽车好奇地看。胡尚勤锁好车门子，恐吓道，别乱动，乱动打烂你的手。这一幕李宁生并不陌生，上小学的时候，他常和一帮孩子跑到路口去看过路的汽车，汽车疾驰而过，刮起一阵风，也刮起他们一个个的大呼小叫，大的车，小的车，高的车，矮的车，四个轮子的，六个轮子的，谁见得越多，谁就越牛气，就被大家佩服得五体投地。家长的骂也挨了，打也挨了，还是不顾危险凑路边上看。四个人从车里下来，胡尚勤锁了车门子，走了两步，回去又拉了拉把手，检查了一下。轰散凑在跟前的娃娃们，随李城生、李宁生、米拉·果斯曼沿着一溜子的土坯墙往里走，路上时或有蹲着墙根晒暖暖的老头，他们脏兮懒蛋，鹤皮鸡首，瘪瘪的嘴巴不停地嚅动着，不知道看清李宁生他们没有，目光一律地混沌而茫然。走了一会儿，李宁生远远看到了他家的三间土坯房，那个叫吼吼的本家哥看到他们过来，兴奋得蹦跶起来，他把墙头上准备好的那一挂鞭炮用纸烟点着了，一下子打破了小小村落的宁静。

胡引娣听到鞭炮噼里啪啦地响，就迎了出来。这是嫂子，米拉·果斯曼一下子就对上了号，一定是嫂子了。胡引娣自言自语，嫂子都会叫啊，不像个老外么。吼吼和胡引娣手忙脚乱地把他们四个迎进了屋子里，放下行李，李城生带着李宁生和米拉·果斯曼去上房里见过母亲和父亲李耕读。母亲还住在从前的那间最小的土坯房子里，墙皮的泥里横七竖八可见麦草，泥抹得高高低低，泥刀走过的痕迹一垄一垄的，房顶是细檩子，两搭细短的椽。堆在屋角的土豆，被窗外斜射进来的光线照耀着，一身的土色静静的。跟先前不同的是通了电，拉了灯泡，一面炕，炕上有老式的炕柜，地上放着一对老式座椅，看上去有些年成，椅子中间有个小方桌。父亲李耕读和母亲正坐在那里等着李宁生呢。李宁生说，妈，爹，我回来了，这是我对象，果斯曼，我已经向她父亲求过婚了，她的父亲答应了这门亲事，我就把她带回来了。母亲欠起身子，有几分怨艾，这路真是远呢，走了三四天啊。李宁生还没说话，米拉·果斯曼双手按胸躬身施礼，妈妈好，爸爸好，这远呢，四千多里路呢，宁生带我还转兰州了。李宁生母亲惊失得张大了嘴巴，她原以为她说什么对方都听不懂也不会说呢。此番她这些话原本都是说给李宁生一个人听的。没有想到她听得这么好，也说得这么好。这跟中国人差不多，你哥说，你带了个老外姑娘回来，可把我给吓坏了，晚上睡不着，老是想许仙和白蛇的故事，看又看不得，说又说不成，不知道咋办，庄里人都当怪物看就害死了。这一见，不古怪，眼睛是黑的，鼻子也不尖，正常着呢么。狗儿，你叫个啥？李宁生怕米拉·果斯曼误会，忙解释，我们这里一般对孩子很爱很喜欢了，就会叫狗儿的，没得恶意。米拉·果斯曼点点头，我姓果斯曼，叫我狗儿也行的。哦，你姓郭啊，好好，好好。李宁生赶紧接着母亲的话说，对，姓郭，叫郭思嫚。

　　你这娃，让人家小郭姑娘抛家弃舍，这大老远，谁家孩子不是她娘养的。母亲伸手拧住了李宁生的耳朵，啥时候让我省心呢，既然来了，就先住两天，我要亲耳听听小郭的实话，这穷家烂舍，实心留了就给你们张罗办事，你主意大，明着是要把生米煮成熟饭，咋也不能让庄里人看笑谈。要是人家娃待着心急，你还得把人给我囵囵儿送回去，交给她爹妈。你说呢，他爸？父亲李耕读比母亲要大十岁，六十多岁的人因为长年劳作看上去有七十多了，他眯缝着眼，盯着米拉·果斯曼看，半天了听老伴突然提高声调问他，这才嗫嚅道，这几年不见个人回来，回来就弄这么大个事，这娃。李宁生母亲对郭思嫚解释说，老家伙蹙眉扬眼，勿见怪。李宁生拿过背包，从里面的夹层里拿出一卷子钱，交到母亲手里，妈，这是五万块，我今年打工挣下的。李宁生母亲接了，说，去年你汇回来的还存着呢，攒着给你结婚用。李宁生责怪，家里这么紧巴，果园不是还欠着好多债，有钱为啥不用？家里这么多人，过得去。李宁生母亲说着，从五万元里数出十张，塞给米拉·果斯曼，狗儿，这个你拿上，第一次来，见面礼。米拉·果斯曼推搡着，李宁生乐呵呵地劝，妈让你拿你就拿着，这是表明她接受你了呀！

这时候，胡引娣进来说，这走了一路一定是饿了，饭好了，赶紧过来吃吧。李宁生母亲说，我们自己晌午已经吃过了，赶紧招呼两个娃和他姐夫吃。来到屋里，炕上的小饭桌已经摆好，一锅粉条白菜，两个鸡蛋，三个窝头。米拉·果斯曼和李宁生被让到了炕里面，李城生和胡尚勤左右各一侧，坐在炕边上就着一个小炕桌吃饭。李城生说，咱家的果园已经挂果了，去年开始就有了收入，再有两年果园的承包费就回来了，所有的烂账也就都还上了。以后卖苹果挣下的钱就都是咱自己的了，到时候哥给你修新房。不要怕，五十亩苹果园呢，好好经营，咱好日子在后头呢。米拉·果斯曼一边吃一边说，哥，我是学农的，苹果树我懂呢，今后我来管果园，赚了钱，我跟宁生给咱们修新房子。话音刚落，母亲从门里进来，狗儿，还吃得惯吗？咱就这个条件，将就着。妈妈，没事的，以后我帮嫂子做饭，我在家什么都干呢。米拉·果斯曼大方地说。宁生母亲看着他们，眼窝里泛出了笑意。

夜幕降临，农村人习惯了早睡，胡引娣开始扫炕，收拾床铺，李宁生和哥哥李城生住在了自己屋，嫂子胡引娣陪米拉·果斯曼睡在了李城生屋子里，第一次铺上了厚厚的毡子，那是家里昨天专门去古城集上买的新毡子。山乡的夜晚好安静啊，米拉·果斯曼望着窗外依稀可见的星辰，这才意识到她已经身处离家很远的地方了。想起了杜尚别的夜晚，想起了果斯曼先生、尤利娅女士和塔赫米妹妹，她的眼睛里偷偷涌出了无声的泪水……不知什么时候，她睡着了，忽然被一阵噼里啪啦的声音吵醒，门框被什么砸响，紧接着有叫骂声传来，打破了夜的宁静：鬼子来了，把鬼子赶出去，给咱中国人报仇！胡引娣也被吵醒了，她坐起来，披上衣服，这时候听到李城生已经到了院子里，大声喊：谁？谁在外面胡闹？把你些有老子养没老子教的瞎尿！墙外面传来几个学生娃的声音，老师说，八国联军攻打进北京，烧了北京城，杀了中国人，这个女的就是洋鬼子，把洋鬼子赶出去！

滚！看我打断你的腿！大门打开的声音，随后是一阵杂沓的脚步声远去。胡引娣伸出双臂，抱住了米拉·果斯曼，没事吧？没事，我不怕。夜很快又重归了宁静。

11

珍珠林真是个好地方啊！可惜知道的人太少了。

马天雄和郭思嫚在杜全知的带领下，来到了古城杨沟一个小山坡上，这里树木荫浓，积翠凝绿，与周边的干山梁梁相比，有几分超然物外的神奇。郭思嫚说，这个地方我路过好多次，就是没上来过，感觉很特别，你看下面，那就是甘渭子河，它在珍珠林的臂弯里，多像一滩珍珠。

马天雄终于见到了杜全知，这个文化界的老前辈、老专家并没有他想象得那么老。他戴着个宽檐帽，背个笨重的照相机，走起路来一阵风。难怪有人说，搞文化的人普遍年轻，这在杜全知的身上有所验证。杜全知虽然没什么学历，但是一辈子在地方文化领域摸爬滚打，几乎没有他不熟悉的。十几岁的时候他就是县秦腔剧团的演员，唱念做打，练就了一身童子功，二十来岁因为大棒烟抽太多，嗓子嘶哑了，离开剧团又一头钻进了文物考古，当过博物馆看库员、县文化馆长，在文化馆那几年，提着一台录音机钻山沟沟，现场把那些民间小调录在磁带上，回去根据录音整理记谱，编纂成地方民歌曲子大全一书，在挖掘研究成纪文化方面独树一帜，到龄退休的时候已经兼的是县文化体育局的副局长了。作为省级非遗传承人，在近几年非遗被普遍重视的时代背景下，在退休沉寂了几年之后，他重新又活跃了起来，焕发了第二次青春。人人都知道，在静宁谈文化是躲不开杜全知的，马天雄把他请到古城，介绍给郭思嫚就是想让他给古城的乡村旅游项目做文化策划。

杜全知果然能说会道，连声喋喋：有眼光，有眼光，在古城搞乡村旅游有搞头，不说宋长城遗址，珍珠林就是最大的景，有人文，有传说，有故事。做成旅游景点，有看头，有说头，有听头。珍珠林是静宁县境内唯一没有彻底毁坏的最古老山林，你瞅那山势，奇特不奇特，像虎又像龙，虎踞龙蟠，谁说不是一块风水宝地呢？瞧见没有，那一片就是珍珠杆树，又叫珍珠梅，它可以入药，有消肿止疼的作用，花开的时候，就像珍珠嵌满山头，美妙极了，这座山由此而有了这个珍贵的名字。珍珠林山间有座古老的寺庙，民国时立过个碑子，碑文上面记载，珍珠林曾经有个兴隆寺建筑群，庙宇遍布上中下三台，明朝以前就很有规模。据说当时后面是峰台，前边环绕温泉，有画栋雕梁，壮观得很，雄伟得很哪。郭思嫚说，宁生给我讲过，说他父亲告诉过他，这是灵山，原来真的不寻常啊。杜全知摇头叹息道，可惜啊，清朝同治年间，惨遭兵毁，民国九年，又是地震，日渐萧条。后来，大约是三十年代，珍珠林来了一位云游道士，选中了这处风水宝地，在此修炼，他披荆斩棘，修复寺庙，先后十多年，旧貌新颜，让珍珠林成为甘渭子河畔一颗闪亮的明珠，在陇山一带名声响亮，游人不断。传说这里生态良好，野兽时有出没，道士还收服了几匹狼，白天替道士看守道馆，衔草驱蚊，晚上与道士抵足而眠，鼻息呼应，亲如一家人一般。

　　登临览胜，杜全知感叹道，珍珠林如果能在你们的手里重拾静宁八景的盛名，找回昔日荣光，真是善莫大焉。古城人都尊称你为郭老师，说明我们静宁人心存大善，心怀感恩，具有包容心。你能不远万里，嫁到西湾这寒山瘦水，带领当地群众改良果树，脱贫致富，在乡亲们心里，你是王母娘娘派来给穷小子董永缝补织衣的七仙女呢。这话说得郭思嫚有些脸红了。杜全知言语无忌已成习惯，他才不管郭思嫚什么反应，自顾自地继续说，在咱们珍珠林，就有一个仙女的传说，相传上古时期，这里林木葱郁，优雅宁静，人民祥和，一派繁荣景象，不知何时有一位仙女飘然而来，在这里建茅舍而居，仙女婀娜之姿，天下无双，又因其体内生有一颗珍珠，经常用这颗珍珠帮助周边黎民逢凶化吉，化险为夷，方圆盛传其德。甘渭子河有一条恶龙，对珍珠窥伺已久，妄想据为己有兴风作浪，一日恶龙见仙女闭目养神，便大胆前来抢夺珍珠。仙女临危不惧，正义凛然，与恶龙展开殊死搏斗，无奈恶龙凶狠异常，仙女与它打了个平手，双方谁也无法降服谁。为使古城百姓少受磨难，甘渭子河两岸年年风调雨顺，五谷丰登，仙女在生命垂危之际毅然摔碎珍珠，与恶龙同归于尽，仙女从此形神俱灭，化为一山，群众感受其德，起名为珍珠林。

多美的一个传说啊，真正为百姓着想的人，老百姓都会念念不忘，永世缅怀的。杜全知的一番话，也引起了马天雄的共鸣。最近，马天雄终于证实了人们的传说和他的猜测：郭思嫚不是中国人，来自中亚的塔吉克斯坦。去年刚来西湾的时候，他就听说古城有一个在国外打工的小伙子领了一个媳妇回来了，很能干，还帮助婆家发家致富呢。但是他没有想到这个人就是西湾的李宁生，也没把办培训班教授大家种苹果的郭老师和那个洋媳妇对上号。随着和郭思嫚的深入交往和不断熟悉，马天雄对她产生了浓厚的兴趣，他一直感觉这个女人身上有好多谜团，他也怀疑她不是静宁本地人，可就是没想到她不是中国人。他不由说，你的静宁话简直说得太溜了。之前马天雄曾经给她说过，我就是本市人，都说不下你这么溜，尤其静宁人爱说"闲"字，你也爱说，而且不是刻意的。郭思嫚微微一笑，回答：是呢，你不知道，我喜欢这个"闲"字，当这个字第一次从宁生的口里说出来后，我觉得是他那种面对困难无畏的表情打动了我。记得当时，我问他，我们不仅年龄、身份有差距，连地域、国籍都差得那么远，我们能在一起吗？家里人会同意吗？他一仰脸说，这都闲。三个字，简短有力，那脸上的无畏和坚定一下子就鼓舞了我。那一瞬间，我对他有了更多的仰慕。随他来到静宁，我更深入地熟悉和了解了静宁人，每当人们遇到多难的事、多大的挫折，都会毫不气馁地说，闲闲的个事，咱重抹桌子重整席，跌倒了再爬起来。我感到一个"闲"字代表了静宁人不服输的一种精神头。一席话，听得马天雄啧啧称赞，就是静宁人自己怕都没研究过"闲"这个口头禅。

这回杜全知说郭思嫚是王母娘娘派来给穷小子董永缝补织衣的七仙女，马天雄觉得也不算夸张。在静宁摆脱贫困的路上，她担得起这个比喻。马天雄在西湾驻村，像一只没头的苍蝇瞎撞瞎碰，廖阔海局长来之前，他就抱着个昏天度日的心态，捞捞资历回去，继续坐机关，摆老资格。自从廖阔海升了他的职，跟他谈了话，他就有了方向，恰好有了郭思嫚这个他在西湾唯一可以依靠的人，他就有了方向也有了信心，有啥想法就往郭思嫚那跑，一来二去，两人成了工作上的好联手。话题又回到珍珠林上，马天雄对杜全知说，这只一会会儿工夫，你已经讲了两个珍珠林这名字的来源了，不过你讲的这个传说好，我还第一次听说，我要记下来。关于珍珠林这个名字，我听有的人讲，说是这里生长着一种奇树，果实洁白如珍珠，所以才叫珍珠林，原来就是这个珍珠梅啊。郭思嫚说，我也有个珍珠林来源的说法。马天雄疑惑不解地望着她。这里苹果树多起来，漫山遍野，就叫珍珠林了，苹果刚取下套袋不是洁白如珍珠吗？好好好，你就知道苹果树，都成苹果迷了。二人正说笑，只见杜全知遥望珍珠林，唱了起来：

  人生在世莫偷闲，须学那高人把名传，
  不要把富贵常牵挂，乘兴还，
  好比那孟浩然踏雪寻梅赛神仙……

听说李耕读和妻子回老家养病了，杜全知提出要去看看李耕读。他说，耕读兄出身书香门第，是静宁文化的根脉呢。马天雄没有想到李耕读在他杜全知的心目中会有这么高的地位，好奇之心顿生。

李城生的果业公司做大了，在县城里买了房子，把父母亲接到了城里，西湾老家里就剩下李宁生一家了。近几年李宁生母亲忽然发病,先是胆囊炎,后是胃溃疡,今年春节前又查出了胃癌。李城生把母亲送到了西安最好的医院,术后一直在做化疗,整个人头发全部掉光了,看得人心疼,可母亲却不说一个疼字。李城生的女儿李葫在西安的大学已经毕业了,应聘于西安一家私企。奶奶住院期间,她恰巧辞职,还没找到新的单位,就一直守在医院病床边陪护奶奶。奶奶很操心她的就业,问她这已经换了几个单位了?这样频繁变动工作朝三暮四可不好。李葫说,我辞职是想回静宁去,帮爸爸卖苹果。奶奶佯怒,没出息的,你看西安多好,十三朝古都呢,为啥辞职?李城生看着母亲,知道她的心思,他们俩的青少年时代,都是在西安城里度过的。那些不堪回首的往事就像一场噩梦。一期化疗结束后,李城生母亲就死活不想待在医院了,李城生只好把她接回了静宁县城的家里,她又不停地嚷着太闷了,回西湾去,还是西湾好。

  李城生两口子把父母接回西湾第二天,马天雄就带着杜全知来了。李宁生的母亲看上去状态尚可,坚持不让人扶,自己下床,做什么都要自己动手,按她的话说,不活动,身体就僵了,最后要想站起来都不得成。李城生说,我了解她,人太刚强,一直硬撑呢,尤其有人的时候,努力要把最好的一面留给别人,她这人,一辈子就不给人示弱。马天雄听说,赶紧催促大家看看就出来,不要太打扰病人休息。一见李耕读,杜全知嚷着要看李耕读祖上留下的古书,还把李宁生也叫到跟前说,去年县里成立了成纪李氏研究会,你们家可是成纪李氏的望族呢,李白知不知道,李广知不知道,李世民知不知道……杜全知正在饶有兴致地说呢,正在里屋做作业的李塔跑了出来,我知道,我知道,一个大诗人,一个大将军,一个是皇上。对呀,对呀,他们都是你们李氏家族的先人。啊?我是李白的后代,床前明月光,疑是地上霜……真的吗?真的呢,在相传伏羲降生的成纪河谷,就是我们静宁西南,早在秦汉时期就设置了成纪县。西汉初年,"飞将军"李广的父亲李尚任成纪令,在这里安下了家。从此以后啊,李氏家族人口繁衍渐多,代有才人,慢慢发展成了这里的著姓大族，开启了成纪李氏崛起百代、独步千年、鼎甲天下的辉煌。再到南北朝时期，选拔官吏的时候比较看重门第，用任人唯家世这句话来说一点都不过分，史书记载当时"上品无寒门，下品无世族"，一时形成风气。当时，世族即望族，有声望的大家世族在一个地方住久了，影响不断扩大，人们不仅敬仰其人，而且仰慕其居住郡，这样就形成了人们常说的郡望。到了唐代，重视郡望的风气依然延续，而当朝皇帝又是成纪李氏的后裔，这样，陇西成纪就更加成为天下李氏引以为自豪的郡望。你们可以翻翻《新唐书》，在宗室世系表这部分说，从汉李广到唐李渊，成纪李氏经八百年，共繁衍了二十四代，先后有数十房分支迁居他州他郡，成为一个人口众多、分布广泛、枝叶繁茂的氏族。这个氏族，曾涌现出许多赫赫有名的人，代表人物首推李广，其次要数李渊、李世民父子，再是大诗人李白，李白自己说：本家陇西人，先为汉边将。历史上，成纪李氏苗裔被正史立传者有六百多人，其中皇帝二十五人、宰相二十九人、大将军五十二人、王公侯五百多人，有较大影响的文学家、诗人、画家、音乐家二十多位，太守、刺史等官员，进士、举人等人才更是不胜枚举。

　　杜全知说得滔滔不绝，李耕读听了个稀里糊涂。李塔趴在他耳边说，爷爷，你是李白的后代，我也是。李耕读嘴一撇，狗扯羊皮呢，听他蛮扯，那么远的人，跟咱有啥关系？咱可是贫下中农，一贫如洗。杜全知说，你这老东西，你咋能忘了根基啊，我可调查过，你太爷快四十岁时，中了举人，之后连续三次赴京参加会试，十年的光阴流逝，年近六旬被选授为静宁州学正，学正是个啥官，这么说吧，就类似于咱们现在静宁县教育局的局长。后来你太爷因工作业绩突出，教育生员勤学上进，擢升平凉府教授，也就是市一级的局长。到了你爷爷，他虽未中举，却也参加了几次乡试，俗话说得好，去到考场放个屁，也替祖宗争口气。有祖上积荫，你爷爷贵为乡绅，那可是屁股上戴铜铃，在咱甘渭子川踏得响当当的。这都是光绪年间的事了，到你父亲的时候，清帝退位，家室衰微，你父亲以私塾为生，也就成了一名普普通通的教书先生。

李耕读听得目瞪口呆,你编派的啥,我自己都不知道的事。杜全知一笑,没问题的,你不调查有人调查呢,当年给你父亲定罪,可是掌握了真凭实据的,你以为你没钱你穷你就三代都是根正苗红的贫下中农?别看你老家当蔫了,根子硬着呢。杜全知伶牙俐齿,李耕读完全无法应对,可怜兮兮的急得脸红脖子粗。这时候,郭思嫚端进来两碗调了酸菜的玉米面疙瘩,说,杜局长,很对不起,我妈妈突然要吃这个,我就做了,不知你吃得惯不?杜全知一拍大腿,我这秃子跟着月亮走呢,沾光了,沾光了!这多少年都没咥过了,好么,好么,要知道,这在馆子里,是特色小吃,价钱贼高呢。李城生说,那些年把这个吃伤了,想起来就发愁。我妈这是在怀旧呢,在医院里,晚上睡不着,她老是跟我说过去的事,根根筋筋,说得细很。郭思嫚说,杜老家小曲唱得好,有空我也要学,将来西湾乡村旅游搞起来了,用得着,这就是特色文化卖点之一呢。杜全知逮住话头就开始推销自己了,我编过一本静宁曲子的书,有词有谱子,完了送给你照着学去,识谱的都学得会。

杜全知一提书的事,马天雄想起他写的静宁苹果由来的那篇文章,关于伏羲、女娲与苹果的故事,就问,杜老,你写的那个关于静宁苹果的起源的神话,叫什么圣果衍人类,是你胡编的吧?杜全知摇头晃脑又说起了这个故事,伏羲、女娲每天喂葫芦河畔的石狮一只红山果,石狮为了报恩,在洪水来临之际,让伏羲、女娲钻进了它的肚子里,躲过了人间的灾难。天破了个窟窿,洪水淹没了人类,只留下他们兄妹二人。伏羲、女娲就靠吃石狮肚子里的红山果活了下来。这就是静宁苹果。这是神话传说,一代代人口耳相传下来的。郭思嫚说,不对,我在大学里学过,书上讲的是苹果原产于欧洲,还有我们家那边——中亚。是从这些地方传进来的。杜全知呵呵笑,神话么,人说听神话听神话,可信可不信。第一次接触杜全知,马天雄发现这个老汉很可爱,既有严肃认真的一面,比如说起李宁生的祖上,逻辑清楚、有理有据，更有满嘴跑火车的一面，根据需要可以信手拈来一个所谓的历史或传说，不过做旅游，这个本事还真得有。据说，杜老也当过景点解说，现场发挥，真真假假，云里雾里，妙趣横生，事后游客才知道，全部是李逵战张飞，东拉西扯、张冠李戴地乱扯一通。

饭桌上，马天雄还见识了杜全知的又一面，说起市上部门的某某局长、主任，某某副局长、副主任，甚至他们局的文物保护科的科长胡烁，杜全知说，你回去见了问个好，就说老师最近吃得好、睡得好，秋天的螃蟹，顶盖儿肥！当然，这些人都是从静宁干出去的，可见杜全知在静宁是弟子众多，堪与孔子相比，一个没教过书的人，被一大批人尊之为老师，活人算是活到了境界上。只是有些人老师不语，学生常执老师礼，而有些人喜欢好为人师，尽管这些师都是真的。

杜全知在书架上翻了半天，没有找到他想要的李耕读祖父留下来的古籍，走的时候，要了笔墨，笔走龙蛇，给李宁生家留了一副对联：耕读人家快乐多，积善门第幸福长。

12

一年定杆，二年重剪，三年连拉带管，四年挂果，五年丰产。四五年漫长的日子里，整地，栽植，施肥，打药，修剪，一年年走来，盼望着，一直走到第四年终于开始挂果了。套袋，摘袋，采摘，一套一取，机械单调，苦不堪言，每天摘六十箱，要摘七八天时间，摘完所有苹果，李城生和胡引娣就像全身散了架一样，但想想这些苹果将要给他们带来的前景，又浑身来了劲。胡尚勤看不过去，劝道，再不敢这么惜钱了，我们早几年就已经雇人来干，套袋、取袋、采摘这些活自己都不干了，这根本就不是两三个人能干的活，抬头弯腰上梯子，人一旦累个麻达，还不是一样往医院扔钱？事实也是这样，李翠玉说，在他们家的果园，胡尚勤早就成了甩手掌柜，大小的活都花钱雇人来干。为此，他们两口子还吵过，李翠玉是从小过下苦日子的，觉得能不花的钱不要乱花。钱都来得不容易。胡尚勤的观点是，钱就是为人服务的，多花钱，少受罪。吵过了，除了生一肚子气，啥事也不顶，胡尚勤照例我行我素，花钱手越来越大。李城生两口子想，道理都对呢，话虽这么说，可胡家是胡家，起步早，底子厚，他们是他们，毕竟是第一年，就没指望赚钱，保住本就不错了，再叫人来干，那不是头比身子更大了。

还好，也多亏妹妹李翠玉全力以赴，直接把商家叫到了路边上，跟她家收购的一个价格，一斤四块钱。只是人家李店的路况好，卡车就能直接开到果园地头上，省了好多事。他们西湾就不行，一条窄小的土路，只能走个手扶拖拉机，这还指的晴天，大卡车根本进不来，只能停在村口的柏油通乡路上，要把地头的苹果箱子往出转。李城生无奈，不得不叫了二楞、吼吼等平日里相熟的他们几个用架子车、手扶机子往路口转运。母亲闻说也替他们着急，怕熬住买主的时间，又增加成本，自己竟然不言不喘挑着一个担子赶来了。李城生和胡引娣怎么劝还劝不回去，只能眼睁睁看着她头顶着日头一担担子去挑。一家老小，再加上叫来助力的弟兄们从早上一直跑到下午，一个个鞋底子都磨薄了，好不容易才把卡车装满。好歹算是把苹果卖出去了，提着十万的现金，一路上几乎是小跑着回到家。

坐在家里了，心脏还一直怦怦地跳个不停，这辈子，哪里见过这么多的钱，数都数不过来。匆匆喝一口水，就开始算账，五十亩果园收入十万元，要比打粮食好多了。想想要不是去年遭了冰雹冷子打，要不是叫人再往外转运，要不是还有后来补栽的好多苗子，怎么也在十七八万元上。幸好的是，汗水没有白流，起码答应人家归还的欠账有着落了，见了人家再不用溜墙根、躲着走了。一家人把各人手里捏着的所有的欠条、收据、合同和购买单归拢在一起，一笔一笔往下减，减一笔心里疼一下，收入这数字就这么日怪，增加一个、两个像上山爬陡坡，费劲吃力得很，往下减倒是快，哗哗哗地就把三四万没了。减掉所有凭证上的，几个人又在记忆里打捞那些零零碎碎花掉、无凭无证欠下的。胡引娣说，前年借了主任家的拉水车子，用了三天，答应要给钱的。李城生说，记上记上，别的人也就算了，主任那人，会记在心里的，赶紧记上，明日就还，不然这老头肯定睡不着觉。他们几个人轮流仔仔细细算了好几遍，算盘打了一遍，纸上加减乘除了一遍，四年里两万元的土地承包费是个大头，化肥、农药、套袋、浇水、转运费和包装纸箱等等看不见的花销一刨去，给他们自己落下了五万元多一点。

五万元说多吗，论亩数，跟李翠玉家比，不多；说少吗，跟自己家里这些年的来钱比，那已经是天文数字了。家有三件事，先从紧处来，李城生两口子把这钱全部交给了母亲。母亲在手里掂了掂说，终于，你们把我当年要干的事干成了，不简单，也不容易，除了你们的勤快、肯吃苦，还要感谢上面的政策好，政府多年苦心倡导看来真是没有错儿。现如今有了钱，帮过咱的谁都不能亏，刚刚算的谁手里的欠账，谁去负责归还，要一分不少地归还清了，这是我们做人的良心和信用。在咱西湾，要知道，失了人脉，我们寸步难行。还有，这几年多亏了翠玉一家的帮忙，关键时候还得靠自己人。城生，你得去一趟翠玉婆家，给人家拿上三万。别让亲家落下话，咱不占别人的，就是亲兄弟也要明算账呢。引娣，我说这话你不要见怪，进了李家门，你就是李家人，屁股得坐在李家的凳子上说话。李城生看了胡引娣一眼，胡引娣眼皮抬了一下，冲母亲点点头，算是听进去了。这事李城生不是没想到，给母亲交账之前，他已经先斩后奏抽出了一半两万五给胡引娣，让她回娘家转的时候拿回去。胡引娣生气不要，说，我弟弟是我亲弟弟，你妹妹也是你亲妹妹，你给钱不是拿他们当旁人了。胡引娣没收，李城生只得把钱全部交给了母亲。没想到，母亲把这话说了，尽管说的数字不一样，至少他们想到一起了。母亲让他去，更显得郑重其事，这是冲着妹妹脸上看呢，妹妹嫁过去，胡家日子风光，母亲内心里还是担心妹妹在胡家气不长，短精神。母亲这种安排，有她自己深层次的理由。李城生爽快地说，亲自送去，亲自去，这几天我就专程去一趟。

骑着车子顺着柏油路一进入李店流域，路两边的苹果树顿时扑面而来，山地里，山坡上，沟沟峁峁，漫山遍野，绿浪翻涌，蔓延四十公里，从没有见过这么多的苹果树，真是开了眼界了。难怪李店人的房子修得越来越好，小四轮机子村村都有了。在迎面扑来的大片绿色里细看，矮小果树上的苹果已经摘完了，一缕缕清香还弥散在空气里，一块块果园地修整得特别平顺，精耕细作，每隔几块园子，地头立着一间小安房子，红顶白墙，在绿色中分外显眼。李城生眼热地看着，心里的劲更足了。等西湾苹果成了气候，也会有人家李店这般光景的。下了常坪原，走不远就到了丈人的家里。丈人家大小七口人全部住在一个院子里，胡尚勤的爷爷、父母，胡尚勤一家三口，真正是四世同堂，自从家里苹果起来以后，胡尚勤在南方打工的妹妹胡月月也回来了。院子里有上房，东房和西屋，靠里面连续开有两道门，第一道进去是牲口圈，往里走，穿过一个甬道，再进入一个门就看到一片苹果园，一眼都望不透。

李城生先去看过丈人、丈母娘，把手里提的一条"恒大"纸烟、胡引娣做的一摞子洋芋饼子放在桌上，然后拿出了三万元，把母亲的感激和酬谢之意表达完，说，没有尚勤的帮忙，这钱就挣不上，人力是一方面，重要的是技术，技术上的指导让我少走了不少弯路。果然，跟胡引娣说的一样，丈人一摆手说，这点钱对我们来说不算个啥，放在你们那可能派大用场，拿回去，拿回去。说罢喊来了胡尚勤两口子，你看看你姐夫，给你把工钱都拿来了。丈人的话让李城生坐不住了，他之所以平时很少来，就是受不得丈人这份盛气凌人的口气。他曾给胡引娣私下里说，你爸看不起我们李家，当初为啥要把你嫁过来。胡引娣说，我看得起就成，要他看得起干啥，再说，他那个人，一辈子说话占地方，大家都知道，别计较。胡尚勤和妹妹翠玉进来了，丈人开口就说，大家都是糜面馍馍泡米汤，亲亲一家人么，你俩口子，可真是，连你姐夫的钱都挣？胡尚勤看了一眼姐夫说，你给你妹妹，看她要吗？她抠，稀罕钱。我不要，再缺钱，我也不到你那儿挣去，我的技术是值钱，那看在哪值呢？你们第一次搞，万事开头难，今后上路了，有收入了，我和翠玉也就不管了，哥你这样，好像我们过去帮忙是专门去挣你钱的一样。两人推推搡搡半天，胡尚勤母亲说，城生也是觉得你们出了力、耽误了时间，心上过不去，你们不拿，今后他有事怕都不敢叫你们帮忙了。李城生借坡下驴，一听连忙说，是，是啊，对对的，妈说了，你得拿上。胡尚勤说，那这，我拿你一万元，剩下的两万你拿回去。家里用钱的地方多着呢，我看我姐还穿着出嫁的那件袄，该换新的了，你要买不起，我给买。

　　说起衣服，李翠玉想起了一件事，笑嘻嘻地讲述开了。刚结婚那一年，我和嫂子去逛静宁县城，那可是正儿八经第一次逛县城哩，尚勤妹妹胡月月从南方回来的时候穿着一条巴拿马喇叭裤，说是当时正流行的，妹妹脱下来的时候，我们看啊摸啊，就没见过那么好的布料，那么好的衣服，想象着哪一天我们也穿一件，在县城里神气地走一圈。还真让我们逛到了，在县城百货大楼里就挂着好几条，颜色还不一样，我们两个人不约而同在柜台前舍不得走，摸来摸去，惹得售货员眼睛瞪得白眼仁子都出来了。这梦寐以求的稀罕物就在眼前，不买的话下次怕都卖完了，从此错过了。我们两个掏光了身上的票子，连钢镚镚都凑在一起，也只能买一条半。嫂子把我拉一边上，出主意说，紧钱打豆腐，能买一条就买一条，过了这村没这店，我问那买了谁穿啊。嫂子说，今日先换着穿，反正家里要干活，也不能穿。于是我们俩就买了一条。出了百货大楼，嫂子趴在我耳朵上说，汽车站上有个公共浴室，洗一次五分钱，我们洗一洗，换上。我们就去了车站的浴室，洗了澡，按照我们的约定，我先穿上崭新的裤子，一上午从县城的东头逛到西头，我感觉满街的人都在看我，走到哪儿，追随的目光跟到哪儿，让人又激动又羞臊，真是把人给耍了。我嫂子还说我们是狗戴凉帽子，耍了一阵子人。中午回到车站浴室里，在那里我又把裤子换给嫂子穿上，出来我们在车站门口要了一大碗浆水面，我吃一半，嫂子吃一半，我在饭馆里坐着看街上的人，等嫂子。嫂子也穿着新裤子耍人去了，等她在县城里逛了一圈子回来。我俩回到家，把裤子脱下来，拿了个盛满滚烫开水的缸子，把裤子铺开熨平展，按棱角把裤子折叠好，装回原来的包装袋子里，平时谁都舍不得穿，相约着下次逛县城时再带上换着逛。可是自从务了果园，哪有时间逛啊，这一晃娃都有了，这裤子到现在还在柜子里。

想起这个，把人给失笑的。李翠玉说完还笑，笑得收不住。李城生有些心酸，有这事？你嫂子咋就从没给我说过？怕给你增加负担呗，不过现在那裤子已经过时了，想穿也穿不出去了。李城生一脸愧疚，摇摇头说，苦了你们了。胡尚勤爹拍拍他的肩膀，小孩子啃锅盔，咱慢慢来，很快也就翻身了，明年苹果丰收，一切就不一样了。

吃完饭，李翠玉送他到路口。李城生说，在这边有啥委屈给哥说，看上啥要买啥就给哥说。李翠玉扶着李城生的自行车后座说，好着呢，啥都有呢，你给嫂子买件袄袄吧，嫂子穿好了，我也底气足。李城生说，我保证，就算为了你，我也得给她买，哥有钱了。李翠玉回转家，李城生骑上车子，直奔李店街道。在街道上，他远远看到那老黄色的旱烟叶子，走过去手一摸，干透了，果然是上好的烟叶，给父亲称了三斤。李耕读就好这口，几斤旱烟能吃半年。又转到成衣店里，挑来挑去，比来比去，给翠玉买了一件绒布袄袄，不管她骂不骂，这钱得花，家里人的衣服，大都扯布做着穿，都嫌买衣服不划算。给母亲买了两双袜子，就这她肯定也得数落他，叫花子放不住隔夜食。李城生一直忘不了她那些年带着自己乞讨，从来不穿袜子，冬天脚冻得肿得像个馒头，有一次脚后跟裂开了一个口子，她竟然自己拿针线在缝合裂口，就像给他缝褂子一样轻松随便。到了古城跟李耕读结婚后，虽然开始穿袜子，那也是冬天才穿，一双袜子补丁摞补丁，用她的话说，补丁多了更保暖。在他的印象里，她还从来没有穿过新袜子呢。他的，宁生的，翠玉的，穿过穿烂的她都补补自己穿去了。拿着新新的袜子，他有些惭愧，自己早就应该给母亲买一双又新又好看的袜子了。在小百货摊位上，李城生还给女儿李葫买了几个发卡和皮筋，真快，十二岁了，头发长长的，写作业老挡眼睛，皮筋、发夹少不得。买好这些东西，李城生想起了弟弟宁生，看到了街上邮电所的墙上写着"公用电话"四个大字，就走过去，拨通了弟弟留给他的公司在国外的电话，对方说让他等等，他去叫。李城生知道弟弟肯定在工地上，急忙叫不来，长途电话贵，就说，不用了，麻烦你转告一下李宁生，他已经两年没回来过年了。对方说，就这，他说，就这。

李城生出了热闹的李店街道，回头望望，太阳照着每一个人，到了李店这儿似乎更加绚丽灿烂。古城贫穷，因为贫穷只能从土里刨食，古城人也格外能吃苦，在其他地方，也许人家有了五分的努力，就能衣食自足，在古城，在西湾，曾经要十二分的努力才能维持温饱，当苹果来到古城，当苹果让他们有了格外惊喜的收获，苹果也找到了生长最美最好的沃土。他相信，给苹果最好成长的不只李店，还有古城。一路上，李城生慢慢骑着车子，往回走。他不知道，这时候，他家里已经来了不少客人，都在等他回去呢。

13

命运就像坐过山车一样，刚刚把人抛上高峰，忽然就跌落了下来，摔进了低谷。李宁生从县职业技术学校学习结束一回去，县第三建筑公司就宣布改制了。一个老牌单位，曾经红红火火，风光一时，说散就要散了。

上访的，闹事的，甚至出现了打砸抢的，好好的一个国家职工，为什么突然要变成社会自然人？打破大锅饭，砸碎铁饭碗，听起来有些惊心动魄。改制是政策，也是局势，不改就是一团死水，只能自生自灭，改了才有活路。这是他们的理由，似乎不无道理，可是合合分分乃天下大势，企业么，就是要向市场要效益，这终归是个观念的问题。尽管重组后职工可以选择买断工龄，也可以选择留下，留下的新公司还可以全部安排上岗，签订三年劳动合同。可是留下的成了给私人老板打工的，跟民工有什么区别？这是大多数人的想法。随之而来的种种矛盾，把公司变得乌烟瘴气，千号人的去留，上百名离退休职工的养老，没有得到彻底解决的房改，住宅水、电、暖的摘转，老弱病伤人员的管理等等，引发了各种难以调和的矛盾。李宁生是个新人，没工龄，没根基，没债务，没欠款，也没过多的人事交往。他不像大多数人对安身立命一辈子的企业充满感情，悲悼厂子的命运也悲悼自己的命运，他只面临一个选择，要么买断，要么签合同留下。签合同，跟外出打工一样，在这里是干，出去打工随便哪里也是干。买断，他只有可怜的两年工龄，能领几个钱？撑死了也就两千块。稍作思索，李宁生还是选择了买断，他永远是一个喜欢自己拿主意、不问任何人并时刻准备着为自己的选择承担后果的人。扣过一些什么合同公证、宿舍水电分摊等零碎钱，怀揣着一千三百元人民币，打起并不沉重的背包，走出了公司，对着刚刚卸掉老牌子、新牌子还没有挂起来的公司大门挥挥手，一个人独自回家了。

刚就业就失业了，命运跟李宁生开了个大大的玩笑，说起来颇具黑色幽默意味。母亲安慰他说，城里有啥好，喝一口水都要钱，家里有地，只要勤快，不比城里差。他不吭声，心里说，城里再不好人们还是千方百计地往城里挤，乡里再好，越来越多的年轻人都扎堆外出打工。跟上次放弃高考从学校里卷铺盖回家一样，李宁生已经做好了当一辈子农民的心理准备。那个秋冬，因为半夜睡不着，李宁生沿着那两千年前的土长城走，其实就是一截子两人多高的土墙，若不是竖了块宋城墙的石碑，它一定会被忽视的。他爬上土墙，月光清透，青色的夜，远处袭来的冷让他浑身哆嗦。李宁生意识到这辈子可能就和这古城墙相依为命了。可是上帝为他关闭了一扇门，却又打开了一扇窗。两个月后，忽然县职业技术学校一块学习的一个叫程飞的同学，跑到家里找他来了，程飞的手里拿着一张墙上撕下来的告示，背面还粘着一块硬硬的泥皮。李宁生一看，是县劳务办的，招工信息，正好要招录的是建筑专业的，有培训结业证的还优先考虑。西湾近些年外出打工的接二连三，也有人喊李宁生去，李宁生的骨子里有一些孤傲，他觉得自己起码干过一些技术活，也是正经国家企业出来的，还不至于沦落到纯粹出傻力气的那步田地。这次看到这个招工启事，李宁生意识到他的命运又有了重大转机，他敏锐地意识到，这不是那种自发的、散兵游勇式的未来一片模糊的劳务输出，而是国家决策、政府组织的重大行动，除了挣钱，经见世面，意义非比寻常。这样想着，他有些热血沸腾。他得去看看，马上去。

李宁生站在母亲屋子门口，喊：妈，我去县里了，招工呢，建筑工。没有等得母亲搭腔，他已经匆匆拉着程飞跑出了家门。跑到大路口等班车，程飞说，不会考试吧？李宁生说，考就考，不怕。到了县城，李宁生跟着程飞直奔县劳务办。劳务办人不多，他详细介绍了自己的情况，一个高中毕业、一个县职业技术学校的学习经历，就让对方感了兴趣。目前，来报名的，你是条件最硬的。那我想问，去了工资多少呢？保底工资每月六千。多少？六千。六千？六千。那我报。李宁生接过报名表，开始填写。月工资六千啊，他在县三建干，一月才领个一千块，六千这个数目强烈地吸引着他，以至于让他忽略了更多的内容，比如施工项目：中外合作杜尚别—恰纳克公路修复改造。地点：塔吉克斯坦。这个陌生的有些难记的国家名称让他迟疑了一会儿，但仅仅只是一会儿，他的注意力全部被管吃管住的六千元，加班还有加班费，出国务工，既能挣到钱还能开阔眼界这些利好的字眼吸引去了，其他的一切都显得无足轻重了。多么好的事。李宁生在表上签上了自己的名字，交了上去。好了，拿上这个存根，去县医院做个体检，不用交体检费，直接登记就成，体检完就没事了，回去等信儿，体检没啥问题，就发录用通知，把详细家庭地址一定要核对，务必填写正确。

　　回到家，这才把这事的前前后后详细给家里一说，父母亲和哥哥情绪都不是很好。他知道，这时候是家里活儿最忙的时候，哥哥包了五十亩果园，正是出力用人之时，他这样做有些没眉烂眼，说重了就是釜底抽薪。母亲叹口气说，你这个尻娃，这么大的事也不跟家里商量一下就报了，家里现在啥情况，你不是不知道，东拼西凑地全顾着果园呢，外面那么乱，你以为那个钱好挣？你听听广播，外国不是打仗就是暴乱，好好的安生日子不过，跑那里干什么去？李宁生已经做好了心理准备，他知道这时候要走，确实不是时候，可是事情走到这一步了，机会来之不易。他解释说，正是因为家里太需要钱了，我才要走，半年我保证给家里寄回来两万。李城生知道他这个弟弟，木已成舟，多说也无益。宁生，你没看清楚，人家说得很明确，每天必须干十个小时的活，才能拿到你说的那么些钱，这明着是资本家剥削工人阶级呢，这世上的钱都不好挣，到时候受不了了，回都回不来。李宁生不再吭声了，反正他已经报了名，腿长在自己身上，任由他们说去。

　　很快，一张录用函装在信封里寄到了他们村子里。录用函上说，九月十号统一集中在县劳动就业局参加十天境外就业中心的培训，二十五号上午统一出发。父母和哥哥除了一声叹息，只能顺其自然给他收拾好行李，叮嘱了再叮嘱。到了二十五号那一天，哥哥撒下果园，专门陪他到县城为他送行，他推让了半天，没拗过哥哥。一个人这么远的路，家里人咋放得下心？送行的锣鼓敲起来了，他穿上刚发在手里的一身崭新的蓝色工服，与程飞等县里其他几名录用者一起坐上了去兰州的轿子车，他们要在兰州统一集合起来后集体出发。车子停在了兰州劳动大厦前厅,已经有几辆车在那里停着。下了车,整齐列队在门厅前。他们才知道全省一共三十五名,省劳务办的领导给他们讲话,说这批赴塔吉克斯坦的务工人员,都是经各地劳务办推荐、层层选拔出来的具有一定技能水平的人员,都是优秀分子,机会来之不易,责任非常重大,任务十分艰巨,要珍惜这份荣誉。最后给他们提出了要求,有注意事项、各项纪律、温馨提示等等。简短的送别仪式后,李宁生、程飞和来自全省各地的兄弟一起,踏上了赴塔吉克斯坦"打洋工"的旅程。

在兰州负责接纳管理他们的是中冶天工建设有限公司塔吉克斯坦公路援建项目部的司马经理。上了车,司马经理做了自我介绍,大家一下子记住了他的复姓。然后,他告诉大家,你们所有人的签证及出入境手续都是公司统一办的。虽然你们是合同工,但合同期内,就算是公司的员工,一切必须得按公司的章程和制度来,谁犯了谁承担一切后果。一路上,司马经理一刻也没有闲着,为了让这批新人尽快熟悉工作,他向大家详细介绍了他们所要从事的建设项目情况。杜尚别—恰纳克公路修复改造项目是中塔经济合作项目,南起塔吉克斯坦首都杜尚别,北至乌兹别克斯坦边境城市恰纳克,全长三百五十五公里,总投资三亿美元,是塔吉克斯坦境内南北的一条交通干线,是上海合作组织框架内利用中国优惠贷款实施的首个项目,也是塔吉克斯坦建国以来最大的公路建设项目。所以,对于我们中方来说,这是一个荣誉工程,你们有幸能参建这个项目,是终身的荣誉。司马经理的一席话,让大家摩拳擦掌,群情振奋,再长的路也不觉得久了。到达新疆乌鲁木齐,集体吃过简餐后,他们一行马不停蹄地赶往地窝堡国际机场,凌晨一点二十起飞的航班,看似时间宽裕,在机场跑来跑去,时间就已经差不多了。李宁生是第一次坐飞机,充满了紧张与好奇,对未知行程的担忧已经马上被坐飞机的紧张不安取代了。他想,飞机飞上天,落下来咋办?小时候,姐姐李翠玉一直用报纸叠纸飞机给他玩,甩手飞出去,遇到树木,就会一头栽下来。这回他坐到了真的飞机上，有些提心吊胆，飞机一升空，他就闭上了眼睛，结果竟然就不知不觉睡着了，睡着了也就放松了。飞越两个多小时，一阵熟睡后，李宁生被同伴摇醒，遮光板早早被拉了起来，问旁边人，说是才四点多，外边还是漆黑一团，什么也看不见。司马经理给他们解释，北京时间四点，是这里的凌晨一点多，来这里第一件事，要倒时差，请大家把表上的时间往后调三个小时。走出机舱门，空气湿润，气息跟之前他在家里所感受到的完全不同。李宁生觉得全身的骨架都松散开来，似乎从这一刻起，他才有了嗅觉，或者说相关的感官才毫无障碍地启动了。

　　黑灯瞎火，一路蒙头愣脑只顾跟着前面队伍走，到了安排的宿舍，衣服顾不得脱，晕晕乎乎、稀里糊涂又睡了一觉。醒来时，窗外的太阳光已经亮晃晃了，真的跟家里不一样啊，空中大团的云朵已经变暗，但灰云之间的天空仍然是深蓝色的。那些呼之可触的湿润的气息也罢，深蓝色的天空和迟迟看到的太阳也好，好像都与他们这些人无关。这里的工作节奏实在是太快了，当天晚上安顿住下，几乎没有任何缓冲，第二天就直接进入了工作状态。李宁生参与路基基础工程和新建五公里的沙赫里斯坦隧道建设，他的岗位级别比一般的民工要高一点，成天跟随土建工程师后面做些拾遗补缺的事，不用抡铁锹，不挖土，也就是把施工图的内容细化，实物化，必要的时候也要拿起工具示范一下，做出模板来。刚踏上塔吉克斯坦的土地，还来不及去熟悉异域风情，他就被一张又一张的图纸缠住了，一张图纸还没看明白，紧跟着的另一张又来了。拎着这些图纸在工地里上上下下地跑，根本没有歇缓的机会。每天二十四小时待命，加班几乎是常态，有时候一加就是两天两夜，他根本来不及体会之前担心的想家和各种预想的不能适应。他终于理解了哥哥所说的话——这世上的钱都不好挣。尤其令他焦虑的是，工程师只负责安排活，并不过多地给他们讲解和指导。事到临头，他才感觉到他学的那点所谓建筑方面的知识真的是太浅薄也太有限了。专业技术的欠缺造成了他工作面临的困难要比别人多得多。在静宁来的那几个人中,他的确是最有水平的,可是放在全省几十个中,他已经明显落后了。没几天,程飞已经开始打退堂鼓了,他说要是一直这样干,他非崩溃不可。李宁生不停给他打气,也尽可能帮他一把,碌碡滚在半坡了,只能一边干一边学,除了在现场一次又一次地摸索,一遍又一遍向老施工员、老技术员不耻下问、虚心求教,还能再有什么办法呢?

每天早上六点起床,千篇一律,每天看到的都是窗外厂房里冒出的炉火。这让这座城市看起来弥漫着工业的气息,但是似乎很少看到有像兰州那样的现代化的高楼。让他们兴奋的是,开工典礼那天,塔吉克斯坦的总统拉赫莫诺夫也来了,他跟司马经理站在一起,还握了手。拉赫莫诺夫在开工典礼上讲了一通,翻译在后面说,杜尚别—恰纳克公路的建设对巩固民族团结、推动国家经济高速发展将发挥重要作用,将使塔走出交通基础设施落后的死胡同,给古丝绸之路带来复兴。看来真的这个项目是国家工程,可见杜尚别并不富有。一直想着有时间去杜尚别的大街上去认认路,逛逛街,可是一直没有固定的工作时间,有时候浇筑混凝土一干就是一天一夜,最长的一次是两天两夜,不停地干,第二天还得正常上班。但是由于工地施工需要把控,因此需要二十四小时待命,累了就席地而睡。据说,每一个分项工程量完成以后,可以适当放松,于是李宁生跟大家一样,苦熬着等那一天。但是,离开公司和施工工地,有一个最大的障碍摆在面前,那就是交流问题。塔吉克斯坦人讲话俄语、塔吉克语和阿拉伯语混杂,说什么语言的都有。塔吉克斯坦的本地工人也占不少比例,虽然配有一两个翻译,但施工现场翻译根本顾不过来,还是要靠自己交流,往往,手势比划成了主要的交流方式。李宁生意识到,在这里工作、生活显然不是一天两天,形势所迫,他们必须要学习其他语言,解决交流上的障碍。

出门在外,工友们都彼此很照顾,司马经理也很关心他们,谁有了病,就会去叫大夫来。轮流每月有一次一天的休假。李宁生原来计划着趁休假要好好逛逛杜尚别这座塔吉克斯坦的首都城市，可是真正休假了，李宁生就只有在宿舍大睡一天，睡得昏天黑地，恨不得把一个月里所欠的觉全部狠狠地睡回来。工地上他算是最年轻的，大多数是三十五岁以上的。三人出门，小人受苦，他自然比其他人得多担些担子。很快到了第一个春节，想起老家的家人，大家的思念就弥漫了上来，开始有人张罗着回家探亲。他自然是不能回去的，半年时间，花不起那个钱。可是程飞回去了，他告诉李宁生，这个地方太苦太无聊了，每天的劳动强度也太大了，他实在撑不下去了。家里已经到处开始修新农村了，他回去要在家门口重新找个活干，就再不回来了。听这话，李宁生心里不是滋味，送程飞和那些已经在这里待了三年、这次请假回家的工友们去机场时，一路上都很伤感。一个地方一同来的老乡，这还没几天说散就散了。看到他们走进候机室的背影，想想自己留守的孤单，李宁生一时也没忍住泪水。

14

星期一。这一天对于马天雄来说，预示着一个新的开始，驻村一年多，只有今年让他感觉到忙碌又充实。周五的上午，马天雄正准备回市里，廖阔海局长给他打来电话，说西湾的乡村旅游项目规划省上已经批下来了。马天雄兴奋得跳了起来，他赶紧开车回市里，赶在下班前见了廖阔海局长。廖阔海把省文旅厅的批复给他，说，省上对这个项目很重视，让咱们市上与林业、农业、扶贫等部门加强联系沟通，整合造林补贴、退耕还林补贴、苗木繁育基地专项、水利和道路建设配套等各方面资金，解决项目的投资问题。马天雄知道，纯旅游项目国家是不列财政补助资金的。但是廖阔海透露给他一个新信息，最近，国家为了鼓励社会资本发展休闲农业、乡村旅游、创意农业、农耕体验、康养基地等产业,下达了休闲农业与乡村旅游示范点创建项目,列支了专项补助资金,具体由农业农村部门与文化旅游部门联合实施。西湾的项目之所以这么快就能批下来,还是因为抓国家鼓励发展林果业及观光农业、推动农商文旅体融合发展的政策机遇抓得好,对路子。

马天雄出了局长办公室,抑制不住兴奋,转身去了文物科找胡烁,结果一问他下乡去了,于是拨通胡烁的电话,又跑哪里潇洒去了?还能去哪,掘人祖坟的命么。要来静宁,一定来西湾啊。我在单位来找你你不在,明早就下村里了。那就下次见。星期一一大早,马天雄迫不及待,驾着车直奔西湾,一路上他的车载音响里放着时下最火的一首歌:想去远方的山川,想去海边看海鸥,不管风雨有多少,有你就足够。喜欢看你的嘴角,喜欢看你的眉梢。白云挂在那蓝天,像你的微笑,你笑起来真好看,像春天的花一样,把所有的烦恼所有的忧愁,统统都吹散,你笑起来真好看……快到西湾的时候,马天雄给郭思嫚打电话,你在哪呢?我快到你家了,好茶准备好,我可给你带来惊喜呢。正好在家,我等你吧,今天是星期一,是个好日子。

听起来心情不错,马天雄进到院子里,听到一阵嘻嘻哈哈的说话声,开门的是李小白——西湾村妇女主任,原来她早就是李宁生果业合作社的骨干成员,马天雄吃了李小白做了半年的饭,还真没看出来她的这一个身份。李小白一见马天雄,解释说,是我自己顾不过来了,给刘支书谈的,不是他的事。马天雄打趣,还得感谢你,不是你,我吃不上思嫚果业食堂那么美的饭。进了客厅,郭思嫚正在捧着手机视频,一脸的喜庆。她看见马天雄,指指沙发,打了个招呼,来了,坐。然后继续又开始跟视频说上话了。说什么他一句也听不懂,只是听到嘻嘻哈哈的。这就是传说中的塔吉克语吗?平时跟郭思嫚在一起,马天雄完全忽略了她是一个外国人,她的汉语,尤其是古城方言说得跟当地人没有啥区别。他坐在沙发上,翻着手里的资料,尽量不打扰她跟家人的交流,不料,郭思嫚把手机摄像头朝向了马天雄,指着他叽里咕噜地说了一串子话，马天雄在视频里看到了一个撅着胡子的老人，精神矍铄，可能美颜过，肤色很白，胡子很黑，笑眯眯的，看上去有学者气质。仔细对比，他的眉眼跟郭思嫚有几分相像，无疑，这个老人就是郭思嫚的父亲了。

果斯曼先生，我们说汉语吧，不要冷落了我的朋友，他可是我尊贵的客人。好吧，米拉，你更像个中国人了。是吗，果斯曼先生，你说这是好事呢，还是不好的事？昨天我看手机新闻报道，我们的习主席去杜尚别了，还去你们学校了，天哪，真不敢想象。是的，孩子，这是真的，尊贵的主席接见了我们，杜尚别已经有了两所孔子学院和两个孔子课堂，有上百个中国教师，两国已建成七对友好城市，我身边的中国人越来越多了，我很荣幸。不过，你说"你们的习近平主席"，这话听起来让人有些伤感。嘻嘻嘻，亲爱的果斯曼先生，你吃醋了，放心，我永远爱你。两个国家好了，我们都好，不是吗？是的是的，我亲爱的米拉，你胖了。哦，胖了？不会吧，你确定不是手机角度的原因？那可不好，中国人喜欢白骨精，不喜欢巨无霸，不过我已经很长时间都没有天天吃肉了，果斯曼先生，说好了不要冷落我的朋友的。郭思嫚移步过来，把手机摄像头对准了坐在沙发上的马天雄。马天雄挥挥手，叔叔你好啊，我是驻村帮扶干部马天雄。萨拉姆马力空！郭思嫚插过来一句，果斯曼先生，请讲中文。然后对马天雄翻译说，他说你好。马天雄点点头，学着视频里的果斯曼先生的口音说，死啦母马——立刻手机内外一阵大笑，屏幕有些晃动，马天雄把文件放到摄像头跟前，晃一晃说，批了，西湾的项目批下来了。

真的吗？太好了！郭思嫚抓过文件，抱住马天雄的脑袋亲了一口，今天真是个好日子。不说了，不说了，我要看文件。塔赫米放学回来，记得给我发视频哦。关了手机视频，郭思嫚说，今天是星期一。马天雄说，对啊，今天是星期一。郭思嫚说，今天是杜尚别。马天雄说，什么啊？今天是西湾，是中国静宁，OK？不是，你不知道呢，杜尚别塔吉克语就是"星期一"的意思。啊？这么奇怪，我看过小说《鲁宾逊漂流记》，里面有个人物叫"星期五"，还不知道有叫"星期一"的城市，真是个很奇怪的城市名称。塔吉克语说"星期一"发音就是杜尚别，是 genius loci 命名了这个城市。早在公元前四世纪我们的家乡由贵霜帝国统治，当时亚洲有四大强国，除了贵霜帝国之外，就是中国大汉、罗马帝国和安息王朝，后来贵霜王朝在匈奴的入侵下灰飞烟灭。很早的时候，这里只有三个村庄，其中一个就是杜尚别。十七世纪下半叶，杜尚别还是中亚细亚的一个村落，坐落在一个一千米高的山谷上，土地丰产，衢道交叉，很多商队途经这里交汇，来来往往。杜尚别人待人友善，对来往的所有商人不分地域，一视同仁，很是优待。好多人认为礼拜一是个艰难的日子，叫它黑色星期一，在杜尚别人的眼里，星期一却是一个很有成效的日子，这一天他们集中交易的集市是一周里最热闹的一天。星期一市场带来了村落的繁荣，也使得杜尚别成为丝绸之路上一个很重要的交易场所，这个地方就被叫作了"星期一"。谁也没想到几个世纪后的杜尚别竟然成为塔吉克斯坦国家政治、经济、文化的中心。

不要小看一个小小的村落，杜尚别这座城市就是在星期一村落基础上形成的，我们的西湾谁说不是像智慧的老鹰一样向前展望着未来呢？郭思嫚说着指着门口博古架上的那幅石头鹰画，杜尚别是一个崇拜苍鹰的城市。每到星期一，我就想到我的家乡杜尚别，回顾杜尚别的历史，贸易与流通才能带动一个地方的繁荣发展，我们西湾就是太平静了，我要在这潭死水里激起水花，激起水花的石头就是它了。郭思嫚摇摇手里的文件，你看看，这些规划设计，都要进入操作层面了。

郭思嫚把楼上整理培训资料的李小白叫了下来，在她家茶几上，郭思嫚摆开了规划建设的阵势，她拿起一个抽纸盒，又拿起一个烟灰缸，再拿起一个电视遥控器，开始比划起来，她让李小白看着她比划的位置在手头那张气调库平面图上标注出来。这是果蔬气调库，围绕它分六个区：旅游综合服务区，这里建一个停车场，足够大的停车场，配备几辆小型观光车,分别通往古城宋城墙遗址、珍珠林和西番沟水库,沿线把果园连起来,搞成果带一条路,这样就把全乡景点串起来了。把西湾的前世今生展示出来,让子孙后代在这里接受历史风云的洗礼。这是第一个区,第二个是采摘体验区,这简单,拿出一块苹果园来,留出足够的空间,设计摘果比赛、捉迷藏、抓特务、找媳妇等等大众化参与的娱乐游戏,吸引男女老少在此逗留,返璞归真,寻找童年乐趣;第三块是休闲文化区,这里需要建设一个人工湖,有小桥流水,有民俗风情,集合静宁所有民俗文化种类,比如草编、荷包、剪纸、刺绣的现场展示及产品推介,还有静宁小戏、小曲,对了,这里就要培养几个唱静宁小曲的,这个,你要帮我,搞文艺你是专家,总之就是既要展示静宁地方文化,又要有趣味,让人感兴趣,留下深刻印象;第四块就是苹果科技产业园,也就是新品种研发与育苗培育。这个就需要农业方面的项目来支撑;第五块是苹果文化展廊,涉及苹果的影视、摄影、美术、音乐、文学等来一个应有尽有的大荟萃。这个就需要你们文旅部门的支持和指导;第六块是餐饮与民居接待区,如果条件允许,可以和杜全知的成纪李氏文化研究会联手,建一个李氏文化的祠堂,也是为我们李家做点事……

  今天是星期一。星期一真是个繁忙的日子。马天雄对郭思嫚初步提出的西湾乡村旅游的宏伟规划充满了信心。她说,她要让全西湾人都动起来,老人看车位,当保洁,至于导游、解说、开车,展示茶艺、绣艺、厨艺、文艺的就是中青年人的事了,更重要的是,要把村子里所有外出打工的人全部叫回来,外边给多少工资,咱付多少,那时候的西湾不要说脱贫致富,我要让人人都过得跟城里人一样,不,都要比城里人好。马天雄说,听你一说,这么美,我都想辞职给你当个执行总裁啥的?哈哈哈!

  这时候,郭思嫚放在沙发扶手上的手机响了,李小白替她拿过来,是视频呼叫,点开,先是果斯曼先生,随后一个女孩子出现在了视频上,眼窝深深的,瞳孔有些泛蓝,嗨咦,萨拉姆马力空,塔赫米!……马天雄看他们聊天,显然她的妹妹更像她的父亲,有几分俄罗斯的欧洲血统。她们姐妹叽里咕噜聊了半天,最后父亲果斯曼先生又出来了,在后面说,我做了最好的馕,我想你是一定想吃了。郭思嫚说,果斯曼先生,真是个魔鬼,用食物来引诱人可不是件高尚的事。我得给你说,以后不要给我再寄烤全羊了,我要做白骨精,还有,我得郑重告诉你,我的项目就要实施了,你得给我借点钱。亲爱的米拉,烤全羊还是要吃的,钱嘛,那是另外一回事,小麦有选择地供养人,而黑麦则供养一切人①。相信我,米拉,我一定不会让你为钱不开心的。

挂了手机,马天雄说,你也成啃老族了,资金不会有问题的,先把设计搞出来,得尽快做预算。我昨天晚上查了有关补助政策,咱们这项目,几个方面都支持,你看,林草系统的农业综合开发名优经济林示范项目,申报通过一般会扶持两百万左右,农业农村口的水果蔬菜标准园创建项目,扶持标准是三十万到一百万。还有,我们局长说了,休闲农业与乡村旅游示范点创建项目也是有补助资金的,这一块,他会盯着。他还说,造林补贴、退耕还林补贴、苗木繁育基地专项、水利和道路建设配套等各方面资金都是可以争取的。郭思嫚说,这闲,我不愁。有你们大家的热心扶持和关心关怀愁什么呢?这一切都是缘分呢,我那么远到西湾来,是冲着宁生,也是冲着苹果,苹果原产于我们中亚,在我们那里没有形成气候,却在你们这里红红火火,这就像是我呢,在家乡我就是个普通得不能再普通的学生,也许一辈子就平淡无奇,可是我一到这里,就好像换了一个人似的,浑身有使不完的劲,而且一直自以为是地认为我能把事情做大,把我想干的事干出个样子。看来我就是一颗来自中亚的苹果,只适合在这里开花结果。马天雄被她的劲头感染了,忍不住与她击掌附和,闲,闲闲的事。

---

① 俄罗斯谚语,大意为并非所有的人都能吃上小麦面包。

马天雄觉得时间不早了，准备回村委会。今天来西湾，还没去村上签到呢，人家还以为他缺岗了呢。说是村上的第一书记，考勤考核都是乡政府管着呢。书记、乡长把他们这些驻村帮扶干部完全当作自己乡镇的干部一样使唤着呢，除了扶贫，乡镇的扫黑除恶、人口普查等等啥事也要参与。每月都要把每一个扶贫干部的出勤情况向原单位、扶贫办和市委组织部同时进行通报。有的扶贫干部啥事也不干，整天睡在村部玩手机，睡得腰都出毛病了，年终考核都是全勤，全勤是受表彰的首要条件。再看看他自己，为了西湾的项目，又跑市上单位，又跑县上单位，就西湾气调库项目的用地问题，县林草局他都跑了不下六次。好几天不在村部，人家都给他画了缺勤，他也懒得解释，解释也没用，没在岗总是事实。到了半年考核的时候，就出勤一项，他已经没有当先进的资格了。马天雄倒觉得无所谓，他干事图个痛快，不是为了争先进，也不是为了听别人的评价。自己谋划的事能实现，自己用心的事能干成，他就心满意足了。就像这次西湾乡村旅游项目的落实，他比拿到十个先进和奖励都来得痛快。

马天雄刚要告辞，李宁生回来了。马天雄觉得人家一回来自己立马走，好像不太正常，就又把屁股落在了沙发上。马书记，留下吃饭么。我给思嫚说个事。李宁生把郭思嫚叫进里屋，小声说着什么。他听得郭思嫚声音突然放大了，分了就分了么，劝什么，我看姐做得对。下面是李宁生小心翼翼的声音，是妈的意思。妈说，你说话姐听，你看，妈眼下这情况……知道李宁生他们家有事情，马天雄也便知趣地告辞了。刚推开院门，他就听到了一阵紧促的脚步声，是谁？躲在门外做什么？最近，乡里的包村干部半开玩笑半提醒他：又去洋媳妇家了？小心破坏了国际婚姻，外国人开放，跟咱不一样。起初，马天雄不以为意，全当干部们无聊讲荤笑话。后来无意中发现，只要他去李宁生家，总会有鬼魅一样的身影悄悄尾随，尤其李宁生不在家的时候。这一次，跟梢的差点被他抓了个正着。看来，只要他在西湾一天，他的麻烦就永远存在。

15

谁也没有想到，一个小小的苹果在西湾激起了千重浪。

政府开始下发关于发展果树生产的决定已经过去将近十年时间了，那两张文件的纸张都隐隐泛出了黄色，而古城的苹果产业还处在长期的拉锯战中。古城乡的尹学林乡长，就在这样的拉锯战中筋疲力尽，前景黯淡。西湾支书李城生的主动请缨与不畏艰难让他看到了希望，就在李城生果园遭遇冰雹袭击的第二日，他带人去查看灾情，并承诺，所有的损失乡上来补贴。后来，李城生也没有来找他，一门心思修复果园，清理折苗。李城生算了算，冰雹打了和没有成活的将近一半需要补栽苗子，苗子哪里来？一棵苗子六毛钱，用什么去购苗子。尹学林上门去找县林业局，林业局局长说，县里定的政策是，第一次推广定植苗木费由县里统一订购，无偿下拨，后期补栽的苗木费一律谁种植、谁购买、谁保活。量一量乡政府可怜的家底，尹学林左右为难，难以入眠，嘴上都上火起了泡。考虑再三，心想如果他当众表出来的态不了了之，一风吹，今后谁还会信任他，谁会服他？他说话谁还会听？权衡利弊，尹学林意识到一个失去信任不为大伙服气的乡长，甭说升迁，怕是干都干不长久的，这样的先例已经不少了。尹学林下定主意，冒着风险挪用了计外征费的资金，给李城生订购了补栽的红富士苹果苗子。

好在李城生没有辜负他的期望，五十亩苹果园第四年就有一半挂果了。当路边的五十亩苹果园挂满果实的时候，一下子引来了好多人的围观。村里人从来没有看到过这么多的苹果，一条树枝上结出了又大又红的果子。他们转过来转过去看，一个一个数着，眼里放光，口生涎液。看着看着，都兴奋得大叫起来，这是西湾多少年才有的新鲜事啊。当苹果成熟，装满一个个筐子的时候，有人有幸就尝了一口，一口苹果，甜蜜的味道让他奔走相告，世上还有这么香甜的苹果！活生生的现实告诉他们，他们简直就是一群碎碎眼睛的老鼠么，吃不多也看不远。小时候在农业社里分给他们的那些又小又涩苹果的味道再次泛上他们的味蕾，勾起他们的记忆，就是后来实行了家庭联产承包责任制，农贸集市上那些三分一颗、五分一颗蔫不拉几、又皱又小的苹果咬在口里也是干渣渣的，没有啥味道。李城生种出的苹果完全颠覆了他们的认知，既是对苹果的认知，也是对脚下这块又爱又恨的土地的认知，古城西湾的黄土地能长出来好吃的苹果，咋就多少年来刻上不能养人的标签呢？站在五十亩蓬蓬勃勃、充满生机的苹果园子前，他们第一次另眼相看起这块祖祖辈辈赖以生活的贫瘠土地了。苹果，土地，在他们心里激起的波澜还没有消散，又一个石破天惊的消息让他们心里面翻江倒海起来，好多人的眼睛里布满血丝，几乎要冒出火来了。不知道是谁第一个说的，胡引娣走出村主任家的时候，村主任的感叹就像幽灵一样尾随出门了。村主任感叹，李城生家的苹果卖了十万元，十万呢，能买半层楼，上百头牛，满山遍野的羊，这是西湾人土里刨几辈子都挣不来的钱哪，世上真有不吃粮食专吃苹果的人啊，这世事，真是正月里的龙灯，由人着耍呢么。

尹学林坐着乡政府那辆绿色的北京吉普车来到了西湾，车停在了李城生家门口。胡引娣看到乡长来了，连忙让座、让纸烟，李支书去哪搭了？去李店了。真去李店了？嗯。看来大家说的都是真真的，没编诓。李店是我娘家，啥真的假的。村里人都说你们家发财了，钱多得花不完，这两天到处分钱呢。乡长说笑呢，你看我这烂烂院子、烂烂房，有钱早翻新了，谁不知道我弟弟两口子一直过来给我们帮忙，教着种，收了苹果，给人家一点报酬，不应当吗？再说，这苹果，没有您大乡长的支持、撑腰，我们也走不到今天。尹学林大笑，一伙小庙的神，就没见大香火么。人就是这样，让他弄，狗肉不上台盘，人家弄成了，他又眼热得不成，我是来跟他商量事的，不是火上浇油来的，开个玩笑。

一边说着，纸烟抽着，等李城生。忽而门外又有人喊，城生哥，城生哥。胡引娣听出是吼吼，就出去开了门。吼吼进来，后面跟着李二楞和他媳妇。尹学林说，今日这还热闹了，正月里看大戏呢，平时开个会都叫不来的人，还是苹果吸引力大。胡引娣对二人打趣道，你俩的承包费都给你们结清了，难道已经花光了？吼吼、二楞经常来李城生家，熟门熟户，从来也不拘束，今天不知道怎么的，目光躲躲闪闪，神情有些异样。胡引娣说，我们家城生平时都被人躲着，这会倒好，都攥家里来专门等了，也不怪大家伙儿，当个支书，好事没干下几件，尽干了些催粮要款、刮宫引产的缺德事儿。尹学林一听，眉毛一皱，不高兴了，你这妇人家，催粮要款那是给国家催要，刮宫引产那也是给国家刮，计划生育是一项基本国策，平时都咋学习来着，不是我说你，一脑子落后思想。

批评完胡引娣，尹学林把目光投向了吼吼他们三个，二楞媳妇，今日你咋来了，你来准没好事，说，什么事？李二楞媳妇双手搓着衣襟，不敢看尹学林的脸。她显然没有想到在李城生家她会遇到这么大的官。她的眼皮一抬，目光投向李二楞。李二楞也不遮掩，看我干啥？首长问你话呢，跟个秋后的黄瓜似的，你不是很能说吗？在家里说得我李二楞都一楞一楞的。胡引娣知道他们一起来是有事，也知道他们只给李城生说。二楞，坐下喝点水，城生估摸快回来了，不着急。李二楞媳妇如获大赦，讷讷着不再吭气。尹学林火了，站了起来，李二楞，你们粘眉粘眼的，搞什么名堂？我是古城乡的乡长，李城生是西湾的村支书，你们到底听谁的？说，什么事？跟他说跟我说是一样的。

李二楞媳妇再次紧张起来，她的嘴嗫嚅着，再次把目光投向李二楞，李二楞刚要说什么，李城生提着黄挎包门里进来了。呦，尹乡长来了，怎么，这俩小子又惹你了，看你虎着个脸，好像谁把你笼笼里馍掰碎了一样。尹学林指着李二楞媳妇，这一伙跟个胡子上的虱子一样，只知道咬嘴，吞吞吐吐，一看就没憋啥好屁！李城生把挎包一放，对吼吼说，我没猜错的话，要你的果园地来了吧？吼吼跟李二楞面面相觑，二楞媳妇涨红了脸。李二楞小声说，我不让来，硬要扯着我来。李城生摆摆手，你不是在外面霸道得很么，怎么，连家里的母老虎都降不住。这个地的事情，咱们都是签了六年合同的，租金我不是一次性都给你们了，哪有拉出来再吃进去的理儿？吼吼，你也是要地来的？吼吼立马站直了，哥，我不是，二楞说苹果园挣钱了，我们吃亏大了，我说吃亏是自找的，哑巴亏不吃咋的，可是二楞还是拽着我来了，说哥你心长，总替弟兄们出头，咱退了后面两年的钱，把地拿回来自己种。我就跟着来了，我咋样都成，种吧我还嫌麻烦，给了我，我还是得叫人种，一二一的事。

李城生给他们一人发了一根纸烟，看了一眼尹学林说，今天正好尹乡长在这，你看是这，咱们都是很好的弟兄，平时互相间没少顾事，要说合同虽然签了，双方同意，谁想要还给谁，没啥麻达，可是你们想过没，难道只是你们每年一亩一百的承包费吗？你们前前后后都参与了，应该腾清得很，你们地里真正属于你们自己的苗子有几棵？第一批苗子是你们栽的，故意损坏也是你们搞的，是不是得先赔偿了那些损坏的苗子钱？尹学林一听，马上呼应，说得对么，李支书这几年不容易，修剪、拉枝、施肥，真是把这些树当宝贝疙瘩呢，这会儿，拉扯成人了，你们一个个日晃日晃全都踆来了，要吃成熟饭，咋好意思张这嘴？睡梦里搂媳妇哩，想得美。一席话，几个人都低着头不吭声了。胡引娣在一旁小声自言自语，套袋、取袋的时候，脖子上成天挂着百十个纸袋子，抬头低头弯腰爬梯子，没经过的人不知道受的那罪，下次你们个人家来试试，都看着贼吃鸡，咋不看贼挨打？

吼吼、二楞，今年往车上拉果子多亏你们几个，我也不是没考虑大家，我知道你们心里咋想，你们不来找我，我还要上你们门上去呢。苹果第一年，算是种出来了，不算啥，比起人家仁大、李店水平还差得远很，我不过是给大家蹚一条路子出来，往后的路还要靠大家自己走。这个六年的合同，既然已经签了，我就替大伙儿种上，不过大家也不要闲着，明年我妹妹他们家肯定不来帮我了，到果园忙的时候你们都来干活，咱按劳计酬，也省得外面雇人，把钱让宁夏人挣了，顺便也就把你们带出来了，反正大家的事还得大家干，两年后，园子归了你们，也知道咋经管，你们说，咋个向？

行得很么，我知道哥心长，记得咱呢。吼吼首先表态，之后，二楞和媳妇也连连点头，哥，你放心，有你这话，精尻子淋雨，我们豁出去了。李城生说，我知道你们几个也是代表大家的意见，凡是来在果园里干的，都有份，地是大家的，有钱大家挣，省得抛家弃舍出去打工。尹学林一拍脑袋，你们这一骚搅，我把正事差点说不上了，其实，我这事跟你们的事也是一回事，这不，古城种出了苹果，卖了钱，县里很重视，让乡党委、政府因势利导，继续扩大规模，看得出你们有积极性，这就好，国家把农业税已经取消了，上级要求我们乡镇要适应形势，赶紧把工作重心调整到发展经济上来，集中主攻产业发展，年初，全县提出了建设全国优质果品第一县、全省优质果品出口创汇基地和全市苹果主产区的发展目标，制定了五年规划，推进苹果新植速度提高到每年十万亩，咱们古城的规划也拿了出来，未来五年要新植果园四万亩。所以，你们要干，大有广阔天地，你们回去跟大伙说，要种苹果，第一，乡上全力支持，第一次种，栽植幼苗，每亩给大家奖励二百元；第二，乡上邀请的技术员搞的夜校培训班也要在古城中学开班，大家都来学，先学会怎么种，怎么经营；第三，李支书除了继续管好自己承包的果园，还要抓好西湾村整体规划建设，有你们群众大伙的积极性，不怕事情干不成！

送尹学林上了他的吉普车，引擎山响，绝尘离去，李二楞两口子、吼吼也向李城生告辞。回转身，李城生和胡引娣去了父母亲屋里，说了在胡家的事，把拿回来的两万元又要交给母亲。母亲摆手拒绝，话我都听到了，往后你身上的担子还很重，少不了四处贴钱。又问，宁生有消息吗？李城生说，上次来了那封信之后，再没有，上次不是说得很清楚，很忙很忙，白天黑夜的，连轴转，一有时间就趴床上补觉了。母亲叹息一声，唉，自己选的路自己走，自己找的苦自己吃。你也别操心了，那么大个人，自己会照顾自己，再说，有单位管着呢，信上不是说了吗，各种保险都买了，社会也很安全，他也没时间出去。对了，妈，村委会要给村上干部每人配一个小灵通，是乡上要求的，安排工作方便，村上统一购置，算公家财产，费用自己缴，我本来不想要，听说通话费用高着呢，用不用都要缴个月租费，今天又一想，这宁生不是在外面吗？咱有个小灵通可以联系，尤其是可以留言，写个短信什么的，他闲了就能看到，上次他来信说他都用手机了。你说，咱没有，他有手机对咱有啥用？你说你，也老大不小的人了，这类小事情你看着办就成了，还要问我，今后这个家你主事，让我省点心。母亲说完，有些疲倦地合上了眼睛。在炕头上悄悄放下一包袜子和三斤烟叶，李城生从母亲房里出来，天一下子黑尽了。

李城生回了自己屋里，胡引娣正在缝衣服，是给他的。昨天去古城跟集，给你扯了一块料子，我给你缝个新衣，你在人前头走，穿不好人也笑我没本事。李城生心里一热，从包里掏出了给胡引娣买的新袄，你看，我给你买什么了？果然胡引娣一脸惊喜，你呀，有点钱就烧得很了，扯布料咱自己做多划算，这个，得多少钱啊？李城生伸开双臂把胡引娣搂在了怀里，就像你说的，你穿得破烂，人家也骂我没本事。胡引娣抚摸李城生的后背，李城生全身一热，就把胡引娣推倒在炕上。院子里的狗叫了两声，没动静了，大概也是睡着了。

16

这是杜尚别最冷的季节。午后，李宁生一个人走在寂寥的鲁达基大街上，沿途的店铺几乎都关了门。在人们的印象里，国外的标志要么是麦当劳赛百味，要么是星巴克，可这一切在杜尚别这个外国的首都城市都找不见。这里没有几个高度现代化的城市建筑，也看不见全球连锁餐饮品牌的鲜亮灯牌，就像是一片依然坚守自我的净土，用塔吉克的方式来交融着整个世界的潮流。

一路越走，周遭变得越安静。飘雪了，轻轻的，连一点声音都没有，炎热的酷暑似乎才刚刚过去，杜尚别零下三十几度的冬天就已经不知不觉地降临了。远离了中国，甘肃，静宁，古城，远离了西湾那个一成不变的干土梁梁，远离了古城中学后面的那片洒满儿时欢乐的珍珠林，时空把他弃置到此处。不，是他不管不顾别离了家，选择进入到某种生活的停滞中，因为忙碌，时间变得停顿。这个高山之国与蓝天那么近，此刻，蓝天和白雪两相遥望，阳光扑过白杨树的枯枝，鲜灿灿地投在雪地上，猛烈、凌乱，温存无边。三个月了，李宁生似乎真正脚踏实地走在了杜尚别的街上。经过了好几个星期天，他终于摸清了这个城市的套路，周末的休息日他休息，商家也休息，每月一次的礼拜天是那么奢侈。第一个星期日，李宁生去办手机卡，出了门才惊讶地发现街道两边所有的店面几乎都关着门，没有营业，一排排地望去，门可罗雀。一直找到嘈杂的集市上，他才见到了三五成群的人，不然他肯定以为这个城市发生了什么意外的事，人们出于惊恐都闭门不出了。第二次，也是个周日，他去街上，专门要找一个货币兑换处，走了一上午都没有找到，不是没营业，就是搬走了，偶尔过来一个人，他硬着头皮拦住，拿出手里的五十元人民币，双手不断翻转着比划给他，意思是兑换，不知道那人明没明白。有可能不明白，摇头，有可能是说这里没有，总之摇摇头，叽里咕噜几句，匆匆走掉了。这么大的城市，怎么就碰不到会说汉语的人呢？这时候，李宁生感觉自己就像是这个城市的废人。三个多小时过去了，李宁生在市内来来回回地走，整个城市的道路网几乎都快要被他摸透了。想起母亲说他从小就爱跟自己过不去，杠头一个，的确，自己也够执着，明明不营业或者在他能力所及的范围就没有这个兑换处，换作别人肯定找不到一家就不找了，早就回屋睡大觉了，换个不是周日的时间段再来看看。不过后来，李宁生又为他的执着而暗自庆幸。

那天的雪来得突然，变得迅猛也突然，几乎是眨眼间雪忽然就大了起来，随之寒风就吹了起来。刚开始的时候，李宁生还想，这才像个雪，他的家乡古城的雪就是这样的。不料，这个念头刚刚过去，忽然卷起了暴风，雪花变得生硬，李宁生的脸上猛地像狠狠的鞭子抽过，一阵钻心的疼痛袭来。习惯了雪的温柔，如此暴烈的雪在他的经历里似乎从未有过。这种猝不及防的天气变化让他有些惧怕，听说这个季节会有暴风雪，他赶紧加快脚步往回跑，今天出来本来是受大伙的委托要替工友们采购生活日用品的。这个任务看来显然是完不成了，天搅国家大事，没有办法的事。本来他想赶紧赶回去钻进被窝暖和着，不料风越来越大，吹在脸上感觉像有刀子划过了一样，看似没有多远的路就回去了，可就是走不回去，双脚像是挂了胶，迈半步都吃力。看来只能找个临时遮蔽的地方避避风头了，附近看看也没啥地方去，顶着妖风紧走了几步，终于看见前面不远处的路边有一个形状很像一顶蒙古包的帐篷，有人正躬身用头巾遮住脸挤着往里走。李宁生看到有人进去，也就随大流艰难走过去进了。进去时，他发现这个帐篷后面底部有半截是敞着的，风还是往里灌，不过多少挡住了些。帐篷在暴风的呼啸下一塌一鼓地晃动，再刮下去，李宁生怀疑它会被吹走。帐篷的地上有炭灰，很明显这个帐篷是夏季夜市卖烤肉留下的，这里曾经是个夜市摊子。李宁生进去时，里面只有四五个人，跺着脚，说着听不懂的话。李宁生半天才缓过劲来，他抱紧了自己的双臂，把自己裹进无关他人的世界。事实上，他是在别人的世界走来走去，眼前的这一切都与他无关。司马经理说，我们是来合作援建的，我们带着我们国家的真诚与善意，在外面和杜尚别老百姓交往一定要注意掌握分寸，既不能有施舍的心态，也不能因为是与水泥沙子打交道的工人而轻贱自己，没了自信。望着外面迷蒙蒙的天空，一种淡淡的寂寥袭上心头。在静宁，这个时候人们已经随着土地的冬眠而进入相对安闲的冬休了。程飞此刻一定在老家这样的冬闲里享着清福。兀自郁郁寡欢间,随着一串清脆悦耳的笑,一个身材高挑的少女走了进来,正迎在了李宁生的对面。那一刻,替李宁生挡住了吹进来的一股冷风,她整个张起来的毛呢裙像一把伞,遮住了帐篷进口的一半。李宁生的鼻息里随之扑进来一丝丝清清淡淡的香。她挎着一只很大的套色包包,像个花篮的形状,里面装得鼓鼓的。略带几分波浪形的黑色头发覆盖在她宽阔的前额上,头上戴着一顶带绒球的花帽,这是一个长相俊俏的塔吉克美女,圆脸,白皮肤,乌黑笔直的眉毛,眼睫毛也是又黑又长,笔挺的鼻子,上唇微翘,露出一口雪白的牙齿。李宁生看她的时候,她的眼睛里水汪汪的,奇妙得像刚凿开的泉,第一次面对整个世界。这眼泉瞬间就让李宁生的心底里泛了波澜,看起来真让人感到舒服啊。李宁生在心里不由感叹,真是妙不可言。女子走到他的旁边,让出了门口,原来她的后面还跟着两个女子,一个头发金黄,一个鼻子尖耸,她们三个都很美,但只有第一个进来的这个女子糅合了亚洲和欧洲人的所有优点,总体看,更像是亚洲人。临行前的培训课上老师讲,杜尚别是一座移民城市,城里居民很多都是移民、战俘以及被流放者,德国人和朝鲜人居多,俄国人在这里长期同阿富汗人做生意,所有人都留下了他们的印记。她们叽里咕噜说着塔吉克语。李宁生想,她肯定不是德国人,也不像朝鲜人,一定是个塔吉克少女,她看上去让人特别舒服,说话间忽然就笑出声来,而且响亮,像个小姑娘。他有了一种很想跟她说话的冲动,萨拉姆马力空,他鼓足勇气说了一句,那是他唯一学来的一句问候语,你好。结果,这句问候语竟然让她们三个女孩子都咯咯咯地笑起来,笑声清脆又响亮。李宁生脸红了,他那冻得冰凉的脸竟然变得热乎乎的,他又羞又臊,想张口重新认真地说一次萨拉姆马力空,又害怕还是说不好,那样子就像当年在课堂上老师教他拼音一般,虽然跟着老师的口型,却怎么也说不像,他因此局促不安,越急越说不好。意外的是,那塔吉克女孩却对着他说,你好!中国人。李宁生大吃一惊,你会说汉语?竟然就看出我是中国人。真是踏破铁鞋无觅处,得来全不费工夫,我来这么久,终于碰到一个会说汉语的塔吉克斯坦人。你怎么知道我就是中国人呢?发音啊,中国人都会这么说,萨－拉－姆－马－力－空,中式塔吉克语啊。他没机会再说,她却替他说了。我叫米拉·果斯曼,叫我米拉就好。你好,我叫李宁生。

这场大雪似乎特意是为了邂逅而来,李宁生根本没有注意帐篷外的场景。当他注意到的时候,天气已经悄悄地发生了变化,外面看似要更剧烈刮起的暴风已经减弱乃至不见,那些暴虐的雪花又回归到之前的温柔恬静中,像是换了另一拨来。车道、围墙、树木还有屋顶、山丘都覆盖上了一层厚厚的积雪。帐篷里有人已经收拾衣装往外走了,她要走了,他也要走了,他们都要走了。出了帐篷,白晃晃的雪花刺痛了他的眼睛。米拉·果斯曼全身的轮廓衬映在背后的雪花背景上,像一幅油画。李宁生心里想,米拉·果斯曼,米拉·果斯曼,多美呀,风吹着她深色的毛呢裙子紧贴着两腿,把她那顶带绒球的花帽又吹得耸了起来。站在路边上,那两个女孩子前面走了,不知道口里嘀咕着什么,看上去嬉皮笑脸的,她们在不远处等着米拉·果斯曼。李宁生嘴里说,赶紧去吧,站雪地里冷,心里却想,再待一会儿,就一会会儿。他下意识地看看自己,真后悔自己出门没换衣服。他那蓝色的工装又破又旧,脚上的一只鞋子还裂了口,一双粗糙的手通红,完全成了紫红色,可是他哪里知道他今天要握手,啊,要是知道,起码他该认真地洗洗手啊。他跟她握手,他有些自惭形秽,有些鄙视自己。可是他还是鼓足勇气说,我在那边项目部的工地工作,我就在那里住。他指向不远处。好啊,很近的,我在农业大学,不远。

走了,就这样走了。李宁生已经忘记他是站在凛冽的寒风里。遥望天空,一碧如洗,万里无云,一切都是那么恰到好处。因为冬季的来临,杜尚别人家都没有使用上暖气,电暖的大量使用,使得本来就电力不足的杜尚别开始频繁限电,一限电,动力电也就不能用,本来野外的工程已经停工,只剩下室内一些预制件加工的工作,因为限电，室内的预制活也就停下了。公司趁机组织学习，李宁生喜欢杜尚别的雪天，当夜晚来临，满天飞雪轻轻敲打窗户，他的思绪就会飘得很远很远，他常常利用学习时间去农业大学门口溜达，一次两次，寒风呼啸着吹过街道，都不能阻止他。他不信他不会邂逅米拉·果斯曼。真的，那天，他终于看见米拉·果斯曼走出了校门，这次没有挎那个花篮一样的包，还是那件毛呢裙，身材高挑修长，还是戴着那顶带绒球的花帽。他往前走了两步，嗨，李宁生，又看见你了，我很开心。李宁生心里绽开了幸福的花，真巧，我刚路过，你要回家吗，正好同路，一起走。好啊，今天有太阳了，真好。真好。对了，李宁生，你有手机吗，可不可以把你手机号码给我？当然当然，太当然。李宁生从兜里掏出他上翻盖的摩托罗拉手机，我才用没多久，都没记下我的号。我说我的，你打，打过来我就存下了。

有了米拉·果斯曼的手机号，李宁生就方便多了，每次路过她们学校，他就会忍不住给她发信息。有时候不忙的时候米拉·果斯曼也从学校里跑出来见他，热情大方地和李宁生说话，并主动教他学习塔吉克语。李宁生这才发现米拉·果斯曼不仅会说塔吉克语，还会说俄语和汉语，这太适合教他们公司的中国员工了。他试着把他的想法提了出来，没有想到米拉·果斯曼爽快地答应了。她的爽快答应倒让李宁生感到为难了，因为事先没有给司马经理通气，就直接说自己找了个老师，先斩后奏，不合规矩。他想了很久，那天洗澡，在浴室门口穿衣服，碰到了司马经理，李宁生试探着说，咱们请的两个语言老师，一个教俄罗斯语，一个教塔吉克语，一个汉语还凑合，另一个汉语差得教起来他吃力大家也吃力。司马经理说，这都不错了，你不知道这有多难找？经理，我在想，如果找一个人，既能说汉语，又能说俄语和塔语，不是既省了钱，又解决了教不好的问题。司马经理笑，你倒想得美，你看看杜尚别，白人、黄人、黑人，什么人都有，你还想要一个不白不黄不黑的？

哈哈。经理你可真会开玩笑，我还真有个人选，是个大学生，你要是同意，我哪天带来你看看。于是经司马经理点头，李宁生把米拉·果斯曼竟然带到了司马经理跟前。司马经理看看米拉·果斯曼，看看李宁生，好啊，你小子，蔫人还干大事呢。我说最近你小子的塔吉克语是说得越来越好了，敢情有独食吃啊。李宁生不好意思地笑笑，经理取笑了，也才认识，才认识的。司马先生你好，很乐意为您效劳。米拉·果斯曼双手按胸躬身施礼，大方地说，您今天可以先试听听，如果不满意的话，就当没有过这回事儿。

说开始就开始，司马经理感叹她的心直口快、说干就干，真是个洒脱干练的姑娘。司马经理让李宁生赶紧去通知大家，能来多少是多少，听听新老师的俄语课。大家很快被召集在了一起，齐齐坐在工房里，好奇地看着这个美丽的塔吉克少女。李宁生热情地跟大伙打着招呼，当仁不让地坐在了第一排。第一次教，而且是试讲，米拉·果斯曼特别认真，汉语、俄语穿插，自由转换，让大家快速掌握俄语的三十三个字母以及发音拼读，还有每个单词的自然拼读，把一些常用语汇集在一起，举了好多生活中生动的例子，教会大家掌握方法学会俄语日常口语对话。整整讲了一个小时，语言机智风趣，极具感染力。司马经理十分感动，这哪里是试讲，完全成熟的一堂课，对大家的口语练习太有帮助了，这堂课的酬劳我给你算上。米拉·果斯曼摇头说，不，这堂不要，以后所有课都不必付酬的，你们给杜尚别修路，帮助你们学会与当地人交流，是应该的，你们学俄语，学塔语，不是为了修路方便，把工程建得又快又好吗？司马经理不好意思了，那怎么行？你这也是劳动，劳动都是有价值的。米拉·果斯曼还是摇头，再说，我马上要放寒假了，假期里也没事情可做，全当在这里做义工了。你要是硬付酬给我，我就不来了。李宁生起哄，对，不来了，只给我一个教，都闲。

司马经理批评李宁生，端谁的饭碗向着谁说话，这才几天，就被外国友人俘虏了？他以为这是李宁生和米拉·果斯曼商量好的，事实上李宁生跟他一样出乎意料，不过他喜欢也支持她。她不是个虚伪和做作的人，李宁生早就看出来了。他对米拉·果斯曼的好感又深了一层。为表示感谢，司马经理留米拉在食堂用餐，米拉痛快地答应了。饭桌上，李宁生殷勤地给她烤好馕饼，涂上甜果酱，放在她的盘子里。米拉·果斯曼说，她父亲是孔子学院的俄语老师，有很多中国同事和朋友，他还去过中国，对中国情有独钟，他从小教她们姐妹说汉语，说俄语，所以她会说汉语、俄语和本族语塔吉克语三种语言。司马经理和李宁生送米拉出门，我是学农业的，田野考察是我的专业，我希望有机会去中国，那可是个物产丰富的农业大国啊。

在米拉·果斯曼的帮助和大家的努力下，李宁生和他的工友的俄语、塔吉克语的口语水平有了明显提高。因为交流的顺畅，给李宁生和米拉带来了谈情说爱的方便，他俩交流的内容慢慢地也就多了起来，汉语、塔吉克词语、俄语，甚至静宁方言语汇，他们会互相混着说。说着说着，两人会开心地笑。他们聊天，说塔吉克斯坦的风土人情，也说中国的地大物博，说杜尚别的高山，说静宁的山梁梁，古城的珍珠林。这时候李宁生才知道，杜尚别和静宁的总人口是差不多的，都是六十万左右。这让他们俩又亲近了一层，说着说着，李宁生总会盯着她说，米拉，你好美，就像不是人间的，像是画儿里面出来的。老乡程飞走了，米拉·果斯曼成了李宁生在杜尚别最好的朋友，她说，我欣赏吃苦耐劳的男人。李宁生心里美滋滋的。杜尚别，这真是个让人感到舒服的城市。

17

车子在梁峁间迂回行进，偶尔瞥见一个小孩牵一头白山羊。山羊脖子上拴着长长的引绳，小孩和羊散漫地沿公路边走着。李宁生驾着车疾驰呼啸而过。山羊头也不回，显然它已经见得多了，不以为惧。自从这条路改造成柏油大路，车就多了，交通事故也就多了。有人开始说话，路修那么好，三天两头车撞死人，搁以前，一年都死不了一个。这倒是事实，路面坑坑洼洼，再好的车也跟个老牛车似的，谁见过老牛车撞死人？说这话的肯定不是种苹果的。路好了，车速就快了，车速一快，苹果外运的趟数就多了，苹果往外运的越多，老百姓的口袋就越鼓。这简单的道理种苹果的人家都懂。

李宁生的车子开得快，坐在副驾驶上的郭思嫚看着有些担心，一个弯子转过去，直把人往一边甩。别着急，家务事，分不出个谁对谁错，日子还是要自己过哩。很快，车子开进了翠玉果品公司。新的苹果还没有下来，院子里几个年轻的女工正在干一些零活。车间里现代化的分拣传送装置暂时闲置着。李宁生和郭思嫚走下车，看着眼前的这些设备的规格和规模，似乎看到了采收季节的繁忙景象。李翠玉早早就有了现代化的仓储设置，气调库六十一孔，虽说不如宁生他们的储量大，但起码也在四万吨左右。

听到了汽车马达声音，李翠玉出来，在院子里喊，进来了不到屋里来，在那瞅啥呢？李宁生说，姐的事业红火得很。听说很早就占领了国内大中城市。李翠玉笑，你都把国外占了，我只能在国内小打小闹胡扑踏了。走进李翠玉办公兼任卧室的房间，李翠玉取来几个苹果，除了红富士，还有几个翠绿的，这是去年的，你们尝尝，跟你们去年的口感一样着吗，技术一年年在进步，你们的新气调库肯定保鲜度比我的要高许多。还有这个瑞雪，是我新引进的品种，瑞雪有人叫它黄色中国版富士，它的优势是早果丰产，头一年栽树，第二年就能结果子了。比如说三年生的矮化树，测产三年生的树可以收两千斤果子，四年生的树能有三千斤的产量呢，你说美不美？李宁生拿起一个黄绿的瑞雪，端详了一会儿，递给郭思嫚，跟黄元帅有点像。郭思嫚说，它看上去要更纯净、更光洁。说完咬了一口，细脆，酸甜，比富士果更甜一些。李翠玉说，和红富士比，含糖量百分之十六，香气成分还多出了十七种，主要是它耐储性要比起其他的品类好得多，能放六个月的时间，不管放哪里。也不需要套袋袋，简单得很，也省事，早结果子早挣钱。我目前正在注册翠玉苹果的品牌，就准备主打瑞雪品种呢。

其实，姐，我们来不是说你的翠玉苹果的。是妈让你们来的吧，她的病咋样了？医生说了，最多也就半年，所以最近她才着急让我们来劝劝你，她放不下的就你的事，看在孩子的分上，跟姐夫复婚吧。李翠玉眼睛望向了别处，不说话了，完全没有了刚才说苹果时的那份精神头。五年前，胡尚勤经不住一个同学的煽动，被拉进去加入了某个前沿饮品的旗舰店，投入一百万，成为董事合伙人。用他的话说，这些年苹果是种出来了，也有钱了，可是种苹果的问题也越来越多，劳动量也有增不减，春季霜冻的问题、夏天冰雹的问题、病虫害层出不穷的问题，干脆转型搞商业投资，省心省力，来钱快。同学现身说法说他去年投了一百万，年底分红四百万，又投了五百万，想想，不赚上千万也差不多。同学穷追猛打，一口一个独乐乐不如众乐乐，有钱大家赚。胡尚勤心里动了，用了李翠玉的话说，也怨不得别人，他那是小猫抓老鹰呢，想的是越来越高。钱在自己兜里，又不是人抢走的。他这些年福享多了，吃不下地里的苦了，一直怎么想着空手套白狼，之前沉迷炒股，赔了几十万，被李翠玉连威胁带哀求拉了出来。这回加盟连锁店，李翠玉就觉得事情没那么简单，一再劝他慎重，多考察，不要轻易往里投，最后让胡尚勤做出决定的是同学带他去了县里看了项目的实体店。店里的高档装潢和往来的高端消费群体的优雅奢华深深触动了他。他给李翠玉说，这才是事业，我们在土地里刨了半生，赚了钱就是要远离农村，向都市、向高端和前沿进发，做都市白领。你就是把苹果种得多好，人家也说你终归是个农民。胡尚勤的振振有词让翠玉无言以对，眼睁睁看着他把家里的一百万拿了出去。结果这个董事合伙的经营方式是每个合伙人要再去发展新的合伙人，他发展的合伙人越多，年底分红获利越多，于是胡尚勤不得不跟他同学一样，去游说他们胡洼果业合作社的苹果种植户。

这有点像老鼠会了。郭思嫚大概听说过一些这方面的案例，往往陷进去的都是梦想一夜暴富、不劳而获思想严重的人。那些最后加入的七个苹果户一方面信赖胡尚勤在村里长期以来带领大家种苹果的威望和先富一步的财力，另一方面不想再出力流汗，受不了年年如此、无始无终的泼烦，心心念念相同，也便被胡尚勤拖下水，一起陷了进去。第二年，县里那家连锁店开张的热闹喜庆还没有散去，大红醒目的横幅颜色还一如既往地鲜亮着，似乎昨晚顾客的把盏言欢还在耳畔回响，一夜之间店门就被贴上了封条。胡尚勤慌了手脚，打同学电话，关机，再打，关机，一直打，一直关机。翻出所有合伙人通讯录，一一打，都像商量好了一样，不是关机就是空号，胡尚勤陷入了绝望，好事不出门，坏事传千里，那七个他发展的合伙人堵在了他的家里，不拿钱不走人，有的把铺盖卷都背来了。他们中最多的投了一百万，最少的也要二十万，七个人一共是四百多万，一分一厘都是他们这些年辛辛苦苦在苹果园里挣的血汗钱。乡里乡亲，胡尚勤跟翠玉把家里所有的钱、卡和存单都搜罗出来，也就三十来万。先给每人多少分些，打发他们走，七个人亲眼看到胡尚勤也是受害者，也是倾尽家产真心在给他们补救，也就暂时消了气，垂头丧气地回去了。

没有多久，三个警察上了胡尚勤的门，他才知道是连锁店在北京的总部出了事，涉嫌非法集资，大部分资金转移海外，剩余资金已经冻结，他们是来核实损失情况的。警察走后，讨债的七个人闻讯又来了，他们意识到他们的钱回不来了，这次来是向他下最后通牒，一周内还不清钱就要联合去法院起诉他。李翠玉说，他也是为了保住翠玉果业，才提出马上跟我办理离婚手续的，因为当初翠玉果业注册的法人就是我。我理解他的良苦用心。一周内马上办了离婚手续，我搬出了家，住到了公司。他让我家里无论成了啥样子都不要管，不要回来。我眼睁睁看着他卖了车，低价折了所有家当，抵押了果园和房子。父亲经不住打击，一病不起，母亲和胡尚勤床前侍奉，忧困交加。钱没了，人还在，如果振作起来，面对现实，从头再来，我想总会翻身的。没种苹果以前的日子不也吃了上顿没下顿,怎么就适应不了呢?可是胡尚勤就是不听我的劝,还说什么当初就不应该泼出全力去帮我娘家种苹果,搞的脉都让我娘家拔去了,他们果园没脉气了,不然那么日鬼的西湾,怎么就比他们胡洼风光了。我听这话,真是气不打一处来,简直是猪打喷嚏,满嘴喷粪呢么。

李宁生叹了口气,他知道,早早先富起来的他们这些人,比其他人天然多了一份优越感,这种优越感助长了他们的自大和霸道,在乡村致富的路上,他们应当永远都是榜样和楷模,是带头人,是导师,高人一等。一旦这种优越感被打碎,他们整个人的精神世界就垮塌了。胡尚勤就是这样,特别是他的父亲含恨去世,母亲被妹妹接到了县里后,他就整日里酗酒骂街,人见人躲。李翠玉说到这里,一脸的怒其不争,我一说,就借酒撒疯,动手打我,连孩子都说,你别管他,看他一个人能折腾个啥名堂。本来我还可怜他,还觉得自己也有责任,没有及时提醒他,可是当我的头发被他揪住,把我的头撞在柜子上的时候,我的心已经冰冰凉了。

听着李翠玉一五一十地诉说,李宁生的心都碎了。他从小就不喜欢这个姐夫,总感觉跟他们不是一路子人,明明就是个麻雀,一直要站在房梁上摆架子,对他们李家人老是带着那种施舍的眼光,风箱拉杆上上吊,有几个臭钱就不知道天高地厚。一个人在金钱面前才能暴露心性,他动手打李翠玉绝不是偶然。他这个娘家兄弟是带着母亲的叮嘱来劝他们和好的,早知道他们之间发生了这么多的事,他才不会来劝和。郭思嫚倒心善,这话还得她说,可怜的姐姐,这些事我们可是一点都不知道,哥哥说姐夫做生意赔了,急忙翻不过身,真不知道真实情况是这样的,妈让我们来劝你看在孩子分上,主动一些,顾全家庭,既然这样你还是自己拿主意吧,鞋子夹不夹脚,只有自己知道。李翠玉说,他威胁我,不让我给你们说,说他如今就是个跳门槛的癞蛤蟆,既蹲沟子又伤脸,你们知道后会用屁股嘲笑他。姐,你们已经离婚了,你还管他怎么说?唉,也不只他,我婆婆也劝我别跟娘家说，他已经这样了，就给他在你们家留最后一点脸面吧。

这时候，院子里的汽车喇叭声响，有人进来跟李翠玉说，李经理，高老师来了。说话间，一个戴眼镜的男人已经到了门口。李翠玉站了起来。那人看到李宁生和郭思嫚在，就停住了脚步，有人啊，忙着就先忙。李翠玉叫住了他，没事，进来吧，这是我弟弟和弟妹。李宁生看着这个男人，有几分眼熟。李翠玉说，这是县教育局的高老师。李宁生忽然从他的眉眼上就认出了他，高老师，高奋强！是我，宁生你还认得我啊。哪能不认识？你是我古城中学初三一班的语文老师。高奋强扶了一把眼镜，你可是我们班考高中的第一名，考上了威戎中学，可惜，又听说你后来退学了。高奋强一脸的惋惜。李宁生站起来，高老师，赶紧坐，我给你泡茶。不了不了，我是来跟你姐说句话，说完就走。李宁生发现这个高老师局促不安。李翠玉说，是晓蓉的事儿吧。对对，办好了，我就是给你来说这个。李翠玉说，那太感谢了，你打个电话就是了么，还这么远跑一趟。高奋强赶紧说，路过，路过，要去李店中学办个事。好，那，你们忙，你们先忙，我走了。

李翠玉把高奋强送出门去，好半天才听到汽车发动了。李翠玉回来，解释说，他现在调县教育局了，我托他给晓蓉转学呢。这不，上高一了嘛，一中差几分没考上，这学期在三中上，想着看能不能转学转进一中，这不，还成了。李宁生知道，晓蓉是胡尚勤妹妹家的孩子。胡尚勤妹妹为了陪晓蓉读书，在县城里买了房子，每天在一中门口卖早餐。现在都把她妈接去了，还有胡尚勤也在那，一家子还赖在人家了。晓蓉她爸在兰州打工，两口子风里来雨里去，负担够重的了。李翠玉忧心忡忡，忽然桌上的手机响了。她接上，哦，是木头啊，什么，你到县城了，你跟谁？哦，葫芦啊，好好，你们先吃，待会儿我去县里接你们。合上电话说，是木头，回来了，跟葫芦一起呢。他们两个都是今年毕业，真快啊。李宁生说，我们跟你一起去吧，这俩孩子我也好久没见了。郭思嫚说，我们到了县里，顺道去看看木头他奶奶吧，老人也是个可怜人。李宁生点点头，跟李翠玉一起开车往县城走。

葫芦是李葫，李城生的女儿，西安读大学。木头是胡沐子，李翠玉的儿子，广州读大学。今年两人都刚刚毕业。李葫比胡沐子大三个月，李葫生下后，李城生说，你嫁给我，你，和你们胡家没少照顾帮衬我家，借钱、借粮，缺啥接济啥，女儿出生了，名字里得有胡，这是记恩。胡引娣特别感动，就说那就叫李胡。李城生说，李胡听着像个男孩，人说，取个男孩名的女孩，就会越长越像男孩。不如加个草，葫咋样？胡引娣说，那就李葫。三个月后，李翠玉生下了胡沐子，她对胡尚勤说，人家哥生了李葫，取了名有咱的姓，福是福换来的，这咱也有了孩子，名字也把李加上吧。胡尚勤说，加就加，我不管，男娃，只要姓胡，名字你看。李翠玉念念有词，胡李，这总是怪怪的，不像个名字。胡尚勤笑道，李是木子李，就叫胡木子。李翠玉一拍大腿，这个好，胡木子，洋气，特别。啊？还真叫啊。胡木子，就是他了。胡沐子上了学，觉得家里实在太缺水了，他就需要水，就给自己名字里加了个水，把"木"字改成"沐"字了。

李宁生说，这俩孩子从小关系就好，前两天李葫给我打电话说，他要回西湾，跟我干。我说，叔叔的庙小，可放不下你这个大神。郭思嫚插嘴说，她还给我说，叔叔不要她，让我要下。我还问呢，你咋不去你爸爸集团干，她说，那不好，我干得再好，也不会说是自己努力，我不拼爹，我要拼实力。说实话，这孩子一直学习好，性格又好，大学又学的旅游管理，要是真来，那就太好了。快到县城的时候，郭思嫚接到了马天雄的电话，他说，西湾乡村旅游项目的设计批复已经下了，之前设计的建筑风格略有改动，对他们提出的体现宋代建筑的特征认为符合古城文化历史实际，但应以简洁、简易、朴素为原则，不必追求雍容和仿古材料堆砌，标签式的体现，既节省预算又实用、接地气。郭思嫚说，上次我跟宁生去西安见过设计方，把评审专家的意见跟他们反馈过，他们觉得有道理，表示会修改完善。没想到这么快就批了，真好。

进县城了，三个人神态各异，各有所思。李翠玉心事重重，心里堵了一团乱麻，而郭思嫚已经沉浸在西湾乡村旅游项目下一步的推进上，李宁生的脑子里还在不断地晃动着刚才在翠玉公司见到高奋强的样子。

18

惊蛰一犁土，春分地气通。清明时分，三月的暖风吹来，树冠上第一个骨朵叶子便抢先绽开一朵粉白的花蕾，接着便是一朵、两朵，一棵树、两棵树地次第开放了。西湾的苹果花开了，一大片云白，旋着红晕，如冬日的初雪，映着红日，又似远远近近起了一片大雾，汹涌着，于是山岭坡坎全都变了模样，满满当当，整个西湾荡漾在一片花海里。这可是多少年未曾有的神奇景象。

尹学林把北京吉普停在路边上，下了车，走进果园，随即被园子里弥漫着的浓郁的香气和一种喜悦的氛围感染，这种好心情是绒嘟嘟的果花带来的，更是前不久的好消息带来的。古城乡党委书记调离了古城。上个月，县委书记来古城检查果园建设情况，对古城的苹果产业推进十分满意，在肯定他的工作的时候说，我们要推行能者上、庸者下的用人机制，大胆起用经济型干部、产业型干部。听话听音，他有一种预感，他接任古城党委书记已经为期不远了。他一次次走进果园，兴致勃勃、充满热情，脸上洋溢着抑制不住的笑纹，每次去他都能见到李城生。他感激李城生，没有李城生打开局面，他不知要挨多少批评、受多少气。每次大会排名，公布各个片区的种植面积和挂果面积，各乡镇的书记、乡长都会像放在火上烤一样，"谁让果园亩数下来，我就让他的乌纱帽跟着下来！"这话像一记重锤，敲得他们的心脏嗡嗡响。这一次,他古城乡、他尹学林终于可以抬头挺胸地望着主席台了。李城生打破了古城不适宜种苹果的神话,让古城进入黄土高原优生苹果最佳栽植区域,县政府下发了关于界定静宁苹果产地范围的报告,正式将古城等二十个乡镇区域范围划定为静宁苹果地理标志产品保护范围。

往常来到果园,都是李城生给他讲,经过几年的与苹果树同命运、共呼吸,没有人比李城生更懂果园了。但是这次,却是尹学林在给李城生讲。他讲的是细节,细节中透露着微妙的政治。他兴致勃勃地指着一棵树说,你看,城生,这些果花落尽之后,初生的果树叶就开始由嫩黄色转向深绿色,慢慢伸出叶脉,长成胖圆形,而且增肥增厚,在叶子的掩盖下,一颗颗毛茸茸的果子马上就会伏在节骨间,看似幼小的雏形,在数月内将长得硕大而沉重,那时候一切都会发生新的变化。尹学林在说眼前的景象,更多地在展望未来。看来他对即将到来的胜利已经胜券在握了。后来尹学林的顺利转任,以及强力推荐李城生兼任乡党委副书记这一系列事件的发生就是这句话的现实解读。

在尹学林看来,苹果里面有政治,李城生却不管这些,他只从苹果一月一月的奇异变化中感受着生命的奥妙无穷。一棵树的生长、一颗苹果的成长跟一个人、一个孩子的成长成熟何其相似。这段时间,他常常在园子里一待就是一天,饭也要送到果园去吃。已过知天命之年的父亲李耕读也会不顾他的劝阻执意到园子里来陪他,帮着他整理果园,清除杂草。李耕读的腰病随着年龄的增长越来越严重,背已经弓得很厉害,本来话就少的他也越来越不爱说话,整整一天时间了,李城生只听到他说了一句,你这次买的这个烟叶好。不过这句话能让李城生感受到父亲的心情是平和而安顺的。长期以来,因为贫穷,因为不公正的待遇,留在他生命中的那些悲怆的阴影多年无法散去。李城生一直忘不了那年父亲背着炒面搭兜去陕西、庆阳一带当麦客的情景,尤其回来时的落魄、破烂、丑陋和疲惫不堪。回来后他就落下了一身的毛病，不是膝盖软组织损伤，走路艰难，就是腰椎不听使唤，总是直不起来，病痛一直在提醒着他过去发生的那些不堪的往事，抹都抹不去，忘都忘不了。祖父给父亲取了李耕读的名字，这大半辈子他却只耕不读，甚至畏读如虎，努力地在用"耕"来赎"读"的罪。那时候，李城生就发誓，在他手里他要让父亲、母亲所受的苦后人不必再受。父亲来了果园，十岁的李葫不甘寂寞，在家待不住了，下午放学每每借口为李城生和父亲送饭，就会溜到果园里来玩。李城生看到她一边帮大人干活，一边顽皮地用嘴接树叶子上的清露，用鼻子嗅幼果的气味。李耕读有时候会怜爱地凑到李葫身边，伸出一只手臂把她揽在怀里，果树散发出的清甜鲜润的气息，无声又温暖地浸润着他们。每当看到这些，李城生就有些恍惚，美好得怀疑是在梦境里，人说三世同堂、儿孙绕膝，这大抵就是生活中的幸福与美满吧。作为一个孤儿，他感谢这个家庭收留他，带给他人间的温暖，他只有用自己的双手去改变命运，改变一家人的生活，才能回报这些给了他人世安稳的可亲可敬的人。

夜晚来临，满天的星星洒满苹果园子，李城生催了几次父亲和李葫，他们就是赖着不肯回去。不知道是心理作用还是真正如此，自从西湾有了大面积的果园，西湾的空气变得湿润起来。春天卷着黄土的风沙似乎没有那么多了，雨水也多了起来，至少在园子里空气是那么清新，甚至甜丝丝的，既然他俩谁都赶不走，也好，那就跟他一起住在地头搭的简易房子里吧，权当消夏避暑。可是在园子里的他们却并不闲。李耕读拉着李葫的手，手里提着一盏马灯，赶得偷偷啃果子的那些松鼠、兔子们满园子地跑。春天新芽满树，秋天黄叶飘落，果子呢该结自然就结了，该熟自然也就熟了。李城生听着看着，不知不觉睡着了。他睡眠的呼吸里也弥漫了苹果的香气，他做了一个梦，梦见弟弟李宁生回来了，精精神神，还带回了一个金发碧眼的苹果仙子，会飞，像嫦娥一样飞在古城的果园上空，一挥纱袖，满园子的苹果全部都红了，再一挥纱袖，一个个都落在了苹果筐子里……

醒来的时候，晨曦的一缕光已经斑斑驳驳洒在了树叶上。李葫还在酣睡中，嘴角印着一滴涎水的痕迹。李城生发现她的两只脚上穿着他上次去李店集上给母亲买的袜子，袜子大得袜勒都套到了她的小腿上。李城生叹息了一声，母亲肯定背着他把那一包袜子跟妻子和女儿分了。这时他听到父亲李耕读在不远处的园子里发出一声声清嗓的咳嗽，显然他已经在园子里转了好一会儿了。李城生刚穿好衬衣，铺上角落里的小灵通发出了嘟嘟的声音，哦，宁生啊，什么？你已经在兰州了，说是要回来，这都三四天了，一直没消息，还以为有啥事耽搁了，好好，好的，我掐着点儿去县里接你。那怎么行？不是还有那谁吗？人家外国人礼数多，咋也不能丢了国人的脸，行，那就这，先挂了啊。

李城生趿拉好鞋子，拨着树叶，急忙向父亲李耕读的方向找去，他看到父亲坐在一棵树下抽烟，就走过去大声喊：你替我，替我看会儿，葫芦娃还睡呢。宁生回来了，我要去趟县里。出了果园，他给妹夫胡尚勤打电话，尚勤，有空吗，用你的车，一起去县里接一下宁生和他的对象，对象是个外国人，去个车显得咱中国人不寒碜。没问题，你在古城街道等我，我从雷大梁过来，路刚铺了油，快得很。

胡尚勤驾着他的普通型桑塔纳车嘴里叼一支黑兰州，神气地说，有事姐夫你就说，咱有的是车，他外国的怎么了，不要老看他外国的月亮就比中国的圆，那么远，她一个外国人能从那么远跟宁生回咱静宁，将来还要嫁给静宁，在西湾落脚，还不是说明咱中国、咱静宁厉害，对吧？李城生说，都说钱壮人胆，看把你张的，披着被子过年呢，欢得都没领子了。不过，到了可别乱说话，这牵扯国际事务。放心吧，她一个老外，喇嘛过河，呜里哇啦，听不懂。对了，她是哪个国家？塔，塔吉克，塔吉克斯坦。呵呵，记下了，踏几个鸡蛋！

路真的修好了，柏油路亮晃晃、黑黝黝，车子走在上面平平稳稳。进入司桥境内，路两边的果园越来越密集，一眼望不到边边，看来静宁苹果已经全县开花了，树树繁华，满树缤纷，整个静宁大地宣示着一种非凡的盛大景观，数万亩苹果花开，铺排成一片浩瀚的苹果花海。这是大势所趋，尹学林把他表扬上了天，他自己清楚，就是古城没有他李城生，迟早也会有这么一天。不过，看看司桥的果园，全部在大路边上，运输起来多方便，西湾发展苹果产业路是个大问题，苹果面积逐年加大，产量也是直线上升，路不好，车进不来，销路就是问题，人家宁肯花小代价去司桥这样的果园，也不可能熬时间在路口等你用人力一车车地转运，今年这问题必须下力气解决了。

到了县里，在汽车站门口等了不大工夫，兰州回来的车子就进站了。李城生带着几分惊喜和忐忑走到车跟前，第一眼见到李宁生带着的那个个子高高的塔吉克女孩从车上下来。不知怎么地，李城生就想起了昨夜的那个梦。

19

很久很久以前，有一对夫妇生了六个儿子。虽然六个儿子都很优秀，但是父母和六个兄弟还是希望再多一个温柔漂亮的女孩儿。告诉你们一个好消息，你们马上就有一个弟弟或妹妹了。忽然有一天，母亲高兴地对六个儿子说。真是太好了，我们还是希望要一个妹妹。六兄弟高兴之余一致表明自己的态度。孩子们，我也是这样希望的，有六个儿子再加一个女儿就更完美了。母亲充满自信。六个兄弟是捕猎能手，经常能捕捉到很多猎物，一天，他们又准备到大山里追捕猎物，亲爱的妈妈，我们要去打猎了，你如果生了个妹妹，就让人在大门上挂一个纺线车的轮子，如果生了个弟弟，就在大门上挂一张弓，这样，我们即便在很远的地方，也能知道喜讯，但是我们还是希望那会是一个纺车的轮子。六兄弟走后没几天，母亲就生下了一个可爱的女儿。麻烦你在大门上挂一个纺车轮，这样我的儿子就知道我给他们生了个妹妹，他们会高兴死的。母亲给接生婆安顿。接生婆笑眯眯地把纺车轮挂在了大门上。谁知接生婆刚转身进屋，一个邻居就偷偷摸摸地跑过来，把纺车轮摘了下来，换上一张弓。原来这个邻居是个嫉妒心很强的家伙，每次看到六兄弟打猎回来都带着很多猎物，就气不打一处来，所以偷偷换下了纺车轮。六兄弟兴高采烈地背着猎物下山，离得老远就看见大门上挂了一把弓，顿时非常失望。怎么又生了个弟弟？看来我们的愿望又落空了。太难过了，太难过了，我看我们还是不用回去了，有了一个小弟弟，也不差我们六个。老大一提出，大家都响应，他们凝视了一会儿家的方向，一起转身离开了。

六兄弟的妹妹叫吉尔莫赫，转眼就长大了。米拉·果斯曼给李宁生说，人世间的好多事情总是会阴差阳错，命运真的是个奇怪的东西，我也没想到我会离开家，离开父母，跟你跑这么远。李宁生说，塔吉克斯坦跟中国相反，如果把这个故事改造一下，六个姐妹希望再有一个弟弟，就属于中国版的苹果树妹妹了。你不知道，中国人为了生一个儿子什么事都做得出来，可以把女儿假扮成残疾人，还会像东西一样送给别人，甚至狠心遗弃，多得很。你们国家那么喜欢女孩，难怪塔吉克斯坦女孩子那么多，满街都是。关于吉尔莫赫的故事还是要继续。米拉·果斯曼说，五岁的时候，尤利娅女士一直讲这个苹果树妹妹的故事哄她睡觉，她真的就把自己的女儿哄成了苹果树妹妹。

李宁生回来了，还带了一个外国媳妇米拉·果斯曼。更多的时候，并没有人去关心一个外出打工者的回来与否，村子里三三两两外出打工的接二连三，青壮年差不多都出去了。李宁生回来的消息之所以在古城炸开了锅，那还是因为米拉·果斯曼。他们回来的第二天，西湾甚至周边村子里的人都以各种名义和理由来到了他家的门上，当然更多的名义是苹果。因为在李宁生家确实除了苹果，再没有什么可以提、可以看的。城生哥，这女娃是不是浑身长满了粗粗的汗毛？引娣嫂子，这外国娘们儿是不是露着胸啊，跟那画报上似的？连肚脐眼都出气呢，腰（妖）气大得很。他姨，这外国人进来了，将来怕是要变李家的人种哩。他叔，听说外国人开放得很，跟谁都乱搞……米拉·果斯曼还没进门，关于这个塔吉克斯坦姑娘的种种非议与猜测、论断已经满天飞了。李城生母亲听在耳朵里，气在心里，她都不知道说什么好，只能一味责怪李宁生，找个什么人不好，非要找个怪物回来，让人家背后嚼牙茬骨。她跟丈夫李耕读说，最好城生半道儿把她送回去就好了。胡引娣劝慰她，庄里那一伙都是吃咸萝卜，淡操心着，甭管了。

被猜测、狐疑和不安情绪弥漫着的一家人终于还是迎来了李宁生和米拉·果斯曼，回来了就得面对。米拉·果斯曼给李宁生母亲送了一条黑色的丝绒披肩，披肩上绾结的流苏滑落下来，在手里波动着，绵软绵软的。李宁生母亲后来逢人就说，我心里一直想，外国儿媳妇是咋样的？也是像电视里的一样吗？头发也是黄色的，眼睛蓝蓝的，鼻子又尖又耸，喝水都能碰到杯子沿子。结果不是那样，她跟你们一样，没啥区别，你说啥她都能听懂，她说啥，我们都能懂，险乎把个状元关在了门背后。那天，她破天荒地打开了大门，对贴着墙根挤着往门缝里瞅着的人们说，看把人费劲的，没啥稀奇的，都进来看看吧，家里有糖，有瓜子。口话一开，这些人全都涌到了家里，李宁生对米拉·果斯曼说，看乡亲们多好，多热情，都来欢迎你了。米拉·果斯曼微笑着站在屋子中间，向着大家双手按胸躬身施礼，我叫郭思嫚，今后就是西湾的一分子，初来乍到，叔叔婶婶、哥哥姐姐们多关照，有对不住大家的地方多包涵，米拉·果斯曼从包里掏出了一沓纸币给在场的每人一张发散，是塔吉克斯坦索莫尼币。初次见面，一点纪念，不好意思。大家都没有见过这样的钱，接在手里新鲜好奇地翻来覆去地看。李宁生说，这是塔吉克斯坦的钱，外币，一张一块，换成人民币就是一块六毛。人们盯着纸币看一会儿，盯着米拉·果斯曼看一会儿，无论纸币还是面前这个与他们不一样的人，都是他们从未见过的，这真是个好看又奇怪的女人，皮肤那么白，眼睛那么清澈，说话间忽然就笑出声来，而且响亮，像个童话里走出来的小姑娘一样。有人开始窃窃私语，空心萝卜，中看不中用吧，连个屁股都没有，能生娃？你看那胳膊，细得跟个镬头把一样，一桶水怕是都提不起来？胡引娣听不下去了，站了起来，大家都看好了没有，看好了就赶紧回去，别在这里佻挞咧，屋里活多着呢，没看好，明儿再来，门票就给你们免了啊，一天就知道狗吃羊皮，胡乱扯！

乱嚷嚷的人们终于走了，剩下的时间真正属于李城生一家人的了。李耕读说，咱这个家，连电视机都没有，娃心慌了咋办？米拉·果斯曼说，我不看电视。李宁生母亲说，老头子不是让你看电视，他是想说，电视上能看到你家，怕你想家。一到县城，米拉·果斯曼就给果斯曼先生打电话了。果斯曼先生说，家里空气都不流动了，尤利娅女士眼睛里的河水要把床都淹了。这可不是什么小事。果斯曼先生是笑着说的，可是米拉·果斯曼还是哭了。来到西湾，她尽可能忍住没有打电话，李宁生看出来她在做出一副什么都能适应、不想家的样子，事实上她的眼神不会骗人，那对清澈的像刚刚面对这个世界的眼睛里闪烁着无助和提防。李宁生捏紧她的手，这里很穷，可是人都好，你别担心。李宁生给胡引娣说，嫂子，锅里烧些开水，让米拉在你屋里洗个澡吧，她天天洗澡习惯了。

洗完澡，胡引娣已经把她那边的床铺收拾好，今晚她要陪米拉·果斯曼度过回到西湾的第一个晚上。米拉·果斯曼拉住李宁生的手不想丢开，李宁生说，去吧，然后眼睛里说，过段时间我就能陪你了。乡村的夜晚特别安静，胡引娣和米拉·果斯曼睡在一起，说着话。你身上咋那么香？连屋子里都香了。是香精，你要的话给你，宁生说你们都不用。你的名字太长了，我们就叫你郭思嫚吧，得入乡随俗。我已经把郭思嫚当作我的中文名了，得给我报个户口，办个身份证。小郭，我们这么穷苦的地方，你怕是住不惯、待不住，说实话，我刚来都待不住，心慌得很。我婆婆说了，住段时间再说，实在不行让宁生送你回。那不行，嫂子，我是不会离开宁生的，除非他不要我。说不想家那真的是假话，从小在我父母身边长大，说实话，刚上了山，看到一重一重光秃秃的山，我就想哭，完全跟我想象的不是一个样。可是反过头来讲，我们都还年轻，越是一穷二白，才越能体现我们的价值。我们塔吉克斯坦有一句谚语，叫有志气的蚂蚁也能把大山搬走。西湾就是留给我和宁生的一张白纸，我们要在上面绘出山清水秀的美丽图画来。

李宁生虽然很疲倦，可是一直睡不着，他听出李城生也没睡着，就说，哥，米拉他们家出嫁女儿没有彩礼，我问过他父亲，所以给家里添不了啥负担，我们也啥都不要，等成了家，家具啥的一点点添置。李城生说，那是你说的，礼数得讲，再怎么，多少得给人家家里预当一点钱，那么大的女子，跟了你，哪能说领走就领走。你以为钱是卖女儿的钱，那是安慰人家、填补我们亏欠的钱。不过，你也别先想着结婚，妈和我都担心呢，咱们这苦日子过习惯了，人家适应不了，随时要走咱们可不能拦着。哥你放心，这个我有数。黑暗中，李城生笑了一下，不过我看你俩倒是葫芦地里滚瓜呢，遇圆了，一个为了个女生，连马上要参加的高考都放弃了，一个更离谱，为了个傻小子，连好好的大学都不读了。那你没听说，不是一家人不进一家门，上大学还不是为了找个事干，有事干就成了么。看把人能的。弟兄两个正说着，忽然一阵噼里啪啦响，心里早有所准备的李城生发现有人捣乱，忙光着膀子跑出院子，打开门，撵着一群跑远的孩子，把院子里他们扔进来的瓦片扔过去，骂，把你些有人生没人收的野种。那些捣乱完的孩子一溜烟跑了，边跑还在边喊，八国联军入侵北京，烧我紫禁城，杀我中国人，我们要把洋女人赶出去！李宁生随后来到了胡引娣屋子门外，敲了一下窗，喊，米拉没事吧？胡引娣说，放心吧，没事。那就好好睡，别担心，有哥和我呢。

一大早，李城生去了西湾小学，找到女校长反映这几个学生的情况，希望她能严加管教。不料校长懒洋洋地说，支书呀，学生这是在继承五四精神呢，这种爱国情怀怎么能算错呢？再说，娃娃们髫龄无忌的，计较啥呢。李城生知道上次小学要维修校长室，要村里拿点钱，李城生认为学生厕所急需维修，而不是校领导办公室，给校领导房间地面铺瓷砖属于个人贪图享受，连所有教室都没有铺青砖，还是土地面，厕所的一面墙都摇摇欲坠了，如果解决教室和学生厕所问题就算他自己凑钱都行，如果给校领导房间地面铺瓷砖别说让大伙集资没人同意，他自己也不答应。回绝了学校，还把矛盾结下了，这回就给他报复上了，说不准这些捣蛋鬼还是她指使的呢。

　　李宁生和郭思嫚跟着李城生走上了那片土梁梁，到了他们的果园里。郭思嫚意识到来的路上不断有人躲躲闪闪地尾随，她装作没看见，也没有告诉李宁生。这几天，每当她走过村口，总有人对她指指戳戳。其实，李宁生早就注意到了，他也装作没看见，也没有告诉郭思嫚。庄里人看稀奇也就罢了，村小学的那几个老师也跟着嚼舌头，李城生去找过校长后，李宁生也去了，校长说，西湾多少年里积攒下的纯朴的村风都被他搞坏了，领一个不明不白的洋女人回来，还住在家里，谁能保证她不是国外渗透的女特务呢，瞧那一副打扮，分明就是特务的样子。还有几个未出嫁的女子，直截了当地对他说，宁生，西湾的女人没死绝吧，用得着进口一个来？李宁生带着郭思嫚，尽量躲避着庄里人，心里添出很多的郁闷。他原来一直担心母亲不接纳，看来最大的阻力还在村子里。这时候的果园很诱人，是他们躲避庄里人的好地方，能让他们暂时忘却诸多的烦恼。一棵棵果树羞涩得如怀孕的准妈妈，果子挂满枝头，兜着喜悦和希望，一派沉静和安详，似乎连鸟雀的啼叫也放轻了，生怕惊醒树妈妈怀里酣睡的娇宝宝。郭思嫚望着一片果园郑重其事地说，这些苹果跟我一样，他们的根在中亚或者遥远的地方，因为某种使命在这里扎根、开花、着果，李宁生，我是随着它们来这里的，你听好了，我也要在这里扎根、开花、着果，开始美美的人生。李宁生心潮涌动，此时此地，不知怎么就想起了萦绕在他心头的一幕往事，米拉，那一年的秋天好饿啊，地里连白花花的草根茎都挖完了，就是那边那块地里，长着几棵高大的苹果树，稀稀拉拉结着几颗苹果，据说品种是国光。我就是顺着这个干梁梁上去，软着、虚着两个腿子，滑下了干梁梁，爬上了坍塌的断墙，胳膊被尖利的枣树刺划破，我不管不顾，真的是饿疯了，一把就把一只苹果给摘了下来，紧接着就被母亲狠狠地打了一顿。这次我们回来，站在这里，就要光明正大地种苹果、吃苹果，拿苹果卖钱，发家致富，改变命运。米拉，你听好了，我要跟你一起扎根，一起开花，一起结出美美的果实。李宁生故意大声地说，他是要让那些躲躲闪闪尾随在背后的人听。说完，瞅着郭思嫚那张略显天真无邪的脸，他的眼睛有些潮湿。

晚上，李宁生和郭思嫚回去的时候，家里来了一个看上去很可怕的人，他的头发散乱，看不出性别，脖子上长着一个肉瘤，庄里人叫它"瘿瓜瓜"。这人是隔壁两个邻居带来的，一个邻居说，最近晚上老感觉屋顶有啥东西掉下来，睡在炕上总是觉得屋子里面有人晃荡，可就是看不到人，还经常在梦中被一个女人迷住不能动弹。另一个邻居说，他家孩子最近老是啼哭不止，什么办法都用了，就是不管用，嗓子都哭哑了，腮帮都哭肿了，他们去温堡请了"神"来看，说是庄里有了巫邪之物，如不驱逐，还会有大量的人会出现异常状况。他们所说的"神"就是这个脖子上长着瘿瓜瓜看上去很可怕的人。"瘿瓜瓜"见郭思嫚进来，就绕着郭思嫚转了几圈，刚要说什么，李宁生就上前横在他俩之间，挡住了郭思嫚，她是我老婆，你要干什么。"瘿瓜瓜"摇摇头，一脸锥心：这个女人来历不明，西湾恐将无宁日！两个邻居恶狠狠地瞪着宁生，你是要毁了咱西湾吧。"瘿瓜瓜"从怀里拿出朱砂、毛笔、画符用的黄纸出来，双手挥舞，动作幅度很大地画了两道符，嘱咐左右两个邻居在床头贴一道，门上贴一道……走时还不忘目光刀子一样剡着郭思嫚，说，这些只能防御，不能除根，妖邪不赶，病根难除。

家里的气氛一下子乱了起来，李耕读唉声连天，郭思嫚做梦都没有想到她会被当作恶鬼一样地驱逐，满腹的委屈全部化成了眼里迸溅的泪珠。李宁生拉住了郭思嫚的手，走，我们去果园住。李宁生母亲指了指桌上的一台十四英寸的旧黑白电视机，狗儿，听话，你就哪里都别去了，不要出门，看谁把你咋？李宁生说，妈，你借的谁家的电视机？还了去吧，我估计收不到信号。郭思嫚的泪水再也控制不住了，她潮湿着声音说，我跟宁生商量好了，今后我们就住果园里，让我哥以后就住家里吧。你借电视我们也没时间看的。狗儿，别跟那些人计较，他们的欺生我早都习惯了，电视是我特意跑镇上跟人借的，你想家了就打开看看，那上面一直有外国呢。郭思嫚抱住李宁生的母亲，脸贴在她的脸颊上，妈妈，我爱你！这一番举动竟然把李宁生的母亲搞得慌失莫缺，连连擦眼泪。郭思嫚在以她的方式表达感激，母亲理解为这孩子很想她自己的妈妈了，真可怜。

宁静的果园却并不宁静，郭思嫚终于憋不住了，一进果园就开始发脾气：好你个李宁生，在杜尚别的时候，你就说西湾多么好多么好，人多么善良纯朴，原来你一直骗我。你把我骗来，就是让人把我当巫婆一样地羞辱吗？你说，李宁生，你安的什么心？我要回家，明天就回杜尚别，简直是沙子迷了眼，羊毛塞了耳，我就这么被骗来了。你是鬼，你才是鬼！李宁生吃惊地看着米拉，这还是那个温柔的小姑娘吗？她声音尖锐，眼里冒着火，一连串的质问、斥责里夹杂着塔吉克单词和俄语单词。李宁生被撑了一脸火，一句话没忍住，破口而出：是你自己要来，我又没用绳子绑着你来？这句话显然也超出了郭思嫚的预想，她眼泪汪汪瞪着李宁生，俄顷，扭身跑出了果园，叶片在她的身上打得一连串地响。李宁生的倔脾气也上来了，背后喊了一句：有本事别回来。这一夜，郭思嫚真的就没回果园来。李宁生躺在果园的棚子里，翻来覆去睡不着，天还没亮，他就急匆匆往家里赶。一进门，李城生在院子里给牲口铡草，咋这么早回来？她呢，在家吗？谁？米拉。李城生停下手里的活计，她不是跟你在一起吗？李宁生慌了，扭头跑出了大门。

很快，要到给苹果套袋子的时候了。郭思嫚离家已经好几天了，李宁生由最初的愤怒变得焦虑、担心，母亲看到晾在炕头上没动一筷子的饭菜，叹了一口气说，这八字没见一撇呢，就闹成这样，赶紧把人找见打发回去，这洋人跟咱不搁脾气。李宁生觉得母亲说得是，大家都是对的，是他错了。他说，回了来就让回去。可是晚上睡下，脑海里全部是她的影子，他又想，她抛下爹妈，不远千里跟自己来，本身就不容易，在这里，她什么都没有，只有他李宁生，连他都埋怨她，吼她，她怎么能不伤心呢？换作自己是她，能忍受得了这个态度吗？这样一想，他打算天一亮，就出门去找她，给她赔情道歉。不知道是冥冥之中的预感，还是事情是从果园里起的，走之前，李宁生来到了果园里。远远地，他惊愕地看到一个熟悉的身影，披着一身晨曦，背着喷雾器，拉动拉杆，往果树上一下一下喷洒。李宁生一夜没合眼，有些头晕眼花，他怀疑昨夜的梦还没醒来，就使劲揉了揉眼睛。没看错，是她，米拉，米拉。李宁生拨开树枝，几乎小跑着向郭思嫚奔过去。他想一把把她拉在自己怀里，不料，郭思嫚一转身，朝他身上喷了一身药，那张脸，依然是气鼓鼓的。李宁生觉得胳膊上一阵钻心的疼，这才发现，刚才往果园里跑，树枝把胳膊都划破了。李宁生放下了心，不管她怎么对他，她能回来，还在这里干活，就已经表明她没有走的心。

米拉，我错了，我不是有意的，你在别人那里受了气，我不仅不安慰，还伤口上撒盐，我不是个东西。李宁生鼓足勇气，跟在后面嘟嘟囔囔着。郭思嫚一言不发，只管喷她的药。这时候，果园外面响起了嚷嚷声，快看，那女人在里面胡喷啥着呢。李宁生回头看的时候，只见二楞媳妇带着李城生、胡引娣匆匆走进了果园。支书你看，她是不是使坏下毒呢？二楞媳妇指着郭思嫚说。李城生按住了郭思嫚的喷雾器，小郭，你这是干吗，果子马上要套袋子了，你怎么能这么干呢，你俩淘气是淘气，不能拿果子撒气呀！郭思嫚说，哥，我不是那种人，给果树喷杀虫剂和杀菌剂，这是套袋前必须要做的事，你听我的没错。二楞媳妇和胡引娣面面相觑，小声说，没人这么教过，以前也没这么干过，把稳不？李宁生说，你们放心吧，她是学农的，不会有问题，出了问题我负责。说完，他三两下从郭思嫚的肩膀上取下喷雾器，头也不回地继续喷洒起来。李城生朝着二楞媳妇挥挥手，回去吧，准备准备，三天后叫大家来套袋子。这一晚，两人都住在了果园里，谁也不说话，瞅着漫天的星星眨眼睛，他们不说话，草丛里虫子却唧唧地说个不停。李宁生感觉到郭思嫚在他身边，就算不说话也是美好的。夜深的时候，他有些犯迷糊，可是他怕一闭眼，郭思嫚又不在了，他就强忍着自己保持清醒。后半夜的时候，他实在困得不行了，刚打了一个盹，就听到郭思嫚说，睡吧。他真的就睡着了。

　　第三天，天还没有亮，他们都起来了，在园子里查看，杀虫剂和杀菌剂的气味已经完全散尽了，到了可以套袋的时候了。不大工夫，李城生和胡引娣来了，在他们的身后是西湾一帮大姑娘、小媳妇们，推车的、挑担的、背篓的，田间巷陌凭空流过一条喧嚷的河。李城生说，不要套太早，等太阳完全出来，露水干完，不然容易生果锈。胡引娣从脖子上吊着的袋子里，拿了一个套子，示范给李宁生和郭思嫚，先把袋子的角撑开，让袋子全部鼓起来，袋口从上往下套，果实悬空在果袋子中央，靠边了扎丝会扭伤果柄。头一年我们就把好多果子的果柄给弄伤了，一棵树，先套最上面的，上梯子，上面的套完，再套中间的，最后下梯子套下面的。套上面的时候，先套树枝里面的，再套伸展出来的树枝上的，套中间和下面的也一样。

　　郭思嫚跟着学，套了几个就会了，她轻巧的身子在梯子上爬上爬下，套得又快又多，手快得连那些庄里看似很精明的人都赶不上。套完一棵树，她又从头一个一个细细检查一遍，把那些袋子没有撑开的，袋口捏得不紧的，又重新来过一遍。她给大伙说，这每一颗将来拾到篮子里，都要值几块钱呢。套完三个月后，又要开始准备着摘袋子的活计了。李宁生和郭思嫚一门心思扎在苹果园子里，尤其郭思嫚从梯子上爬上爬下，汗津津的，一副泼出命的架势。一心等着郭思嫚待不下去要逃离的李宁生母亲几乎要惊呼了：这娃娃是狐狸精哭孩子，做给大伙看呢，她明着是要告诉大伙儿，给李家、给西湾，我都要把命给你们了，看你们还要不要我？

20

"唉静宁人现在是冷尻买房，冷尻买车，冷尻供娃，三冷……"杜全知一边给马天雄煮茶，一边调侃静宁人。

郭思嫚要约马天雄在县城请杜全知吃饭，马天雄先到了，打电话给郭思嫚，她正在亲戚家，让他替她先约一下杜全知。一打电话，杜全知叫他来家里喝茶。杜全知邀请了他好多次，他喜欢人去他家里。按照杜全知发的手机定位，马天雄找到了杜全知的家。这些年，静宁县的高楼大厦比赛着似的一幢一幢地冒出来，都有些让人怀疑这是不是一个国家级贫困县。开车在街上，前后左右不是奥迪就是宝马，他的这辆长城车子就显得寒碜，不时被人家的豪车仄逼到街道的马路牙子上去。当有人装酷时，哥都会低下头，不是哥修养好，哥是在找砖头。马天雄瞪着眼睛对着逼过来的车子嘴里小声嘟囔着。县城马天雄并不熟悉，所以杜全知说的他家的住址他也说不上具体位置，好在有手机导航，美丽林志玲版的导航声音酷似一条铁链子，直接把他拽到了杜全知的小区门口。这是一个老旧小区，根据门口难得不拥挤的停车场来看，这个小区以中老年居多。敲门进去，杜全知穿着一身灰色睡袍给他开门，没戴惯常的帽子，光着头，那样子貌似一条大灰狼。马天雄猛然一看，以为认错人了。杜全知把他让到木头沙发上，别看我这地方不咋的，那可是鸿儒谈笑间，白丁往来处。马天雄笑，那我是鸿儒，还是白丁？你是书记，还是第一。马天雄环顾杜全知的家，取笑道，你家里是三多三少，书多，坛坛罐罐多，垃圾多；好书少，值钱的坛坛罐罐少，厨余垃圾少，哈哈哈哈。杜全知表扬他，你善于观察，能抓住重点。就是这个时候，杜全知应着说话的轻松气氛，就说了静宁人的三个冷尿：冷尿买房、冷尿买车、冷尿供娃。

不过马天雄听出来了，杜全知没有太多贬低的意思，他的话最终归结到了供娃上。一等人忠诚孝子，两件事读书种地，这个地方素以耕读文化为本，明清两代就考取过进士十八人，举人七十七人。攒好家业，不如养好后人，这是他们的世代传统。种苹果富了的静宁人没有去穿金戴银，摆阔炫富，而是率先提出"再穷不能穷教育，再苦不能苦娃娃"，把供娃上学当作一个家庭、一个地方的头等大事，近三十个乡镇、六十多万人口，为了让娃娃后人们上好学校，受到好的教育，生活更便利些，争先恐后地潮水般涌向县城。

胡尚勤的妹妹胡月月就是其中之一。

李宁生、郭思嫚跟着姐姐李翠玉走进胡月月家时，有些惊讶，难怪她婆婆和胡尚勤都寄居在她家，房子这么大啊，足足有一百五十平呢，比李城生的房子还大。从这间房子里他们看出了李店发展苹果早、富起来的人也多这样一个基本事实。胡月月一看李宁生和郭思嫚也来了，赶忙端出香蕉、火龙果招呼。李翠玉问婆婆怎么样，胡月月说状态极差，不怎么愿意见人，不过你来了她还是会见的。胡月月带着三人进了里屋，果然，胡尚勤母亲一见是李翠玉，眼泪就出来了，她干瘦的手一把抓住了李翠玉的手，说，翠玉，你来了啊，你这娃心善，尚勤子那狗日的败家子，野狐子跟着貓跳，把好好的日子都让他给过完么。李翠玉拍打着老人干瘦的手背说，你就别操心我们了，安心在月月这儿待着，要是心急了就跟我走，我带你去我那儿再住几天。一会儿木头就回来看您了。老两口一辈子，就算拌嘴、彼此不待见，毕竟锅锅灶灶几十年，一个走了，另一个一下子就垮了。时光如流水，李翠云和胡尚勤转眼也快五十岁了，在老家，讲虚岁都说五十一了。五十的女人，都是秋后的黄瓜了，家庭经不起折腾，她自己心里清楚，母亲之所以指派这个、指派那个来劝她跟胡尚勤复合，也是这个意思。她也不是没这样想过，只是那个人变得让她提不起来精神，越来越没有一丁点儿好感了。听到门铃响，李翠玉知道是李葫和胡沐子两个孩子回来了，那会儿还发消息呢。果然，李宁生把李葫和胡沐子带进了胡月月母亲跟前，奶奶，看，我给你带来了好吃的，好喝的。还都没挣钱呢，就乱花钱，奶奶什么也不想吃，留着你们和晓蓉吃。话虽这样说，老人的情绪明显好多了，人说隔辈亲，这些娃娃对他们不啻于一剂良药呢。这娃娃长得就是快啊，李宁生感叹道。你俩还正是一把葱不零卖了，一个西安，一个广州的，还就黏糊一起了。现在的地球是透明的，共时性。地球村，地球村，全球都拉近距离了。这话说得郭思嫚高兴了，看人家年轻人，就是不一样，顺应世界潮流，潇洒很。有了孩子，气氛就一下子不一样了。李翠玉说，晓蓉的转学问题已经说好了，没问题的。胡月月高兴极了，嫂子不知道怎么谢你，人说这事找县长都没治，你一下子就给办好了。要能进一中读书，那等于一只脚已经踏进一本的大学门了，你知道这些年为了晓蓉，我买房、做生意、一心陪读就是为了让晓蓉能像沐子、葫芦这两个娃娃一样，考好大学，干大事去。胡沐子问翠玉，妈，我爸爸呢，我得给他好好上一课，男人不能惯，这越惯越混蛋。李宁生笑，你这都哪里听来的俏皮话，狗大个岁数，就知道男人了？李翠玉瞪了一眼胡沐子，怀娃婆娘放屁，还娃娃气着呢。胡月月接过来说，我哥这完货，又不知道哪个麻将室钻着呢，一天不是喝酒就是打麻将，我让他帮我买早餐，他还嫌折窝人。正说着胡尚勤呢，一个关于胡尚勤的电话就打到了胡月月的手机上。胡月月一脸紧张，捏着电话就去穿衣服，换鞋子，李翠玉看出来有事情发生，就撵上说，咋啦？胡月月说，我哥跟人打架，被带走了。

苹果给静宁带来的收入占到全县经济总量的百分之六十，占财政总收入的一半，好多果农收入丰厚，一年几十万的不在少数，他们的收入已经超过公务员、企事业单位和个体工商户这两大中高收入群体了。因为果农的进城，他们成为静宁城里房地产最主要的购买力，同时也是静宁房地产的催化剂，销售苹果的钞票也如潮水般涌进了火热的房地产市场，致使县城楼市均价由五年前的一千多涨到了四千以上，货物价格居高不下，静宁也成为以一个县区的身份领跑全市房价的地方。杜全知正给马天雄讲述苹果给静宁县的经济带来的前所未有的变化，就被马天雄手机的铃声打断了，马天雄接上了电话：是吗，我问问，需要我过去帮忙，我过来看看。杜全知听出是郭思嫚那边出了点事，就停止了他自认为很权威的讲述，问，怎么了？马天雄摇摇头说，郭老师的姐夫胡尚勤跟人打起来，被派出所给带走了。茶喝不成了，完了再联系。马天雄匆忙出门，又回拨手机给郭思嫚，需要的话，我帮你看看，县委政法委还有个朋友呢，有问题我可以联系他。

李宁生、郭思嫚和胡月月、李翠玉把老人留给俩孩子看着，下楼坐着李宁生的车赶到了派出所。一进去，李翠玉一愣，李宁生在派出所看到了高奋强——他的古城中学初中语文老师。高奋强的头上缠着纱布，显然是一个受害者。李翠玉扑过去，奋强，怎么回事？没事的，不要紧，皮外伤。这时候，一个警察过来了，操一口普通话，明显是个外地人。不是店主报警及时，就出人命了。我说你们这些种苹果的，真就像几辈子没见过钱，一有点钱就张狂，就不知道自己几斤几两。你看看城里这些打架斗殴的，嫖娼吸粉的，放高利贷的，一个个抓起来一问，都是你们这些果农。高奋强赶紧站起来说，是是是，对对对，可他的确是喝多了，不是故意的，我也没啥大碍，你们就放了他吧。你去做个伤情鉴定，要根据你的伤情处理，要是够得上故意伤害罪，怎么也得吃几年牢饭。警察同志，不用做了，我就是点皮外伤，大夫已经说了，没啥大问题，求求你们，你们就放了他吧，我们都是熟人。放了？根据治安管理处罚条例，拘留十五天那是肯定的了。你们谁是家属，去办个手续，回去准备一下日常用品送过来。

胡月月点头，是我，我是。她跟着警察到前面去了。李宁生这才问高奋强，到底怎么回事？你们怎么会在一起？高奋强瞅了一眼李翠玉说，宁生，我就不隐瞒你了。那时候你姐在学校的时候，我刚从师范分配到古城中学，看是个老师，也跟学生们差不了几岁。那时候我就很喜欢你姐，也给你姐表白过。我看出你姐并不讨厌我，后来我逼得紧了，问她什么态度，她只说，我是老师，是公家人，她是农民，而且很快就要离开学校了，我们不是一条道儿上的人。其实我看得出来，她心里有我。我家里也是农民，在学校里的时候，一直被东部人称为"山外边人"，也遭受过不少白眼，一说话，同学就嘲笑。我其实一直很自卑。翠玉就向我说了这辈子不可能在一起的话，初中毕业她就离开了学校，后来我眼睁睁看着她嫁到了李店胡家。我家里穷，就像人们常说的，穿的黄衣裳，吃的回销粮，花钱靠银行。生活苦，吃水苦，土壤偏碱，一碗油换不出来一碗水，过日子最大的梦想就是能方便地喝上一口甜水，媒人介绍了好几个对象，一听说我家只有一眼水窖，都摇头。我给家里人说不找了，一个人也挺好的，一晃我一个人也就这么多年过来了。去年，听说翠玉离婚了，我那颗死寂的心又复活了，觉得我们俩还可以重新开始。这时候我调到了县教育局，她也是果业公司经理，我们家也接上了人饮水，有了灌溉工程，那片黄土地下荒置了上千年的能量被一滴水激活了，土地似乎是要补偿上千年的亏欠似的，庄稼、果木、蔬菜都开始丰产，我在城里也有了房子、汽车，如果你姐愿意，我就娶她，开始新的生活。

你甭说这些了，我弟弟问你咋就跟胡尚勤搅和在一起了，还白白挨了他一顿打。胡尚勤到了县城，经常出入酒吧、舞厅和麻将室，整个人就知道挥霍人生。我帮他妹妹的孩子办转学，我知道他妹妹胡月月的不容易，大清早不到五点就一起来做包子馅，蒸包子，熬稀饭，顶着刺骨寒风推着平板车去一中门口摆摊，那钱都是一分一分、一毛一毛挣来的，他胡尚勤不帮忙也还罢了，还拿这钱去挥霍。李翠玉说，也不能这么说，他妹妹买房子，胡尚勤也给出了钱的，所以他父亲去世了，他撑着母亲来住这儿，也是理直气壮的。这不是他挥霍的理由，我是替你痛心，你一直没答应我的求婚，从前没答应，现在也没答应，我知道你心里咋想的。你要回头，起码他值得你回头。今天，我恰巧碰到他在麻将室输了钱，被人赶了出来，我想找他谈谈，又没勇气，就一直开车跟着他，准备找一个没人的地方劝劝他，告诉他不要石灰点眼睛——自找难看，翠玉有复婚的心愿。他又去了酒吧，因为结账钱不够跟店主发生了争执，他再次被人家赶出酒吧，我看到他手里拎着一个酒瓶，脚跟不稳，担心出事，就想过去替他把账付了，结果一拉他，他看见是我，瞪圆了眼睛骂我，狗咬瓜皮呢，还响（想）得脆，打我女人的主意，也不看看我是谁？我还没反应过来，他的酒瓶子就砸在了我的头上。我到现在也没搞明白，他怎么知道我跟翠玉的关系。可是，你们心里一本账，他们离婚确实与我没有一丁点儿关系啊。

你说你，逞的什么能？与你没关系，你瞎掺和啥，手指不疼硬要塞磨子眼里。李翠玉气咻咻地说。郭思嫚说，姐，要不我们把高老师送回去休息，你去看看姐夫吧。他这是木匠带枷——自作自受，我不去，看他干什么，我还嫌辱人。这时候，马天雄走了进来，怎么了？人怎么样了？被拘了。拘了？要不要我找找人想想办法，路上我还给我老同事胡烁科长打了电话。不找了，咱们管不了，就让警察，让法律管管也好。咱们走，回去。出了派出所，郭思嫚对马天雄说，不好意思，约好的事放黄了，我给杜老师打电话解释一下，项目施工招标都结束了，下周项目就要放线动工了，到时有个简短的开工仪式，除了你们廖局长和县、乡镇领导，我想请他也来。回转身，马天雄又给胡烁拨了电话，大致讲了一下事情的经过。胡烁电话里说，他这个亲戚发家早，有句话说，穷不失志，富不癫狂，德不配位，必有灾殃，教训啊！来到熙熙攘攘的县城大街上，举目可见物流、商贸、地产的兴盛与繁华，这一切无疑得之于苹果产业的蓬勃发展。可以说，苹果扭转了静宁的赤贫色彩，造就了静宁的现世繁荣。李宁生和郭思嫚站在路边上跟马天雄告别，他想起了刚才那个警察的话，像哥哥这样的果农进了城，是给县城做了巨大贡献的，为什么县里的老居民总会用异样甚至排斥的眼光来看待他们？也许城里也来了好多姐夫胡尚勤这样的人。

他们都丢下乡村进城了。李宁生坐在车上，心里想，只要乡村有我和郭思嫚，有更多回乡创业的人，乡村就一定不会寂寞，在我们手里，我们的乡村一样会美丽起来的。

21

其实我很小的时候就想离开家。

那晚，四只眼睛透过伸向天空的苹果树枝凝望着天空滑过的流星，郭思嫚对李宁生说了一句。你看到的杜尚别、看到的塔吉克斯坦是不一样的杜尚别、不一样的塔吉克斯坦。果斯曼先生随着祖父他们那一代人坐着通往杜尚别的第一列火车来到杜尚别的时候，杜尚别只有几千人。果斯曼先生遇到了塔吉克女子尤利娅，一度果斯曼先生的父亲因为她的血统不正，拒绝他们交往，可是果斯曼先生的锲而不舍消融了那个老俄罗斯人的种族偏见。果斯曼先生娶尤利娅女士的时候已经快三十岁了。三十岁那一年，他们生下了我。按理说，在有祖父、祖母和父母亲的庇护里，我该是个幸福的孩子，原本就是。

可在我四岁的那一年，灾难突然降临在杜尚别，打破了这个地方的安静。一夜之间，变天了，塔吉克人推倒了列宁像，控制了杜尚别，开始疯狂屠杀俄罗斯人。我记得满街都是枪炮声，都是尸体。祖父带着我们逃到偏远的村子里，那一天四面茫茫荒野，晚上天气冷得只能紧缩成一团睡。被子太薄了，把窗帘啊什么的全拽下来裹在身上，还是冷。身上还穿着大衣，扣子扣得一丝不苟，还是冷。祖母出去给我们买驼毛被，这一去就没有回来。当晚，那伙人顺着雪上的足迹找到了我们安身的地方，祖父为了保护我和父母亲，把他们引到了另一条路上。果斯曼先生按着我的头，攥着尤利娅的手，藏在雪窝子里大气都不敢出。一声枪响，惊飞了我的魂。祖父被枪杀在雪地里，鲜血在雪野里蜿蜒。你一直说塔吉克斯坦男人稀缺，都是那四五年的杀戮留下的恶果。和祖父一起移民来的那批人只幸存下来五个。多年之后，父亲告诉我，当时有两派，一派是人民阵线组织，大部分是库洛布人、希萨尔人和苦盏人，另一方是塔吉克联合反对派，都是盖尔姆人和帕米尔人。塔吉克联合反对派首先攻占杜尚别，推翻政府，占领了总统府和新闻媒体，大肆杀戮俄罗斯人。紧接着，俄罗斯和乌兹别克斯坦军队进来了，他们代表的人民阵线组织开始逐步收复失地。父母亲才稍稍安定下来，但是联合反对派控制首都时曾把库洛布人、乌兹别克人和俄罗斯人作为目标，而当人民阵线收复失地后，又以大清洗的方式发动报复，随意处死碰到的盖尔姆人和帕米尔人。杜尚别血流成河，尸陈遍野，五年的内战，毁坏了家园，大多数人不堪苦难纷纷逃离了，犬牙交错的砖石废墟中，留下一些黑色的墙壁，没有屋顶，城市上方是灰蒙蒙的尘雾，一道道青烟袅袅升上天空。那时候的杜尚别就像是一座人间地狱。

　　从那以后，我一直生活在惊惧不安中，惧怕黑夜，整夜睡不着，一有风吹草动，就浑身发抖，毫无安全感，忽然间会坐起来，老是担心、怀疑父亲和母亲倒在了血泊里。到了冬天下雪了，在床上无论盖多厚都觉得冷。尤利娅女士把驼毛被做得厚到能把人压得呼吸不畅，可我还是觉得冷。果斯曼先生说，看来我们不能待在杜尚别了，必须离开这儿，可是能去哪里呢？这个想法那时候就有了，当内战结束，母亲尤利娅生了妹妹塔赫米之后，我才渐渐从黑色的阴影里走出来，但是并没有忘记那一幕幕血腥的场面，有时候看到屠宰场流出的牛羊的血也会浑身瘫软。

李宁生第一次给她讲，他的家乡太贫困了，小时候他总是饥饿，连河里的青蛙，地里的田鼠都烧着吃过。他仅仅因为偷吃一颗苹果，就被妈妈打伤了脖子。米拉·果斯曼说，贫困算得了什么呢，贫困总可以改变，战乱却让亲人骨肉分离，阴阳两隔，最亲的人再也回不来了。我们的国家也一样很穷，所以才需要友好邻邦的援助，多年内战使得国民经济遭受严重破坏，独立后，国内政治、宗教、地方利益集团争来斗去不消停，家底都争斗空了，你第一次来肯定发现了，这哪里是首都，简直还不如你们国家的二线城市，一点也比不上兰州，都是些平房，找不到高大的建筑，整个首都大部分的建筑也都是上个世纪遗留下来的，陈旧破落。

李宁生认识米拉·果斯曼的第二个冬天，米拉小心翼翼地问他，宁生，路总有一天要建成通车，你总归有一天要回去，对吗？李宁生鼓足勇气对她说，米拉，我从来没有这样对一个人割舍不下，我想知道你呢，你是不是也是这样？米拉·果斯曼扑进了李宁生的怀里，离开杜尚别，离开家的念头其实从那时候起就从未停止过，只是不知道去哪里，哪里才能驱散童年带给我心灵上的阴影。现在好了，认识了你，我才知道我要去哪里。可是我，我们无论身份、年龄，还是国籍、地域都差得太远了，我怕会有很大阻力，我有时候想到这个，会痛苦地想，我们的相识相爱难道是一种错误吗？米拉，你愿意跟我回中国，回静宁？只要你愿意，别的都闲，闲闲的，没有什么能阻挡我们在一起。难道不是吗？两个相爱的人难道不应该永远在一起吗？无论贫穷，无论富有。李宁生搂紧米拉·果斯曼，忘情地吻了她。果斯曼先生听了米拉的决定，既觉得突然，又觉得这一天终于来了，那场内乱与屠杀摧毁了她的精神，让她看不到光明的色彩，她对人性充满了绝望，能有一个青年突然打开她的心结，给她带来光明，他是哪国人、离他们有多远又有什么关系呢？何况他是多么爱她。

终于回到了西湾，一切却并非所想，也不完全是李宁生口里描述的样子。她更始料未及的是，让她不远千里舍弃亲人奔赴而来的这个人也会有这样的一副面孔。他在吼她，摔给她一张陌生而又恐怖的脸。在杜尚别，在他们家，虽然有战乱，有生离死别，可是没有亲人间的恶语相向。果斯曼先生对她说的每一句话都是温柔体贴的，尤利娅女士虽然话不多，可是总把最好吃的留给她，把最重的东西自己背起来，生怕她受一丁点儿的委屈和苦累。从李宁生瞪着眼睛吼叫声发出的那一瞬间，米拉·果斯曼就觉得西湾这个地方给她唯一的留恋和热爱一下子就没了。她跑出了村子，来到路口上，等住了一辆城乡公交，没有多想，就上了车进了县城。一下车，站在陌生的街上，她茫然四顾，泪水扑簌簌不停地流淌。那会儿在车上，手里的电话都捏出了汗，几次差点都要拨给果斯曼先生了，最后都被她果断地掐灭了这个念头。她觉得好羞辱好没面子，她完全说不出口。当站在街上，面对来来去去不断回头看她的人，真正的绝望才开始降临。街上的人们显然都看出了她不是本地人，的确，在这个地方，她就是一个突兀的多余的存在，她抹着泪奔向车站，她一心要回家，可是到了车站门口，她才想起她还没有身份证，她哪里都去不了。随着喇叭声不断响起，一辆又一辆汽车拉着远去的人去了他们该去的地方，米拉·果斯曼再也忍不住心底的荒凉感，她拨通了果斯曼先生的电话，话筒里传来果斯曼先生那熟悉的声音，哦，我的宝贝……米拉挂断了电话，随手关了手机。她依然不知道她该说些什么，路是自己选择的，人是自己找的，这里是自己的一双脚走来的，怨谁？怪谁？说给任何人，只能换来四个字：自作自受。黄昏的时候，夕阳把她的影子拖得长长的，从一家又一家酒店门口路过，她每望一眼，心里都多一份悲凉，一个没有身份的异乡人，没有地方可以收留她。

她漫无目的地走进了县城郊区的一个背街小巷，一排上下两层的民房映入了眼帘。"客栈""住店"几个歪歪扭扭的红字吸引了她的目光，她上前敲开了一家民房的木质大门，开门的是一个满脸皱纹的婆婆，微笑着。她说，我忘了带身份证，回不去了，得住店。怕被拒绝，她亮出了鼓鼓的钱包，给婆婆看看。婆婆的方言很重，米拉没太听明白，看表情，婆婆是在欢迎她，她被婆婆带到了二楼的一间房子里。一张床，一个桌子，一个脸盆架子，再无别物。米拉·果斯曼坐在床上，双手捂住了脸。婆婆下去提了一个暖水瓶上来，刚烧的水，用茅房就到院子里来。第一天，第二天，第三天……米拉·果斯曼不出屋子，不下楼，婆婆看出了端倪，蒸了洋芋、玉米棒子给她送来上，念叨着：狗儿，不得活了，不吃不喝，咋个行？婆婆干脆上来不下去了，絮絮叨叨给她说这说那，她虽然不是每句都能听懂，但还是听出她是在劝慰她，说女人一辈子谁能比谁好哪里去？谁家的锅底都是黑的，说来说去，还真看着她把蒸洋芋和玉米都吃了。晚上，一个矮胖的中年汉子提着一壶水上来了，他一张口，口音里方言味要淡得多，显然是个见过世面的人：姑娘，我妈让我送你回去，你告诉我你家在哪儿，我是个跑车拉货的，南北都熟。这几天，思前想后，米拉·果斯曼已经有了回去的念头，她心性中的那种不服气的劲头又上来了，你们赶我走，我偏不走，看我这个巫婆能把你们都吃了不？意外遇见的婆婆打动了她，婆婆的善良，她儿子的憨厚真诚，让她心里涌起了暖流，谢谢你们，我自己能回去，古城西湾，通班车呢。婆婆上来了，笑笑地，把几个玉米棒子往她手里塞，回去好，回去好，哪里都没有家里好。米拉·果斯曼给他们结算房钱，母子俩死活不要，婆婆执意让儿子开货车把她送到了车站上。坐在回去的车上，米拉·果斯曼回想到西湾的前前后后，心里想，这里的人虽然愚昧落后，但质朴、善良，容易满足，他们那样对待她，毕竟是少数人，她和这里人们的风俗习惯、文化背景差距太大了，这一切都是情有可原的。小店的婆婆让她想起了宁生母亲，她们有着一样的善良和宽厚。自从祖父、祖母忽然从她身边离去，米拉·果斯曼就慢慢独立起来。小小年纪的她意识到任何人都有靠不住的一天，首要的是把自己变得强大起来。李宁生母亲说，待不住了就回去，咱不能逼人家。米拉·果斯曼下定了决心，不能当逃兵，不能自己打自己嘴巴。

米拉·果斯曼回到家，装出一副什么都没发生的样子，也不怎么搭理李宁生。李宁生向她不停道歉，低声下气。她心里原谅了他，面儿上还是不给好脸。在家里，她只这样对待李宁生，转过脸，对于其他人，米拉·果斯曼一律笑容可掬，忙忙碌碌，手脚不闲，她跟着胡引娣在灶间忙碌，拉风箱，添柴火，蒸洋芋，学着做，做着试，试着试着就已经很熟练了。胡引娣在锅台上忙碌着做菜，她就搬张小板凳坐在灶台边，兴致很高地说着好多话，大都是她在杜尚别的事，还有她爸爸、妈妈的事。胡引娣听着，也有意把话题往李宁生身上绕，旁敲侧击地替李宁生说好话，打圆场。饭端上来之前，郭思嫚早早就把筷子摆到了饭桌子上，每一个人位置前放一双。趁没人，李宁生讨好地拉着郭思嫚的手说，这是我的筷子吧，你看才多久你的手都变这么粗糙了。郭思嫚一把收了筷子，撑他，别动，与你有关系吗？李宁生搓着手，嘿嘿笑。这一天，郭思嫚从乡上邮局扛回来一个大包裹，打开来，是一只大大的编织袋。她一件一件从里面往外面掏东西——是给李爸爸的，那是给妈妈的，还有给叔叔的、姐姐的、十岁的葫芦娃的。果斯曼先生上次一直打不通女儿的电话，焦灼极了，后来给她在电话里说，做人家的妻子不比在家里，不能像在父母跟前，该忍的要忍，该咽的要咽，生活麻烦得很呢，何况又在自己完全不熟悉的一个环境里，处境要靠自己改变，地位要靠自己争取，一切的苦要自己咬牙挺。听着，听着，郭思嫚握着电话，泪水抑制不住地爬满了脸颊。这时候，她看着父亲大老远寄来的这些东西，再次难过起来，果斯曼先生做这一切，是用了心思的。远在千里之外，他能做的也就只有这些了。灯光很暗，屋子里所有人的眼睛很亮。李耕读噙着旱烟嘴，黑黑的脸膛上印染着一层淡淡的红光。李宁生母亲说，这亲家，女子都跑了，还要再贴赔这么多东西，拿着鞭子叫狗呢，越叫越远了么。

　　天色渐渐暗下来，又是一天过去了。郭思嫚穿着胡引娣的衣服，腰间系一条宽大的围裙，用一条花毛巾裹着头发，在苹果园里忙碌着，活脱脱一副农妇的样子。她在跟自己较劲，努力着去尽快融入西湾，在杜尚别生活了十九年，由于复杂的人种和移民的人群，塔吉克人一直在从头开始建立身份认同，彼此之间的不了解、不熟悉是生存最大的隔膜与提防，有一句谚语，以戏谑的方式道出了这种分裂：在我们的国家，可没人闲着，苦盏人统治，库洛布人守卫，库尔干秋别人犁地，帕米尔人跳舞，像一群聋子聊天呢，各说各的话，各干各的事，互不相干。这就是塔吉克斯坦人的生存状态，不团结就什么事也做不成。回家的路尽管漫长。既然离开了就要随遇而安，活出个样子。村子里的大人娃娃、男人女人们还是对她各怀心思，不近不远，那些受"瘿瓜瓜"蛊惑的人，还在躲避着她，排斥着她，在西湾，在即将要建设的新家园，她要从头开始建立一种身份认同，她知道这不容易，但是她没有别的路可走。

好在这一年一斤苹果涨到了四块多，西湾苹果丰收了，丰收的不只李宁生一家。在最实际的利益面前，人们总会发生意想不到的改变，尤其在贫困的农村，有奶便是娘是个普遍的真理。这在李二楞媳妇的身上充分得到验证。她家的两亩园子卖了四万多元，高兴得嘴都合不拢了，先是试试探探，后来毫无顾忌地一回一回地往李宁生家跑，说，我这人，差着窍数呢，没有郭老师的鼓动、指导着管理就卖不下这么好。丰收的是苹果更是人心，女人们一下子来了个一百八十度的大转弯，她们开始都把郭思嫚当偶像了，跟着郭思嫚留一样的发式，戴一样的头花，把郭思嫚送她们的香精偷偷地往身上搽，害得她家打工的男人回来睡，一直怀疑自己身上是不是把什么秘密带回来了。李宁生母亲说，可不能把人家姑娘当长工使唤。苹果一收，就进入冬闲了，除了冬剪的事，再没啥紧要的，如果没啥问题，选个日子给宁生把婚事办了。李宁生一听嘴巴都合不拢了，进了十一月，天天都是好日子咧。郭思嫚一扭头说，我还没准备好。李城生站在屋顶转换电视天线锅，他说，有啥准备的。郭思嫚说，我总该为这个家、为西湾做出点贡献。信号不稳定，屋子里的电视机嗞啦啦的，总是播放着遥远模糊的内容。胡引娣说，让男人们去做吧，我们顾好老人娃娃就成了，然后拍拍电视机，对屋顶的李城生喊，你别弄了，再弄也那样。郭思嫚说，静宁的冬天真暖和，真舒服，在杜尚别，这时候已经快零下三十度了，在这里生活还是很幸福的。李宁生趁机接过话头，幸福还在后头呢，你就美吧。

　　果树很快卸去了满身的枝叶果实，显露出最真实的自己，经过精心剪枝出来的效果在此刻展露得一览无余，很像是一个个凝固的盆景，装点着冬日西湾的山山川川。那些蟠龙虬枝，在艺术家眼里，必定又是另一番简洁与线条的美。天气虽然很冷，但果树们却枝条硬朗。李宁生躬身钻进林子，绕过两棵树，这才看到郭思嫚。郭思嫚正执着一柄锄头，在离苹果树根部一米多的地方，细心刨出一条浅沟来，再把复合肥施进去。一棵树，总要刨四五条浅沟。施好了肥，再用浮土覆上。郭思嫚经常批评那些图省力、直接把肥料施在泥层之上、随便浇点水的果农，人哄地皮，地哄肚皮，这样做是瞎子点灯白费蜡，肥力就全部流失了，是对苹果树的不尊重，还不如不折腾。

　　干太久了，该休息一下了。郭思嫚听见李宁生的声音，歇下锄头。望着眼前的果园说，冬天看似闲了，却不敢马虎，病虫害都是赶在冬天集中越冬呢，清除掉杂草、残枝，落果，刮除树干翘皮再喷药，端掉病虫害的老窝，能减少病虫害的发生。远处，有人正拿了棕刷，担了一桶一桶的涂白剂，给一棵棵果树涂白。他们涂得很仔细，尤其树皮有伤损的地方、坑坑洼洼的地方，都要一一涂到，涂得厚厚的，免得来年存留雨水，窝藏虫蚁。涂白是果园一年最后的农活了。涂完白，人们就很少到果园里来了。这以后，有雪就会落下来。果园一冬天都睡在雪里头。风从树梢掠过，呼呼地响，郭思嫚的额头冒出微汗。李宁生带着郭思嫚穿过林间的小路，来到西番沟水库，眺望远山白皑皑的积雪，给她讲母亲那年在陈河林场接受改造，被拉到这里示众的事。如今，这里松柏青翠挺拔，都成了全县的水源地了。李宁生说，你慢慢会爱上这里的，母亲说得对，两口子过日子要学会忍让，你想家了，就四处转转，古城不大，但也有故事呢。我上学的时候老师讲过，西番沟很久之前叫西水沟，宋朝的时候金兵驻进来，就改成西番沟了。我们这里的人，把少数民族叫西番。那年全公社的大人、娃娃齐上阵在这里参加集体劳动修水库，还挖出来过一把锈蚀斑斑的剑呢，说明这个地方真的不平凡。望着碧蓝的水库，郭思嫚说，原来古城也有过少数民族入侵的历史，我以为只会有杜尚别才有。宁生，你没发现这里很像霍罗格小镇吗？那个水库，分明就是霍罗格的积雪融化形成的天然湖泊。就是整个杜尚别，我就喜欢霍罗格小镇，有环绕的群山，神秘清澈的碧绿、天空的蔚蓝和高山的黄色，三种最明亮的颜色组合在一起，就像不同地域文化的人，有一种奇妙的和谐。每一个看似突兀、独立、个性化，巧妙地结合在一起却又互相弥补、融合，形成了一幅冲突感极强，却又异常和谐的风景画。李宁生说，你说的是景，也说的是人，因为金人的驻扎，我们这里也有好多金人的后裔呢，附近有些群众还会以传统的祭祖方式祭拜金兀术。这就是你说的，不同地域文化的人，结合在一起就会互相弥补、融合，形成和谐的一体，你，和我也是呢。跟你在一起，我都变得爱思考，快成思想家了。那都是果斯曼先生的功劳，他可是个学者呢。郭思嫚拨通了果斯曼先生的电话，嗨，果斯曼先生，你猜猜我是在哪里？亲爱的米拉，我的淘气鬼，又给我玩什么花样？不，果斯曼先生，我觉得我是来到了霍罗格小镇。是吗？有那么美？看来我的宝贝，你真的是爱上了那个地方，你让我真的是难以表达自己的心情。我很遗憾，果斯曼先生，我不得不告诉你一件事，我马上就要成米拉·李了。呃呃，这的确不是一个让人兴奋的消息，不过你的愿望就要实现了，我还是会替你高兴的。那怎么办呢，我们会有一个中式婚礼，遗憾您不能亲自光临，这多少有些让人不舒服。没有事的，亲爱的米拉，你要开心，能成为他们的一员，说明你很棒，你的父亲似乎现在都没能成为塔吉克人的一员，你很了不起，你有着异于常人的天赋。那不一样，果斯曼先生，中国人很善良、很淳朴、很简单，他们跟您一样宠爱我。我的宝贝，你在哪里都是讨人喜欢的小松鼠，祝你好运。

喜日子定在腊月十八，李城生母亲决计要给李宁生办一个扬眉吐气的婚礼。她不是为李宁生，而是为郭思嫚。十月里，她就专程备了一只白条鸡去了二堡，上门去请古城远近闻名的粉条大师曹大粉。曹大粉水和白矾的用量掌握得非常好，一手做出来的粉条色泽透亮、白净，口感劲道、爽滑，是咋吃咋香，而且可以长期保存。曹大粉听说要给宁生和洋媳妇办婚礼，二话没说就答应了。这是一个太阳暖暖的日子，曹大粉派来了她的三个徒弟。做粉条和蒸糕一样，是大工程，得全家总动员，单靠曹大粉的三个徒弟是不行的，人手紧了，还得隔墙头把隔壁邻居喊过来。提前几天，李宁生母亲就指挥着胡引娣和李翠玉准备洋芋淀粉，她俩把洋芋洗干净、削了皮放在水里浸泡，四五个礤礤案子上一起摆开，噌噌响着把洋芋们擦成沫糊，三个人在洋芋粉末里倒上冷水，把手伸进去一遍遍抓取，把淀粉抓出，让水浑浊起来。之后，用漏勺把盆里的东西分成了两样：干的是洋芋末子，湿的是淀粉水。一遍遍再洗，洋芋沫子里的淀粉全部洗出，放一会儿，让水沉淀清了，再把盆里的水慢慢倒掉，剩下稠糊糊的淀粉浆，摆在太阳下晾晒成粉干，用手把粉捏松散，洋芋淀粉就出来了，白得赛过天上掉下来的雪。

如果说准备淀粉只是备料，压粉才是正式开工，这天天不亮，她们把粉面从凉房里舀出来醒好，把白矾用铁钵子捣成面儿，把水瓮里的水压满，把一应工具都准备停当，就能开工了。曹大粉徒弟一手打芡和粉面，在做好的淀粉里倒进冷水，搅拌均匀，在开水锅里用擀面杖搅拌，直到搅拌成透明的糊状，李城生母亲提起擀面杖试试，果然不出所料，能拉出丝丝子，不愧是曹大粉带出来的人。经过一番折腾，女人们头发上都有了汗珠，郭思嫚站在一旁看，她对李宁生说，这个我也要学，今后咱们自己做。她看到她们在拌好的热气腾腾的淀粉糊里，加入干土豆淀粉，撒一把盐，用手把淀粉糊、干淀粉和盐抓拌成又光又滑的面团。这真是个力气活呢，身子弱的人两下子就没劲了。几个女人换手，几大团面和好的时候，搬出曹大粉的专用工具——粉条床子，几个人站在板凳上压在床子翘杆上往锅里压，面条一样长长的粉条子就挤压成形，直接入锅、煮熟，粉条漂起在水面，用笊篱沥水捞出，赶紧放进备好的凉水桶里，多换几次凉水，捞出来，把摆满粉条坨子的筛子端到外面去挂在木棍子上，搭架搬到院子里晾，几个人换人换马不停地往上面用凉水浇洒，怕的是粘连在一起。这时候，腰酸背痛的女人们终于可以缓一口气了。这些粉条冻在凉房里，一到正月调豆芽做烩菜炒豆角丝，等过起年天热了，把吃剩的全部从凉房转移到院儿里，风吹带日晒，随时翻腾着，干了再放回凉房里头，这年的整个夏天就有粉条吃了。

李城生母亲用笊篱把落在盆底或桶底的碎粉都捞到一个小盆里，然后切点儿生葱，倒点儿酱油醋，再淋点儿胡麻油或香油，拌点儿炸辣椒，用新粉条招待出力的女人们。女人们吃着，笑着，忽然有个女人呀呀呀叫着，把一根咽到肚里的长粉条给拽了出来，她笑得流出了眼泪，说，我的口太大了，还没等咬断呢，就呼噜呼噜整个咽了，有一根搭在嗓子眼儿，死活咽不下去，就给用手拽出来了。一阵集体性哈哈大笑。李宁生母亲也逗得直乐，她兴致勃勃地许诺说，宁生办喜事那一天，她要让她们来吃猪肉炖粉条。女人们听得味蕾滚动，连咽唾沫，无限神往地想着那一天尽快到来。冬日的阳光下，一院子的粉条泛着银光，水汪汪的，好像看穿了李宁生的心思，也在期盼着那一天的早点到来。

22

我需要很多的水和花。

这是李葫和胡沐子在填报志愿争执不下的时候胡沐子说出的一

句话。这句话让李葫有了同感,但她不知道胡沐子的家庭环境。在胡沐子的记忆里,让他最不堪其烦的就是家里因为水的问题总是不停地引发战火,父亲和母亲之间,爷爷和父亲之间,奶奶和母亲之间。爷爷老是带人四处打井,这里打三丈,干土飞扬,那里打六丈,没有一点湿湿的迹象,再换个地方打九丈,还是不见水的影子,大多数人已经泄气了,看来都是瞎子点灯白费蜡,他们走后第二天,有犟驴不死心,泼出命去往死里打,一口气打了十二丈深,水和他的喊声一起响起在了村子里。这个人从此成了庄里的功臣。长大一些,母亲总是带着他去集雨水窖里拉水。水窖是夏天暴雨的时候汇集下的水,每次去,胡沐子都看到水窖里的水黑绿黑绿,尤其春上,一行行蝌蚪在里面游来游去。那次打水以后,胡沐子喝水后老是觉得肚子里咕咕响。他说,妈妈,我的肚子里都有蝌蚪了,它在找妈妈。挑水是家里最吃力的活,经常性的天干大旱,沟里、河里的水少,人多,用水量大,毛驴驮,沟里担,一庄子人都去抢水,挑一担水回来要耗费好多时间,有时候去得迟了,只能舀些黄泥汤水,水担得慢了,驮得少了,水质不好了,都会成为争吵的缘由。那时候,胡沐子说,我踏实念书,就是为了以后找个水多的地方,水多了花就多,有水有花才是好地方。

  这一年高考,李葫和胡沐子双双中榜,成为古城和李店的凤凰和神龙。人们都说李耕读的文脉又续上了,两个庄里的人不约而同敲锣打鼓耍社火,欢庆了三天,让多少孩子羡慕得不行。好多在李店和威戎读高中的古城孩子的父母都开始千方百计想办法把孩子往一中转。他们说,一中有文庙,对面有文屏山,进了一中,个个都鱼跃龙门。一时间一中学生爆棚,一个班都挤了七八十名学生了。在重大的人生去向选择上,胡沐子心有所想,可从未对人说过。他怕夸下海口万一有个闪失辱人呢。他很早就选中了一个水多花多的地方,这个地方叫广州。它在南方的丰水区,水域面积广阔,大些的河流有二十多条,有名的珠江、北江穿境而过,还可以看见大海,水真多啊。广州还有花城的美称,一年四季鲜花盛开,多美的地方啊。李葫说,太远了,路费高,回家不便。胡沐子嘲笑她,就知道回家,大一、大二的时候回两次,后面没准还不回呢。那你一辈子都莫回。那还真的,若爱上广州了,就踏实留那儿了。

　　李葫跟胡沐子的想法不一样,她想离家近一点,回家方便。县城里刚上高一的那会儿她都会想家,想一起玩大的西湾伙伴们。胡沐子的姑姑胡月月嫁到了县城里,他们在县城里有房子,很宽敞。她姑父常年在外地跑运输,家里只有胡月月和孩子晓蓉,胡尚勤让李葫和胡沐子住在他姑姑那,有吃有住,姐弟俩上学还是个伴儿。可是胡沐子就是不,他说早早适应集体生活,学会自己管理自己,这样以后出门了自立性强。胡沐子不去,李葫就不好意思去,一到高二,课业负担一重,慢慢也就习惯了。但是周末休息,哪怕一天,李葫都想回西湾去。若是补课,李城生就会来看她,再忙也会来。有时候一身农药味,有时候头上的尘土都没来得及洗。回家的周末,眼看就要到发班车的时间了,李葫就是磨磨蹭蹭不肯出门。胡引娣点着她的脑门说,这点出息,将来咋个嫁出去?县一中的高中三年,姐弟两个都暗暗在心里使着劲儿,每天的早出晚归,每日的晨读背诵,每节课无休止的演算、头昏脑涨的思考,繁杂累赘的运算公式不时塞满她的梦境。好在有弟弟胡沐子鼓励着她,给她打气。他们互相鼓励,彼此促进,高三那一年,他们比赛着做题,比赛着背诵,比赛着自考,比赛着熬夜,既盼望又担忧着高考那一天的来临。走出考场,真正获得了解放,两个人上了文屏山。胡沐子说,我需要很多的水和花。李葫不解,家里也会有的,你没看见,到处开始修人畜饮水工程了,等你毕业回来了,家里就跟城里一样有自来水了,我们古城条件好一点的村子里都通上了,龙头一拧,哗哗的水就来了。胡沐子说,你不懂,我心目中水多、花多的地方咱这永远都比不上。李葫说,就不怕淹死你。成绩出来,两人的分数与估分都不差上下,填报志愿,高分好填,录取的时候两个人各遂心愿,一个走了近处,西安;一个远赴南方,广州。忙碌的暑假全部消耗在农活上,开学的时候,胡尚勤和李城生商量着谁去送,胡沐子看到两家人都扔不下果园里的一摊子活,早已自己拿了主意,谁也不许送。胡沐子以一个十八岁的男子汉的豪迈对李城生和胡尚勤说,我保证把葫芦姐送到学校,然后把我自己送到大海边,我要去看大海,这是我下火车的第一件事。你们就不要凑热闹了,等我毕业了,叫你们过去一起看大海。

  第一个学期,一切都是好奇的,是适应期也是新鲜期。有人说,大学四年,也就是一年看,两年学,三年忙着找工作,快放寒假的时候,李葫对胡沐子说,一放寒假就得回家去,宁生叔叔,对了,你叫舅舅,你的宁生舅舅要把外国舅母娶进门了。胡沐子在电话上一说话,李葫都能感觉到他跳了起来。太好了,我就喜欢宁生舅舅,敢想敢干。我走的时候,外婆还跟我说,也许寒假回来你们就见不到她了,洋女人在咱这土地方终究留不住。胡沐子说,要相信爱情的力量。一放假,胡沐子就买了广州去西安的火车,轰隆轰隆坐了一天一夜。火车卧铺票紧张,胡沐子也想省点钱,就买了硬座票。在车上歪来倒去二十多个小时,就到了西安。李葫在出站口等他,两人一见面,都感觉对方都长大了,大学生就是跟中学生不一样,走在人群里,远远一看就能把大学生分出来。吃了一学期米饭,想面条了吧,走,我带你去吃岐山臊子面。知我者,葫芦姐也。李葫把木头领进了去火车站时沿路就侦察好的面馆,一落座,放下背包,两个人就你一言我一语说起彼此学校的大小事情了,说课程,说校园,说老师,说同学,说着说着会笑得前仰后合。两碗辣子油旺旺的臊子面端上来,他们俩还在说,姐,我跟你说,站在大海边,你的心情会一下子变得很宽广。我给你说,你没选一个有大海的城市,真的是一个重大的失误。小时候真缺水啊,看见那么多的水,我就想,老天爷为什么那么不公平,让我们家乡那么干旱,让南方老是下雨,洗个衣服几天都不干呢。这下选了个有水有花的地方,没给你考察一个校花出来?嗨,哪有时间,你别说,人都说考上大学就彻底解放了,等进了大学,我才知道辛苦才刚刚开始。一学期开那么多的课,不要说门门优,就是不挂课，都得付出比高中更多的时间和精力。

两人越说共鸣点越多，越热烈。两个从穷山沟飞出来的农民家的孩子，自然是比其他的孩子有更多的深刻体会和感悟。西湾人一辈子都想走出大山，拔掉农根，这一辈子没实现就让下辈子继续奋斗，帮助他们读好书、上好学，走到更大的城市，实现自己的梦想，让后辈们不再遭受上辈子人所吃过的苦，受过的穷。李城生和李翠玉兄妹俩终于在两个孩子身上看到了未来和希望。好在这几年苹果已经正在丰产期，两个孩子的学费基本不成问题。李葫离家近，平时也节俭，花费少，尽管李城生一直说，需要啥就给自己买，别人有的咱也得有。可是李葫从小跟着父亲钻在果园，亲身经历了务做果园的艰辛，深知家里每一分钱都来之不易。相比较，胡沐子就不一样了，他虽然知道节俭，但是他该买啥毫不含糊。胡尚勤给他说，到了广州，给自己换一身真皮大衣，像周润发演的许文强。胡沐子哈哈笑，老爸，你就别逗了，你见过广州谁穿大衣？再说，许文强那不是上海滩吗？胡尚勤尴尬地笑，反正都是南方，离得近，都差不多。下了火车，胡尚勤打电话来，说他开车来接，胡沐子说，你忙你的，大巴车挺方便，我和李葫俩呢，你就别担心了。

西湾的冬天才真正像个冬天。李葫急着去见郭思嫚，就搭乘班车回西湾了。远远地，她就望见了家门口的那棵老槐树，满枝满丫瘦骨嶙峋，敲打着寒风，在空旷的院子里寂寂地回荡，即使没有了茂密的树叶枯枝，借助寒风也能发出铜管乐一样的清越声响。踩着一路的积雪一进家门，李葫就看到奶奶、母亲和未过门的婶子郭思嫚坐在暖烘烘的热炕上，腿上盖着一床被子，一大堆红纸浮在被子上，原来她们在剪窗花。奶奶一手拿着红纸，一手拿着剪刀，正剪喜字呢，看见李葫，说，狗儿快上炕来，冻坏了。李葫扔下包，就要脱鞋子，奶奶说，肚子饥不？让你妈给你拾掇吃的去。不，不，吃得饱饱的。李葫脱掉鞋子，坐到炕上，把脚伸进被子，跟不知谁的脚搅和在一起。郭思嫚也学着李葫奶奶的样子，拿着剪刀和红纸，小心翼翼地剪起来。李葫看大家都动手了，心痒痒，也便拿起一片红纸，掏出笔在上面写个喜字，再从中间对折，然后根据上面的笔画剪，一不小心剪过了，揉掉了一张红纸。不留意间，奶奶已经剪出了小鸟、小金鱼、小鸭子和小狗，接下来，正在剪喜鹊登梅、百年好合、白头偕老。奇怪的是，不管剪什么，奶奶不打底稿，不用刀刻笔描就能剪。一把普普通通的剪刀，一叠彩纸，到了奶奶手里，一会儿工夫，便剪出来一只翩翩起舞的蝴蝶，像真的一般。她说，小时候穷啊，买不起年画，她的奶奶就教她用花纸剪一些小动物或花草树木等图案粘在土墙上。农村女人的手永远是不闲的，就是农闲了手也不闲，她们会坐在一起说说笑笑，边聊天边做女工，描花样，剪窗花，纳鞋垫，做刺绣，编草编……乐此不疲，直到月明星稀，才被连串的哈欠打断。半天在一边一声不吭的郭思嫚终于剪了一个漂亮的五瓣窗花出来，她把五瓣窗花拿在手里大呼小叫着，兴奋得像得了大奖，母亲、奶奶都夸赞她说学得真快，天生的手巧，像个西湾的媳妇子。

乡下的冬天总是冷得又早又狠，一早起来就有许多冰窗花挂满玻璃窗子。母亲和嫂子已经把家里收拾得干干净净，屋院都打扫得清清爽爽，似乎今年的年要早过了。李宁生知道，一家人都在为他的婚事准备着，忙碌着。哥哥李城生娶嫂子的时候，也就是姐姐李翠玉出嫁的时候，他还小，在他幼小的记忆里，跟平日里没有什么太大的区别。那天就是乱哄哄的人多了些，碗里多了些鸡蛋，有了些肉。那天他吃饱了，所以记下了。母亲说，小郭娃没有娘家人来，娃短精神。咱们要让整个西湾的人都做娃的娘家人。李宁生不知道母亲要怎么让西湾所有人成为郭思嫚的娘家人，他只觉得母亲想起了好多事，那天对着父亲不知说了什么还流了眼泪。后来李宁生才知道，当年母亲嫁给父亲，就是孤零零没有娘家人的。再后来，他又知道，母亲不是没有娘家人，有的。她的娘家人就是哥哥李城生。按照母亲的盼咐，李葫把剪好的窗花分别贴在不同的窗户上、门上，连粮仓、牲口圈的天窗上都贴上了呢，一片红红的喜庆顿时映照在院子里，它们以生命的千姿百态，在告诉它的主人们，新的美好的生活就要开始了。

23

西湾乡村旅游扶贫示范项目开工典礼这天，县委书记、县长都来了。让马天雄开心的是，廖阔海局长不仅自己来了，还真的带来了胡烁。

李宁生和郭思嫚没有想到马天雄会把事情搞得这么大、这么复杂。事情还得从廖阔海局长在市委礼堂开会碰见县委书记说起。廖阔海说古城西湾乡村旅游点如果做起来了，可以列为全域旅游的示范项目。回到县上不久，县委书记便带着县上文旅、林果、农业农村等部门的负责人深入古城乡走访了珍珠林及古城伏羲部落遗址，了解了西湾乡村旅游项目的规划设计情况。

县委书记第一次意识到古城乡在全县旅游格局中的地理优势和人文优势。他对乡党委书记司安顺说，发展旅游业的关键是提升核心旅游硬实力，优化旅游软实力，整合人文资源推广传播，对地方经济社会发展具有重大战略意义，是乡村振兴战略的重要体现，也是提升民生福祉、改善人居环境、吸引人才落地的重要举措。古城乡接下来，一方面要做好区域联动，借助珍珠林、西番沟水库、古城墙旅游点全面提升旅游地位和知名度，借助珍珠林等旅游市场推介古城，继续挖掘古城的历史文化资源，比如张五十、花马龙石、王龙吉神塔等，走历史文化和生态旅游的路子，发展文化旅游、生态旅游、农村休闲旅游。另一方面，要尽快提出方案，加强旅游产业配套设施建设，发展旅游餐饮、住宿、购物、娱乐，以旅游产业助推脱贫攻坚。

他走的时候说，县里正在谋划苹果节，我初步考虑把苹果节放在你们古城，跟西湾的乡村旅游项目开工典礼结合起来，给你们烘烘场子。一句话，让司安顺没反应过来，他回头对乡长王栋梁说，这下有你忙的了。近一段时间来，王栋梁觉得自己都有些崩溃了，上面一根针，下面千条线，一个建档立卡贫困户十查十看查漏补缺核查就已经让他苦不堪言，连续两月都没有休息了。一场艰苦的脱贫攻坚战已经打响了，更大的压力和艰辛还在后面呢。但是再忙，县委书记叮嘱的事，他不敢大意，第二天，他就把马天雄和李宁生叫到了办公室，简要谈了一下书记的意思。马天雄说，两千万的项目在全县是个不小的投资，县上重视是应该的，把苹果节跟项目开工放在一起，就有示范带动的意味。你想，苹果节上全县各乡镇、各部门都要来，按之前咱们的设想，乡内搞就是我们搭台子，乡上唱戏，这下成了乡上搭台，县上唱戏了。王栋梁说，所以说么，事关重大，你们先拿个策划方案出来，原来的场地恐怕都容纳不了那么多人。郭思嫚说，县里的苹果节我参加过，那阵势大得很，恐怕我们自己拿不住。王栋梁说，你先不要怕，我只是提前给你吹风，让你们有个心理准备，县里正式决定了，那得有个专门班子，场地、道路修整、会务服务这些肯定是咱们提前要动手做的。

王栋梁找李宁生谈了没多久，县林业局的节会方案草稿就发下来了。这就表明县委、县政府已经研究决定了在西湾搞今年的苹果节。古城近些年还没有办过这么大的事，一时有些不能适应，多亏县林业局、文旅局抽调的同志参与，全乡上上下下都围绕这个中心忙乎起来。按照原计划项目开工仪式上是郭思嫚介绍乡村旅游项目情况，这样规格一提升，就需要古城党委书记司安顺来介绍了。郭思嫚和李宁生两人也分了工，郭思嫚负责跟乡镇这一块的对接，李宁生负责活动场地的准备和村上的事。郭思嫚把准备好的项目介绍材料拿给司安顺。司安顺看完说道，你这个项目要立足西湾，站位古城，毕竟这些人文景点都不在你西湾么。你看，精品民宿修建、游客中心建设、配套基础设施这些都在你的规划原址上，像新型职业农民骨干培训、活动运营推广、产业规划及业态扶持、村庄公共事务活动组织等这些就要辐射到每个村，后面的预计社会及经济效益，这一块，我这样改了，你看行不？该项目的实施将创造八十多个就业岗位，可带动贫困户二百户，受益贫困人数一千人，为当地群众带来可观的收入。项目建成后，将有效地改善村容村貌，破解县乡村旅游发展方面有景色无特色、有乡味无韵味、有土气无人气、有品牌无规模、有利益无机制等难题。

郭思嫚不能说不行，毕竟书记么，思路宽，站位高，有全局观。活动升格，项目也跟着升格了，要打造乡村旅游示范村，肯定不能围着西湾转了。之前，她跑这个项目，乡镇的态度不温不火，在需要协调上不为难也不主动。找上门去了，就向下面打几个电话命令一番，不找了人家也想不起来过问。除了第一书记马天雄兴致很高，一直在后面发力，乡镇上的领导就没有把这个项目纳入到他们工作的视野中去。因为他们都知道，当下最难把控的就是项目建设，一个项目能带动一方经济，也能倒下一批干部。那些年各单位、各乡镇都爱跑项目争项目，现在恰好相反，项目来了躲着走，当好太平官、笑到寿终正寝就是最大的成功。郭思嫚感觉这里面还有另外的因素，她曾经给李宁生说，我在静宁十多年了，自己觉得把自己完全打造成了一个静宁人，不知道我底细的人谁能看出来我是外国人？可是在有些人的心目中，还是有些排外的，他们总是担心外来的和尚念歪本地的经。不知道是顾忌我的身份呢，还是担心我对这里不了解、没感情，我和我的事业总是被有意无意回避着。李宁生说，没有吧？你敏感了吧？这几年乡上、县上给你的表彰奖励和名头还少啊？郭思嫚不吭气，心想，这些都是很表面的，有些东西真的只能感觉，无法表达，人心深似海，要摸透跟登天一样。不过都闲，一步步走到这，多不容易，我不会打退堂鼓的。

既然项目已经上升到了古城乡党委、政府的层面，后续的一些经营模式必须谈妥，不然事到临头扯皮的事就多了，跟政府打交道，每一个老百姓都是头疼的。所以，她跟司安顺开诚布公地说，按照之前的设想，项目建成后，由思嫚果业合作社管理，建立网格化十户一体的管理体系。这就要求乡上要出面召集开一个凡涉及村的村民大会，将思嫚果业合作社更名为古城思嫚文化旅游专业合作社，选举出理事和监事，按照全体村民共享、每人都有人头股这个基本的多投多得、多劳多得、帮扶贫困的原则进行分红。合作社收益的百分之五十用于村民分红，百分之三十作为合作社的发展基金，百分之十用于村庄公共事业或帮扶弱势群体，百分之十作为公益传导基金。

听说这个外国女人十分精明，今天司安顺一打交道，他暗自赞叹她真的不简单，自己想到的她也想到了，自己没想到的她都想到了。看来，乡政府的介入明显让她心里有了顾虑，她既想借乡镇之力，把大部分村都带起来，又担心项目会脱离西湾，逐渐背离她的初衷。她这一招，既有了乡上的尚方宝剑，又明确了自己作为投资方对项目最大的主导权。难怪她在果农之间会有那么高的声誉。他原来以为人称她"嫁王"，只是嫁接果树苗木技术顶尖而已。看来"嫁王"二字的背后并不那么简单。司安顺也不掩饰自己的赏识，他说，郭经理真是深谋远虑，是个商界人才啊，这个意见好，这种管理模式可以推动村庄产业发展，提高村民收入，增强村庄凝聚力。到时就按你说的办，有需要乡党委、政府的，尽管说，政府就是个搭台的么，戏还要你们来美美地唱。

大戏说唱就开唱了，市、县、乡联手，静宁县苹果节暨古城乡村文化旅游示范项目开工典礼热火朝天又循规蹈矩地进行，奠基、讲话依次进行，古城书记司安顺、县林业局局长陶旺财逐一登场，介绍项目情况，照本宣科全县苹果产业发展现状：静宁被农业农村部划定为全国苹果最佳适生区，果品年产量一百五十万吨，静宁苹果成为全国驰名商标，畅销全国大中城市，出口东南亚、中东和欧美国家……最后县委书记致辞：苹果是静宁一张最为靓丽的名片，既承载着静宁县人民求富思变、脱贫致富的美好愿望，也凝结着广大干部群众艰苦奋斗、不懈努力的辛勤汗水，近年来，县委、县政府把发展苹果产业作为决胜脱贫攻坚、建成全面小康的重要支撑……以苹果产业为带动，大力发展贮存包装、精深加工、生产服务等关联产业，积极培育电子商务、文化旅游、采摘体验等新型业态，向更深、更高层次迈进……

随后，会议现场表彰奖励了一百名果园技术能手、产业大户和营销加工企业负责人。节会上，各乡镇都把他们最好的苹果摆满了展览台，供人们品鉴、评比、定位、宣传。现场拍照的，发圈子的，做抖音的，赛快手的，热热闹闹。一架无人机在头顶嗡嗡叫着，让会场每一个细节都无所遁形。杜全知作为项目文化顾问受邀出席活动，全场好像就是他最忙碌，屁股不挨座，抱着一个庞大的相机，风风火火穿行在席位间，选择不同的角度拍来拍去，看上去要比那些媒体来的专业记者敬业得多。这世界就是这样，没人安排干的事有的人干得热火朝天，专门安排干的事，大多数人耷拉着脸，有一下没一下地完成任务，搞得他们手里的机器也像是当一天和尚撞一天钟似的，变得懒洋洋的。马天雄是这场盛况空前的活动的"始作俑者"，自然也是全场极为兴奋的人。无论在之前的文化、文广单位，还是到了现在的文旅局，他似乎才真正感受到了工作带来的乐趣和快感。当然这要感谢廖阔海局长，一个职场中的人命运转机的变化往往取决于人事关系的变化，这也就是走仕途的人为什么总是费尽心机地不断经营人际关系的原因吧。在西湾的乡村旅游项目上，廖阔海和马天雄的目标一致，思路一致，这就是极为难得、也是至关重要的一点。他陪着廖阔海和胡烁给他们说这说那。廖阔海频频点头。文艺节目马上就要开始了，马天雄充满期待，这台文艺节目可是马天雄帮助县文旅局亲自策划、监制出来的，集合了全县最优秀的文艺人才，有小品、歌曲、舞蹈、乐器合奏、静宁曲子、眉户剧选段，种类齐全，丰富多彩。节目以高跷舞蹈《金果人家》开幕，引起长久的热烈的掌声。胡烁小声说，你小子行啊，以前咋没看出有这组织能力。马天雄嬉皮笑脸，那是没伯乐么。廖阔海也听见了这话,不经意地回眸瞅了他一眼。不久前马天雄才知道,胡引娣是胡烁的一个堂姐,胡尚勤是他的堂弟,比他小一岁。原来他跟李宁生是沾亲带故的。当那首熟悉的歌曲《静宁的苹果红又甜》唱起来的时候,马天雄想起了在快手上看到的郭思嫚穿着红色小袄在果园里挎着篮子唱的情形,谁能想到,这个郭思嫚是个外国女人呢?他在人群中寻找郭思嫚的身影,西湾就是西湾,它是偏远的农村,他跟郭思嫚的走近不知不觉成了别人的把柄,拿男女关系搞事情,是最具杀伤力的,他迟早要走,要走得干干净净,清清爽爽,只要不是必须,他开始不再单独接触郭思嫚。郭思嫚也意识到了,开玩笑说,你也怕我勾引你啊?她的大方与直言不讳倒把他弄了个大红脸。马天雄不得不承认,自己内心深处对这个年轻特别的女人充满了好感,有了她,西湾开始对他有了吸引力,工作开始有了劲头,共同的目标、一致的想法,让他们不约而同成为同一个战壕的人,他因此有了力量,有了依靠,不再感到彷徨和孤单。马天雄在人群中下意识搜寻郭思嫚,看到她正在观众席位的一角,站在边上跟李翠玉说话。

　　李翠玉是来参加苹果节的,她是一百名受表彰的人员之一,身上还披着绶带,戴着大红花。李翠玉新上的苹果包装箱生产线成为全县苹果的新宠,年年供不应求。一个标准纸箱批发八元钱,礼品纸箱十元钱,相比其他企业,每只纯利润只五六毛钱,薄利多销的经营模式吸引了大批客户。就在县委书记致辞的时候,李城生给李翠玉打来电话,说是母亲已经有十多天不吃不喝了,时清醒时糊涂的,一睡就是一天,怕是情况不妙,可本人就是拒绝去医院,他几乎是把她绑架着送到了县医院里。接到电话,她看到李宁生和郭思嫚都在跑前跑后地忙乎着,就趁着这个间隙,给几个熟悉的大夫朋友打电话,结果他们在电话里的看法都是一致的,看样子老人是到了生命的最后阶段,要做好心理准备。焦急中好不容易看到郭思嫚脱身了,就赶紧把她扯在了一边,说了她婆婆的事。郭思嫚心里一下子像着了火,她找到李宁生,说,妈病重了,送进县医院了,得赶紧去。李宁生看着满场子的人，说，这儿你走不了，我去吧，你看书记、县长都在，咱们这么大的事，都走了，咋行？你留下吧，我去。郭思嫚说，没事，这奠基仪式已经搞了，议程也已经结束，书记说一律不准吃饭，不给基层添麻烦，回县城自己解决，那就后面也没啥事了。你先等等我，我去去就来。郭思嫚穿梭在人群中找到在前面座位席上倒茶水服务的李小白，小白，你和马书记最后应付一下场子，我婆婆病重了，我得去一趟。她把李小白带到了马天雄跟前，交代给马天雄，辛苦马书记关照一下场子，我家里有点急事，得离开一下。然后她走到了县委书记跟前，凑在书记耳边说了几句什么，书记站起来，先握手，再冲她挥挥手。

　　李宁生发动车子，车子拉着他们一起往县城的方向疾驰而去，那首《静宁的苹果红又甜》的旋律渐渐越来越远，直到再也听不见。看着他们远去，马天雄不知道发生了什么事情，他在心里替她祈祷。

24

　　腊八那天，豆豆饭吃过，胡引娣就按照婆婆的盼咐，把郭思嫚送到了古城北边的二堡村。二堡村有个曹纪儿社，是传说中的曹三娘娘的娘家，建有三娘娘的庙。曹三娘是明朝人，因祈雨有功飞升成仙，明朝廷封敕为三府元君，受世代百姓迎香祭祀。据传三娘娘当年嫁任岔的赵家时，曹纪儿，这个乖巧的男孩子，曾以压轿娃的身份，陪着姐姐走了好长一段的出嫁路。李城生母亲嫁给李耕读的前一天，就借住在曹纪儿的曹姓人家。这一次迎娶郭思嫚，借的是凤凰寺护院居士的结庐小屋。陪着郭思嫚一起来的是李二楞媳妇。平日里，二楞媳妇就是郭思嫚的跟屁虫，一听这差事，二话不说当下就高兴地应承了。腊月初七的晚上，李二楞媳妇以过来人的身份给郭思嫚讲这讲那，就像一个娘家人叮嘱出嫁的女儿，如何去做别人媳妇，如何与男人相处，如何照顾老人孩子。她煞有介事，把果斯曼先生和尤利娅女士要说的话全替他们说了，惹得郭思嫚拨通了长途电话，笑着哭着，哭着笑着，说着谁也听不懂的塔吉克语，倒泪水一样倒了一肚子的话。二楞媳妇好奇地看着她，这才恍然，闹了半天原来她不是他们山这边人。第二天一大早，吼吼牵着一头灰不灰、黑不黑的毛驴，和胡引娣、李二楞一行带着十几个馒头，来到曹纪儿。二楞媳妇熬了莜豆面糊糊，简单吃罢，二楞媳妇给郭思嫚换上绣花袄，穿上红头圆口布鞋。那是婆婆一针一线亲手做的，就鞋底都点灯熬油纳了一个多月。这多半年里，母亲和嫂子拿着线锤，绕着线一圈一圈走动，那么长的线牵扯不完，无穷无尽似的，但母亲和嫂子倒是从容不迫，不急不慌。她们边忙活边说着闲话，家长里短啦，庄稼收成啦，儿子孙子啦。太阳快落山了，天空慢慢暗下来，正好线也走完了。棉布置办好了，开始做新衣，新棉袄、新棉鞋摆在窗台上，就等着办喜事、迎新年啦。

胡引娣和二楞扶着郭思嫚上了毛驴，吼吼牵着毛驴，与李二楞夫妇、胡引娣出了曹纪儿上路。经过二堡、丁寺、田岔几个庄子，途中每有庙宇、大树、大石、水井，李二楞负责拿出随身携带的红纸"狮"字贴撒在上面。二楞媳妇告诉郭思嫚，这个是用来驱邪的。过了齐岔，翻一个山头，下了坡就到了西湾李宁生家。李宁生早已装扮一新，一身新西装，是李城生和胡引娣专门给他在县城南方人店里订做的。到了家门口，负责迎亲的即刻燃放鞭炮。鞭炮声响里，李宁生上前抱住郭思嫚下了驴子，在一片欢呼声中进入院内。

灶口窝着两口大铁锅，冒着热腾腾的香气。揭开靠窗的锅，炖了几个时辰的猪肉粉条烩菜嘟嘟沸滚着，揭开另一口锅，红旺旺的臊子汤飘着香味，热气腾腾……烩的菜，煮的汤，蒸的馍，煎的蛋，烧的芋，肉香、菜香，还有古城产的凤林酒香，各色香味，在院子里飘起了混合在一起的人间烟火。进门贺喜的乡亲们几个馒头，一把豆芽，几盒纸烟，一壶黄酒，两挂鞭炮，一对荷包，一双鞋垫，两只枕头……随心搭情，顺手在腋下夹几张红纸，手不空就没人说啥。贺礼堆满了门前临时搭起来的破门板，琳琅满目，惹人眼馋。这种气氛总是让郭思嫚想起杜尚别星期一的集会。"星期一"，那真是个热闹的地方，当然也是个热闹喜庆的日子。眼下，还有更热闹的呢，古城乡党委书记尹学林从街道上专门叫来了一个自乐班，咿咿呀呀地弹唱，有懂的说唱的是长城调：我随公主进北番，好似蛟龙困沙滩，笼中鸟儿难展翅，但不知何日回到中原……李宁生抓住郭思嫚的手，给她的手腕上戴了一串仿绿松石手链，是他俩第三次见面时李宁生扭扭捏捏地塞给她的，说是在大巴扎买的。因为便宜，店主说是高仿的。高仿的，别嫌弃。心不是高仿的，我要的是心，不是财富，是真心，一座城池都换不来。众目睽睽之下，李宁生把它又给郭思嫚正式戴了一遍。婆婆端着酒盅在笑，公公李耕读的腰杆好像都比平素直挺了，一个个桌子跟前安纸烟，打招呼。五爷李安福是酒席上的大德旺，仪式开始，人们看到他颤颤巍巍着双手，从裤腰下小心解下一个布袋，打开一层又一层，一层又一层，之后露出了一个银质的锈迹斑斑的小锁。他把这个小锁郑重地塞在郭思嫚手里，热泪盈眶。狗儿，这辈子没有啥传家宝，这锁，跟我在身上了一辈子，那还是我满月的时候，祖父锁在我脖子上的。他满月的时候，那该是什么时候啊，有人掐指头算，算不过，也就用"太古旧了"这样的话来定位。李宁生母亲说，这是你五爷的宝，你先接着，赶明儿给我孙娃子挂上。李宁生拉过郭思嫚双膝落地，跪在院子里的黄土地上开始磕头，对五爷，对父母，对苍天，对大地，对亲人。这头磕了，他们就是天地的儿女，西湾的子孙。他们互相磕头。这头磕了，你就是我的，我就是你的。李宁生站起来，扯着郭思嫚说，李氏昔日耕读传家的门庭，在我和思嫚手里一定要光耀，西湾的穷帽子我们要和大家一起摘掉。

尹学林书记激动了，感到此情此景，很适合给群众做思想发动工作，他必须说两句。他端了一杯酒，站起来讲了几句话，鼓励大家要向李城生看齐，牢牢抱住脱贫发家的金果果，共同致富奔小康。尹学林如期转任乡党委书记，并兑现承诺推荐李城生兼任乡党委副书记。他说找李城生谈话，说最近上面有政策，凡年龄在四十岁以下、在村上连续担任四年以上、有文化水平的村支部书记，如果在本岗位上作出突出贡献，均可推荐兼任乡党委副书记。在古城，没有比他李城生更有资格的了。说完，尹学林已经酝酿好了下面的话，不用感谢，好好干，当了副书记，你还抓苹果，不过就是整个古城的苹果了。干好了，将来有政策转正，变成脱产干部，走官道。尹学林踌躇满志地等待着李城生的感激涕零，让他完全想不到的是李城生沉吟了一会儿竟然说，书记美意我心领了，我就是个农民，天生种地的，一根筷子做不了大梁，当不了什么书记，还是不要误了公家的事好。你让能干的人去干，这叫那个什么，对，你们常说的人尽其用。尹学林一时不知说什么好，准备好的一腔子掏心窝子的话全部没了用场。他还没从这个意外中回转过弯子，李城生又说了一句，尹书记，翻过年去，这西湾村的村支书我也不干了，提前给你说一下，是让你有个准备，好提前物色人选。这下，尹学林恼火了，李城生，你简直是狗坐轿子，不识抬举！我尹学林哪点对不住你了，你给我摆挑子，不就种了个苹果么，能得上天哎。尹书记，你别上火么，你听我说。滚！赶紧滚！日能得很滚远些。那天李城生去送喜帖，他以为尹学林不会来了，没想到尹学林不仅自己来了，还带了自乐班来捧场。尹学林讲完话，李城生有些不好意思，想起那天他撑了人家一脸火，就赶紧倒了两满盅酒过去给尹学林敬酒，满脸堆笑，尹书记，那天的事，你看，我没别的意思。尹学林说，驴不喝水不能强按头，后来我也想了，你就不是个平地里卧的龙，当然，苹果现在前景好得很，你一门心思务自己的果园，也没啥错。尹学林端起了酒杯，一饮而尽。尹书记，也不是，西湾的园子往后我全部交给宁生两口子了，我不掺和了。尹学林倒了两杯酒，一杯端给李城生，一杯捏在自己手里。乌龟掉在石板上，我算是碰着硬的了，你就是上天去，我也管不了。喝，我服你，行了吧。

初夜来临，二楞媳妇在布置一新的新房内点燃了长明灯，外出打工刚刚返乡的几个青年挤进来嬉闹。按照乡俗，他们是来闹洞房耍新媳妇的。在他们的一致鼓动下，李宁生和郭思嫚换盅饮双杯酒，就是在酒杯上面各盖上一枚铜钱，用红线拴在一起，两人换盅子时两头相碰，取结发到老之意，然后又出了一系列搞怪、新鲜的活动示范。所有的活动、动作的目的就是一个，那就是千方百计要让李宁生和郭思嫚身体的某些部位发生接触和碰撞，他们也想借机见识一下洋媳妇的开放程度，更有个别青年想趁乱摸一下洋媳妇的豆腐。好在郭思嫚很大方，毫不扭捏配合他们完成了规定动作，一配合显得无趣的倒是他们了。他们正准备拿出更深入的动作进一步推行，被二楞媳妇阻止了。二楞媳妇是过来人，她嫁过来那晚，浑身上下被人摸了个遍，连裤子都被趁乱拽掉了，是李二楞趴在她身上护着她。有人见二楞趴到了她身上，就直接上去坐在了二楞的背上，嘴里放肆地喊着脐下三寸的那点事。二楞媳妇可不想让这一幕重演，毕竟郭思嫚是外国人，闹太狠了，传出去丢咱中国人的脸。她连哄带骗地赶走了嬉闹的青年，将二三枚核桃、枣儿塞进被子中，口中念念有词，双双核桃双双枣，儿子多来女子少，然后落窗帘关门离去。

李宁生用长长的门闩插了门。窗外隐约有脚步轻微的滑动，李宁生一笑，把郭思嫚搂在怀里，说，不要嫌烦，亲爱的，这下一切都是我们说了算。他竟然说的是俄语。那时候真的饿。饿才去偷的，我不是小偷，我是没忍住。米拉，你真的就是苹果妹妹，满身都是苹果的香，现在我忍不住也不想忍了。苹果妹妹自己和面，烤了十二张饼，用头巾包好，蹚过一条条河，爬过一座座山，路过无数的村庄，到处打听哥哥的消息，他给母亲说，世界再大也有尽头，如果不把哥哥找到，我们永远都不能团圆。米拉，你走了很远，从中亚到静宁。苹果，原产于中亚，你，出生在中亚，苹果，现在已经在静宁遍地开花，你，也在静宁花苞绽放了。你嫁到了静宁，是随着苹果来的吗？郭思嫚说话了，她说的是塔吉克语。不是，亚当和夏娃吃了禁果被逐出伊甸园，那禁果就是苹果。李宁生又说话了，他也说塔吉克语，我明白了，米拉，我吃了你的苹果，你就在我身体里了，我走哪儿你只能走哪儿。我嫁给你，就像果树的嫁接，两个不相干的枝条，两个不相干民族的人，嫁接在一起，慢慢就长成了一棵完美的树。

我就要长成一棵完美的树，现在。马上。立刻。

红红的灯笼透进来的光晕里，圆熟的山峰昂起，沉落的谷地线条毕现，压弯枝条的腰，在空中摇晃，一下，两下，先是轻轻，继而迅疾，最后猛烈，时而垂地，时而荡起，时而抡圆，露珠晶莹，点点滴滴，香气散开，飘满夜晚。我够到了，米拉，我终于一口含住了，米拉，亲爱的米拉，汁液太饱满了，一口真气流灌全身，你真的是神奇的苹果妹妹呢，你从哪里来，是从天上吗？

曲线柔和优美，光滑得没有一点棱角、皱褶，饱满而富有张力，一颗红宝石捧在怀里，散发着淡淡的香味。一盏红灯笼挂在门口，光线映照进来，眼前的一切是那么玲珑可爱。米拉，米拉，你都成苹果仙子了，我要一点点吃了你。你来吧，你来吧。六岁的你因为口舌之欲偷了人家的果，挨了妈妈的打。现在你不用偷了，妈妈也不会打你了，多么好，多么好，你来吧，我为你生长了一个花期，我为你凝聚了一个春，一个夏，一个秋，我把春的花粉、夏的露珠、秋的果酱，全部集聚在体内，等你来，我的颜色也由青色慢慢转红了，为了给你保留最珍贵的纯。为了躲避风雨和鸟啄，我把自己包裹得紧紧，为你精心呵护着自己，你看到我的白如水晶了么，你像我的守护者，替我一层层脱去包裹。你的手在颤抖，手指发烫，呀，宁生，你的目光火辣辣的，一个花季，只有这一个花季，我的绚净粉嫩，我的毫无尘垢，都是留给你的。不要切开我，甜汁会飞溅，它要在你的舌上，渗入你的舌苔，甜蜜的味道传遍全身。宁生，抱紧我，咬紧我，美啊，美美，真美，美的啊……

我送干哥黄河畔，黄河畔上一对鹅，
公鹅顺水飞过河，母鹅跟上叫哥哥……

外面杂沓的脚步声开始跑远了，边跑边抻着脖子唱小曲。他们把听到的内容向人们广泛传播，洋女人带坏了咱们宁生，一晚上油嘴混拐的，都没说一句人话，不过他们偷吃苹果了，吃了好多，吃得那个美啊……

25

城里就是城里，乡村再怎么城乡一体化，乡村还是乡村，城市还是城市。古城富裕了，西湾富裕了，可古城还是古城，西湾还是西湾。你不让我回西湾，说明你们都看不起西湾。那可是养育了你们长大的地方啊。李城生母亲一番话让李城生兄弟无言以对。其实大夫已经说得非常明确了，依目前这种情况，病人住在医院意义也不大了，体内的脏器已经衰竭，去日无多，到了准备后事的时候了。可对于李城生他们来说，总觉得情况还没有坏到那一步，住在医院，抢救起来方便，他们都幻想着会有奇迹发生。

李耕读抓住她的手，一边拍打着，一边不时地抹着眼泪，对这个小他十岁、陪伴他多年的妻子，他有一肚子的话要说。我比你大，要走，也我走，你比我刚强，要走，也我走，你给说说，给阎王爷说，让我走，你留下，这个家更需要的是你。李宁生母亲摇头，一脸苍白的笑，够了，活到现在就是福，当年没有你收留我们，我早就走了，还能等到现在？家有了，娃娃有了，福气也有了，该走了。你这个老头子可得活，可不能走，阎王爷才不要你呢，耕读传家还指着你呢。你们带我回去吧，我要去西湾。你们要不放心，就给我开些中药带回去喝，中药是草，地里长的，我就信土地长的东西。

李宁生和郭思嫚匆匆忙忙赶来，问医生怎么说。李城生摇头，大致给他俩说了一下情况，郭思嫚的眼泪就扑簌簌下来了。李宁生说，我看还是听妈的话，带回家吧，刚强的人，不到最后自己不会放弃，这是她想要回家了。知道自己非走不可，是不愿在这里走，走要在家里走，这是她的心愿，我们还是满足她吧。李城生终归跟李宁生不一样。李宁生是她生的，他就没有城生想得那么多。李城生虽然是长子，但是毕竟跟母亲身份特殊，他们俩看上去更像是姐弟，这种亦母亦姐的关系随着年龄的增长没有根本的改变。在母亲嫁给李耕读之前，李城生都没有叫过她妈妈。确切地说，她成为他的妈妈是因为他有了李耕读这个养父，是李耕读和她的婚姻让她成为了他的母亲。

说走就走了。李宁生一说，母亲都要试图起身了，看来她一刻都不想在医院里待了。李城生去给母亲开了一大袋子中草药，他明知这些药只是自欺欺人，但总能起到一些安慰剂的作用。李宁生把她抱下病床，背下楼，上了自己的车。车子缓缓往古城的方向走去。一路上，车子走得很慢，母亲把头探向窗外，万物生机勃勃。沿路的山地苹果集中连片，"果"真好、"奔小康"之类的横幅随处可见，沿葫芦河经威戎进入古城，哗哗的水流声远远传来，她的眼睛眯缝着，忘情地看着窗外的一切，不时有流浪狗蹲在路中央，按喇叭也不理会。她说，现在连狗狗都享福哩。到了西湾，在大门口停下，她看到了那棵槐树，有好几年没有给你们做槐花菜饼子了，今年春上我干吗去了？郭思嫚下车收拾屋子，整理床铺，李城生帮着把母亲搀扶出来，跟李宁生一左一右扶住。她还在仰头望着槐树，李宁生说，明年春上你再做啊。她一边进门一边念叨，刚开的槐花甜丝丝的，脆爽爽的，真好啊。进了屋子，胡引娣放下行李，吩咐李城生安顿下就赶紧去下中药。中药哪怕女人煎呢，下药一定要男人下，这个规矩是几辈子传下来的。

把母亲背到炕上，李宁生母亲就要来她的纺车。在家里的时候，冬天的晚上她都是不离纺车的。冬闲的时候，天黑得早，吃过晚饭，洗涮完毕，母亲就在靠窗放着的那架纺车前盘腿坐下，开始纺线。李宁生记得小时候好多个夜晚，他躺在母亲身边，靠着炕上的一个炕柜子，炕柜子的红漆已经剥落，柜子角上放一盏小煤油灯，一灯如豆，把屋子里杂物的影子映得十分庞大。那些影子虚虚的、静静的，一动不动，嗡嗡嗡，纺车一圈一圈地拽细细的棉线，绵绵不绝地扯出来。这种纺线的声音和节奏很少变化，形成一种习惯性的固定模式。有时李宁生就想，就算黑灯瞎火，母亲照样能丝毫不差地纺出线来。如今，灯光不再昏暗，时间也发生了奇异的变化，夜与昼的边界仿佛模糊了，消失了，只是浑浑浊浊地流逝着，缓缓的，沉沉的，无声无息也不翻起任何波澜。她躬身在纺车跟前，手掌如一片凋敝的秋叶，粗糙黑瘦，肌肉似乎被刀剃掉了，又像一只没了皮肉的鸡爪，一根根微微暴起的青筋，拉线般连动着指掌。一根根纺线，就从这样的指掌间扯出来，李宁生心口感到隐隐地疼。这丝线，像时间从黑暗无涯的远方来，到黑暗无涯的远方去，只是恰好经过了这座房子，经过了这盏灯。纺车声分明是超越时间之外的另一种独立的声息，仿佛和时间没有任何关系，仿佛就算时间停止流逝，这种声音还会自己守着自己的坚忍、固执和永恒。西湾的时光短暂，十天时间，就在纺车绵延的转动中很快就过去了。李宁生母亲说，该忙的忙去，不要都守在家里，然后对郭思嫚说，你还有那么大的工程呢，撇下你放心我不放心。李宁生和李城生互相推让，最终两人都留了下来轮流守在母亲旁边，其实也就只是个陪伴而已，她早就不进食、不用任何药了。可她担心身上的皮肤被压烂，每一天都坚持让宁生抱着她在地上走一走，还坚持要把她抱在院子里晒晒太阳。她的身体抱在李宁生的怀里轻飘飘、软绵绵，好像已经羽化成仙的样子。胡引娣做了饭，试图给她喂一口，她都嘴巴闭得紧紧的，脑袋扭向一边。只好给她喂点水，也是咽一半，吐一半，起个湿润嘴唇的作用。不能劳动了，也就成了个废人，就不要浪费食物了。她说着，就闭上了眼睛养神。

那天阳光分外明媚，一大早，她忽然精神头十足，喊宁生，要李宁生把她抱到苹果园子里去。李宁生抱着她，想起小时候母亲抱着他的样子。天道轮转，生他的那个人此刻却在他的怀里，像一个孩子般脆弱、无助，可是他却只能眼睁睁地看着这个人的生命一点点流逝。走到园子里，李宁生压扁一个纸箱子，铺在地坎上，他和母亲坐在一起。母亲靠在他身上，望着远处，神情有些邈远。长这么大，李宁生从母亲身上感受到久违的温暖。第一次母亲打他，他虽然没有哭，可在心里恨着母亲，连哥哥李城生都说，那是你身上掉下的肉啊，你就下得了手。那时候他还不知道哥哥不是母亲的孩子。后来他丢下学业回家，母亲又打他，他一直怀疑他才不是母亲亲生的。母亲好像看穿了他的心思，笑着说，宁生，那年我用枣子树刺打你的时候，心里疼坏了。我看到你的脖子当时就被枣刺刺破了，血丝丝都出来了，一道道的，你没哭，我心里却哭了。我要让你吃上那个苹果，我在陈河林场劳动改造，累是累，可我心里是高兴的，我瞒过了他们，那只苹果我给你留下了。当我终于体力不支，晕倒在林场里的时候，我都是笑着的。我那时都以为我是醒不来了，我在想，幸好，我走了，让我宁生娃把苹果吃上了。醒来我想的第一件事就是，我也要栽苹果树，让我娃年年都能吃上苹果，那时候我就在林场里观察那些树木怎么样才长势好，怎么样才能结果子。李宁生眼泪已经管不住了，他真后悔那时候自己一个人把苹果吃完，没留哪怕一口给母亲。这些年，上学，外出打工，他离母亲越来越远，他留给母亲的时间真的是太少了，这迟到的温暖与美好，已经非常非常短暂了。

要是回顾母亲的这一生，她的生活并不复杂，活动范围比较固定，常年就在地里面。翻、捡、摘、除、修篱，下种，泥土就是她的珍珠，每一块都接受着她的抚摸，在稳、静、淡中，摆弄好了一家生活。四季烟火，五谷杂粮，面对这片土地，她均匀的呼吸，都能让花草、树木变得温柔。李宁生和母亲坐在园子边的土地上，李城生不放心,后面也赶到果园里来了,他说起风了,再待待就回家去。母亲好像没听见似的,她继续着他的话题:在那些乞讨的日子里,我跟城生都没小偷小摸过人家的一粒米。在西湾有了家,有了人疼,有了人知冷知热。这福是李家给的,何况五爷还在人前头,给公家做事情,咱不能让五爷难,也不能给五爷丢脸,五爷也是我们的大恩人哩。咱嫁的是李耕读,是古城有名望的李家。宁生,所以,我从小给你说,人穷不怕,志气不能穷,偷一个就会偷两个,偷一次就会偷两次。我带你跑那么远,去古城集上看秦腔《双镯记》是为的啥,你们怕是都忘了,可剧情我是牢牢记下了,戏里演了妯娌两个,都是寡妇,一个叫甄娘,一个叫乔娘,她们每个人都拉扯一个儿子。有一天,兄弟二人一起出去玩,从隔壁各偷回来一只玉镯,甄娘知道后生气了,怒斥儿子让赶紧物归原主,而乔娘就不一样了,鸡汤屎炒菜呢,她就不是碟好酱,见到玉镯,爱得不丢手,还给儿子银两,奖励他。后来二人长大了,甄娘之子因为一心读书得中状元,乔娘之子偷鸡摸狗最终杀人入狱。上法场行刑那天,乔娘儿子哭着诓骗他妈,最后再尝一次母乳,以报母恩。乔娘给他,儿子一口咬掉了奶头,满眼是火。乔娘方才追悔莫及,痛怨自己纵子之过。这部戏让我记忆深刻。宁生,你偷苹果固然因为饥饿,但是那时候饥饿的又不是你一个人,况且真正的饿是什么,你没有体会过。我小时候抓着吃地里的草是家常便饭。刺革草像烂布,咬不烂,咽不下去。榆树皮红丝丝的,咽下去就感觉粘在肠子上了,蹲茅房里根本拉不下来。有次还带着城生在猪厂外面的生粪堆子上拾猪吃剩的粉渣,袖子上一擦,就往嘴里塞。为了活命,我们把不想的办法都想了,就这几次都险乎饿死了。挨饿,大家都在受,别的人受得你咋就受不得?

苹果园子里的荣枯浓淡总是牵扯着母亲的心,她总是为新生的嫩芽开心,而从不因为老去的荒凉伤感。她总说,熟了的,总要落地。一席话说得李宁生伤心落泪。俗话说,打是亲骂是爱,没有母亲这几次的打他,他也不会有那么好的人缘,无论在学校,在公司,还是回乡创业，大家爱跟他打交道，凭的什么？不都是母亲言传身教的结果。李城生说，我看宁生的拧巴劲儿就像你，当年，你一门心思要离开城里，怎么劝都不听。一提往事，她又说起了四十多年前的事，城生啊，不，你那时候叫丢丢，是我给你取的名儿，你是西安城里的娃，我讨饭遇到你的时候，你正和一帮子穿军装的青年打架，他们说你是坏人的儿子，是漏网的鱼，你一个人打不过他们，我去帮你，说几个大孩子欺负一个小孩子算什么好汉，说着我就冲过去，用自己身体挡住你。他们嫌我肮脏，就丢下你骂骂咧咧地走了。那时候我刚在一家饭店门口要到两个蒸馍，就全给了你，你看上去有好几天没吃东西了，三两下就把两个蒸馍吃完了，噎得只展脖子只打嗝。我想带你去找你父母，你只管摇头。后来你说，父亲被带袖章的人带上车拉走了，找不到了，母亲喝药死了。看来你是上辈子欠我的，从此你就跟了我了。那一年，你父亲的一些同事开始陆陆续续一个个地回来，我给你说，他们当时弄错了，你父亲不是坏人。可是等到最后，也不见你父亲回来。我带着你去问和你父亲一起搭乘一辆车去的人，可是问谁谁都摇头，我终于打听到他们是被拉去了西海固。要饭哪里要也是个要么，为了帮你寻找父亲，我带着你一路乞讨，风餐露宿，误打误撞由宁夏隆德进了古城境内，没有找到你亲生父亲，却被你的养父救了命。

  当初不是我要找，我也不想找，丢了的都不会回来了。城生，可是他是你在世上的唯一亲人。他要是在肯定就回来了，拉出去的人只回来一半，你父亲本来身体就弱，肯定没扛得住么。城生，也许这就是命，我把你带到了李家，我们都成了李家的人，你现在过得好，我算对得起你父母。我虽然不认识他们，他们也没有亲手把你托付给我，以前逃荒要饭，走哪算哪，死哪埋哪，自从有了你，我就有了目标，有了信念，帮你找亲人成了我乞讨的动力。我大你十来岁，也是不到十岁就没了父母，东家门前吃口馍，西家檐下喝碗粥，也就长大了。你带我进了李家，有了安乐窝，虽然生活艰辛，但毕竟能过正常人的安稳日子了。要不是五爷，不是李耕读，你没准就没了命。

可是这最好的日子才刚刚开始，郭思嫚说要带你去塔吉克斯坦，去杜尚别，城生还和李葫谋划着要给你在西安城买一处地方，让你叶落归根。你当年离开西安，咱李葫又考进了西安的大学，她一直说要你去多住住，多看看的，那里已经早就没有了过去的影子，是个现代化的大都市呢。在西安住了那么长时间的医院，都没顾上去逛逛西安城，遗憾怎么也得补上，还有我的新项目，明年就建成了，你也得看看呀。李宁生絮絮叨叨地给母亲说话，是怕她睡着了醒不来，这天晚上，母亲还是在李宁生的怀里闭上了疲惫的眼睛，这一闭就再也没有睁开。她的前半生在苦水里煎熬，好日子没几年，又屡屡遭遇病魔侵害，但她走得非常平静，脸上没有一丝痛苦与怨恨。李耕读用拳头捣着眼窝，语不成声，这人，自小没了父母，自打进了咱李家，婆家就是娘家，娘家也是婆家，给咱李家生了一双儿女，娶了两个媳妇，拉扯孙子孙女，对于李家，这是天大的恩呀。

人吃土几口，土吃人一口。古城墙下，一把黄土，淹没了一个活生生的人。她的旁边是李宁生的祖父，那个读过私塾的文化人。李宁生双膝落在黄土上，平静地想，母亲为什么要回老家让我们多陪她些时日？我们为什么会在走得很远之后又回头再看一眼？母亲和我们一样，是怕再回头，再也看不到彼此的面容，听不到彼此的声音。西湾有句老话说：土隔人心。这厚不及丈的土层真能把两个世界的距离分割得如此决绝彻底吗？母亲的丧事上，按照她的遗嘱，不吹不弹不打醮，只唱一段《双镯记》。李城生和李宁生专门去了县秦剧团。剧团已经改制成演艺公司了，经理说，这戏年轻人都不唱了，得去找那些退休的老职工。两人四处打听，勉强找到一个，听说给老人唱《双镯记》，兴奋得像是久旱遇甘霖，又担心有啥变故，许诺他还可以再请一个人，两个人唱。还真让他找到了，母亲的丧事上，他们如期赶到，两人把自己尘封多年的板胡擦得清亮，一段感人肺腑的《双镯记》让听者无不动容。李宁生给李葫和李塔说，现在没人听秦腔了，可是

这部戏,你们得记下,李葫很快在网上搜出了戏词,她才知道他们唱的是什么:

> 常言说教子不到父的过,养女不贤娘有错,
> 真金子不打不成货,成材的树儿也要梏……
> 到如今人家得中状元坐,咱家作歹把头割,
> 儿不愿吃来不愿喝,吃一口奶乳见阎罗……

26

蜜月还没有过完,李宁生和郭思嫚的婚事带来的喜庆还在西湾的上空弥漫,刚过门的媳妇郭思嫚就跟婆婆、公公大闹了起来。一时间,西湾像是烧开了一锅水一样,沸反盈天,所有的矛头都指向了郭思嫚这个外国来的女人。"瘿瓜瓜"的话再次被人们提起:这个女人来历不明,西湾恐将无宁日。

而这时候,李家的长子李城生却不在西湾。李宁生结婚时间不长,李城生就郑重其事地把果园交给了李宁生和郭思嫚。你和思嫚来栽树务果,我去跑销路,咱们一里一外,这样才能真正把苹果从农产品变成商品,走向更大的市场,让我们西湾乡亲彻底告别拉着架子车赶集卖苹果的日子。当李城生提出把果园交给他俩时,没有人反对,都觉得这些年就老大两口子忙里忙外,现在老二回来了,也成了家,应该给压压担子了,况且这也是李宁生和郭思嫚求之不得的事。李城生叫来了吼吼、二楞等老种植户,当面锣对面鼓跟他们商量承包地的事情。当初你们要收回土地,现在我也不干了,谁要收回现在就可以收回,要是不愿收回的,重新跟我弟弟李宁生签订承包合同,原定的一切条件不变。一时间几个人迟疑不决,先有两人提出要收回,李城

生让宁生拿张纸记下，接着有人提出继续承包，但是好几年过去了，物价涨得厉害，一亩一百显然是说不过去了。那你说多少合适？怎么也得一百五。宁生，你看呢？我看行，事实一百也有些少了。一百五就一百五。口头达成一致，当下办理了手续，签字按手印，吼吼跟二楞媳妇就是其中两个。算下来，原来的五十亩，除了收回的三十二亩，还有十八亩，一共是五家的，郭思嫚说，你们五家还可以考虑土地入股的办法，一亩一百五算作入股股金，每亩收益按股金的百分之四十分红。如果不入股，我直接一次性付给你们六年承包费，收益就与你们无关。大家考虑一下，愿意入股的咱再签一个合同。五家人一听这话，开始吵吵嚷嚷算起账来了。算来算去，有三家半人同意入股，那一半是二楞，他说他急需钱，想拿现成，但是又怕媳妇不同意，他得回去商量一下，大家笑，你咋不带媳妇一起来，或者她来，你别来了，来了就是个聋子的耳朵，摆设么。郭思嫚说，完全采取自愿，入股了就等于大家的果园，一起经营一起管理，涉及个人利益，也就都用上心了。大家又是一通吵吵嚷嚷，吼吼说，城生哥你不种苹果了，有啥大生意了吗？有人发话，支书要高升了，去乡上当官呢。李城生笑笑，没有的事，荞皮子拌醋，没那福，我还在咱西湾哩。

李城生办完果园的交接，就去乡政府找了尹学林书记，谈了自己要辞去西湾支部书记一职的事。尹书记，感谢你这些年对我、对我们全家的关心照顾，昨天我已经把果园交给宁生两口子了。你放心，他俩年轻，有文化，脑子活，又惜得下力，方方面面都比我强。我是这样想的，在你领导的大力推动下，古城的苹果大面积挂果了，年年增收，产量也是一年比一年高。去年四川、新疆的果商都上门来收购，销路已经打开了。今年前半年，你带我们去陕北、烟台考察参观学习，不去不知道，一去吓一跳。一比较，咱们就是信息闭塞，缺少一个长久、固定的销售渠道，拿西湾来说，因为销路窄，大量果子只能廉价卖。一廉价，那些老客户就掌握了咱们的心理，故意一再压价，所以，咱们整个古城的果子一直就卖不下个好价钱，不少没有经见过世面的乡亲受骗吃亏，热冷气都受了，让人着急又心疼。我是这么想的，书记，果子种得再好再多，卖不出去是个大问题，我想今后把主要精力放在销售上，之前的一个收购户，给我提供了一个信息，广东那边的市场很大，还有好多销售空间，最近我想带些过去探探路子。

郭思嫚刚到家里来，大家都看到了她的勤快、好学和眼力价儿。把果园交出去的这个想法已经在李城生心里谋划了好长时间。除了李宁生、郭思嫚和家里人，他谁也没说过，这是第一次对尹学林讲。尹学林听罢一拍桌子，好么，大姑娘补尿毡呢，你看问题长远得劲大。我就知道你尻有新点子，我支持你。但是这个支书就没必要辞，你还是致富带头人么，把致富带头人培养成村支书、把村支书培养成致富带头人，这是上面喊得正紧的政策么。支书的职务你暂时还在着，你干你的事去，销路打开，我给你记一功。记一功就免了，帮助贷点支农周转金就阿弥陀佛了。

要出门了，胡引娣天不亮就起来，翻箱倒柜子地将豌豆粉和莜麦粉找出来，拌和在一起，铁锅烧热动铲，给李城生炒了一搭兜炒面，搭在李城生肩膀上，又叮嘱他，不要惜钱，到了县城里，把谢家的烧鸡大饼买一份带上，炒面应急但不顶饱。李城生笑，又做回从前的炒面客了。早些年，静宁人出远门，都要在干粮袋子里装上够吃一天的炒面，带一酒瓶凉水，路上渴了饿了，就在路边捏一把炒面，边喝凉水边吃炒面，所以外地人嘲笑他们，贱称他们是"炒面搭搭子"。李耕读那年，为给他们三个挣学费，下关中，去长武塬、董志塬，当麦客，就是手握一把镰刀、身背一搭兜炒面上路的。这次李城生出门，不由得想起了李耕读当年。尽管目的不一样，但是那种带有悲壮色彩的心情大体是一样的。尹学林虽然没接受他不干支书的请求，但是支持他去打开路子跑销售，那天见面不久还真通过财政所给他解决了一万元的支农周转金。这样，连带自己积攒和借来的，他有了四万元的基本金，南下广东一旦落实买家他就可以收购苹果了。

李城生刚走，家里就出事了，把个胡引娣急得团团乱转，祈祷丈夫李城生赶紧回来。这天一大早，天还蒙蒙亮，郭思嫚不声不响背着个锯子去了果园，李宁生跟在后面左顾右盼的，当人们发现的时候，那十八亩园子里的十几棵苹果树已经被齐脖锯断了。李宁生母亲正在炕头上给郭思嫚缝制过冬的新棉衣，李二楞媳妇忽然慌失莫急地跑进来，气喘吁吁地说，她姨，她姨，你快去看，你家媳妇子疯了，把苹果树都锯完了。她的声音响亮，把李耕读也惊动了。他们撂下手头的活计，跟着二楞媳妇急忙往果园赶。一边走一边喘着气说，你这个碎嘴，看清没看清就胡说呢？那娃娃咋能干出搞破坏的事？你们不是没见过，两口子把果树就当自己的娃娃一样疼呢，你们不要胡编诓。匆匆忙忙赶到果园地头上的时候，果园跟前已经站着了好多的人，还有个别年轻力壮的已经进了果园，往远处的郭思嫚跟前走。李宁生母亲和李耕读抬眼一看，全都惊呆了。这个疯子，是把啥药吃错了？李耕读忽然眼前一黑，就要跌倒在地，李二楞媳妇一把拉住了他，叔，他叔，你不敢出事，别吓死我。

　　十八亩园子里，往日枝干交错的树木已经有将近一半不见了，只留下光秃秃的半截树桩子，白森森得像一个个裸露的白骨，望去让人有些惊心动魄。这是犯罪啊，李宁生母亲顾不得李耕读了，她跳下了地坎，身手敏捷地进了果园。她的前面，已经有一个年轻人冲向还在继续搞破坏的郭思嫚，试图抢夺她手里的锯子，阻止她。李宁生却站在了他和郭思嫚中间挡住了他。显然李宁生的任务就是替她拦住前来阻止的人，让她尽快锯完剩下的苹果树。事实也正是如此，在李宁生的防护下，郭思嫚继续一棵接一棵地锯。不知道哪里来的那么大的劲头，她锯得汗水淋淋，好像不放倒一棵树就誓不为人一样。大家眼睁睁看着一棵又一棵树倒在了地里，像一些夭折的孩子。刚锯开的那些个白花花的树茬子，还在湿漉漉地向着天空流着眼泪。站在旁边的人群情顿时激愤起来，有人说，疯了，疯了，这一定是外国资本主义特务派来搞破坏的。有人说，破坏也是她自己的，爱咋整整去，娘老子都管不了，咱们能咋？不行，这是集体的地，他们不过承包在种，这样砍伐，红了眼，没准下一步砍伐完自己的，就拿咱们的开刀了。毡筒筒睡觉，就个大完货么！我得去趟派出所。他们眼看着大势已去，损失已经形成，无力回天，只有报警索赔，接二连三的人离开人群急急忙忙奔乡派出所走去。

赶紧叫你媳妇放下锯子，这时候罢手还来得及，要是被警察抓走，谁也救不了你们。忽然，宁生母亲扑通一下跪在了苹果园子里。宁生，宁生，你这个畜牲，不愿意和你娃过，可以骂你打你，打我这个老身子也行，树又没招你惹你，你害树干啥？养了五六年，是你哥，你哥泼出命栽活的。那些个日子，你根本没见过，都开始挂果了，你不拦挡倒也罢了，还帮着害，我看你是让这个洋狐狸精给迷得死死的了。李宁生一看母亲跪在地上呼天抢地，赶紧撑过来扶母亲，还被母亲推了个趔趄。宁生，小时候偷，大了还偷，那时候咋不把你打死去。郭思嫚放下了锯子，走了过来，她拉住了李宁生。宁生，别挡着妈，我们回家，我们错了。语毕，郭思嫚跪在了妈的面前，目光坚定又柔情四溢，妈，爹，你们赶紧回去，我真的不是破坏。我就怕你们不理解，才让宁生帮我，给我一天时间，好不好？妈妈，我现在住手，我绝对不会让你们失望。郭思嫚殷切的目光直视李宁生的母亲，有祈求，有恳望。两人对跪，或许母亲从她的眼神里看出了什么，或许一切都不一样了，妈妈，妈妈，我求求你，你相信我，你一定要相信我，等到老树变新树、变好树的时候，我再跪恩谢你。话音未落，一阵摩托声响起，警察就真的来了。他们气势汹汹地走进苹果园子，郭思嫚走上前去，说，破坏公物我一个人的事，带我走就是了。这时候，宁生母亲忽然扑上去，拉住了警察的手，不要，不要拉我儿媳妇，她没有错，是我让她伐的树，是我。郭思嫚惊骇，妈，妈妈，你甭管了，都是我的事。警察把郭思嫚带走了，李宁生母亲蹲在地坎上泣不成声。李宁生扶起母亲，妈妈，你相信儿子好不好，不是你想的那样。母亲抓着他的胳膊，狗儿你看看，你媳妇不在了，你赶紧找回来。妈，好，好好，我赶紧给你找回来，你别着急上火。

　　警察把郭思嫚带走了，大家都松了一口气，终于他们家的果园保住了，破坏分子绳之以法了。可能还没有人意识到园子残垣断壁的情形，第二天一大早，李宁生的苹果园子里发生了奇异的变化。每一棵被锯断的树茬上又生出了一个个枝条，好像天外来客，好像另一个世界在帮着外国人，毕竟外国月亮比中国圆。这一夜，郭思嫚一个人锯完了所有的树木，并在一半的树上接茬上了新树。当二楞媳妇来到果园的时候，她几乎要哭出了声，妈呀，见鬼了，这树都锯不死么。紧接着，乡上干部来了，林果站的技术员来了，他们对李宁生母亲还有大家伙儿说，这是嫁接的新技术，嫁接前，必须把旧枝条除掉，可是像郭思嫚这样的做法，真的从来没过过。我们也劝过她，毕竟没有先例，万一失败了，都担不起这个责任。是李宁生把郭思嫚从被窝里拽出来的，郭思嫚气咻咻地说，天塌下来了，你也要让我好好睡一觉。宁生说，闲，天就是塌下来，我也支持你。

　　李宁生走向果园，去查看那些嫁接的苗子，路上听到挑水的人们在议论，自己没把握的事，也敢做，月里娃捉长虫，晓不得害怕么。李宁生一笑，闲，大不了平茬重栽么，天塌不下来。

27

　　时间按下了暂停键。

　　郭思嫚刚刚买了四张兰州去乌鲁木齐的高铁票，一场谁也没有预料到的新冠肺炎疫情突然从武汉向全国蔓延，蔓延之迅猛令人猝不及防，不断有城市接二连三出现确诊病例，病人数量迅速增加，空气中开始弥漫起不安与恐惧。果斯曼先生在手机视频中跟李宁生、郭思嫚说，塔吉克斯坦这边已经封锁了边防入境，非常时期，安全起见就不要回来了。

李宁生母亲去世后，李耕读的状态一直不好，常常一个人待在屋子里不出来，整个人变得越发僵滞，呆若木鸡。李宁生和郭思嫚商量，春节前准备带上儿子李塔和父亲李耕读去杜尚别待一段时间。现在交通条件好了，兰州去乌鲁木齐有了高铁，去杜尚别也有了国际高速快运线路，两个地方的距离越来越近了。这几年生活条件也好了，可是人却是越来越忙，一直说要回去陪陪果斯曼先生和尤利娅女士。她的妹妹塔赫米都大学毕业在银行入职了。他们一说要回家，说过就是几个月，一年过去了，时间如流水，一年又一年，一直脱不开身。封冻以来，乡村旅游项目早就停工，李塔也考上了县一中，才是第一个学期，课业负担还不算重，正是回去的好时机。把李耕读带出去，暂时脱离睹物思人的环境，调节调节老人忧郁的情绪。母亲的突然离世，让郭思嫚忽然意识到果斯曼先生有一天也会离开他们，一定要多回去看看，这些年，作为长女，她欠父母的太多了。放下手头永远也干不完的事，连哄带骗，好不容易说通了倔强的李耕读。车票订了，行程已经安排妥当，连回家的礼当都备齐了，看起来方方面面都很周全，结果，疫情来了。

接下来的情势是，疫情当仁不让主导了全国人民的一切。人们的生活和正常的秩序完全被打乱了，东部所有城市全都被疫情波及，无一幸免。据官方媒体通报，已有十七人不幸染病离世，武汉市新冠肺炎疫情防控指挥部于一月二十三日凌晨艰难而又沉重地发布了封城的通告：一月二十三日十时起，全市公交、地铁、轮渡、长途客运暂停运营，无特殊原因，市民不要离开武汉，机场、火车站离汉通道暂时关闭。武汉不得已采取的封城措施，使一个九省通衢的大都市成为孤岛，让全国人民把目光全部聚焦于此，同呼吸共命运。疫情凶猛，武汉告急，大批医疗工作队奔赴武汉救护一线，每个人都写下血书，背水一战，不胜不归。李宁生和郭思嫚每天都在关注电视、手机，整个人都被焦灼的情绪缠绕着。郭思嫚的眼睛总是湿的，她说，那些医护人员太可怜了，让他们吃咱们的苹果吧，这是平安果，是幸运果，我们要让他们战胜疫情，平安归来。李宁生说，好啊，随即把这个想法在微信里跟哥哥李城生一说，弟兄俩一拍即合，我也正在想要做点什么，你这个想法好，咱们有这个资源，组织起来也快，相对容易，我来牵头，你们配合我就行。李城生紧急发出通知，连夜召开集团班子成员视频会议，安排部署驰援武汉事宜。会上，他说，新型冠状病毒疫情的暴发，牵动着全国人民的心，也牵动着我们民营企业的心，我们必须行动起来。我们没枪没炮，但是我们有苹果，捐赠我们自己的苹果，为抗击疫情贡献一份绵薄之力。我们相信有党和政府的统一领导，有全国人民的支持，疫情很快就会过去。

牵一发而动全身，在集团的统一领导和组织下，三十多名员工加班加点。李宁生和郭思嫚也迅速行动起来，全力以赴，仅仅五天时间，就包装了三千箱价值五十万元的苹果。这些苹果将被装上卡车，运往湖北武汉，定向捐赠给武汉抗疫一线的华中科技大学同济医学院附属同济医院、中部战区总医院和武汉江夏区第一人民医院三家医院，驰援那些不怕牺牲、奋力救援的一线医护人员，让他们保存体力，救助更多的病人。卡车已经装满，整装待发。当日下午，胡沐子跑来找李城生，我要押车去送苹果。人刚进门，只说了这一句，电话就响了，胡沐子压了电话。舅舅，这么远的路，关口手续也复杂，司机一个人肯定不行，让我去吧。刚说着，电话又响了，胡沐子又压断了。李城生说，你接啊。胡沐子说，没事，我爸。肯定是你爸爸不让你去吧，不让你去就别去了。一方有难，八方支援，这点觉悟也没有，我才不管他呢。现在是疫情发展的非常时期，去疫区就跟上战场差不多，你爸也是担心你受到感染。正是因为特殊时期，才更需要我们年轻人为国家做一点贡献。

李城生感慨地拍拍他的肩膀，真是个有主见的孩子。在你完全预想不到的时候，这孩子忽然就会做出一些个惊人之举。大学一毕业，就入职广州著名大型国企万宝集团，让一大批同学羡煞不已。不料上班不到一年，却又爆出他自动辞职的消息。在万宝集团，从来都是集团炒你鱿鱼，而从未有过主动辞职的事件，老板以为是嫌待遇低，两次提出加薪挽留，胡沐子却说，不是钱的事，也不是地方的事，万宝是一个绝佳的平台，广州是一座美丽的城市，我都非常喜欢，尽管有许多的不舍，但我还是要走。而走的原因竟然十分简单，那就是回乡卖苹果。胡沐子回来了，人们惊讶地看到，深秋时节，光鲜亮丽、在甘渭子河两岸一度传为佳话的昔日状元郎正在他的抖音直播间里，向粉丝叫卖着李店和古城的苹果。一无所有的胡沐子回到县里，注册了一个叫木子李的网络科技有限公司，在淘宝、拼多多、抖音、快手等平台建立店铺，利用抖音直播，微信朋友圈等方式销售家乡苹果，今年日均发货已经上百单。他在销售产品的同时，也在做着电商服务。郭思嫚激动地说，他爸爸那时候用卡车往外拉着卖，这孩子直播带货，人不见面，就让货物搭了"互联网+"的快车，一趟一趟往外跑，时代发展太快了。胡沐子的行为带动了李葫等一大批回乡创业的大学生，他们都用起了电商销售模式，线上线下双线运作，让苹果成为俏销的"网红尖货"。静宁苹果已走向世界，在高档超市里，卖得比一般的苹果贵许多，正因为胡沐子他们这一代网民的出现，才让静宁苹果避免了"养在深闺人不识"和"果贱伤农"的命运，美得其所。

　　这次疫情暴发，胡沐子又主动请缨来了。我希望这些满怀着爱心的静宁苹果能够早日送到一线医护人员的手中，给他们消渴助力，带去甘甜和慰藉。舅舅，你就让我去吧。开卡车的是李小白的丈夫金师傅，他也是主动请缨来的。李小白跟着郭思嫚一路干到了纸箱包装厂长的位子。那一年她的母亲不幸查出尿毒症，刚刚想了水滴筹的法子筹集手术费，网络刚一发布，郭思嫚就带着同事赶到医院给她送去了七万元，解了燃眉之急，挽救了她母亲的生命。后来李小白儿子考上了重点大学，郭思嫚又连续资助四年，让儿子顺利完成学业。这次李小白听说，李家兄弟正在向武汉抗疫一线定向捐赠苹果，就把这事给公司运输队的丈夫老金说了。老金一听，说郭总多年照顾咱家如同亲人，如今公司有需要，他当在所不辞。他们两口子直接来找郭思嫚，郭总，去武汉，请让我驾车，我的手艺你见识过的。关键时刻，把机会留给我吧。郭思嫚很激动，拉住了金师傅的手，连连点头，她马上把金师傅给哥哥李城生推荐过去。让她没想到的是，那边也有人主动请缨，竟然是她的外甥胡沐子。

出发那天，李城生、李宁生和郭思嫚都来送行，李葫也来了。李葫说，再有一趟去武汉驰援的车她就去。运输卡车已经在公司院子里包装完毕，两条大红横幅夺人眼目：李店、古城苹果驰援武汉！武汉，静宁人民与你们在一起！车子启动离开的时候，胡尚勤和李翠玉先后来了。胡沐子先是辞职、再是搞电商，一通折腾，把原本无话可说、越走越远的胡尚勤和李翠玉又拉近了不少。因为儿子，胡尚勤不得不一次又一次联系李翠玉，李翠玉也不得不一次又一次找胡尚勤。你好好劝劝，那么高工资的单位，可不敢丢啊。你是他老子，你不会劝？要我说，回来了好，回来我还是个伴！哎，老胡，你能不能把猫尿少喝点，你知道吗，儿子要去武汉了，万一有个啥事，我可不会放过你！我把话说在前头。这次来送儿子，其实他俩都早早来了，一个在等另一个先出面，结果车走了，他们不得不先后从楼背后闪出来，朝着卡车的背影招手。

姐，姐夫，你看看你们，明明就一把大葱不零卖，还扯到什么时候去？李宁生看到他们又同情又可怜。哎，我说宁生，去武汉怕是要上千公里呢吧？一千二百公里。那得好几天吧？四天就到了。这么久啊，这么久水、吃的都带够着吗，据说沿途都不敢吃饭，一路口罩都不敢取下来。李葫笑着说，姑姑，姑父，你们送人不当着人的面送，人都走了，你问这水啊吃的啊有什么用呢？胡尚勤尴尬地笑笑，自从打伤高奋强被拘留那次事后，胡尚勤一直抬不起头，人比以前萎靡了，老是看上去短精神。没事，回头给打个电话，木头机灵很，出门会保护好自己的，你们也别担心。李葫笑着向他们说，拜拜。

一路上，有胡沐子做伴，金师傅也不寂寞，两人一路聊着天，夜晚就停靠在服务区，在驾驶室里轮流着睡会儿。胡沐子是李店镇出去的大学生，当年轰动全镇。金师傅是威戎人，十来岁上随母亲改嫁到了西湾，后来娶了古城上李的李小白。都是喝一条河里的水长大的，加之他又是李宁生的外甥，自然就亲近很多。金师傅说，你回来，人都说这娃上学上瓜了，放着城里的生活不知道享受，却回到村里当农民，几年大学不是白上了吗？胡沐子笑笑，我父母也是这样觉得，不奇怪。可是，我不这样认为，大学里我本来就学的是物流运营管理，做电商营销专业本来对口。大城市里面人才济济，就业岗位很少，每个岗位优秀的人员扎堆，作为一个农村娃想在完全陌生的城市发展，很容易被淹没掉，终了一事无成。而农村在电商和设施农业这方面发展空间较大，山里无老虎，猴子称大王，我们作为优质苹果主产区，苹果栽培技术比较成熟，网络电商销售模式有利于推广订单化种植，为果品上网销售提供技术准备，这项事业要在我们这一代手中完成。我可不想做广州的猴子，我要做山里的大王。另外，给金师傅你说，还有一个很私人的想法，我突然感觉父母一辈子不容易，他们又分开了，我回来，在中间牵扯，他们就有可能复合，我是家里唯一的儿子，也该为他们、为这个家想想。

一番话说得金师傅不停地跷大拇指，真是个攒劲的孩子，赶明儿我家娃毕业，我也让回来，四年都是思嫂果业供出来的，就让他在思嫂果业干，让他也过过当个本地老虎的瘾。胡沐子哈哈笑。跟李葫预计的一样，胡沐子他们刚走第二天，又有四辆载有一百多吨苹果的货车从县上出发驰援湖北，他们把募集到的捐款和苹果、衣物等物资运往武汉同济医院、协和医院和武汉客厅方舱医院等医院，用于医疗物资采购及医院相关费用支出，慰问抗疫一线的逆行者和住院患者。正在风尘仆仆赶往武汉的胡沐子和金师傅看到了李葫在圈子里发出的一条微信：沿途各高速大队，我们是武汉雷神山医院项目部，工地工人多日劳累，连续工作，生活供应困难重重，为缓解这种局面，我项目部从甘肃静宁调二十吨爱心高山水晶红富士到咱们施工现场免费供工人食用，望一路放行，感谢支持！

　　胡沐子给李葫发微信，好，干得漂亮，我这就转发所有圈子和群，让迅速扩散。一旁开着车的金师傅，把他的手机给了胡沐子，你也替我扩散一下。我微信里有静宁苹果捐赠武汉公益群，后面还有好几辆车驰援呢。胡沐子打开朋友圈，看到群里面正热闹着呢：我们又募捐到了三百多箱苹果，求运输！做好自身防护，就近捐赠，减少人员接触，绝不给政府添乱！我是静宁籍武汉果商，增援火神山甘肃医疗队……看着，看着，胡沐子眼睛有些潮湿，他在群里说，谢谢大家，我在路上，武汉会有我，武汉加油！

28

　　西湾人再也无法忍受郭思嫚的存在及其所作所为了。在古城镇农技站来的技术人员的查验下，郭思嫚锯掉果树新接的部分有将近一半死掉了。

　　夜晚一片漆黑。果园边的土坎上，郭思嫚坐在那里，孤零零的。李宁生坐在她旁边，抚摸着她的肩膀，总归有活的，不至于太糟糕。郭思嫚站起来，你也不相信我，对吗？全世界都放弃我，你不会，对吗？对。李宁生说得并不坚定，犹豫了一会儿，又说，以后果园的事你不管了，好吗？屋里还有好多事要做。不好！看来你就是不相信我，你来看，它不是活了吗？活得这么好，长得这么旺。你放心，我造成的损失我来赔。我已经给我的老师打了电话，也给家里打了，老师详细听了我的操作，分析了原因，我相信，这只是一次交学费的实验，交了学费，就不会再失败了。我的学费我交，你们别管了。再说，还有救呢，老师说了，嫁接部分如果没有活，七月份，可以试试再用芽接的办法补接。

大半年的光阴，果园里一直静悄悄的。除了李宁生，没有人搭理郭思嫚了，李城生母亲说，好心办坏事，我们不怪你，求求你就别折腾了。郭思嫚不管不顾，吃在果园，住在果园，看书，一棵树一棵树查验，做记录，跟她大学老师的电话就成了热线，她甚至说，再不活，我给你订机票，你来静宁帮我吧。李城生被郭思嫚的劲头打动了，他帮着叫来了技术员，和郭思嫚一起总结经验，找问题，终于到了七月份，她和技术员一起开始了芽接。

这次，不要说庄里人，就连他们自己心里也开始没了底，太看重一件事，就老怕出差错。睡梦里，郭思嫚都梦到不仅新接的死了，连第一次接的都死完了。醒来，郭思嫚的心还在怦怦地跳。李宁生说，一定没事的，一定会成功。大伙心心念念地想，紧张不安地查看，终于，除了个别一两个，它们都活了。一口长气出来，郭思嫚也觉得自己真的活了。这口长气堵塞在心里那个难受啊。二十天后，郭思嫚蹲下身子，一棵一棵轻轻扒开土堆上面的覆土，看到接上去的那些树梢子已经显嫩了。她不停地喊李宁生，过来，快过来看，快来啊。于是一个个儿扒拉开来小小树桩上面的覆土，看，都差不多，真的活了，没有含糊的，再过一月你再来看，就更明显了，说完又一一用细土再次覆盖了树桩。李宁生紧紧搂住了郭思嫚，说实话，我也不太相信你，看来还真小瞧你了。郭思嫚的眼泪几乎都要出来了，你们都不相信，弄得我也不相信自己了，从理论到实践真的还有一段很长的路要走，我之前也是只有理论没有实践，现在终于把理论栽在土里啦。李宁生望着一望无际的蓝天，他觉得这天从来没有像今天这样蔚蓝。真是我的"嫁王"，李宁生抱住她狠狠地亲了一口。

这时候，李城生回来了。他拿回来一个大订单，需要组织收购苹果。苹果不愁，西湾、古城、周边的威戎都有。只是订单过大，他把四万元给一部分果农付了，还不够，算算，把运输费加上，还差将近两万。他考察好了那边的收购价，也算了一笔账，一旦出手，就能拿回来八万多元，纯利润两万多。可是这暂时垫付的两万元又从哪里借呢？他无奈之下又给尹学林打电话，详细说了目前的情况，重点说了卖了苹果两次的都能还上，让他想想办法。尹学林打着哈哈说，你上次那笔贷款刚贷没多久，再不好贷了，连续贷给一个人，政策也不允许，你就给大家做做工作吧，都是乡里乡亲，你面子大，一向在村里说话好使，付一笔欠一笔应该没问题，广东那边给了货款，不是转手就给大家结清了吗？李城生有点后悔给他打电话，我有啥面子？比不上你领导，屁股蛋子上画眉毛面子才大呢！挂了电话，心里说，这还用你说，就知道转移矛盾，老滑头，我求你还不是不想欠乡亲们的吗？大家种苹果都不容易，眼巴巴等钱用呢，咱把果子拉走了，不给结清钱，没这道理么。揭开门帘刚进门，迎门撞上郭思嫚。哥，资金有问题了？哦，没啥，没问题。哥你就不要打肿脸充胖子了，你订购的苹果数量在那放着呢！大致需要多少钱？谁不知道，都是吃这碗饭的，哄不了人。你等着，有事不找自家人，像什么话？郭思嫚回转身，从里屋拿出来一沓子红红的钱，哥哥，这是三万，我和宁生结婚的时候我老爸从杜尚别寄回来四万，我把一万折腾到院子里填补了损失，这三万你拿着。李城生推辞，思嫚，这个钱我咋能拿？这是你的嫁妆呀！哥，这钱本来是要留着给咱修新地方的。眼下又修不了，钱也不够，暂时不用的钱都是闲钱，你先去办正经事。李城生接过去取了一半，剩下的另一半交还给郭思嫚，也用不了这么多，我拿一半。郭思嫚又塞给了李城生，哎呀，好我的哥哥，出门在外，钱多不烧手，大地方上个厕所都要钱，你赶紧拿去走吧，修房子的时候你连本带息再还给我。

　　李城生抹了一把脸，把钱揣进兜里，谢谢你，我周转出来就还你，挣了钱，咱们一起翻修家里的房子。当天，李城生给苹果户全部清了账，带着剩下的钱，到了县里，联系好卡车，装好苹果，第二天天不亮，就拉着满载希望与梦想的苹果出发了。上次走的时候天气晴好，火车哐当哐当走走停停，他一路看着窗外的风景都没觉得有多慢，或许是那次情况未明，心里没底瞎撞吧。这次车辚辚转个不停，他却觉得路真是太长了。俗话说，不怕慢就怕站，路长是小事情，不幸的是，过了长江，忽然就下起了雨来，而且一路越往南走雨越下越大。天雾蒙蒙的，水花打在玻璃上，视线不清，车本来就走得缓慢，在一个高速入口处又因为一辆抛锚大东风货车横在路上，占了一半路面，堵了四五个小时的车。再急也没有办法，出门在外，遇上这样的天气，大家都一样，整整走了一周时间，好不容易终于进了广州城，联系到中介的时候，中介态度很不好。说好的前天就接货的，等不住，不能误了商家的生意，只好收了另一家的。你以为这是你们西北？效率就是金钱，效率就是生命，甘肃人，你懂不懂？我懂，我懂，这路上下雨，不好走……算了，算了，你既然拉来了，我给人家做做工作，收下，但是违约金要扣除一些的。拉着一车苹果按照他们说的线路，绕过几个相似的路口、东拐西歪地费力找到地方，李城生已经饿得眼冒金星。在这个城市里，他感觉自己活脱脱就像一个傻瓜。

　　你这苹果品相有问题，好多表皮都磕了，有了伤痕，这种果子超市一般都不会要的，我们收的果要的就是品质。老板，求求你了，这大老远拉来了，你怎么也得收下，价格再压压都成，万不敢不要了啊，你不要了，我也不要了，我只有跳江的份儿。李城生一个七尺男儿，说着眼泪就快要下来了。对方一看他脸色难看，眼睛里布满血丝，就松了口，那这样，看你熬得眼睛都红了，你先去休息，我们分拣一下，算个账，给你结，也莫要想不开。我也知道你们都不容易，甘肃那地方，都是骆驼沙漠的，穷啊。李城生哪里有心情休息，就在门口商店里要了两包方便面，给司机一包，自己一包。不好意思了，师傅，附近我看没饭馆，你先垫一垫，等收了钱，我请你好好吃一顿。司机看着他的狼狈样，摇摇头说，出门的人都是这样，饥一顿饱一顿，先把货卸了，就算人家真不要了，咱还能再拉回去？干渣渣地嚼着方便面，喝着凉水，李城生都尝不出来方便面啥味。终于等到有人喊他了，他站了起来，碎步跑到跟前，也不说你延误到货的话了，就你的果说你的果。全部验过，按一类果和二类果分级付款，一共是四万五千五，就给你四万六吧，照顾一下你，下次一定要选好的给我们。好好，好好，太感谢了，太感谢了。其实账已经在他心里算过好多次了，收的苹果钱加运费、包装什么的一共五万过一点，这四万六，贴赔进去五六千元。

就这，李城生已经感激涕零了，比他预想的要好一点。他一激动硬要拉着老板去吃饭。老板可怜他，也就答应了他的恳求。不过，他们三个吃完饭，老板提前把账结了。卡车司机遗憾地说，早知道他结账，咱们点一些好的吃，大鱼大虾的怎么也得尝尝，我看你拿着菜单翻来翻去，就知道你嫌这个贵，嫌那个贵。师傅，对不住你了，也辛苦你一趟，你的车费你拿着，多亏我出来多带了钱，你先回县里，我买个去山东的卧铺票，那边看看，然后顺道再去陕西，从陕西转一圈再回去。这两天我看到他们收的苹果不是山东的，就是陕西的，我倒要看看人家的苹果为什么就卖得那么好。

嫁接，是植物人工繁殖的方法之一，是无性繁殖中营养生殖的一种，就是说把一株植物的枝或芽，嫁接到另一株植物的茎或根上，让接在一起的两个部分长成一个完整的植株。简单说，就是把两棵树的皮肉捏在一起，长成一棵新树。

郭思嫚给二楞媳妇普及嫁接知识，怕二楞媳妇听不懂，就用两只手指交缠，比划了一下。忽然红了脸趴在二楞媳妇的耳朵边上说了一句，说完，脸蛋子更红了。二楞媳妇差点尖叫起来。郭思嫚赶紧制止她，不许说，宁生都不知道呢。二楞媳妇一脸坏坏地嬉笑着，你们一夜就嫁接成了？难怪你嫁树也是一把刷子，你为啥不告诉他，这是大好事啊。你想想，他要是知道了，能让我跑地里来吗？你看，我用的是枝接法，咱们原来果树的品种是大冠乔木，叶子大，枝条长，挂果至少得四五年，六年七年的都有，前几年只投入没收效，把人都耗干了。现在咱们把原来的大冠乔化树锯掉，在锯开的断茬下端一侧用刀子劈开这样一个斜面，一定要在上端保留两个饱满的叶芽。下来就要接新的了，新的短枝型品种是我在乡农技站买的，一块钱一枝，一年就会挂果，你说哪个更划算，来钱快？这个短枝也要切。这样切，找到光滑的一面，向下斜切，将长削面靠里，短削面靠外，插入砧木接口，对准两种树木的形成层，用布带紧紧捆绑牢，最后用细土湿土培成一个土堆。嫁接二十天后，扒开覆土看成活情况，如果土干硬了，就要松土。

二楞媳妇听得稀里糊涂，你说的多得我都记不下，完了你帮我弄。二楞媳妇没记下嫁接果树的事，却记下了一件事。郭思嫚不让二楞媳妇给人说，二楞媳妇还是没憋住，就给吼吼说了，吼吼回头给他妈就说了，她妈又给胡引娣说了。胡引娣来找宁生，你一天也太粗心大意了吧。嫂子，咋啦？还咋啦，你要当爹了。当爹了？当谁的爹？哦，你是说，米拉？李宁生恍悟，赶紧撒腿就往苹果园子里跑。正在整理园子、清理剩下的断枝的郭思嫚一看李宁生的样子，就知道二楞媳妇已经广播出去了。当时她给二楞媳妇咬耳朵，并安顿不要往外说，其实她心里一清二楚，知道她转身就会告诉别人，不过她没想到会这么快就传到了李宁生的耳朵里。她站起来，微笑着望着向她急呼呼小跑来的李宁生。赶紧回啊，还干啥呢，留着我干。看你，没那么严重，你不懂，这时候要多活动好。什么时候的事？你为什么不告诉我？咱们自己的事，为什么还要从别人口里知道？

看着李宁生气不得喜不得、又喜又气的那副表情，郭思嫚笑得更响了，看把你急的，你不看那天的阵势，恨不得活剥了我。要是让你知道我是这种情况，你肯定拦我锯树，也肯定不会帮我。那倒是，可是你锯了那么多树，万一伤了孩子，真是后怕。闲着，怎么能伤了孩子，孩子在哪呢？还不是孩子呢，不是看不出来吗，再说大多数的树都是你锯的。那是晚上没人的时候，可你干得就是比我多，一棵棵，都是你起来蹲下、蹲下起来地亲手嫁接的。李宁生说着拉住了郭思嫚的手，亲吻她的手背，以后再不能这么傻，你已经不是一个人了。郭思嫚笑，我在学校里学过这个，看来我没白学。宁生，你会记住这个日子的，这是个"双嫁"的日子。咋就是个"双嫁"？傻啊，我把短枝嫁接到大冠长枝上了，你也把自己成功嫁接到我身体上了。明年开春，春风一吹，矮化短枝红富士就会茁壮成长，而我们的小宁生也会呱呱坠地，你说这不是"双嫁"是什么？

好一个"双嫁"！李宁生顿时有了一种强烈的成就感，之前他为郭思嫚把果树嫁接成功而欢欣，而这时，他又为他们有了爱情的果实而激动得浑身发抖。他不禁一把将郭思嫚搂在怀里，米拉，你可真的是个嫁王啊，专门嫁苹果的。傻瓜，不是嫁你吗？他们沉浸在幸福的喜悦中，不知什么时候，李宁生母亲和胡引娣已经走进了果园，显然，胡引娣已经把这个喜讯一五一十地告诉了母亲。妈，妈，你怎么来了？狗儿，妈给你赔不是来了，你莫气忍，妈不知道啊，那天还动手打你，把你推倒了，妈这是在作孽呢，真个是拉着瞎瞎上树呢，缝眼不睁。郭思嫚拉住了宁生母亲的胳膊，妈，你说什么呢？我还要谢谢你呢，警察来要抓我，你替我承担罪责，说树是你自己砍的，那一刻我感受到你对我深深的爱。你放心，我会照顾好自己，把孩子安安全全生下来的。妈妈，你还没认真看过这些树呢，全部成了，这些矮化短枝苹果树，一年就开花结果，我们再不用等四五年白辛苦、白出力流汗了！

狗儿，你真是李家的福娃子。李宁生母亲的眼睛里已经闪烁着点点泪花了。

李城生回家的那天黄昏，门口的狗一直咬个不停。

胡引娣端一盆子水出来，看到门口一个胡子长得把半个脸膛都遮住了的男人正在挥动手里的棍子赶着狗。把它的，真是狗眼看人。

一说话,胡引娣才知道是李城生。胡引娣心里一酸,一把拉住李城生脏兮兮的袖子。你这个死鬼,咋成了个这么?还说狗不认得,我险乎也认不出了。李城生一边往屋里走,一边急切地说,我才知道我们的苹果为啥销路就不好,根本不是我们的果子种得不好。我看了人家山东的,也看了陕西的,沿途还看了其他好几个地方的,他们的苹果并不见得都比咱们的好。但有一样,人家的比我们要先进好多倍,那就是人家苹果的储藏设备和存放技术,咱们真是差远了。我们的根本问题就是苹果的储藏时间太短,一到旺季,销售压力大,不尽快卖出去,就得降价。

你先把衣服换下来,一身的臭味。胡子赶紧去收拾一下,乱成柴草了,让人看见,你不丢人,我还嫌辱人呢。李城生呵呵笑着,去洗头换衣服,剃胡须。这一晚钻进被窝,李城生搂着胡引娣,叹息一声,还是家里好啊!这一向了,就没睡过个好觉。胡引娣爱抚地抚摸着李城生的身体,看你,都瘦成啥了,真的是不要命了,万一累出个啥病的,我跟葫芦咋办?放心,没事,给你说,我要建果库,可能需要很多很多钱,但是砸锅卖铁这果库也得建。你知道吗,一个好的新型的果库,新苹果能放到第二年的八月呢,哪像咱们那些菜窖,时间短不说,一股萝卜味道。有了新果库,咱们每一年的苹果都会接续上,月月有苹果卖,今后收获季节苹果不再积压,更不会害怕存不住去低价卖,价格就会大幅提高。那会是多么开心的事啊。胡引娣说,你一说这事,我倒想起前一段,翠玉说它们也在计划果库的事,也要说几百万呢。

几百万,那真是个天文数字。不过,以前咱们说起一万,觉得不可思议,天文数字,后来觉得一万不是个啥,十万才是个天文数字。再拖着不建,当在我们心里百万已经不是天文数字的时候,我们可就后悔死了。李城生坐了起来,我明天就想办法凑钱去,我和翠玉一起合伙投资建果库,建成后一人一半。胡引娣把他拽了下来,赶紧睡,明天的事明天再说,我想没问题。不过你可不要绕过我弟弟,你跟我弟弟合伙才对，不要因为这个影响人家夫妻关系，亲戚在一起搞事情，容易伤感情。你提醒得对，我还没想这么多，还以为都一样，都是自己人。主要是眼下急需建这个东西。你觉得投资大，但那可是一次投资一辈子收益的长远之计。

这个夜晚，又谋划成了一桩大事情。院子里的狗不时发出一两声叫声，李城生睁着一双空洞的眼睛望着屋顶，听着胡引娣香甜的呼吸声开始盘算筹钱的事。

29

雪花不知人间苦难，依旧飘得那么美丽，整个古城的山梁上都像戴上了一顶白白的帽子。

最为神秘的要算古城的甘渭子河了。它的奇妙在于三九寒天不结冰，水质甘醇闻名乡里，当地百姓称为神水。所以会有附近的乡民前来提取，希望喝了神水可以保全家老小健康长寿。当地百姓这样说，三九天喝了甘渭子河的水，等于喝了牛骨髓。河的南面有一座当地老百姓顶礼膜拜了几百年的大山，因为长满了珍珠梅，所以有个富贵吉祥的名字叫珍珠林。山上曾经有个兴隆寺，是老百姓求神托福之所在。据五爷李安福讲，五十多年前的一个春夏之交，恰遇大旱，数月天不降雨，庄稼像一个倒地不起的病危者奄奄一息。百姓急火攻心，纷纷上山，祈求兴隆寺神灵以降甘霖。数百人列队缓步向前，唢呐声、法器声、诵经声响彻整个山川。每个人都头戴杨柳，手握柳枝，赤脚前行。大喊着：玉皇老爷把雨行，行些雨来救万民。玉皇老爷把雨行，烫土烧得我脚面疼。祈求声震动天地，三台庙院中跪满百姓。佛事活动主场设在菩萨殿。也许上天为之所动，突然乌云密布，雷声震耳，一场大雨从天而降终于扑灭百姓的心火，庄稼终于有救了。从此以后，当地人愈加敬畏兴隆寺的神灵了。

四轮驱动的越野车慢慢地在山路上行驶，这里渺无人烟，马天雄想，山外的世界因为疫情已经剑拔弩张、煎熬成一锅粥了，这里却依然保持着从前的安宁和平静。远远地，他看到西番沟已经结冰了，雪落了一层，松柏青而挺拔，树梢上挂满了冰凌花，玲珑剔透。经过水库的时候，马天雄隔着玻璃窗看到了对面踩着积雪过来的两个人，虽然穿着防寒服，戴着一次性医用口罩，其中一个马天雄还是认出了那是郭思嫚。车子是单位的，车上坐着他和他们的一个副局长、一个副科长。马天雄让司机在路边停车，他打开了车门，喊，郭老师，是你吗？郭思嫚要摘口罩，马天雄赶紧制止，别摘，我们也是村子外面进来的，防备一下。我刚去了村口的防疫站点，村上的几个干部轮流值班，天寒地冻的，我们单位带了些牛肉干、速食食品和体温计、消毒液什么的，来慰问一下大家。这是我们领导和同事，这是西湾的大名人郭思嫚。马书记好，领导好，这么冷的天，辛苦你们了。哦，对了，这是我侄女李葫。不辛苦，我看路口值班的人才辛苦，下次来多带几件棉大衣，你们这是去哪里呀？马天雄看到李葫的怀里抱着个掌中宝摄像机。

郭思嫚忧心忡忡地说，这个新冠肺炎闹的，都不得安宁。可怜了我们的果农，往年春节前后，正是苹果出手各地来钱的时候，可今年开年突发的疫情，给了父老乡亲当头一棒，快递停运、全国人民居家隔离，各家各户红彤彤的苹果没人收，他们也无法将苹果运到大街上去卖，只能眼睁睁看着苹果一堆又一堆地发烂的发烂，扔掉的扔掉。这对于他们来说，不仅意味着去年种植的心血付诸东流，也意味着主要的经济来源继续被阻断，孩子上学都可能是个问题，让刚勉强脱贫的不少家庭再次陷入了难以预料的困境。我和李葫各个村跑着摸了个底，想想怎么去帮帮他们。李葫提出拍摄微视频，发到网上向全社会呼吁。我觉得还是这些九零后有办法，就带着她挨个儿跑了。我们跑了一天，基本上走访完了，就剩最后两户了。马天雄一听，赶紧把她俩往车上让，挤一挤，坐车上，你们带路，咱们一起去。郭思嫚说，能开车我们就开了。有些家户要走小路才能进去，坡坡坎坎，车滑，也难调转头，走着方便安全。马天雄对车上的人说，局长，你们几个回吧，我是西湾第一书记，这是我的工作，我不能不管。他关上车门子，打发局里的人开车走了。郭思嫚感激地说，其实不用，也就剩两户了。马天雄说，非常时期，我也不顾那么多了，个人得失真的都微不足道了，城市里人都居家隔离，也在囤积食品，好多人想要苹果，是到不了他们手里。我了解一下情况，回去汇报廖局长，发动我们全系统统销认购，咱们携手帮助西湾走出困境。

　　三个人走在雪地上咯吱咯吱地响，正月宅在家里都快闷死了，这西湾还是空气好啊。郭思嫚和李葫带着马天雄，上了一个坡，拐进一个窄巷子，推开了双扇大门，这是李奶奶家。李奶奶已经快七十岁了，还在种苹果呢。进了屋子，光线有些暗，李葫开大了房门，让外面雪地的光线照进去，她举起摄像机，选好了角度。炕上的李奶奶摸着炕边上的一双拐子，下了地。马天雄问，儿子还没回来吗？李奶奶说，车都停了，没赶上。马天雄想起这是个建档立卡贫困户，他之前来过的，家里就她和老头子靠着二亩果园度日。又问，老汉呢，她说又去窖里看苹果了。唉，看啥呢，每次一看就扔好几个。李奶奶说着眼泪都出来了。这镜头，这一句话，李葫用摄像机拍下了。

　　出了李奶奶家，进了另一个洼地里的张老汉家。张老汉五十多岁了，四亩多苹果园是他们家唯一的收入来源，也是两个孩子的大学学费，更是他的老父亲安享晚年的保障。他们三个一进去，张老汉就拿出一颗苹果招待他们。在李葫的镜头下，张老汉捧着一只苹果。苹果很红，光泽鲜亮，而捧苹果的那只手却是青筋爆满，纵横龟裂。苹果种了十多年了，六亩八分地，虽然吃力，但果子卖出去了，就高兴得很，可谁也没想到今年会是这个样子，天要收人啊，领导！天收不了人，你尽管放心，有我们呢。马天雄握住了他的那只满是龟裂的手，使劲摇了摇，你家的苹果，我们要了。出了门，雪已经明显下得小多了。李葫感叹一句，这病毒什么时候才能打跑啊。郭思嫚拍拍她的肩膀，会打跑的，一定会。不是最近有一句话说得好，没有一个冬天不可逾越，没有一个春天不会来临。春天一定会来临。

马天雄望着远处迷蒙的山巅。翻滚起伏的山脊，落光了叶子的树木、银灰色的天空和洁白的大地，交织、互融、浑然一体。这片苍莽的北方山林，已如它所经历的岁月一样幽深。静宁这片土地，孕育、收纳、埋葬着无数生灵，见证着物种的兴衰，维系着周行不殆的秩序，也默认了生与死、取与舍、去与留等残酷或温情的法则。是啊，没有一个冬天不可逾越，没有一个春天不会来临。说得真好，春天一定会来临，你们把视频做好，传网上，我让县上、市上的各个平台都传播，要相信网络的力量。李葫不辱使命，效率极高地做出了一个颇具震撼力的视频，连马天雄看得都感动了。

随着一声鸡鸣，伴着凝重的音乐，镜头从上而下，由近及远，青瓦屋顶、山间薄雾、高山梯田渐次呈现——七十岁的李奶奶在果园里背筐子……农用车在山路上吃力地前行，她怕苹果摔坏就丢开拐杖，和老头子一起扶着苹果推车艰难地走，雪花染白了他们的身体……画面上配上催泪的文字：最远的距离不是我找不到你，而是你想要我却给不了。我们的苹果个头更大，色泽通透均匀，清甜爽脆，比超市更便宜，更新鲜，更好吃。你的支持等于孩子一年的学费，希望通过微薄之力，帮助我们迎来春天！

一个个美丽的果园视频、一幅幅诱人的苹果靓照、一段段动人的果农故事……读下来，读到最后，李葫这样写：我们的苹果到底好在哪里？它，出身高贵，来自中国苹果之乡，是世界三大苹果最佳适宜生长地之一，也是世界公认的七项生态指标都符合苹果优生的区域。它的高贵在于绝佳的地理环境，地处黄土高原，海拔两千多米，毗邻河谷盆地，背靠西北防护林，远离城市喧嚣和工业，养分丰富的土壤，零污染的空气；它的高贵在于绝佳的气候条件，超过两千三百多个小时的日照，昼夜温差十五度，糖分多汇于此，温带半湿润半干旱气候，年均气温仅有七点一摄氏度，夏季降水多、冬春季干旱；它的高贵更重要的在于背后站着这样一群人：有着三十年传承种植经验的种植人，三十年匠心坚持以最简单但同时也是最耗时、最耗力的种植方法赢得品质，不打农药、不使用反光膜，不多打扰，任其自由生长。用自家产的农家肥，人力一担一担抬到山上，多年始终拒绝人工打蜡，不改初心。

马天雄看到最后一句，连连给李葫点赞。美好的食物总是远离尘埃。古城，是第一家、第一时间给疫区捐赠苹果的地方，他们再难，也要优先捐赠给救死扶伤的白衣天使，让他们增强自身的免疫力，去挽救更多人的生命。让我们挽手共渡难关，跨过寒冬，一起迎来春天。马天雄看到视频发出不大工夫，浏览量已经八十多万，留言一页接一页，半天翻不过去。马天雄忍不住在下面也留了个言：疫情暴发两个多月来，从武汉返乡的古城打工者和学生达三百多名，目前无一人感染，全县在周边都有病例的情况下也是零确诊，这足以说明，一天一个古城苹果，病毒肯定远离我！

感动的不只是马天雄。视频迅速发酵，当天播放量超过一百万，在他们所不知道的一些角落迅速爆棚。这下有李宁生、郭思嫚和李葫他们忙乎的了。连武汉返回居家隔离刚刚期满的胡沐子也加入了。他们迅速行动起来，组织专门车队，在各级政府的帮助下，向防疫和交通部门专门申请办理了绿色通道通行证，把滞留苹果送出县境，直接送达客户手中。让马天雄意外的是，这个视频也惊动了郭思嫚的父亲果斯曼先生。这些年，李宁生每年都要给杜尚别邮寄他们的新苹果。果斯曼先生几乎成了西湾苹果在杜尚别的形象代理。这个视频在果斯曼先生的圈子里一传开，引起大家的普遍关注和动念。亲爱的米拉，你在干一件人道主义的大事，虽然我也发明不了火药，但看在上帝的分上，请允许我给你做点什么。果斯曼先生很快落实了二十吨的货，尽管因为手头剩下的苹果级别低、品质不是绝佳、不符合出口标准未能做成这一单，但是对下一步打开国际市场，扩大外贸订单无疑打下了坚实的基础。亲爱的果斯曼先生，你真是个伟大的父亲，可是我很遗憾，为了把最好的苹果送到杜尚别，请再给我点时间。这是我的面子，也是您的面子，不是吗？亲爱的米拉，你想得很周到。平放的石头底下，水也流不过去，我相信这一天很快就会到来的。

　　雪落在古城的每一个村庄，让每一个如同被碾平的核桃一样的到处都是皱皱褶褶、沟沟壑壑的村庄，永远被温暖和洁白所充盈着。李宁生希望隔着一个又一个村庄的荒凉，无论果斯曼先生，还是自己的父母，在西湾人的心里，永远都是一个温暖的世界，走在故乡的山道上，就像娇儿依靠着爹娘，永远不会慌张。他同样看到，寒冷寂寞的天气里，苹果树们一样挺拔茁壮。它们冒着早春的寒冷，悄然而坚定地膨胀着自己一天大似一天的花苞。好在时节已近，不知不觉间，它们已把翠绿的芽尖探出树皮。显然，它们就是季节的风向标，熬过一个冬天的荒芜，才能凝聚起内心的甜蜜。

　　历史上最冷清的元宵节在无声无息中度过了。古城大地以深厚的信心与耐力，悄然释放着自己的热度和能量，从积雪之下，自落叶之中，渐渐融化、瓦解和颠覆严冬的围攻。甘渭子河以及那些谷地流动的小溪们终于依托大地和即将临头的阳光，以一颗不死之心勇敢地对抗起无形的围剿。微小、断续的碎裂与疼痛，不过是小小的序曲，终有一天，山系中所有冰封的水域都将在一个无声的号令下集结、奋起，爆发一次响彻山谷的崩裂。水，慢慢还原出了柔软与刚强，山峰褪去了苍黄与羸弱，天气渐渐开始转暖，人们渴望温暖的太阳尽快消除尽人间的所有阴霾。要在往年，建筑工地这时候已经开始做解冻开工前的各项准备工作了。郭思嫚又去了一趟冷清清的工地，和项目留守看管材料的保管员拉了一阵家常，走出来，陷入在了无限的焦灼之中。

　　待在西湾，如果不看电视、不看手机，似乎一切如常，并没有什么异样发生。虽然正月十五耍社火的热闹没有了，但是偶尔还能听到不知哪里响起的三三两两的鞭炮声响和村子里有的人家传来彻夜的喝酒猜拳声。她曾给果斯曼先生在电话里说，人们常常抱怨农村的偏僻与闭塞，这时候不是显示出偏远的好来了吗？交通不便，没有人员的流动，病毒也进不来。果斯曼先生说，这跟杜尚别何其相似，杜尚别目前也是一片净土。但是疫情毕竟真实存在，而且如洪水猛兽，来势汹汹，暂停键按下，全国一盘棋，不得不停下一切运转。如今，随着各项数据的逐渐好转，确诊病人的陆续出院和新感染的零增长，复工显然已经提上了日程。李宁生开始着手联系疫情期间施工的设备和口罩等物资。在这种情势下，这些东西变得非常紧缺。李宁生动用了所有的关系，在马天雄、李城生甚至杜尚别那边果斯曼先生的帮助下，总算筹够了前期的防疫物资，备好了足够的口罩和消毒液。

　　李宁生联系施工单位的经理，谈了自己的想法，建议按照项目工期计划提出复工的时间表，错峰通知本地的施工人员先行进驻工地，中风险以上地区的工人暂缓或不准许上班，根据疫情变化情况先开始个体性的工程施工，比如塔吊的运转，把群体性施工任务安排在后面。经理也在考虑他的效益，恨不得马上复工。看到李宁生他们如此周密的安排，也就同意了这个建议。李宁生向他表示，因为疫情带来的预算外投资，由甲方负责，施工单位可以不考虑，在严格遵守总体疫情防控要求的前提下，想尽办法早开工，合理安排施工任务，抓进度，把疫情的损失降到最低，确保今年十月前完成所有土建工程。

　　循序渐进的复工，终于让郭思嫚安下心来。她安排专人督查每天入口处的测温和登记工作。三月初的时候，工人已经入驻了一大半，进场施工前，都提供有当地出具的健康证明，稍有发热发冷和咳嗽的工人，都作为重点关注对象，适当隔离观察。或许因疫情造成的就业压力的原因，他们干活的积极性非常高，对于临时安排的加班加点工作，也毫无怨言。郭思嫚每天给他们发一次口罩，测温、登记两次，严格要求佩戴口罩劳作，对工地的生活区、施工现场、办公区每天进行两次消毒，保证施工人员的安全。

全面的复工复产在即，人们正常的生产生活逐步在恢复。郭思嫚对马天雄说，春天真的要来了，真好！果树是母性的，它们的胸怀是无私的，在完成了自己的宿命和一次生命的轮回之后，稍作喘息，便又开始了新的孕育，反反复复，永不止息。果树们不知疲倦，果农也是不知疲倦的。面对苹果，你就会油然而生对天空和大地的敬重，对诚实劳动和劳动者对果实的敬重。自从世界上有了苹果这种果实，人类的目光便一次次地被它牵引。

30

　　地上的阳光，多半在照耀着树桩上黄绿的嫩芽，一小半洒在刚萌芽的青草上，阳光也爱凑热闹，专撵茂密的地方去。树上还有一些小小的芽苞，好像不敢相信春天已经到来，它们探出小小的脑袋四处张望，就像那些在洞口张望的田鼠，嗅到了惊蛰的气息。哪些是新芽，哪些是老枝，在阳光下看得一清二楚，生命真是个奇怪的东西。远处，地表氤氲着一层金色的雾，郭思嫚侧歪着笨重的身子，让阳光照射在她的脸上，一层轻柔的暖，敷满了她的半个脸。那些细微的绒毛一律金黄金黄，清澈的眼睛里，汪起几多春水。蓄势待发的土地，和她的身体一样，涌动起无限春潮。

　　要开花了。

　　另一个生命说来就来了，还没等到夜幕遮蔽天地，郭思嫚就躺在了乡卫生院里。李宁生拉着她的手说，不要怕。郭思嫚感觉是他的手在颤抖，她响亮地笑了一下，是的，不怕，很快的。李宁生出了产房，门口除了嫂子胡引娣，背后还站了一大帮子陌生的女人。嫂子，她们这是干什么。胡引娣无奈地一笑，看稀奇呗。话音刚落，旁边的女人就问了，哎，听说你媳妇是个洋女人，洋女人生娃跟咱一样吗？听说洋女人站着生呢，双腿一叉，嗯，就下来了。哎，会生一个高鼻梁、深眼窝、蓝眼珠的吗？对了，还有头发，一环一环的。胡引娣向外驱赶着她们，你们这伙粘眉烂眼的，真个是沟子上吊钥匙串串呢，管的门门还不少！走吧走吧，回你们病房去，等生了抱来你们看，免费看，不要钱的。

说话间，忽然一声清脆嘹亮的哇哇声，果真，芽苞一头顶破了一小块树皮，有两只嫩芽伸了出来。接着，芽苞又颤动了几下，一张小脸探出来，在徐徐东风里，缓缓舒展自己的腰肢。真是东风第一枝啊。大家顿时欢呼起来——母婴安康。李宁生恍惚着，愣怔着。他仿佛看到一棵苹果幼苗开花结果的延时摄影照，他一时不知道哪是真的，哪是虚幻。当那只细细白嫩的胳膊抓在他手里的时候，他禁不住热泪涌动。你也不问问儿子女儿？都一样，都一样，你生的不管儿子女子都好呢，叫爸爸。郭思嫚笑了，宁生，你有儿子了，可是你听不懂他的话，他已经叫你爸爸了。难道他还会说除了汉语、俄语和塔语以外的第四种语言？真厉害，比他爸爸妈妈都厉害。胡引娣笑得弯了腰，一时，喜庆的气氛在病室里弥漫。那些挤在门口的女人们，个个抻着脖子往里看。李宁生说，进来看，跟你们长得一样，但是比你们每一个都心疼。胡引娣拦住她们，别进来，又不是没生过孩子，别把冲气带进来。

地里新嫁接的果树真的开花了，一朵，两朵，一月的时间就已经多得数不清了。家里的婴儿也在长，长得真快，一月的时间就硬硬邦邦了。郭思嫚对李耕读说，爸爸，孩子的名字得您给取。李耕读瘪着嘴笑呵呵地说，你有功，不过最有功的是孩子他外公，不然也到不了这来。我看咱得感谢你们那啥，踏几个鸡蛋的国家。李宁生说，爸爸，你老是记不住，我都给你说了好多遍了，塔－吉－克－斯－坦。郭思嫚说，不用那么费劲，那就叫塔国。所以嘛，我说孩子就叫李塔。李塔好，李塔好，西游记里的托塔李天王，李葫在一旁跳着拍手。

这天，甘渭子河畔的柳树一下子抽出了枝条，翠绿翠绿地，一切看上去都是新鲜的，充满生机与活力的。胡尚勤开着车，拉着媳妇李翠玉和他的母亲，放着舒缓的音乐，上了坡来到了西湾。他们是专门来给李塔做满月的。他们进门的时候，门口碰上了李小白两口子，李小白的怀里抱着一个大大的抱抱熊。上房里，李宁生请来的理发师正在给李塔剃满月头，师傅熟练地给李宁生母亲怀里的李塔一捋捋剃除胎发，最后在顶前部的中间位置留出一小块，这叫聪明发，在后脑勺的部位留出一绺，说是撑根发。西湾人用这样形状的满月头来祈福足月儿聪明伶俐、扎根久长。放下剃头刀，师傅扶着孩子的腮，左看看，右看看，自我欣赏了一番。李塔黑乎乎的眼珠子盯着理发师傅的手势转，师傅说，这娃，剃头刀子头上过，竟然不声不响，跟没事人一样，不一般。李宁生拿来一对红纸包着的纸包，递给理发师傅，一包是理发的钱，另一包是同样数额的喜钱，这是当地的规矩，理发师傅懂的。宁生母亲留师傅吃饭，理发师傅说，还有几个头，都排队着呢，一个漫长的冬天过后，头发跟草一样冷屄地冒呢。宁生母亲也不勉强，将孩子递给郭思嫚，收集剃下的胎发，抖落围脖上的一起放在手里，熟练地搓成一个小辫子，掏出兜里的一块红绸布，仔细包起来，交在郭思嫚手里，这个，你把它保管起来。

李宁生母亲和胡引娣的母亲在炕上一起动手给孩子缝制毛衫衫、小被子和尿布。李翠玉带来了一双老虎枕头，一顶老虎帽，还用面食捏出来一个狮子头，又是虎又是狮子的，她说都是用来辟邪的。郭思嫚拿出五爷给他的长命锁，用一块红布扎成一指头粗的布条，像棉衣一样双面缝制，中空的夹层里面装上狗身上剪下的毛，两端用圆顶针系住，拴住锁子，由李宁生母亲亲手给李塔娃儿挂在了胸前。小小的李塔好奇地瞅着她，不知道这婆婆是谁。他长大的时候，他会知道有一个疼爱他的奶奶，他就知道自己并不孤单，就知道自己是有来处有人爱、有家园的人。

天刚透亮的时候，李宁生和哥哥李城生就在院子里用篷布搭起了两个帐篷，早早买了些蜂窝煤，把火盆生了起来，烘一烘，驱驱春寒，来的男人们被迎坐在帐篷里的两张方桌前，女人、娃娃则挤在炕上的炕桌周围。胡引娣和李翠玉在锅上忙乎，一盆子煮洋芋加煮玉米，一盘子荞面摊饼，一碗凉粉鱼鱼，一人一碗浆水疙瘩汤，有肉的砂暖锅和莜豆面傲饭是少不了的。西湾人家家多少要种点莜麦，家家都离不了莜麦和豆子。豆子曾在饥荒的年代里救了不少人的命。莜豆面傲饭就是莜面和豆面做的糊糊汤，用咸菜、油炝酸菜、土豆丝，有的还有肉丁、萝卜丁焙炒搭配，就傲饭吃起来醇厚、味长。最后一道，就是满月宴会的主题，玉米面满月发糕和长寿面，好多人已经吃得放下了筷子。胡引娣就说，这两样每个人都要吃，不许推辞，推辞就是不怀好意呢。这话一说，大家都再次拿起了筷子，满月糕分着吃，长寿面挑着吃，才算圆满。席间，郭思嫚给李塔全身武装，穿上新衣，戴上虎头帽，抱在怀里和两个桌子上的人一一见面，有的人就一块两块、五块、十块地给孩子新衣服的荷包袋子里塞压岁钱。塔儿，问伯伯好，这是舅舅，叫舅舅，这是爷爷，喊爷爷，亲爷爷一下，么－啊。来客嬉闹着，纷纷边应和边逗笑着孩子，其乐融融。

亲属朋友们一个个散去后，李宁生和哥哥还在院子里忙乎着拆帐篷、打扫卫生。郭思嫚在床上喊，宁生，你过来一下。李城生说，你赶紧去吧，我一个人收拾。宁生，你赶紧把我的笔记本电脑拿过来。自从生了李塔，家里人把郭思嫚像仙女一样供着，鸡汤、小米粥每天一碗，坚决不让她看电视、去摸电脑。她所有的时间就是给李塔喂奶，陪他玩。这会儿郭思嫚向他要笔记本电脑，李宁生就知道她要干什么。去年郭思嫚有了身孕，为了跟杜尚别的家里联系方便，他们给家里装了一部固定电话。除了能打电话，电话线插到笔记本电脑上，还可以拨号上网。上了网，就能通过摄像头视频说话。李宁生知道，李塔满月这么重要的事情，亲戚们都来了，就是没有她的亲人。她虽然不说，心里肯定有点小郁闷。李宁生自作主张，就找到笔记本给她拿过去，又帮她插上电话线，完成了拨号连接。郭思嫚感动地说，就你懂我。

很快，郭思嫚就联系到了果斯曼先生，他出现在了电脑上。嗨，果斯曼先生，你看看，多么英俊的王子。哎呀，我亲爱的米拉，这真是太神奇了，新生命的诞生是一切奇迹的开始，它是上帝赐予你最宝贵的财富。郭思嫚看到果斯曼先生是在学校里，因为网速问题，画面老是卡壳，说了一会儿果斯曼先生的头像就凝固不动了，声音也发出刺啦啦的声音，过一会儿什么声音也没有了。郭思嫚摇摇笔记本，似乎摇摇就会流畅起来，果斯曼先生就会出来。她一摇，惹得李塔的小手也伸了出来，在电脑的屏幕上摸来摸去，好奇地发出吱吱呜呜的声音。画面暂时卡顿了，索性郭思嫚就和李塔拿着鼠标玩起来，小老鼠，吱吱吱……忽然，屏幕上的画面又动了起来，把小李塔吓了一跳，画面已经迅速切换了，郭思嫚看到果斯曼先生站在电脑前，手里抓一把白色的粉末，往空中扬去，一会儿电脑屏幕上就像洒满了雪花一样，雾蒙蒙的。紧接着，果斯曼先生拿起了一把气枪，对准屋顶，砰！砰！砰！三声枪响。他拍着肚皮哈哈大笑，可爱得像个企鹅。他后面的同事们都在转过身来看着他，一脸的诧异。郭思嫚用手擦着屏幕，笑得有些岔气。她指着屏幕，亲爱的果斯曼先生，你简直要笑死我了，我看你才像个孩子。她这才知道，趁那会儿电脑卡壳，果斯曼先生竟然出去弄了面粉、气枪回来。这是他们塔吉克人的风俗，谁家生了儿子，就要撒面粉，要放枪，得响三响，要是女儿，就在枕头旁放一把纺车轮或扫帚。果斯曼先生从来没有撒过面粉，也没有放过枪，这下她生了李塔，真的是让果斯曼先生高兴得得意忘形了。亲爱的米拉，你比我要厉害，我跟尤利娅女士生了两个公主，你一下子就生下了这么英俊的王子，真是太不可思议了。

果斯曼先生在那边擦着屏幕上的粉尘，他的手和郭思嫚笔记本屏上的手重合在了一起。郭思嫚忽然心里难过起来，本来这些习俗都要做在当面的，塔吉克人家里有了孩子，大家都会上门贺喜，撒面粉、大喊三声或者放枪三响，她可还从来没有见到过隔着这么远，远程隔空这么干的。果斯曼先生，你不知道我有多想您，还有尤利娅女士、塔赫米妹妹。我想你们……他们的手都停在了屏幕上，我亲爱的米拉，我的宝贝，原谅我做得有点过火，抱歉我的失态。你当母亲了，可不能不开心，不然我的宝贝的小宝儿会饿着的。这个时候，为了宝宝，一定得开心，晚上我让她们打电话给你，答应我，宝贝，笑起来，相信我，第一杯是橛子，第二杯是雄鹰，第三杯以后便是小鸟了①。

关了电脑，郭思嫚又喊，宁生，宁生。李宁生双手脏兮兮地跑进来，头发上还粘着柴草，咋啦，米拉？宁生，我想，我想我们得带着孩子去趟杜尚别了。

喝李塔满月酒的这天，李城生和胡尚勤、李翠玉已经谈妥了一起联手建果库的事。胡尚勤还告诉他一个好消息，前几天农行的人来了李店摸底呢，说是搞数据采集，听说李店的果农信用度好，能安排一千多万元的信用贷款。他把政策宣传资料拿给李城生看，叫什么惠农e贷·果农贷，手续特别简单，通过电子系统自动审查审批贷款，凡是列入白名单的果农，均可获得三千元到十万的贷款，用网银、手机银行就能极快地申请发放贷款，速度又快，利息又低。

李城生害怕这事不稳，随后专门跑了一趟乡上的农行营业室。农行的工作人员给他解释说，有这回事，但是才搞试点呢，先从果园主产区的乡镇开始，古城随后也有，但目前贷款额度还没批下来，得等。又给他讲具体政策，列入白名单的果农凭个人基本信息就可通过线上和线下两种方式办理贷款，并且一次授权可在三年内多次循环使用。工作人员跟胡尚勤说得差不多。这样就太好了。之前李城生也跑过贷款，果园抵押的那种，需要提交面谈记录、身份证和户口本复印件、征信证明、用途审批、担保人信息、担保人责任书、信贷责任书

---

① 俄罗斯谚语，越来越好的意思。

等资料信息，手续复杂，审批周期长，让人跑路又受气，路跑了、气受了，也不一定能批。这些年他的信用一直很好。一直听到有人质问说，良心能当饭吃？看来，这话还真可以理直气壮地回答，现在还真能当饭吃了。

这一年，对于李宁生兄弟来说，美好生活的曙光已经挂在眉梢了。郭思嫚和李宁生添丁进口，李城生和李翠玉的果农贷也落实了，一年时间里，他们的果库已经建成了，足以冷藏苹果五万吨。胡尚勤一贯是个爱动脑不爱动手的人，尤其这些年生活好了之后，老是嫌这个麻烦，那个麻烦，起初李城生让胡尚勤注册果品公司，自己算是股东，可是胡尚勤死活不肯，说他受不了那个泼烦，推着让李城生做老板。李翠玉知道丈夫喜欢吃现成，这几年，胡家的苹果产业都是她公公闯出来的，胡尚勤不过是树下乘凉的人，不是有她耙耙一样地搂着，任由丈夫胡吃乱甩花，一点家底也就没啥了。要不咱谁都不当老板，让翠玉来当，翠玉这个名号也好，就叫翠玉果品公司。李城生一提议，胡尚勤看着李翠玉，那就你当掌柜吧。翠玉看也没别的选择，自己当可能更有利于协调婆家和娘家两方面的关系，也便答应了。翠玉果品公司正式挂牌运营，三个人联手走上了苹果购销、储藏和加工的新路子。

31

这世上有三件事难得很：屎难吃，气难受，人难活。五爷李安福给李宁生说，扬场的人都会看风向，千万不要搞不清方向走岔了路。以前在农业合作社，农电刚接通的时候，队里统一管理着，每家只安两个十五瓦灯泡，主房一盏，厨房一个，晚上六点开，九点统一关，让合作社把你捆得死死的。为啥大包干后，大伙的积极性一下那么高？人都有私心，干得多了都是自己的。从前安排社员背饲养圈里的粪，那么多人背，挣工分，老是背不完。后来包干后，饲养圈里光得能擀面呢，还有人立等着牛羊撅沟子呢，恨不得手伸进牲畜沟子里掏粪。

听说五爷腿伤了，李宁生提了蒸好的花卷来看五爷。屁股还没坐稳，五爷就给他上起课了。五爷，你这腿是咋了，我才四五天没来看你，你就成这了？闲着，前天揽了一背篓草去填炕，结果瞎乎乎地踩到灰耙上面了。这眼神，不当的很了。你不来，我还准备央人叫你来呢。知道自己啥年龄了，眼神不好，还干这干那，是我爸在你跟前告我的状吧？李宁生知道，父亲李耕读去找了五爷，让五爷出面劝他呢。李耕读知道自己言语不方便，也没杀伤力，只是不停地念叨，我们吃的盐比你们走的路都多，我们的话还是要听的。现在日子好了，不敢再胡折腾了。五爷虽然九十好几了，可是在西湾大德旺的地位稳稳的，没有几个人不听他的话。父亲李耕读能出面找五爷谈，足以说明这事在他们心里已经是吃上力了。你这娃娃伙，你爸是来过，可是告你状的不止你爸一个，我老汉的门槛都快被踏平了，这就是民意呢！韭菜地里割葱，这事不割人心么。西湾有支书、有主任，他们都不趁头，你急啥呢？

好我的爷。你经的事我知道，你是从以前的农业合作社过来的。可是现在的合作社，虽然也叫合作社，可跟你那时候的合作社是两回事么。你们是全员强制入社，吃大锅饭，现在是零散自愿入社，还是多劳多得，按劳取酬。国家连法律都出台了，叫《中华人民共和国专业合作社法》，农民合作社国家倡导，并受法律保护着呢。我看我得给你老人家好好普及一下法律知识了。专业合作社作为农村经济发展的一种模式，是在农村家庭承包经营基础上，同类农产品的生产经营者的提供者、利用者，自愿联合、民主管理的互助性经济组织。注意，是在农村家庭承包经营的基础上。农民专业合作社正是在"长期稳定"家庭承包经营基础上不断完善的产物。

是你那个洋媳妇的主意吧？李宁生心想，这次多亏他汲取了那次嫁接果树的教训，成立苹果专业合作社的事都是他自己在张罗、挑头，就没怎么让郭思嫚出面。爷，怎么又扯上思嫚了，你该走出去看看了，人家仁大、威戎、城川，合作社多得很，果树的，养鸡的，养牛的，这已经不是啥新鲜事了，为啥到咱们西湾就这么难？娃娃伙儿，你莫跟我犟嘴，仁大、威戎的我不知道，我只知道固原的一家合作社把群众土地拿去，租金低不说，还荒着，不让其他人耕种，最后领头的还跑了。老百姓没吃到狗肉，连缰绳都被带走了。

说归了，五爷，你是不相信我们啊。那家合作社我知道，那出发点就不对，成立合作社的目的本身就不纯，不是团结大伙发展产业，而是为了骗取国家的补助资金，这个事已经公开报道了，五爷，你相信我李宁生是那种人？反正这事是大形势，也是大好事，等我干成你就明白了，你好好缓着，莫操那闲心。李宁生出门的时候，五爷握着拐杖敲打着炕沿子说，你老大（爸）说了，你再这么由着性子胡整，他就和你妈搬出来和我住一搭，眼不见心不烦。

前天，李宁生把李二楞、李小白几个苹果大户请到家里，讲解合作社政策，一起商量起草新成立合作社的章程，重点是确定股权构成和分配原则。李宁生之前找过好几次村上，动员村上成立苹果种植专业合作社，成立了他就响应加入，跟大家一起干。村上说，成立合作社不过是为了完成上面的任务。上面一刀切，能搞的让搞，条件不成熟的也让搞，好几个村的，你看看去，都是个摆设，典型的"空壳社""挂牌社"，偷的馍馍门背后吃，自己哄自己呢。与其完任务，还不如干点实实在在的事。李宁生听口气感到目前无望，这才和郭思嫚商量，趁头联合种植大户自己成立。李宁生一一上果园种植户的门去动员。这些年他感觉到就人这一块，条件已经成熟了，西湾果农们已经意识到，苹果培育得再好，难免被果商压低价格收购，他们在市场交易中单打独斗，势单力薄，只有团结在一起才有力量，才能抱团取暖，才有话语权。这种认识比较集中，李宁生抓住了他们的这种思想，因势利导，并承诺用自己的发展资本和管理经验为大家做好服务，六户当时就爽快答应了，还在背后不停地催他赶紧成立呢。事情都商议得差不多定下了。这才两天的时间，就有人背后捣鬼了。

李宁生给姐姐李翠玉打电话，诉苦。李翠玉也很惊讶，城生和他们的果业合作社搞得顺风顺水、风平浪静的，虽然加入的人不是很多，可一直在壮大呢。宁生，是这，你带些人，来看看我们李店的合作社，让你姐夫给上一课，他们没见过，心里没底，一见就明了。挂完电话，他跟郭思嫚分析，这件事八成和村委会有关。别的村第一个合作社都是村委会成立的，集体配股占去了大半。李宁生和郭思嫚都把形势估计得过于乐观了。看似平静的背后，实则暗流涌动。他们走访的同时，已经有人背后搞起了小动作。李耕读、五爷李安福那里，开始有人诋毁他们，百般攻击合作社的不好，好像真的要变天一样。五爷和李耕读听着听着，思路都被牵着走了，好像土地政策已经出现要变的苗头，家庭联产承包责任制到头了。李宁生分析，这些人必定都是六个愿意加盟的果农的长辈们，他们经见了政策的翻云覆雨，心存余悸，主导小富即安，安安稳稳。有的人担心土地入了股，没了自主权，被人挑着转。还有的害怕李宁生用大家的土地谋取个人利益，这样的例子也是时有所闻。郭思嫚说，这在农村都正常着呢，像当年刚开始栽苹果苗子，尝不到甜头，谁愿意跟着你干。后来挣了钱，不都撵着来了，空口喊破天，不如先把事干下。你说得对，有六户，人数条件就够了，要是瞻前顾后，啥事也干不成。

不过宁生，家里人不愿意你趁头，我懂。将来合作社失败了，给大家的承诺兑现不了，父母怕咱们在西湾好不容易积攒下的名望全打了水漂。他们也不傻，也打问过不少村上合作社，大家信赖的就那么几家。所以，我有个想法，这个头还是我来带，名称就叫西湾思嫚果业合作社，到时候万一有事，可以把啥都推到我身上。思嫚，你这说的啥话？怎么会有事？就是有事，咋能你一个人担？咱们是夫妻，能分得开吗？你就听我的，也许在别的家庭，谁挑头都一样，可咱们不一样。我也是在给自己争名分，好让更多的人看我的时候，彻底拿掉他们的有色眼镜。相信我，我会干好。再说，我挑头不等于你甩手，事情永远都是我们俩在干。李宁生听罢悲喜交集，紧紧地抱住了郭思嫚，不由得想起了五爷的话，这世上有三件事难得很：屎难吃，气难受，人难活。这干成一件事，咋就这么难？

他们担心的事最终还是发生了，西湾思嫚果业合作社成立开会的这一天，李耕读扯着李宁生母亲卷着铺盖卷，真的去了五爷家，嚷嚷着，他要跟儿子断绝关系。这一次，李宁生两口子做了冷处理。他们不乱阵脚，继续忙手里的事，成立大会后，注册、签协议、办理入股手续。成立后的第一件事就是集中开展果园喷药行动，社员喷药一天，领取工资一百元。他们承诺，今后果园的施肥、拉枝、剪枝、套袋等都是统一进行，定期开展技术培训，将来果品也由合作社统一包销，每年收益的百分之二十作为红利分配给社员。人们总是看重眼前利益，当天晚上，就有七八户找上门来要求加入合作社。第二天，李宁生和郭思嫚带着大家专门去了李店，参观姐姐的翠玉果业去了，管吃管住，还租了车，一路上大伙有说有笑，好像实行家庭联产承包制以来再没有这么热闹过了。他们走前，郭思嫚指派十岁的李塔去五爷家叫父母回家。结果李耕读没回来，李宁生母亲跟着李塔回来了。晚上，李宁生和郭思嫚一进门，母亲就说，还是待自己家里舒坦，李塔说没了我的怀抱，他还睡不着。李宁生说，那咋不把我爹一起叫回来？李宁生母亲说，你们翅膀硬了，自己知道飞，往哪飞，他是拦不住的。不是我们要挡挡挂挂，拦不住也得拦，不然当父母的多没有面子，将来一旦有了事，庄里人都说老的不给娃娃们操心，我们也难。其实，他也不爱在五爷家住，可是棒槌剜牙呢，夯口着说不出。老了老了，就跟个娃娃伙一样了，要哄着来呢。那，妈，毕了你带着塔儿先去叫，让莫气忍了，后面我再去，来个三顾茅庐，你们都年纪大了，不能再淘气了。你看咱这一步步走得，不是嚼着甘蔗上楼梯，节节甜步步高吗？

　　谁都没想到，这一年飞来横祸，让一年的辛苦付诸东流。六月的一天，在果树园里忙活的社员们发现，仅几十分钟的光景儿，头顶厚厚的云层就像开了锅似的突然上下翻滚起来。李宁生眼瞅着积雨云突然增厚起来。不好！凭着多年看天种地的经验，他感觉情况非常不妙。果然，还没等他想好怎么应对，几乎眨眼的工夫，糖豆大小掺杂着半个乒乓球大小的冰雹劈头盖脸直泻而下。雹粒密集，瞬间淹没了果园。李宁生和乡亲们利用一切能充当遮挡物的工具抵挡着突如其来的冰雹，试图把它们击打到一边。持续了大约一刻钟的冰雹把果树下的地表覆盖成一层银色的世界，让李宁生和社员们心如刀绞的是，树上绝大多数苹果都被冰雹不同程度地"磕"上了印记，西湾丰收在望的苹果一瞬间全部变成了残次果。

　　五爷拄着拐杖来到了地头上，他弯曲着饱经沧桑的身子，悲怆地喊了一声，倒行逆施，倒行逆施，这是老天爷发怒呢呀！

　　李宁生作为古城乡唯一的合作社负责人来到了省城兰州，参加全省推动农民专业合作社有效发挥带动作用培训班。他知道这是上级对思嫚果业合作社的最大认可。开班式上，省长都来讲话了。李宁生特别激动，省长说，农民专业合作社是一条致富的"路"，能拓宽农民稳定增收的渠道；是一座过河的"桥"，能加快小农户与大市场的联结；是一道防火的"墙"，能增强农户抵御风险的能力；是一棵摇钱的"树"，能催生"三变"改革的红利；是一个连心的"家"，能激发贫困群众内生的动力。他把这些话全部抄在了笔记本上，他要回去给大家伙儿讲。去年的那场冰雹打毁了西湾不少果树，但并没有打垮他们合作社全体人员的信念。李宁生跑乡上，跑县里，联系了一笔贷款，把给社员的承诺全部兑现。关键时刻，李耕读也拿出了他们兄弟平时给的积攒下来的零花钱。后来他们才知道，全县大多数果园不同程度都受了灾。这一年，李宁生和郭思嫚千方百计想办法，跑财险公司，以每亩苹果树保险金额四千元、保费一百四十元的标准给果树买了保险，除了国家补贴的百分之四十，在农户自己承担的百分之六十中，合作社慷慨解囊，拿出了一半。紧接着，李宁生又通过李城生联系购置了防雹网，防患于未然。这些实实在在的行动让庄里人看到了思嫚果业的诚心和担当。第二年，全村百分之八十的果农加入了合作社，果园集中到合作社后，郭思嫚在逐地块、逐苗木查看后，组织大家对树龄生长周期长、栽植密度大的老果园、老品种进行科学合理的间伐，让每一棵果树都通风透光，着色面积更大，还一次性把那些土壤板结、酸化、有机质含量不足的地块中的羸弱果树挖除掉，改品种、改土壤、减密度、减化肥，提质增效，社员在年底都获得了最大的回报。思嫚果业的名号在全县都变得响亮起来。

　　培训第三天下午，李宁生意外见到了一个人。起初他没有反应过来，主持人介绍，今天上午我们邀请到了省农科院研究员桑眉老师，由她来给大家授课。全场即刻响起了热烈的欢迎掌声。李宁生刚拍了两下，手就停在了半空。桑眉？真的是桑眉啊。教室太大了，李宁生抻着脖子，使劲望台上看，也只能看见她的轮廓，无法看清她的样子。不过，她的声音却异常清晰地通过话筒回荡在整个会场。这么多年了，李宁生感觉到他已经把她给忘记了。当年，他们坐在一个教室里，一起学习，时隔多年，她却在讲台上，培训他，而他还在不断进步的路途上。

　　这一堂课，李宁生一直在走神。桑眉讲了些什么，他完全没有听进去。好不容易等到下课了，桑眉提着包包被人陪着从后台出去了。李宁生挤着散场往出走的人群，来到教室外面，正看到桑眉被人陪着下了后台的台阶，向一辆小车跟前走去。李宁生小步紧赶下了台阶，撵了几步，停住了。就算撵上该说些什么呢？说自己结婚生子？说自己有了苹果园？可那又怎么样？在她跟前，自己不还是个一事无成的农民吗？

　　有人给桑眉开了车门，她一撩裙裾坐了进去。有人跟她招手，送别。车子转出一个弧度，缓缓驶出了大门，渐渐地远去了。李宁生走到大门口，愣愣站了一会儿。太阳不知什么时候已经西沉，晚霞烧红了西天，透过大门口云杉的枝叶，洒下斑斑点点的亮光，跳跃在李宁生孤单的身后……

32

　　胡引娣来给妹妹胡月月送饭，在她们小区的门口看到了高奋强。

　　天气渐渐热起来了，学校陆续错峰开学了，但是各个小区门口的防疫检查点还在继续，胡月月的小区由社区负责，居民代表轮流值班。这一周轮到了胡月月值班，门口搭了个帐篷，二十四小时坐在那里值守。其实也没啥干的，就是防止外来人口入内。母亲和晓蓉在家里，胡月月不放心，叫来姐姐胡引娣帮着照顾，给她们俩做饭。

　　胡引娣从楼上下来，给胡月月把饭盒放下，说趁热吃。她刚坐在帐篷口的凳子上，一抬头，看见高奋强戴个口罩站在远处，往这边张望着。起初，她以为他只是偶然路过，可是好大工夫了，他还站在那儿。她看他的时候，他也在往这边望。胡引娣说，你看，那谁。胡月月刚夹了一口菜在嘴里，抬头一看，好像是高老师么，给我还帮过忙呢。她钻出帐篷，喊，高老师，是你吗？听到喊声，高奋强脚步犹疑地过来了。你有啥事吗？也没啥事，我就问问尚勤回来了吗？一说话，口里呵出的气把眼镜蒙了，他急得摘掉了眼镜，又补充一句，我找尚勤。

　　回来了，又走了，沐子叫走了，拉口罩去了。你找他啥事情？月月妹子，你知道我跟翠玉这事，我就想问个明白，他们俩到底咋想的？胡引娣插嘴说，高老师，这你就不对了，这话你该去问翠玉，毕竟这是你跟翠玉的事。我问了，不接我电话，你说这疫情，又不方便见面，到处登记来登记去的，约吧，又不搭茬。胡月月说，我哥最近可忙呢，他呀，现在给儿子打工呢，儿子给配了台车，送货呢。你说我哥这人，我妈管不了，翠玉也没辙，就这木子啊，能收得住他，这叫骑驴捉尾巴，各有各的拿法。哦，对了，高老师，最近李城生给一中订购了一千个口罩，五百瓶消毒液，这不，公司员工还在错峰上班，人拉不开了，我哥和沐子联系货物给学校配送呢，你们教育局该好好表扬一下他们。是的，是的，这种善举应该大力表扬。

胡月月看着高奋强的样子有些可怜，就说，那我回头跟我哥说一下吧。他要是铁了心不跟翠玉过，我给你说，你再做打算。高奋强谢字还没落音，胡引娣就打击了他，依我看可能性不大，沐子在中间黏和着，一家子迟早得走在一起。高奋强瞥了胡引娣一眼，像是一条鱼，被她这句话打沉了水底，沉吟半天，才缓过气来，从水底又游了上来，戴上眼镜，脚步迟缓地离开。风吹起他稀疏的头发，有点像个老人了。姐，你真不给面子，看把人打击的，高奋强，那可是个孽障人。胡引娣说，事情就在那明摆着，我看咱就别骆驼推磨绕大弯子了，让人家狗咬光骨头，白欢喜一场。哎，姐，他真的一辈子没有娶吗？这倒是真的。胡引娣不由叹息了一声。一个孽障人。

大爷，今年苹果您好好种，别着急卖，等落霜了，我给您卖上五倍价儿。胡尚勤开车拉着儿子胡沐子，从家家苹果园门口过，一户一户承诺。人家都是往市里走，你这是往村里跑。胡尚勤嘲笑儿子，当年是谁一口一个要看大海，要住在水多花多的地方？我说老爸，你干吗要把我往出赶？嫌我碍你事儿了，嫌我管着了？老实说，我妈不愿意跟你过，是不是你养三儿了。怎么跟爸说话呢？还我养，你问问她去，她才给我戴绿帽呢。哎，你这小子，我说你呢，你咋把话题转我身上了？政府支持我们回乡创业，还给了那么多优惠政策，在万宝我算个啥，永远是一个打工仔，你看看，我在这里说了算，你都跟我干了不是？话说到了胡尚勤的心痛处，他阴沉着一张脸不吭气了。

去年，李店镇政府举办了一个乡村振兴招商会。胡沐子了解到，镇上大多地方，位置偏远，大伙习惯了果贩子进村收购苹果，对价格、品质没多少话语权，一不小心就会亏本。胡沐子考虑再三，注册了商标，在多家电商平台开设了店铺，开始走村入户摸底掌握产品情况。点点手机真能卖东西？走进每一家，几乎人人都对他将信将疑。胡沐子干脆像干部一样采取驻村蹲点的办法，轮流驻村办公，闲来拍摄一些农产品生产的过程和美丽的花海。他起初收购苹果，每斤五块三，高于市场价三四毛，后来兼顾发展高端市场，以私人订制的方式把企业标志、祝福语用着色技术做上去，一颗苹果卖到了五十多元。看着一沓一沓的快递单、一箱一箱包装精美的苹果发往各地的时候，人们终于说，这隔口袋买猫的事情还真的发生了。

胡沐子以他的专业知识和对这块地方多年生活的熟知，敏锐地意识到，这个曾经名不见经传的小小县城，创造了一系列的经济神话。从国家贫困县一跃为小康，房价直逼省城，在苹果产业的黄金十年里，风头一时无两，然而苹果种植面积一直在增，毫无节制大干快上，今后单一依靠苹果种植，产业结构单一，产业链短，粗放生产，产能落后，始终会成为今后发展的突出瓶颈。于是，他拿出了一个大胆的规划。这个规划要完成，就得有胡尚勤的帮助。第一步，利用他们胡家之前在镇里的人脉和各种社会关系，把胡洼闲置了多年的养鸡场借来或者低价租来，改造成团队的办公室和仓库；第二步，以建立种植养殖合作社的形式，将村集体和村民个人土地收回集中种植、养殖，进行选种、养护、出产全过程的标准化管理，电商团队年初统一下订单，合作社按照订单组织生产。当人们突然发现胡沐子在园子里架设网线、安装摄像头时，都以为这孩子玩着胡闹呢。慢慢地，他们才发现除了苹果，他把大量栽植的梨、杏、万寿菊、草莓和洋芋等生鲜蔬菜，养殖的鸡、牛、猪和羊等肉类畜禽产品都置于他的镜头之中，进行互联网全覆盖。在电商包销的鼓励下，他相信多名网红在抖音短视频、微信、淘宝直播推广，有全国代理商的橄榄枝，形成网络销售、批发、零售、一件代发等全网各大平台无缝衔接的销售模式，以现场直播微视频的形式把乡村农产品宣传做深做广，在后疫情时代健康消费、养生饮食的理念下，不愁乡村不振兴，乡亲不富裕。

听起来还真像那么回事，胡尚勤觉得这孩子的聪明劲儿遗传了他，只不过他想得多干得少，这孩子也继承了他妈的优点，风风火火地闲不住。当然这些想法要逐一实现，也不是个简单的事，不过儿子的创业劲头鼓舞了他。胡尚勤突然意识到自己这几年精神不振，再继续这么无所事事下去整个人就废掉了。短短几年时间，李城生兄弟俩一个城里、一个乡里，一个搞现代农业、一个发展乡村旅游，事业越来越大，就连翠玉的纸箱厂都成了县里的利税大户。想想当初，自己可是他们的引路人和带头人啊。这真是应了那句老话，三十年河东，三十年河西。

老爸，你想啥呢，现在新媒体营销是一个风向，很多明星都直播带货了，那威力不容小觑。只要你支持我，咱们抓住机会，不说苹果，咱静宁的所有特产都能飞上天，将来这种营销模式很可能演变成巨大的浪潮。事情不愁干不大，当今世界是科技比拼的时代，你看我城生舅舅，都从德国进口选果机了，套袋也都不用人工了，想想看，这省了多少事啊。咱们也不能落伍，一定要紧跟时代步伐，多观摩，多研究，让这种直播变得丰富多彩。等咱们的电商发达了，把我妈的翠玉果业兼并了，咱们还是一家么。一席话，听得胡尚勤悲喜交加，淡淡微笑中的惭恶与尴尬，让深深的法令纹扩散得无处隐藏。

本来是专门深入西湾项目工地采访复工复产情况的，当然复工复产离不了具体的人，离不了项目的实施者。面对电视台漂亮的女记者，郭思嫚侃侃而谈，一口流利的普通话引发了从业多年的女记者的职业敏感。您好像不是本地人？咩古城西湾哩的。女记者扬起眉毛一笑，有点本地人味道，但还是不像。怎么说呢？是从根子上的不像。李宁生在旁边说，眼力不错，你估一下，她可是很远很远地方的人。

女记者端详了郭思嫚半天,你是新疆人?郭思嫚响亮地笑了,喤就是个洋人,喤这搭人都这么说尼,照实说我没一点洋气。喤不跟你开玩笑了,明说哩,我的家乡在塔吉克斯坦,母亲是塔吉克族,父亲是俄罗斯族。

马天雄发现女记者的采访已经偏离了主题,就提醒她,你今天的工作任务可不是冲洋媳妇来的。最近省文旅和农业农村厅下达了第一批休闲农业与乡村旅游示范点创建项目,西湾乡村旅游项目赫然在列,第一批资金已经直接下达县财政了。当廖阔海把这个消息告诉马天雄后,马天雄第一时间就把这个消息微信告诉了郭思嫚。他们原来都以为国家斥巨资战疫情,项目经费肯定一时半会儿都下不来。家有三件事,先从紧处来,国家也是这样,所以郭思嫚也罢,马天雄也罢,都没想着去打问,只管排除万难、千方百计做好自己手头的事,这下好了,第一笔资金下来,工期就更没有问题了。

他们陪着女记者站在已经完全建成的人工湖旁,对马天雄的提醒视而不见。对于记者来说,新闻除了有计划有安排地去采写,更多的是要捕捉,复工复产工作全省、全县已经全面铺开,典型比比皆是,也不差这一个。就算这一个,在总体篇幅里也不过几分钟而已,而塔吉克少女嫁到西湾,开发旅游项目这件事却是一个博人眼球的新闻素材,它有故事,有情怀,有温度,还有爱情,更接地气。爱情总是能打动人心的,何况跨国之爱。

不妨讲讲你们的故事。这十七年,在静宁,在古城,在西湾,郭思嫚早已不知不觉地把自己变成了一个当地人,与陌生人在一起,她一口流利的西湾方言总是让对方毫不怀疑她的本土身份。那些从前知道她底细、甚至充满好奇的人也都慢慢淡忘了这件事,有时候她自己甚至完全也把自己当作一个古城人。只有在微信上跟果斯曼先生、尤利娅女士和塔赫米视频聊天的时候,她才把自己从当下的环境中抽身而出。马天雄说,是的,我刚认识她的时候,虽然觉得她有些跟当地人不一样,但是丝毫不怀疑她是中国人。女记者好像特别热衷李宁生和郭思嫚相识相爱的过程，看上去她是一个充满幻想和浪漫的女子。

那是一个大雪天，雪好大啊。不对，是暴雪，你闯进了我的领地，不对，是你在我领地，反正是那场雪，对，是那场雪把我们牵在了一起……女记者暗暗打开了录音笔，她原汁原味地记下了这个美丽的异域爱情故事。这个故事远比她想象的要浪漫，要深情，要美好。哗啦啦，女记者四面开花，把李宁生和郭思嫚的故事拍在了电视上、网络上，写在了报纸上、书上，有些原本已经遗忘这件事的熟悉他俩的人们忽然一下子全记起了当年的事。人们忽然想起她原来叫米拉·果斯曼，并不是郭家庄或郭家洼出来的女子。

在那些网上传播的视频里，郭思嫚在人工湖边漫步，远处的民宿餐饮设施已经初见规模，有模有样，她深情款款，一边走一边在唱着古城的民歌：

  我送干哥半院呢，风吹雨洒乱溅呢。
  千思万想留不下，老天留你大雨下。
  我送干哥大门外，手里提的水烟袋。
  忽哩忽噜吸两口，我问干哥几时来？
  今年不来明年来，明年不来永不来。
  明年不来永不来，两股眼泪掉下来……

这是她跟杜全知学的，杜全知说，这是他在古城收集的，是一个姓蕙的老汉唱的。郭思嫚还是善抓机会，她利用电视台专访给她的西湾旅游项目已经提前打起了广告。紧接着，人们在省报、市报看到了这样的文字导读语：在塔吉克斯坦打工的古城青年李宁生结识了塔吉克农业大学的大学生郭思嫚。郭思嫚从此远离故土，情定黄土高原。十六年来，一家人相亲相爱，同甘共苦，不仅让家里的土坯房变成了砖瓦房，郭思嫚更是从一个异国首都城市的学生妹，变成了偏远山村发展乡村经济、带领村民脱贫的致富能手。洋媳妇跨国大爱，情定甘肃黄土地，大力推广苹果种植，扶持众乡亲致富奔小康！

33

一只高傲的鸟儿在天空中飞翔，白云在雾霭中缭绕，想追上在雄伟的雪山之中行进的列车。列车上播放着悦耳动听的鹰舞曲子旋律，窗外湍急的山间小溪欢叫着，沿着绿宝石、如同地毯似的草地奔流而下。世界屋脊的景象美丽怡人，无与伦比。

郭思嫚指着窗外说，塔儿，你看，那就是帕米尔高原的小镇霍罗格。他们又回来了，那时候李宁生和她常去的地方就是霍罗格，他们都喜欢霍罗格。后来郭思嫚站在西番沟水库边上，说，我们一直向往的地方原来并不遥远，很多美好的事物其实就在身边。霍罗格和西番沟水库一样，既是一个充满未知的开拓之地，又是一个富含人情味的边缘山村。在这里他们想明白了很多在城市里无法看清的道理，也亲身感受到了所谓世外桃源描述的那种闲云野鹤的闲适人生。还不到三年时间，这次回到杜尚别，郭思嫚却发现她不在的这几年，这个城市变得十分纯净了，镶嵌在山谷里，宛如一片四周由绵延起伏的山脉所环绕着的绿洲。

果斯曼先生、尤利娅女士和小公主塔赫米一起来接他们一家三个了。看到他的米拉，果斯曼先生高兴得胡子都翘了起来，他抱起李塔，一遍又一遍地转着圈子，惹得李塔咯咯咯地笑个不停，李塔发音早，他已经能蹦跶出一些汉语词语了。李宁生说，塔，爷，外爷。李塔学，姨。塔赫米怯怯地站在一边，好奇地瞅着果斯曼怀里的李塔。她的个头一下子蹿得老高，就是像以前一样，还是不爱说话。姐，姐姐。鸡－哦。塔赫米，教他学习俄语，这个任务就交给你了。郭思嫚想起了小时候父亲教她汉语的情形，那时候听人家讲汉语，她觉得既陌生又神秘，果斯曼先生为了提起她的兴趣，给她进行点餐式训练，在吃饭的时候，从一汤一勺一羹开始，从可爱有趣的声母韵母开始，从抑扬顿挫的声调开始，从横平竖直的笔画开始，那时候她觉得好难啊。直到她跟李宁生有了李塔，郭思嫚又开始把果斯曼先生教她的又重来一遍。温习汉语的过程，也是温习她跟父亲在一起的光阴。跟李塔在一起，讲汉字里蕴藏的一个个故事，唱动听的中文童谣，她才真正感觉到汉语不单单是交流的工具、语言的符号，它背后所蕴含的智慧、道义和精神总是一遍又一遍激荡着她的灵魂。正如果斯曼先生说，语言是了解一个国家的最好的钥匙，如今回到杜尚别，她和李宁生同她的家人相聚在一起，她有些感激此生她与李宁生、与中国的相遇相知和相许了。她拉起了塔赫米的手，走，我们回家去。尤利娅女士从果斯曼先生怀里接过李塔，她抱着看起来更专业，那是一种天性使然。她看看李宁生，又看看果斯曼，米拉，塔儿还是更像你。李宁生说，就是皮肤不像，米拉皮肤那么白，李塔的肤色随我了，黑。

　　回到家，一进门，郭思嫚一下子把自己丢在宽大、松软的床上，终于回到家了，就像做梦一样。尤利娅收拾收拾去做饭，边忙碌边伸出头来说，中国帮我们建成了电厂，现在已经不限电了，可以用电器做饭了，屋子里清爽多了，冬天也可以用电暖了，困扰我们好多年的烦恼终于没有了。今年全球爆发金融危机，中国政府还援助了我们国家十亿美元，帮助我们平安度过危机。邻居们都听说你嫁到中国去了，都羡慕得要死。他们说今年要开奥运会，你们一家都能看奥运会比赛了。果斯曼先生打趣道，亲爱的尤利娅，那是在北京，天下古国，塔赫米插嘴道：同一个世界，同一个梦想。我知道的，北京二十九届奥运会，那不是在中国吗，不是在米拉他们国家吗？不是吗？这下轮到果斯曼先生傻眼了，好像，好像你的每一句话都很对，无可辩驳，亲爱的，是这样的，中国，北京，天下古国。他们你一言我一语地说着话，手底下可没闲着，果斯曼先生帮着尤利娅打下手，很快烫嘴的主食laghman（拉面）已经上桌了，这是羊肉面，塔吉克人最常吃的主食。坐到餐桌旁，米拉抚摸着餐桌一侧那个熟悉的大理石壁炉，想起了每年寒冷的冬天壁炉里橙色的火焰映照着果斯曼先生红彤彤脸庞的情形，那些美好的日子呀，似乎才刚刚过去。知道你想家里的饭了，昨天我就计划好了。随后，果斯曼先生端来一盘shashlik，这是配面饼和洋葱吃的俄罗斯式烤肉，米拉·果斯曼说，爸爸，这个好像有点油哦。是吗，亲爱的，不是一直这么油吗？这可是爸爸的专利，丝毫没有改变，对了，是你离开太久了，没油的东西已经吃多了，不适应了，上帝啊，你真的已经是个静宁人了。尤利娅女士用豆子、芜菁、土豆做了蔬菜汤，把烤好的馕饼浸在汤里——这是米拉早早就钦点的，果斯曼先生说，那是饥荒的年代，他们常吃的饭食。米拉却说，那是她小时候记忆里最香的饭。李宁生不管三七二十一，呼啦啦地吃着有点烫嘴的羊肉面，又手抓大块的烤肉，吃得津津有味，吃着还不忘说，果斯曼先生，你看我像不像个塔国人？

一屋子人哈哈大笑起来。杜尚别的天气还是炎热，吃罢饭，郭思嫚提议出去走走。果斯曼先生带着他们三个出了门，漫步到城东，登上胜利博物馆坐落的小山。站在山顶，凉风习习，俯身鸟瞰，整个杜尚别尽收眼底。杜尚别河犹如一条柔美的绸带绾起了扇面似的开阔平坦的市区。没想到，杜尚别还会这么美。米拉·果斯曼几乎已经忘了童年时的内战带给她的深深的伤害，其实她后来慢慢知道，在苏联时代，那些可歌可泣的伟大卫国反法西斯战争也有塔吉克斯坦人民的一份，至今杜尚别还有一些伟大卫国反法西斯战争的纪念碑。在这样的现世安稳里，她感叹了一句，一个和平的时代是多么珍贵啊。

第二天，郭思嫚把孩子托付给妈妈尤利娅带，她陪着李宁生出门了。他们要去李宁生最难忘的地方，看杜尚别—恰纳克公路。出国前，李宁生给司马经理打了个电话，原以为他还在塔吉克斯坦，结果他已经身在南非，显然是又投入到另一个对外援建项目中去了。在兼具民族特色和革命气息的杜尚别街道上,郭思嫚和李宁生打了一辆出租车,一路望着街道两旁点缀在低矮的建筑之间的行道树,有些熟悉的场景开始一一浮现。走上这条自己亲手参与建设的杜尚别—恰纳克公路,出租车司机介绍说,我们司机最爱跑的就是这条路了,你可以感受一下,跑在上面是不是很平稳,很舒适,这是中国人建的,就是不一样。李宁生说,中国路桥集团帮助修建连接了杜尚别同其他重要城市的通道,中国电信企业帮助修建了全境通信网络工程。郭思嫚看了一眼李宁生,眼神里有几许自豪。李宁生百感交集。一个隧道,六公里的明洞,六十座大小桥梁,虽然他没有全程跑一遍,也从未穿越过那个五公里的赫里斯坦隧道,可他知道,他的工友们亲手完成了塔吉克斯坦建国以来最大的公路建设项目,在异国他乡树立了一个民族的丰碑。看着川流不息的车辆奔驰在宽阔的大路上,他相信,正如人们预期的一样,这条全长三百多公里的路一定会给古丝绸之路带来复兴。眼前的路在延伸,延伸向遥远的远方。他的心潮在起伏,路通了,可是当年那些修路的人已不在,那些难忘的日子,那些炎热的季节里汗流浃背的生活,那些爽朗大笑。还有可亲可敬的司马经理,一一浮现在眼前。有好几次,在金灿灿的阳光下突然就大雨滂沱,他们赶紧收拾工具跑到工程车里躲避,准备放平身子睡一觉,不料一会儿,天就放晴了,大家戏谑说,无趣的日子,连天气都调戏你呢。在国内还早的节气,忽然间冰雪就降临了,来年开工,埋了施工场的冰雪总是融化不掉,需要长达半个月的清理。清理积雪,不光是力气活儿,还考验着人的意志。现在想想,怎么算,他也算是个逃兵,虽然他所承担的土建工程完工验收了,可是更为艰难的施工任务还在后面。如果他不走,他肯定还会被重新分配新的施工岗位,毕竟人手一直很紧,一个人顶三个人用。是想家,也是爱情,让他提前离开了大家。外地人总是嘲笑他们静宁人,恋窝,不喜欢离开自己哪怕多不堪的穷家破舍。现在回过头来想,当时尽管包括司马经理在内的同事们都很支持他,可在他们心里一定认为他是个重色轻友的人。现在，回到这条象征光荣和胜利的大道上，他的心中隐隐有了一丝愧怍和遗憾。

宁生，想什么呢？谢谢你为我的家乡做的一切。李宁生拉住米拉·果斯曼的手，笑笑，这时候他们还在遥远的南非，干着同样的事情。其实，他这次联系司马经理是想求他一件事的。电话里，他说原来以为他还在塔吉克斯坦，他要来杜尚别，有事要跟他当面商量。结果他已经不在了，李宁生就说不出口了，不料司马经理还是那么了解他，一再逼着他问到底有什么事。李宁生只好说了，这些年，我跟米拉在静宁种苹果，很好，销路也有了，就是通往果园的路不好，车进不来，一直要靠人力转运，我想自己修，想让你给我联系个……话没说完，司马经理就打断了他，这是个多大的事，大马拉小车一点劲都不用费。没问题，离你最近的分公司兰州有人，我安排几个，那点小活，随手的事。李宁生不好意思了，经理，所有的费用我按行价掏。哈哈，又没招标，又没预算，你把所需要的材料提前备好，到时他们过来，几天的事。不过，最近恐怕不行，得八月以后，这几天你也知道，到处都是赶工期的时候。

米拉，当初我们在一起，司马经理给我提供了那么多的方便，我们离开的时候又送我们出境，咱们走后，几乎跟他没怎么联系，这次有事求他，他竟然一如当初的慷慨，把咱的事当他的事一样对待。宁生，这归根到底还是你人好，他们都喜欢你。以后这样，每年新苹果下来，给他们一人寄一箱，咱们别的没啥，苹果有的是。

苹果有的是，果斯曼先生咬着李宁生带来的西湾苹果，一口一个哈拉少，哈拉少①，还连问了几遍，这是你种的，是你种的吗？这才几年，你就把苹果种出来了？米拉·果斯曼给果斯曼先生讲她学着嫁接苹果的事，把果斯曼先生笑得眼泪都出来了。米拉，米拉，淘气鬼处处都能赶上，你真的跟小时候一模一样，永远充满幻想。

----

① 俄语，很好的意思。

宁生，你看，我们多少次走过这个地方，这可是杜尚别最豪华、最奢侈的地方，纳福鲁斯宫，全球最大的茶馆。上海合作组织，好像是中国的标志。我喜欢跟你喝茶，但是喝那种茶，好像不是这个茶馆能提供的。杜尚别拥有世界上最好的茶馆，可是没有最好的茶，我跟你在一起喝过的茶才是杜尚别最好的茶。纳福鲁斯宫整个建筑看上去设计优美、工艺精湛，金碧辉煌。杜尚别的茶室比比皆是，两面都向外敞开。那时候，李宁生和米拉·果斯曼经常坐在一楼边喝茶边享用凉风，有时候也会走上二楼，挑个靠窗的座位坐下。相比较而言，李宁生更喜欢杜尚别的冬天，虽然特别冷，但是他可以有大把的时间跟米拉·果斯曼在一起，那时候的日子多安谧呀。

喝茶是闲人的事，如今我们可没这闲工夫了，那好吧，我们去一下集贸市场。吃了羊肉抓饭，李宁生跟着米拉·果斯曼来到了杜尚别的集贸市场大巴扎，他们想给家里买些东西，捎带回去了，给静宁那边也带些小物件。在杜尚别短短的这几天，他们去了植物园，看了伊斯梅尔·萨马尼的华丽的金色雕像，他是十世纪时塔吉克斯坦国的建立者，是塔吉克人心目中的民族英雄，这座雕像最近几年刚建成，取代了过去遍布城市的列宁雕像。一切都在悄悄地变化着，李宁生看得出，在米拉·果斯曼心里，杜尚别突然之间有了那么多的新鲜的陌生感，她知道，她和李宁生在努力改变着西湾，也有一大批人在孜孜以求，努力改变着杜尚别。她由衷地祝愿在星期一村落基础上形成的杜尚别像有智慧的老鹰一样向前腾飞在新的天空。

临行前，果斯曼先生带着他们经过了鲁达基纪念碑，说起这位九世纪塔吉克诗人鲁达基，果斯曼先生还说起了诗人李白。在纪念碑前，米拉·果斯曼读到了一首诗：

假如秋季草坪是智慧，她盛开的爱之花是你的春天；
如果你的先知是爱情，你就是美丽的缔造者！

李宁生徘徊良久，专注地看着雕像上方用马赛克装饰的圆拱，仿佛一道点阵排列的人造彩虹，正在长久地划过他的心空。

34

古城乡党委书记司安顺突然打电话给马天雄，让他下午两点半尽快去县委一趟，县委桑书记在办公室约见他呢。马天雄知道，桑书记是省里派下来挂职的副书记，主管脱贫攻坚，另外还有一个身份，那就是县扶贫工作队的总队长，全县所有的驻村扶贫工作队员都归她管。

桑书记这人他只见过一面，戴个无框多边形眼镜，文绉绉的，挺漂亮。那还是在会场，人很多，远远地看见她坐在主席台上。一般的，上面派下来挂职的领导因为不会长久、挂完规定的期限就会离开，所以在地方干部群众的心目中分量就轻了些。加之她又是个女人，所以也并没有引起马天雄的重视。这次忽然叫他，他也不知道有什么事。司安顺在电话里很急切，好像真有什么大事一样。马天雄开着车赶到县城，到了县委门口，外面的车子还不让进去，他只好在稍远处找了个停车的地方，把车停好。走回来，在门口刚登记好进了院子，电话就响了，还是司安顺。马书记，你到了吗？桑书记下午还有个会，腾出专门时间在等你，赶紧的。知道了，知道了，我已经到了县委大院了。

上了楼，二楼靠里手，推开门，桑书记正坐在办公桌前，有几分焦躁，桑书记好。你好，看起来你好像很忙啊。不忙，不忙。你坐下，我跟你谈个话。谈话这个特定用语让马天雄突然感到气氛有些紧张。他正襟危坐，等待着被谈话的开始。上周的驻村帮扶工作队员集中培训，你为什么不参加？原来是这事。国检是今年最重要的事，为了核实全县脱贫攻坚成果，大家都在努力。虽说这次是抽检，可是大家都很重视，把它当作一次实战演练的机会，这次培训就是针对这次抽检组织安排的……桑书记，我知道，我知道。你知道什么？你的政治素养在哪里？你以为我们费人费力筹备这三天的培训是开玩笑呢吗？是集贸市场吗？想来就来，想走就走。你的考勤，你的工作情况我已经了解得一清二楚，如果说一次会议偶尔缺席不能说明什么问题，那么结合你的平时表现，你的问题可不是一般性的问题，弄不好要抓你个典型。

马天雄这才意识到问题的严重性，三天培训都发了培训材料，一来他觉得浪费时间，有点文化的人都能看懂，二来他确实有事情，还是西湾文化旅游项目的事。项目工程基本都建得差不多了，还有一大半补助资金下不来。培训的第一天，廖阔海局长就给他打电话，安排他去一趟省里，有关方面他已经沟通好了，让他趁热打铁去跟进一下。接完电话，他就顺手给乡党委书记司安顺打了个电话，算是请假，也没多想就直接出发奔去了兰州。殊不知，司安顺正为他前几天的事恼火着呢。今年乡上正在全面落实上级关于改厕和消除视觉贫困的任务，其他村任务都完得差不多，只有西湾村进度十分缓慢。他经过了解发现，根子就在第一书记马天雄那里。据说他一直在背后放慢气，公开唱反调，说什么农村家庭冬季普遍都没有取暖设备，水冲式厕所夏季还可以用，一到冬天就有问题了，零度以下就容易结冰，整个冬天设备也就完全冻结了，直到春暖的时候才能消融，也就是说漫长的冬季村民根本就没有厕所可以用，而且遇到极端天气还很有可能冻坏，只能当成一件摆设。本来群众就为每家一户的两千元安装费有些抵触，马天雄这么一说，大家就随声附和，一直拒绝安装。要说，本来还是能落实一部分的，结果马天雄这么一搅和，基本上没有人愿意装了。所谓消除视觉贫困行动，就是为了建设美丽乡村，要拆除那些影响村容村貌的老房旧屋。好多山里人在平坦处修了新房子，以前山上的老庄基也就废弃了，上级要求对这些老旧庄基、塌房断墙一律拆除复垦。原以为这些东倒西歪的院落真的已经完全废弃，秋后的扇子无人过问了。可当马天雄和包村干部刚把那台张牙舞爪的小型推土机开进去的时候，三四个村民不知忽然从哪里冒出来，大声喊叫。他们的手里拎着铁锹，横在推土机前，把铁锹直接抵在了推土机的推手上，你们要干什么？这是我的家，是祖上留给我们的家业，你们私自闯进来，屁门眼上放炮呢，把人心都冲完了。马天雄认得这是去年的一个移民搬迁户，当时按照国家政策每户补贴一万元，实施了整体搬迁，和一个社的人一起全部搬进了移民新村。当时动员他家搬迁的时候，颇费了一番周折，是个难缠的主儿。这都过去一年多了，当时的情形还让马天雄他们印象深刻。一见又是故人，按理说，他已经解决了住房、吃饭、孩子上学和医疗保险等困扰多年的问题，也定植了二亩苹果园，达到了摘帽标准，已经顺利退出贫困户序列，不应该有任何对抗情绪的。可是，基层工作难就难在你得面对每一个非常具体的人。看到他把铁锹在铲车铲子上刮得吱吱响，马天雄尽量做到语气温和，不火不恼。你看，这房子都破烂成这样了，反正也住不成了，放这看起来烂场，拆了也就整洁了，再说这些都是土坯房，也没多少材料能用的。铁锹剐蹭得更响了，羊粪里个花生豆，甭给我装好人（仁）！你说说，你家的锅破了，我能撑到你家替你扔了吗？马天雄顿时噎住了，那，那好，你自己拆吧。我为什么要拆？你看不见我看得见，我一直能看见，我的爷爷带着我在这里玩土，我的奶奶在这里给我唱小曲，我从前的样子，他们活着的样子，比电视里演的都要美哩，我人搬是搬走了，可他们搬不走，我常常回来看他们呢！一瞬间，马天雄明白了，他是个做文化工作的人，什么是文化，文化就在人的心里。罢了手，看着他们一个个离开，马天雄坐在一堆黄土上，闭上眼睛。透过时间的厚壁，他就像是真的如这个搬迁户所说，听到了以往熟悉的声音。有鸟儿清脆的鸣叫，有母亲绵长的唤儿声，有村子里此起彼伏的虫鸣……

西湾的消除视觉贫困行动就这样搁浅了。司安顺听了包村干部的汇报，窝了一肚子火，蚂蚁上秤呢，不知道自己几斤几两了。他拿出手机就想拨给廖阔海告一状。想了想，有点孩子气，还是忍住了。随后，驻村干部半年考核出来，无论出勤、培训，还是入户次数马天雄都是最少的。拿着那一张考核统计表，司安顺犹豫了半天，最终还是使劲下笔签上了自己的名字。没有想到，马天雄这个扶贫工作队长还是撞在了全县总队长桑书记的手里。打过几次交道，司安顺知道桑书记知识分子出身，重规矩，死板，爱较真，这与她的经历有关，毕竟没有一点基层工作的经验。关于迎接国家抽检准备的驻村干部专题培训就是她组织和召集的。她把这作为她谋划工作的得意之笔，自然见不得任何人的轻视和怠慢。会后的签到表送至案头，她就发现三天培训马天雄仅仅在场一天。她把电话打到了古城书记司安顺那里，司安顺说他给我打了电话说有事，我让他给你汇报一下。这里，司安顺随口扯了一个谎，打电话是事实，但他并没有来得及说让马天雄汇报桑书记。因为马天雄太过急躁了，他还没来得及说，人家已经把电话挂了。这哪里是请假，分明就是给你打个招呼，你准不准、允许不允许我都得走。桑书记电话里的声音明显愠怒，他没有给我说，我不知道这事。你把他的半年考核情况整理一份材料给我，要实事求是，不要袒护。

　　当马天雄坐在桑书记办公室里的时候，他的平时表现已经尽在人家的掌握之中。你回去准备一份深刻的个人检查，明天交给我，最近纪检监察部门的工作重点是严查扶贫工作中的不作为问题，你做好心理准备，教育惩戒不是目的，而是没办法的办法，希望你以后能汲取教训。走出桑书记办公室，马天雄气急败坏，拿出手机想给司安顺打，结果电话一拿出来就响了，正是司安顺。马书记，结束了吧？没事吧？我是想通知你，接市上电话通知，明天上午七点，说所有驻村干部要跟随市里检查组下乡复查。他们已经在县里分组了。要知道，我们已经多半年没有双休日了，好好干吧，是累你得受，是苦你得熬，有委屈也得咬碎铁牙往肚子里咽。

让马天雄没有想到的是，就在县里的扶贫问题核查组在走访乡村干部群众核查他的工作作风时，又有人反映了他的生活作风问题。一波未平一波又起，马天雄顿时感觉腹背受敌，焦头烂额。当他把检查材料送给桑书记，桑书记似乎态度有了一些方向性的变化。对于他迟到早退、脱岗溜号、自由散漫甚至不配合、不支持乡上工作的问题她不再逮住不放了，而是关注起了另一个问题。马天雄，其实你驻村扶贫还是蛮有收获的，工作、生活两不误啊。不过像你这么重口味的在咱这小地方还真不多见，知道为什么不多见吗？那是因为资源太少。很少的资源，不，就这一个资源就被你盯住了。还不是重口味？马天雄听她这么绕来绕去半天，心说你要是我女人早就一个耳光上去了，要杀要剐你干脆点。可是面前的这位看似斯文的女人可是他的领导，总队长，总啊，捏着他们这些驻村族的小命呢。绕来绕去说了半天，马天雄终于听明白了，是说他马天雄生活作风有问题，整天跟人家外国媳妇搅和在一起，不清不楚。说什么他都能容忍，什么党性啊，觉悟啊，素养啊都无伤大雅，说他跟郭思嫚有染，他不能答应。这不仅仅是对他的诋毁，也是对人家郭思嫚的侮辱。桑书记，你可不能听风就是雨。村上有些干部思想落后，顽固不化，跟不上新形势的需要，一旦个人利益受到损害就四处乱咬。马天雄一听就知道这是西湾支书刘文山说的话，平时言语之间就夹枪带棒、携云带雨的。如今刘文山已经被免去，乡党委派了一名正式干部代理支书，只等村两委换届选举后正式就职。不是我听风就是雨，怎么不说别人就说你啊。不过我还是很好奇，那女人的丈夫就那么傻，大老远好不容易领回来个媳妇，就能在眼皮子底下看着被人给劈腿？嗯，李宁生，女人叫什么，对，郭思嫚，中亚女人，那么远能领回来，本事不小啊，我看过他们的电视采访，我知道。你既然跟人家媳妇关系好，李宁生你一定不陌生了。你给我说说李宁生，他是个什么样的人？

终于，桑书记不再用某人或有的人指代他犯生活错误的对象了，而是点到了具体人。既然谈到了具体的人，那最好不过，有什么事就说什么事。好的,桑书记,他们都是我的工作关系对象,自然关系都不错,关系不好怎么开展工作。我想我还是从他们的西湾乡村旅游项目说起吧。马天雄开始滔滔不绝地说起郭思嫚和李宁生的创业以及乡村旅游项目的前前后后,最后说到这次集中培训因为走得急,忽视了纪律的严肃性,没顾上履行请假手续,表示深刻检讨,今后将引以为戒,汲取经验教训。可是他说完桑书记却并没有接茬,你先回去吧,不要有负担,好好工作。

马天雄回到单位面见廖阔海的时候他才知道关于他在西湾驻村期间的风言风语已经悄悄在机关上流传了。一见胡烁,马天雄就感觉他表情有几分诡秘,别这样看着我啊,你也相信?好我的第一书记,沉住气好不好,我不是啥都没说吗?别垂头丧气了,有老大呢。你说,局长会支持我吗?会的,放心,不信咱打个赌,我赢了你请我吃饭,牛肉面不行,羊肉泡馍也不行,要大餐。说定了啊。马天雄苦笑一下,好吧,但愿。进了廖阔海局长办公室,廖阔海一见他就训斥,吃了半辈子行政饭了,还没吃清楚?说实在的,我一点都不想给你擦这个屁股,这都是什么事嘛,看在你确实在抓西湾乡村旅游项目出了力,不忍心你就这么栽了,真是给咱文旅局丢脸!廖局长,你也不相信我吗?那个郭思嫚你也很熟悉,一个外国人,性格开朗,直言快语,这样的人好打交道,我们走得近不假,我也不否认我们关系好,可是我跟她纯粹是良好的工作关系,还不都是为了咱们这个项目吗?行,你不相信我,你就把我换回来。廖阔海挥挥手,虎着一张脸:你以为你想回来就能回来?你也可真是的,去了人家家里几次,白天几次,晚上几次,还多是人家孤儿寡母在家的时候,几点进去,几点出来,有时间有地点,有人证,记得清清楚楚、明明白白,你让大家怎么看?谁能证明你在人家家里就老老实实,规规矩矩?马天雄惊住了,嚷道:无耻极了,这是明着赶我走,人家家里有监控设备,可以调出来看呀……好了,好了!没工夫跟你扯皮,廖阔海打断了他,以后乡上的中心工作给人家好好配合,自己的环境都是自己创造出来的，没人把你往绝路上逼，你给我记住，任何后果都是自己个人造成的，你好好反省反省吧。

马天雄觉得就像冬天里吃冰棍，心一下子凉透了。廖阔海喝了一口茶水，口气渐渐缓和下来。为你的事，我专门去找了市委组织部，谈了我个人的意见，看一个干部要看主流，看他的主观出发点是不是好的。至于在工作过程中出现的组织纪律方面的问题也要一分为二地看，人家接受了我的观点，也采纳了我的意见，表示会跟县上好好协调沟通，对你采取保护性处理，回去好好干，不要有情绪，处分虽然免了，问题还是问题，通报批评是免不了的。人从哪里丢的，就给我从哪里找回来！

35

寒露前后，园子里的每一个苹果都面带桃红。大部分人还在做梦，西湾人等不到天亮，四点多起来喝茶吃馍，填饱肚子走进果园，天才会微微亮起。户户关门，家家挂锁，他们踏着露水，开始了一天的劳作，这是苹果采摘季节的特殊景象。在有了苹果的西湾，这种景象也是一年比一年来得热烈。就连刚刚放学的李葫他们这些学生娃娃们，连书包都顾不得放下都一窝蜂儿赶到苹果园子里。在郭思嫚的影响和带动下，西湾近一半的果园都嫁接了新品种，那些乔冠大枝被锯掉，接成了矮化短枝，而且很快就挂果了。这样的矮化密植苹果虽然每株的单产少，但是每亩地可以栽种四十四株，不仅提高了果树产量，更重要的是因为果树的矮化，减轻了劳动强度，果子成熟根本不用男人们费劲地爬上树去摘。站在地上，最大站个方凳子，男人、女人都伸手可摘了。上面摘的摘，下面放的小心翼翼地在堆放。摘苹果看似简单，却有窍门可讲，第一次摘的，常常把树枝都拽断了，苹果还牢牢地长在树上。当然现在这种生手已经成了极个别的,大多数果农都是熟手了,这点技艺还是有的,只见他们抓住苹果向上轻轻一掂,"嚓"的一声,果子就离开了枝条。摘下来的苹果根据直径大小分成七五级、八零级和八五级等不同的等级,包好发泡网分别装箱。十天半月,树上的果子全都摘完装箱。它们大多会集中贮藏到果库里,根据需要再一车一车拉到市场上销售。目睹一箱箱果子装车外运,就像远嫁的闺女被送走,李宁生才轻舒了一口气。

空荡荡的园子,孱弱而宁静、恬然,只有孩子们雀跃着在搜寻树缝里一颗、两颗被偶尔忽略的果子,唯恐漏掉一颗。李宁生看母亲和父亲李耕读心疼孩子们,每天早上喝过早茶,都提上折叠小板凳来了果园。李宁生看母亲和父亲李耕读在树下收集孩子们搜寻来的果子,孩子们数,一个,两个,三个,四个,他们接着数,五个,六个……十个,不对,好像丢了一个。看着看着,他猛然发现母亲和李耕读的脸色发生了某种很奇异的变化,他不知道以前就是这样,还是这两天才变成这样的。他们两个人的脸上有了那种阳光和苹果混合成的颜色,有些红彤彤,亮堂堂,光彩与色泽饱满,看不出一点儿的颓废和老相。李宁生沉浸在丰收带来的温馨和喜悦里。

这些年,随着生态环境的改善,果园里的蜜蜂也多了起来,不但不用担心苹果授粉不均的问题,而且因为授粉太均匀,太充分,坐果率越来越高,必须进行疏果,以保证个体生长充分。不远处园子的另一边,是郭思嫚带着蹒跚学步的李塔,被十来个人围着,站在一棵树下手里拿两只苹果,正在给大家讲这些被客商拒绝的次果是怎么形成的。你们仔细看,这果子成这个样子,可不怪人家,都是我们的过错,根子还在疏果不当上。我当初劝你们,疏果要狠,要下硬手,你们就是心疼这心疼那,这个苹果这么小,就是你们舍不得摘掉的那一堆挤在一起凑热闹的果子。你不摘或者摘得少,一两只大苹果就变成一堆子小苹果,谁也长不大,终了谁也换不了钱。当时觉得心疼可惜,现在看才是最大的可惜呢。你们怕苹果少,可称斤两没少多少么。质量上不去，数量再多都填猪圈里了。再看这个有疤痕的，这不是谁摘的时候弄伤的，明着是挨在枝条上生长让树枝硌的。所以说，遇到树枝交叉口，定果的位置一定要留在距离枝杈十五公分左右，保证果子长大不会挤到枝杈间，导致与树枝摩擦形成伤果。这就跟女娃娃一样，经管不好了，就是母猪婆照镜子呢，长得丑得没眼看，找下家都没人要。苹果的质量根子还出在疏果上，要留出果与果之间的距离，去掉枝梢果，其他有多少留多少，这叫果子压树树听话，剪子压树树不怕。长在枝杈间的要留下向上生长的果子，给它足够的生长空间，不至于果子长着长着蹭到树枝上去，伤到果子的表皮。与树杈远的一定要留下向下长的，这样将来取袋、套袋都好打理些。所以，大家记住，疏果是一个非常重要的事儿，挤在一起的一定要摘掉，靠近主树干的一定要摘掉，朝下生长在树杈里的一定要摘掉。一絮花只留单果定果，留中心果，去掉边上的边果、病残果、畸形果，要是中心果长得不端正，再考虑留好品相的边果，其实也没啥难的，不要愁得难下手，没有刺窝子里摘花难。大家恍然大悟，一个个喃喃自语，我说呢，好好的咋就有了疤，怪虫子怪娃娃的，原来这个疏果学问大着呢，再把自己滤剩下的次果跟李宁生家的一比较，果然人家的就只有数得过来的几只，他们的都堆成了山。这一季，又是李宁生家的苹果赚的钱最多了，怀娃娃婆娘看戏，人里头有人，不服不行，他们越发对郭思嫚另眼相看了。看着郭思嫚换着不同毛病的果子又比划又示范，追根溯源地给他们分析这些问题果的成因，二楞媳妇忽然忍不住叫，郭老师，真是一窍不得，少挣几百啊。今后我家疏果的时候你一定要专门再给我讲一下，我脑子笨，记不住，怕到时又不会了。大伙一听，错愕了一下，都恍然明白过来，一个个都郭老师长、郭老师短地叫了起来。他们都说不管剪枝、施肥还是疏果，都要她去给讲。二楞媳妇不满，你们这乡里娃打架，还一起上了。只有一个郭老师，都要叫，又不是孙猴子，能拔根汗毛变几个？于是又有人说，郭老师，你给我教，我掏学费。其他人见状也嚷开了，我也交学费，我也交，我也交呢。李宁生在一旁看着，心说，我叫人家老师要比你们早哩！在他们眼里，郭思嫚总是领西湾时代风气之先，她第一个用上了第一批上市的电喷雾器，二百四十元一个，还花了一千元买了个泵和一套管子，真是肯贴本钱。她在果园里打药，大家都来看，那个媳妇先进得很，树顶顶都打上药了，真个美呀。后来大家发现他们用手摇的喷雾器就是落后，一亩苹果要干上一天，要灌六七罐子水，树尖尖还打不上药，用电喷雾器一阵子就打完了，省多少人力。前有张浪子，后面跟着学样子，他们一个个先后都用上了电喷雾器。

李宁生看着他们嚷作一团，把个郭思嫚当宝贝疙瘩一样地看，不由欣慰地笑了。这就是知识的力量，也是合作社的作用。西湾人有了这种劲头，何愁过不上好日子呢？古城乡政府抓住机遇，因势利导，在建设苹果园区的同时，采取了政府组织、林草局牵头、林头公司实施、乡镇全程参与、农户配合的建园机制，在这样的运作中，成立了苹果产业联合合作社，把全乡专业合作社机动性、松散性地统一起来，根据苹果的生长周期，聘请农民，按照日工资七十元结算，将农民转换为农业工人。古城全乡人都参与到靠苹果致富的总体行动中来了。

这几年，雨水明显多了，少有旱情，产量不用愁，一年忙下来，虽然收入不算多高，却十分稳定。李宁生对李耕读说，爸，你看美不美？你这下心放肚子里了吧？李耕读嘟囔着，这话你给五爷说去。李宁生抬起头，望着天边变幻的云彩，我会说的，时代永远在进步。现在，咱家这苹果卖来的钱，够盖一处新院子了。李耕读说，你就是个叫花子放不住隔夜食。对于李耕读来说，这样平安、顺当、没有波折的日子，是几十年来连想都不敢想的，所以他心满意足。李宁生笑，有这苹果园，有我哥的果库，苹果随时能放，随时能卖，随时有钱花呢，哪像种粮食，辛苦一年，就巴望着那几天。再说，房子实在不敢住了，本来就破，今年春上的地震又摇了一下，墙上的缝子都指头宽了，安全要紧。李耕读不再坚持，说，你定砣，我不再管你的事了，管得多了惹心嫌，不过，你还是跟你哥商量一下，让他也拿点钱么。

李城生终于辞掉了西湾村的党支部书记。尹学林说，你不当了，还是致富带头人，大家的事你还得操心。李城生表态，都乡里乡亲的，大家都富了，整个西湾不都富了么。让李城生和尹学林都没有想到的是，李城生辞去西湾村支书的第二年，尹学林也调离了古城，成了县果业局的局长。尹学林踌躇满志，在县里请李城生吃饭，频频给李城生敬酒，我这个果业局的局长是托了你的福了。哪里话，尹局长，都是果的福，今后还少不得你多关照。这话说了没多久，关照还真来了。

李城生和胡尚勤在翠玉果业经营了几年，积累了一些经验，但他很快发现三个人观念和目标距离比较大。李城生一直是有自己想法的人，可是在翠玉果业，自己的想法往往难以实现，胡尚勤和妹妹李翠玉基本都是守摊子型的人，容易满足。尤其胡尚勤，爱耍个牌子，心情好了，到处请客摆席，吃吃喝喝。心情不好了，就跟个小鸡娃吃长面似的，噎三鼓四的。李城生看不惯，也不好说啥。他终于意识到当时胡引娣提醒她的话，真真的。这些年，李城生跑了好多地方，也见识了好多果品的销售模式，他曾经建议胡尚勤不要小打小闹舍不得钱，钱在世上转，事在转中前，这是他常说的一句话，因此他建议胡尚勤两口子哪怕拿出所有收益，也要想着去开辟全国市场，进军一线城市，可以考虑在全国一线城市开设静宁苹果品牌形象店，然后逐步向其他大城市辐射。这个提议一经提出就遭到了胡尚勤和李翠玉的否决，他们都认为李城生是异想天开，目前全国还没有一家专营一个品牌的水果店，第一家就是做试验，做试验的风险太大了，他们这点家底禁不住折腾。再说全国的苹果产地那么多，凭什么就专营你一家。这个想法不能实现，但是这个想法在李城生的心底却是越来越强烈，终于，他选择离开翠玉果业。

当他提出要离开的话时，李翠玉自然不情愿：哥，你这事弄的，让咱爸咱妈咋说我哩，以为我跟尚勤容不下你咧。那你，离开，是要回西湾，加入思嫚果业吗？都是自家人，跟谁不是一样么，咱们难道还分个里外？李城生摇头，不是，翠玉，你也知道，当初我是缺资金没办法了才跟你们合股的，我明知道越是熟悉、越是关系好的人一起做生意越容易起误会伤感情，当初合股也是暂时性的过渡，说实话，翠玉果业在李店已经是一杆旗子了，哥跟你说，我想的事不在李店，也不在静宁。西湾现在发展得好，宁生两口子的思嫚合作社也是红红火火，但我不可能再回去。咱们的苹果这么好，为啥就不能打品牌、走高端？

  从李城生的眼神里，李翠玉看到了她这个哥哥的心已经走得很远了，他的心思已经不在翠玉果业，强扭的瓜不甜，不过想想，哥说的话也有道理，他是家里老大，委屈他在这样一个小河湾里，扑腾不开，他应该有属于自己的天地。李城生走了，快进县里的时候，他就给县果业局长尹学林打电话。电话通了，尹学林在训人，好像是个果老板。李城生刚准备挂掉电话，就听尹学林在电话里大声说，拿着你的包包赶紧滚……不好意思，城生，一点泼烦事，你说你说。李城生也不隐讳，尹局，打搅你了，我也是你的泼烦事呢，可别嫌泼烦啊。这样吧，我在宾馆的对外餐厅订了个桌子，你也快下班了，咱们饭桌上边吃边说，我这会儿真是遇到难处了，还得大局长帮我啊。尹学林没有推辞，李城生预料到他不会拒绝，所以他才大胆发出邀请。这得益于多年里双方打交道对彼此之间的了解。

  果然，进门落座，尹学林就开门见山，是为钱的事吧？李城生一笑，你直接说出来好，我还想着怎么张口呢，拉下面子张了这个口，又怕你拒绝。尹学林说，谁让我欠你的呢？那年你去广州，找我贷款，我拒绝了，知道你心里记恨我，欠你的这人情得给你还上。这话一说，反倒是李城生不好意思了，尹局话说重了，你有你的难处，我能理解。尹学林说，你是福人，又干的都是顺应大势的事，这上面刚下来政策，搞农林产业园有扶持贷款项目呢，你说说，要贷多少？要干什么，我先审查一下你的项目符合不符合政策。李城生一听，浑身都来了劲，太好了，尹局，您真是我的衣食父母，那我实话实说，我看准了县城北郊的那一块地，你大概知道的，有二十二亩，建苹果储藏库和分选车间无论位置、大小，还是环境都合适得很，我想拿下来，大概估算了一下，得将近一百万，目前我手头有的现钱，加上四处借的，还差五十万，这五十万缺口，就靠尹局长了。尹学林盯着李城生看，看得李城生心里直发毛。尹学林感慨地说，那时候我就看你不是个平地里卧的龙，眼界宽着哪，成立果业公司，走企业加合作社加基地和农户的路子，这是大势所趋，也是政策导向。这五十万我帮你落实，我还可以给你担保抵押，我要你的果业公司成为我上任第一年的礼炮！李城生有了这定心丸，完全放心了，端起酒杯，美美地跟尹学林碰了一下。这一顿饭吃的，这一顿酒喝的，把两人的关系又拉近了一步，喝到最后，称兄道弟、弟兄哥们地呼来唤去那个亲切啊。

　　项目一放线开工，李城生就在县城里扎下了根。这一年，李葫考上了大学，双喜临门，李城生和胡引娣的创业劲头更足了。他们在县城里买了一套小户型房子，虽说银行的贷款还没还清，可是他手里已经有了随时运转的资金，为了方便，又买了一辆长城皮卡车，客货两用。李宁生告诉他说家里要修房子了，他就拉了一皮卡车青砖回家去了。李城生没有想到弟弟李宁生拿出的新房子设计图是两层，还给自己留出了一套。宁生啊，你知道我已经在县城有了楼房，房子虽然不大，但是两个卧室呢，爸爸妈妈过去也能住下，这家里就剩下你们三口，我觉得一层就够了，咱钱也不宽裕，没必要贪大求多。李宁生诚恳地说，不是我贪大求多，哥，咱们一家在窄狭的小屋子里蜷了大半辈子，身体舒展不开是一方面，心气舒展不开来是另一方面。你虽然城里有了房，总还会隔三差五回来住吧，难道真成了城里人，老家都不回了，就算你不回，李葫呢，老家得有李葫的一席之地。你放心，没有闲置的房子，二楼按思嫚的意思，她要在家里办技术培训班，合作社的培训中心也需要地方，这次一并也就解决了。几句话说得李城生有些不好意思了。他这个弟弟，看事情就是比他长远，到底年轻、有文化啊。他从包里拿出了六万元，这是那一年郭思嫚借我的三万嫁妆钱，好几年过去了，我说到时修房连本带利还的，一共六万，你收着。李宁生推让，喊郭思嫚，你跟她的事你俩说去，反正我没借你钱。院子里洗衣服的郭思嫚早就听见了他们的说话，挽着两只袖子在门口说，你留下三万，跟自己人谈什么利息。李城生说，咱说好的，再说家里修房子我怎么也得拿点钱，我是老大，本来是要我张罗着修呢。郭思嫚笑，要是给的家里修房的钱，宁生你就替咱爹收下吧，收利息的话就成我个人的私房钱了。李城生一笑，真是个吃竹竿长大的，直性子。

　　修新房得拆旧房子，拆旧房子先得安置老人和家当。弟兄俩商定了一个意见，一起去给李耕读和母亲通气。他们两个老人带着李塔得先到县城住在李城生家。旧家具也没几件，能卖的卖掉，留下来的堆在牲口饲料棚子里，既然要修新房就一次性修好，一砖到顶，按三家人的户型结构，又分又和，全家住在一起，又要给各家留出适当空间，堂屋也就是客厅要尽可能大一点，摆布按"凹"字形结构，两头突出一间，屋顶架设钢梁，斜屋面撒上大红瓦，既利水也冬暖夏凉。带着李塔去李城生在城里的楼房里住，老人没啥意见，一拆整个院子里就乱作一团了，他们也没处去。李宁生和郭思嫚好对付，隔壁邻家或者果园里，也就住了。对于那些旧家具，老两口一致提出要全部留下，能卖也不让卖。李城生说，新房子摆旧家具，没法摆，留着挡手挡脚的，不如处理了去。一个个都好好的，咋就挡手挡脚了，你沟子底下现在不是还坐着呢么，有新的了它们就都成废物了？狗吃羊肠子，连吃带甩花！李宁生赶紧给李城生挤眼睛，好好，都留下，留下，垫个脚，隔个东西，用得上。李城生明白李宁生的用意，先答应下让李耕读高兴着，到时候根据屋子里的摆布，该处理还不是由咱们就处理了。李宁生母亲说，材料一定得看紧，一砖一瓦都是钱。尤其断下来的半截砖，有些地方就需要半截子，不要一用半截的就用瓦刀断，先把半截用完再断新的，不要让人给吃了乱饭。妈，我就是搞下建筑的，懂咧，再说，给自己修，操心着呢，您老就放心，我当匠人呢，叫的小工们不敢偷工减料，你就等着回来住新房吧。

　　轰隆隆一声响，几股子滚滚的黄土从李宁生家的老院子冒上了半空，承载了一家三代人的生命的老房子终于在李城生和李宁生的手里轰然倒塌了，化作一堆堆黄土堆，人们惊呼，苍蝇落在屄上，老李家要登天了，耕读传家的后人不得了啊！

36

　　县委桑书记要来西湾的消息是古城书记司安顺通知西湾代支书的。代支书年轻，刚从乡政府选派下来，工作积极性和干劲全写在他那一张年轻的脸上。一接到通知，他马上通知第一书记、乡上包村干部和村两委成员齐刷刷集中在村委会召开紧急会议，落实县委分管扶贫的桑副书记下来检查工作的各项准备事宜。

　　据古城书记司安顺说，桑书记要深入西湾视察乡村旅游项目，要走访几个重点户，尤其挂牌督战户。西湾的乡村旅游项目没问题，上级领导来得多了，工程进展很快，项目负责人郭思嫚又能说会道，汇报起来他们都放心。他说，就是走访的户，比较麻烦。有些户就爱胡说，明明达到脱贫退出标准了，还要抱住贫困户的帽子不放，这不成那不成的，见人来就哭穷，所以这些走访的户要选好。还有最重要的一点，就是这位桑书记最爱提问，不管是干部还是群众，冷不丁就会问你个问题让你回答，比如什么是两不愁三保障，什么是两个一百年，什么是四个自信，最难的还会问，精准扶贫政策是在哪一年什么场合中提出来的？这位新来的代支书准备工作真是做得扎实，马天雄不得不佩服。他已经提前做足了功课，预案很到位，印制了好多的小纸条，把有可能问到的问题都打印在上面，会上发给了每个干部。他弯曲着手指头，敲打着会议桌，你们都给我抓紧时间熟悉，到了检验你们学习成果的时候了，其实哪，咱们干部我还是放心的，毕竟文化素质在那放着，怕就怕这些走访的户，我看这样，会后咱们分成几个组，把这几个户包起来，帮助他们把纸条上的问题记下来，一次不行就去两次，白天不行黑里就再去，直到记下会说。谁包的户出了问题，我就追究谁的责任。马书记，你看呢？

马天雄点点头，行，就按你说的办。跟前任支书的疲沓、推诿相比，这位新支书虽然还是代理，就已经表现出了他作为一个基层干部的工作力度与魄力。马天雄暗自感叹，司安顺选人用人有眼光。其实对这些工作，马天雄打心眼里抵触。干部懂些常识固然有利于工作，尽管也不能单纯拿这个考核干部业绩，但也无可厚非，群众就不一样了，没人规定群众有这个义务，群众变得都跟干部一样了，也就不是群众了。他心里这样抵触，脸上可没有表现出来，自从通报批评下来，他就成了个"问题干部"，低头做事，小心说话，论起整改、检讨，可以说很扎实，不管是乡上，还是村里，一旦通知开会，他就是天上下刀子都按时按点去参加，也不像以前那样，有不同的意见会发表，你说什么都是对的，谁让你掌握着那只麦克风呢。新支书一来，就正儿八经地给他谈话。你是第一书记，决定大事，方向性事，具体事务还是我来抓，当然你也快到期了，我们都不想你辛苦几年，回去落不下个好。马天雄虽然听这话心里不舒服，听出了要挟的意味，可也觉得人家没说错。

会后，所有村干部和乡上的包村干部按照分组开始入户了，马天雄也赶赴他们分配的这一组去落实这些问题了。他跟户里打着哈哈，开着玩笑，有几分尴尬和羞涩地拿出小纸条，说，认识字吗，认识的话，把这些记下，不管谁问都照这个说。没想到人家还全认识，看电视看手机，也听过这话，就是说不全，你这一写，我就能说全了。如此辛辛苦苦、又奔波又费口舌地耗了一天时间，结果临头桑书记来却全没用上,真是瞎子点蜡白费劲了。桑书记先去了西湾旅游项目现场,随后顺路随机点了几家,也不管是脱贫户、未脱贫户和挂牌督战户,只是图方便。入户走访期间,不知是情报有误还是人家改变了戏路,桑书记并没有问干部和群众任何关于扶贫政策方面的任何问题,只是问几口人,家里栽植苹果的情况,销售如何,都销售到了哪里,还有什么困难等等。马天雄在心里暗自冷笑,世间的好多事情往往都是自作聪明,最后聪明却被聪明误。

不过,这次近距离接触桑书记,马天雄的感觉她整个人比之前大为不同。第一眼见,首先不同的是她的发式和服装。女人一旦为官,时装和首饰可以说是从此就与她们无缘了,职业装,剪短发,平底鞋成为女性领导的标配。自然,上次去县委桑书记的办公室接受谈话,所见的桑书记也就这样的打扮和发型,可是今天似乎略有不同。她竟然在小西装下面穿上了一件套裙,脚上也是一双明晃晃的奶油色尖头坡跟皮鞋,女性意识凸显。发型的明显变化,让整个人有了一种似是而非的异样感觉,从前的短发上烫卷出了饱满的弧度,似卷微卷,疏朗松弛。不是郭思嫚说什么空气烫,马天雄也不懂。女人之间的话题总是很宽泛,可以从眼前的工作马上转移到头发、服饰和孩子上。说到她的空气烫,桑书记下意识捋了一下侧在耳边的头发,一脸的自信。在外人看来,她们两个女人似乎神交已久,貌似一见如故又仿佛暗自用力,互不相让,这似乎是雌性动物在同样美貌同类面前的一种本能。在跟桑书记握手的一刹那,马天雄的鼻子里飘过一缕淡淡的香味,这让他心生疑惑。上次在她的办公室,那么封闭的空间,只有二十来平米,他又是近距离地坐在她对面的沙发椅上,也不曾嗅到这种名贵香水的味道。这个女人,再次出现,怎么就一下子变得不可思议,女人,总是一种奇怪的动物。马天雄潜意识里感到她此番来西湾视察或许在工作之外存有另一种很私人的目的。

西湾乡村旅游项目的民俗一条街已经全部建成了,农家院、民宿、餐饮建筑物正在进行内部装修和美化装饰。司安顺陪着桑书记一边看，一边汇报下一步运营启动的事，项目依托宋城墙、珍珠林等有历史积淀的景点，重点打造李家老街、古戏台等特色亮点工程，集民俗、休闲、娱乐、购物、餐饮、度假于一体。在这里，游客可以品尝到当地的浆水面、搅团、烧鸡大饼、油圈圈等特色美食，欣赏传统戏曲、阿阳民歌、社火等非遗民俗文化表演，选购古城乡纯粮酒、中草药保健品、苹果醋、手工粉、传统酥点等土特产，历史和传统文化在这里变得可感知、可触摸、可体验、可融入，把它建成古城及辐射宁夏周边地区市民体验城郊乡村慢生活的绝佳胜地。马天雄跟在后面，不时插上一两句。桑书记说话的时候，总会盯着郭思嫚看。直到走完整个项目的所有功能区，桑书记的脸上似乎有些怅然。你真是个女强人，首先构想就很不错，抓住了国家乡村振兴的历史机遇，也能因地制宜，围绕苹果做文章，真的不错啊。对了，你丈夫怎么没看到？想必跟你一样能干吧？桑书记，他在宁夏那边有点事，一早去了宁夏了。哦，这样啊，看了你的这项目，我突然有个想法，也许能帮到你。最近，国家决定投资建设一批无病毒良种苗木繁育基地，咱们省也就一两个，具体我们单位也就是省农科院负责申报，我们农科院是静宁的对口帮扶单位，项目落地静宁有先决条件。项目一旦立项，每个项目国家会补助四百多万。我看你这里条件不错，你们的苹果示范园我觉得建成良种苗木繁育基地更好。

郭思嫚一听兴奋起来，原来桑书记是带了项目来的啊，真是太好了，具体需要我们怎么做，您指示。桑书记漫不经心地说，你这样啊，李宁生回来，你让他来找一趟我，我跟他详细谈。咱们力争把这个项目拿下来。项目建成，我们每年都会有科研投入，旅游带文化，再加一个科研，文章就更做大了。送走桑书记，郭思嫚还沉浸在对未来畅想的喜悦中，她赶紧给李宁生打电话，宁生，你在哪里呢，赶紧回来，有大事呢。马天雄问她，宁生去宁夏干什么了？我也不知道，我很奇怪，往常他去哪里干什么我都是知道的。我们俩除了苹果的事，就是旅游项目的事，好像再没有其他的事要出去办，谁去哪里办什么事，都是清清楚楚、明明白白的。这次很奇怪，我就纳闷呢，他忽然就说有事去宁夏了，好像是突然做出的决定，一点都不像他。马天雄分析说，或许他遇到了比较难处理的事。每个人都应该有点自己的空间，包括夫妻俩。马天雄话音刚落，旁边走着的乡上的包村女干部说了一句，这个桑书记是我们高中同学呢。

一句看似漫不经心的话，让郭思嫚停住了脚步，回头问，你说桑书记是你的同学？是啊，我们威戎一块读高中的同学。她还在我们宿舍住过呢。她妈妈是我们的英语老师，叫柳青青，母女俩都很漂亮，曾经让我们又眼热又嫉恨。那，刚才在的时候你咋不相认？老同学么。认什么啊，我认得人家，人家未必认得我，人家当官了，那么大的官，再说我自己变化大的。我害怕说了人家不认或者记不清，倒成了癞蛤蟆跳门槛，蹲沟子又伤脸。她刚才打问李宁生，我听出了，她的心思明着么，是想见宁生呢。说完她意识到话说多了，不由伸了一下舌头，打住话头了。郭思嫚沉吟了半晌，威戎中学，同学，桑眉，对，她就是那个兰州的桑眉。难怪呢。桑眉。好你个李宁生，老相好来了，还躲起来了，只要心里正，躲什么啊，没出息的。马天雄预料得不错，他们三个真有故事呢。

李宁生的确是知道桑眉回来了。那天，他意外在手机新闻上，看到新任县委副书记桑眉深入果园基地调研的镜头。自从上次在兰州培训远远看到她，李宁生心里面就一直不平静，虽然他们再没有任何的联系，可是这个人一出现，似乎又搁在了他心里。说是怀念旧情吗，倒也不是。她的出现，让他似乎觉得这些年在生活的风浪里挣扎、拼搏，似乎都与曾经的她有关。那是一种穷苦日子里受伤害、抬不起头、挺不起胸的感觉。他不得不承认自己性格上的缺陷，不得不承认心底那种阴暗的报复心理。时隔这么多年，他看到她的身材看起来丰满了许多，可是那张脸变化似乎并不大。她怎么就回到县上当官来了呢，到哪里不好，非要回静宁来？选择这里，还是想压住他，或者示威给他？来就来吧，你当你的官，我当我的农民，阳关道和独木桥是不会有啥交集的。果然如他所想,她始终是车上、台子上和电视里出现的人,对他的生活丝毫没有影响。渐渐时光一晃就过去了一年,忽然这天,他就接到了村委会的通知,说是县委桑书记要来西湾视察乡村旅游项目。郭思嫚在一旁说,宁生,我听说这个书记是个女的,很不简单,还听说是个农业专家,我倒想结识一下。她点名要来西湾,肯定是对咱们的农业产业园感兴趣。李宁生闷闷地说,啥农业专家,农业专家不好好搞专业,跑来当什么官?不务正业。郭思嫚奇怪地看了一眼他,我为了你只学了一年专业,现在都后悔死了,那时候小,真傻,书到用时方恨少,现在才明白这个理儿。

第二天天还不亮,郭思嫚还在睡梦中,李宁生就悄悄起来出门了。鸡叫三遍的时候郭思嫚醒来才发现李宁生已经不在了,打开手机,一个未读短信:突然想起有点急事,我去趟宁夏。办完事下午回。

37

天还不亮,李宁生就扒拉开满头的柴草,一下子从草料棚子里翻身起来,在院子里的水龙头上冲一把脸,打开大门,让湿润的风扑面而来。自从西湾的苹果树连片生长起来,绿色布满山川,他明显感到空气里多了些湿湿的气息,从前的那种干燥、皮肤紧绷绷的感觉似乎不再有了。此时此刻,门口的那棵槐树正把淡淡的槐花香味在空气中传送。他嗅一嗅空气中的香,蜷缩在草棚里一夜的他顿时感到神清气爽,精神头更足了。那些年,如果在春天里不喝上几顿槐花汤,不吃上几张槐花沓菜饼,那这个春天就缺滋少味。小的时候,他爬到树上,把槐花一枝枝一串串地采摘下来,细心的母亲又一朵朵一颗颗地择好,清洗干净,在加好盐、姜末、五香粉等调料的盆子里腌一小会儿,再放到盛了面粉的面瓢里,用竹筷上下左右全方位地翻转,直到每朵花儿都挂上了面，最后再放进筛面箩里筛出多余的面粉。这样，就给槐花挂好了糊子，然后把挂糊的槐花倒进油锅里，反复煎炒，当一粒粒槐花变成金黄色时，就盛出来。接着母亲把煎好的槐花倒进用姜葱炝好的汤里，烧开，盖上锅再焐一小会儿，放进蒜片、芫荽，倒进酱油醋香油，美味的槐花汤出锅端上了桌子。

回想那些美好温馨的日子，那种鲜香似乎已经在他的舌尖上打转了。在院子里转几个圈圈，伸展伸展四肢，活动活动筋骨，李宁生又要准备迎接新一天的忙碌。新房子修得很顺利，砖和水泥是哥哥李城生拉来的，今年他手里的建修工程也一直不停，批量买要便宜得多。土有的是，推倒的土坯房都是土，现成就用。所有材料里，钢筋是最贵的，好在用量不多，李宁生和郭思嫚专门去固原，选了又选，挑了又挑。李宁生是行家，早先一直跟钢筋水泥打交道，知道怎么选价廉物美的。需要的门窗定制胡尚勤主动包了，他已经和李翠玉过来拿走了尺寸，选好了样式，去订做了。胡尚勤说，咱不差钱，最贵的肯定就是最好的，选最贵的订。李翠玉骂他，蚂蚁吃瓜子，你就是耍得个大。俗话说，安居乐业，父亲李耕读就出生在这个院子里，也算是上辈人留下来的家业，几十年修修补补，勉强容身，修了房子之后日子才能过得安稳。房子就是老窝，房子是一家人的情感所系。这次他下了很大的决心。好在一旦决定，一家子人都在响应，都在为这个家的安居大事尽着一份力。

李宁生带了两瓶古城新酿，去了趟温堡。他是去请老搭档程飞的。程飞从杜尚别跑回来后一直领着几个人在老家周围搞建筑。李宁生带郭思嫚回来结婚的时候，李宁生还去温堡请过程飞。可是程飞去泾源县城一家工地装水暖了，不巧没赶上。这次李宁生终于见到了程飞，程飞日子过得不错，二层小楼也住上了，车也开上了。一听说李宁生家里要修地方，程飞爽快地说，早该修了，你家我去过，房子太破了，是这，我叫两个小工，咱四个就把它修了，保证修得结结实实，漂漂亮亮，搞成西湾的样板房。李宁生回去请人看了日子，通知了程飞。程飞就带着两个小工赶来了。学校刚出来那几年他就跟程飞在古城乡建筑队一起扔下砖头、砌下墙的,老关系了。李宁生了解他们,程飞就不用说,他的父亲就是温堡远近有名的泥水匠。静宁农村有五匠之说,木匠、铁匠、石匠、毡匠和泥水匠。虽然程飞父亲那一辈不过是玩弄柴草、石头和砖瓦的,比不得他们这一代,直接跟硅酸盐水泥打交道。但是那些年高低不齐的土墙、歪七扭八的石头墙,错落有致的围墙,半敞开式的茅坑厕所墙……哪一截不是上一辈子的泥水匠就地取材、因陋就简的结果?在庄户人的眼里,他们都是大师呢。程飞带来的两个后生,也都是熟手,勤快、踏实,手脚麻利。开工以来,他们几个每天晚上都要干到月亮升空才收工。这才一周时间,红砖墙体已经砌了上来。郭思嫚为了让他们吃好,专门借李二楞媳妇家的地儿办伙食,还去古城集上买了一只羊,每天下午饭做好过来喊他们去吃饭。催过几遍,他们才扔下手里的活过去吃。吃完回家时天都黑透了。三个人路远,都是开车揣黑赶路。李宁生怕不安全,一直劝他们晚来早去,不用揣黑这么赶的。他们说,这几年一直在固原、庄浪这一带打小工,都是这么干的,已经习惯了。郭思嫚晚上收拾完也就很晚了,她住在李二楞家。二楞媳妇求之不得,两个女人一起做饭,一起拉闲话,关系越来越亲密。

程飞他们三个人路途远,早上要赶来还得一段时间。李宁生一个人一大早就在院子里开始忙乎。晚上走得匆忙,施工现场有些乱,他得整理一下。把脚底下拉动的工具、洋灰斗和随手扔着的砖头归位,把脚底下施工的空间腾出来,到时候干活不窝工。这在大工地上行话叫工作面整洁。收拾好这一切,他站在院子里左右环顾,新砌的砖墙上昨晚浇的水已经干透了,清风吹来槐花的清香中混合着水泥、沙子的味道。在这样的新鲜气息中,他感觉舒服极了。这个老院子里的过往生活还一一留在他的记忆中。生活大多数时候是平静的,在那间土坯屋前,在门前那个槐花盛开的季节,母亲坐在屋檐下摆张长凳,静静地拧搓麻绳,麻绳一圈一圈地落下,时光一圈又一圈地流走。在他小时候的记忆里，几间房子比现在的屋檐还要矮，雨天的夜晚不知道哪里就传来滴滴答答的声音。哥哥常常在母亲的抱怨中惊醒，起身往外倾倒着一盆又一盆的雨水。门口的槐树不经意间已经长得碗口粗了。他还记得小时候他一直爬上树，躲在树杈上藏猫猫，让家人找不见，那是在这个偏僻山沟里他为数不多的童年乐趣。树爬多了，慢慢还有了名了。庄里人都知道他爱爬树，能爬树，在工队那一年，正好碰上西湾的农网改造工程，他随工程队上山挖电线杆窝子，电线杆子栽好了，供电公司的人一直叫他去爬电杆，给他们打下手，扯电线。爬电杆远没有爬树有趣，但是每天能给家里挣一百多块，这就是最大的成就感。如今这棵树跟他一样，长得高高大大了，已经逼到大门顶子上了。他想，等房子全部修完，一定要盖一个像样的门楼子，宽宽展展，小四轮机子能进去的那种，一律瓷砖铺面，这才配得上"耕读传家"这四个字。

放线，打桩，备料，开工，一切都在井然有序中推进。看着不断变化的房屋，李宁生心里像是灌了蜜。看看新房子已现出的雏形，他信心百倍。一场地震是警示也是催化剂，其他的可以凑合，这住的问题可是生死攸关的大事，当时他就想，要修，就一定要修个牢固安全的房子。乡上派工作组来看了西湾受灾的群众，逐一查看了受灾的危房，说要给这些危房定个级，按照所定的危险级别给予补偿款。好多人还在等政府的救灾款下来。李宁生说，房子是自己的，自己翻身自己睡觉，政府给是仁义，政府不给也说得过去，虽然他和哥哥李城生早早就拿了简易的设计规划出来，但是施工一拉开，他还是一边干一边就有了新的设想，三间标准房坐北向南一字儿排开，方位和朝向他还是请了隆德的阴阳来钉了橛的。这不是什么封建迷信，是庄户人多年来形成的规矩。规矩就是规矩，不问为什么，一辈辈人都是这么干的。到了现在，在人们心里可能最多就是个心理安慰了。在东西两侧，竖向加盖了一间厢房，东侧的厢房向前延伸，刚好多出一间来。李宁生把这一间隔成两个房间，一间用于洗漱，一间安装了抽水马桶,还装上了电热水器。整天面朝黄土背朝天的他们早就该享受享受每天冲澡的待遇了。这更大一部分因素也是因为郭思嫚,在杜尚别每天洗澡的习惯到了西湾慢慢入乡随俗也改变了。杜尚别有两多,一是山多,一是水多,而西湾只是山多,缺的就是水。甭说洗澡了,洗脸水要攒下来洗脚,洗菜水要留下来喂牲口,哪里还敢奢望天天洗澡。前年家家终于通了自来水,有了自来水,忙碌一天的郭思嫚终于可以像以前一样,回到家能冲一个痛快的热水澡了。

　　院子这次一定要用水泥打好的,平整,干净。之前跟哥哥说的是用砖铺。就是以前的土院子,郭思嫚总是拿着扫把,不停地打扫院子。为了防止扬土,她总是把地面浇湿,"唰唰——"扫把在土地上均匀划过。扫得多了,以前的坑洼就更深了,要是全部用水泥打了,那该多么省力气,也不用天天去扫。院子的后面,火砖镂空堆砌出八十厘米高的院墙,院墙外的空地,将来要背土铺成菜地。辣椒、茄苗、黄瓜什么的怎么也得栽上。想想看,到时菜苗上吊着酱紫的茄子,翠绿的香葱顶着细小的露珠,绿的嫩绿,红的火红,该是多么美好的一种景象。

　　李宁生一边在即将成型的院子里转悠,一边兴奋地谋划,越想越激动,越有劲头。郭思嫚不知道什么时候跟二楞媳妇进来了。你们家宁生还是能干,我给二楞说,赶明儿咱也扒掉旧屋盖新房,二楞说大队里说了,危旧房改造上面有政策,会给钱的,修得越早越吃亏。郭思嫚说,房子自己住着,吃啥亏,又不是别人住。李宁生骂,天底下穷人一茬子,比你这烂场的有的是,政府能救得过来?一直靠政府救济,等到啥时候,等不住塌了咋办?说话间,门外汽车喇叭响,程飞和两个匠人进来了。郭思嫚把手里提的烧好的浓茶给他们几个倒好,说,真是辛苦你们了。宁生有你们几个帮手,真是他的福气。程飞说,我跟宁生啥关系,一起在国外下哈苦的,不用客气。那些年,宁生没少帮过我。听程飞说,温堡那边前些年就搞了移民搬迁,把好多村子整个都搬迁了,政府统一规划、统一修建的新屋。温堡属于宁夏管，政府补助多，三万多元，每户自己才出一万多点。二楞媳妇听他们说，就眼热得很，有这样的好事，那我等着。郭思嫚说，那是人家宁夏。你干脆再嫁一次，改嫁温堡做媳妇子去。

几个人加班加点地干，很快就到了给新房上梁的时候。按照西湾习俗，上梁得有仪式，这是祖先几千年留下来的传统。修房子从动土到完工有着不少的环节都是充满着仪式感的，有些环节简单可以忽略不计，只有上梁颇为隆重。以前的人家上梁都用红椿木，或者松木。现在是钢梁，三角铁焊起来的，不管用什么材料，梁做好后就要包梁巾。上梁的日子也是阴阳看好的，五爷最懂这个，他前三天就来了。李城生把父母也接了回来，胡尚勤、李翠玉也回来了。八十多岁的五爷耳朵完全听不见了，但他的眼睛很好，说话也利索，他安排城生和宁生早早备好了二尺红布，一丈粗红线和两双红筷，还有铜钱、历书、笔墨什么的，一切都在按他的要求进行。五爷把红布折成正方形，在红布四角各放一枚铜钱，梁的正中再放一枚，然后用红线将历书、笔墨、筷子五色布包在一起，吊在梁中，又通过红线穿越红布上的铜钱孔，东西南北中捆紧捆结实，这就是所谓的包梁巾。胡尚勤还拿了一块红绸被面缠在了梁上，五爷念念有词：房主送我五尺红，缠到五尺一条龙，左缠三转出天子，右缠三转出状元，左缠右缠福禄全。接着用瓶装白酒浇在梁上，五爷又说：一杯酒浇栋梁头，子子孙孙做王侯，二杯酒浇栋梁尾，子子孙孙出富贵，三杯酒浇栋梁中，子子孙孙在朝中……恭喜恭喜！上梁大吉！财源茂盛！万代兴隆！

李耕读把"上梁大吉""万代兴隆""福星高照"这些醒目的大红字分别贴在钢梁上。梁上到了屋顶，李城生和李宁生弟兄俩站在梁顶上，把一袋子的花生、大枣、核桃、喜糖，还有分分钱一把一把撒下来，前来看热闹的女人儿童都争先恐后地伸长脖子，张着双手抢捡，挤着闹着。一片欢声笑语，鞭炮声中，郭思嫚和李翠玉、胡引娣几个女人从厨房里端出了一脸盆、一脸盆的烩菜，干活的、帮忙跑腿的、张罗仪式的甩开膀子吃。这里面，要数吼吼最热闹了，他在人群中穿梭就像个工蜂，端着酒盅子在这个桌子跟前划几拳，跑那个摊摊子跟前猜一把，酒水滴滴答答在腮帮子上淌不干。吼吼这次也有了收获，三十多岁的他终于要摆脱打光棍的日子了。对方是温堡人，程飞的妹子程萍秀。在李宁生的攒和下，两人牵上了线，见了两次面，事情就谈妥了。吼吼美得尽量释放着他的快乐，既是祝贺李宁生新房子落成，也是祝贺他自己终于要娶媳妇进门了。多少年了，李宁生干了西湾第一件事，扒倒旧房盖新房，李家弟兄让西湾人一下子意识到，日子必须要往前过了，再也不能守着旧摊子像过去那样地活了。无论是李宁生，还是吼吼他们这些苦了一辈子的西湾人，都开始对新生活充满了无限的向往。

二楼上的栏杆立起来了，房屋墙底的瓷砖贴好了，屋檐下的排水沟修好了，就连院子边的围墙，也全都砌好了，砖墙，实木镶嵌，涂了浅浅的白灰，应和着四下里的色泽。宽裕的庭院，成了一个不封口的回字。地表铺了水泥，纵然雨水下来，也不再是先前的泥泞，并不脏脚。新房子、新大门楼子成了西湾的一道景观，一切都是崭新的，新鲜的，像当初郭思嫚第一次来家里，人们又像看稀奇一样有事没事凑到家里来，爬上二楼摸一摸栏杆，在明亮的玻璃上照一照影子。在西湾这样的穷乡僻壤里，本分的庄户人一辈子只操心完成三件大事，拉扯娃娃直至结婚成家，再就是盖一处院子和给老人送终。大多数人家一辈子这三件事完得凑凑合合，儿女嫁娶、老人送终还可应付了事，一处新院子却是怎么也没力气盖起来。破房烂院修修补补住几代人，日子有一搭没一搭的。

老槐树留出尽情生长的空间，虬枝四蔓，把大半边的天空遮去不少。它就像一个老人，历经沧桑却依然不甘屈服于命运。新月初上，有淡淡的辉光从枝叶的缝里透出，照在湿湿的泥地上。李耕读站在门楼子跟前，一遍遍摸着大门上亮晃晃的瓷砖，热泪盈眶，家里的新房修起来了，李城生在县里的事业也红红火火，他的果业公司门庭若市，车流如潮。头两年，李城生并没想着多挣钱，宁可赔钱，也要赢人心，他以高出市场五毛的价收购各大小合作社和果农的苹果，为的是积攒人气。果然，优惠的价格很快吸引了七八个乡镇的好几百户果农和合作社加入到李城生的公司里来。公司送福添福，让果农尝到更多的甜头，无偿指导他们科学化管理，果子成熟统一收购、统一包装、统一销售，提供专业定制的技术服务和农药、肥料的配送，赢得了十里八乡果农的口碑和信赖。此刻，李耕读面对门楼子，他一定是想起了自己的父亲，自己的祖父。不知他们看到了吗，李家的门楼子终于立起来了，那些他们曾经有过的荣光又要回来了。

38

避风塘茶座。

李宁生进来的时候，有服务生问，有预订吗？有，威戎阁。服务生把李宁生带进一个装潢雅致的小间，门上写着"威戎阁"三个变体隶书字。走进去，他选了个靠在里面的长条沙发，坐下来，心绪有些不宁。昨天，郭思嫚给桑眉打了电话，替李宁生约了她和李宁生见面的事。离开塔吉克斯坦，从杜尚别回到兰州，李宁生就给郭思嫚讲了桑眉的事。当时，郭思嫚也觉得李宁生这个气赌得有点大，当时李宁生还说，虽然有点大，可是值，这不验证了吗，不赌那个气，上了大学，我怎么会有机会去杜尚别呢？不去杜尚别，哪里会认识米拉同学呢？所以，一听到桑书记就是桑眉，以女人的敏感，郭思嫚马上意识到桑眉来西湾并没有场面上表现的那么简单。女人的心思，她懂。

我已经答应了人家，不能放了人家的鸽子，换个角度看，人家这也是为了工作。我想你还是去吧，见一面，有话说在当面，躲着不是个办法，有些话说开了更好，你们没有什么，自然好，要有什么，我也管不了呀。再说，人家作为一个县上的领导，当着那么多人的面说育苗繁育基地项目的事，也是人家单位对口援建的大事，跟你在杜尚别修路一样的工作，你去回应一下，表达一下谢意总应该吧，何况咱们还特别需要这个项目，一直都是个明白人，咋就这会儿糊涂了。李宁生一想，其实也是，人家都撵到门上来了，明目张胆说要见面，自己一个大男人再躲躲闪闪地反倒此地无银三百两了，有可能自己想多了，人家当了领导，无非就是跟你炫耀一下，顺便卖给你一个人情。他倒不是怕，兰州见面的事，他没有跟郭思嫚提过，没有提，他就觉得心里好像藏了一个秘密，一提桑眉，他就敏感，像做贼一样，其实他只是不想跟她再有任何瓜葛，这话他怕人不信，尤其郭思嫚。好了，你不用催我了，也就只有你郭思嫚能做得出来，让自己男人去跟从前的初恋约会。

下午三点，李宁生驱车赶到县城，到了县委门口，他给桑眉打电话。电话嘟嘟响了两声，就挂掉了，一个短信飞过来。开会，稍等。这一稍等很快一个多小时就过去了。忙惯了的李宁生很不习惯这种冗长的等待，他有些烦，既然这么忙的，何必要为一些个人无谓的小事费心思呢？你是忙人，我也不闲啊，既然抽不开身，也就不见了呗。李宁生发动汽车，马达一响，调转车头刚准备离开，手机就恰到好处地吱吱响了两声，他打开一看，短信。抱歉，还得一会儿才结束，麻烦你去附近的避风塘茶座等我，好吗，威戎阁，已订好。

你需要点什么？服务生也看出了他的百无聊赖，一杯白开水。好的，您稍等。一杯白开水喝得差不多了，时间也到了六点钟。终于，悠扬的葫芦丝轻音乐中，李宁生听到外面有高跟鞋笃笃笃敲击着瓷砖地面的声音。随即，服务生引导着桑眉进了包间。一看她的打扮，李宁生就知道她并不是直接从会场或者单位过来的，她的头发刚用了定型发胶，脸上扑了粉底，就连衣服也是刻意搭配的。高跟鞋、裙子、口红、耳钉、项链……她把自己好好地捯饬了一番，跟电视新闻上的那个县委副书记简直判若两人。李宁生想，原来我在这里拼命喝白开水熬时间，你却在别处进行着一个女人冗长的出门前的颜妆。

对不起，宁生，让你等这么久。李宁生站起来，欠欠身，她身上飘来的香水味很浓郁，明显跟郭思嫚不是一个口味。那一瞬间，李宁生忽然面临一种信任危机，他怀疑桑眉今天下午是跟他在打太极，官场上的一套都给他用上了。她很可能整个下午根本就没有什么会议，她只是不想让他去办公室找她，让他一直在这里等到下班时间，才约在这里见面的，一个心思缜密的女人完全做得出来。

来两杯咖啡，拿铁，再来一盘开心果。桑眉一撩裙摆，坐下来，点了东西，盯着他看。别这么看着我，注意身份，你现在是大领导，得严肃庄重。这里没有什么领导，只有两个昔日的同学。我说李宁生，我来了这么久，你是装着不知道还是真的不知道，甭说我们……起码还是同学吧，一点同学情谊难道都没有了？李宁生挠挠自己的头，你约我来就是为了说这个吗？干吗这么不耐烦，你说这么多年不见了，当年我留给你的字条上说得清清楚楚，我当年跟你是有约的，是你不守承诺！桑眉两只细长的眉毛骤然挑了起来，目光变得有些咄咄逼人。显然这么多年，高高在上的位置养坏了她的脾气，李宁生捕捉到了她的第一个变化。桑眉说完可能意识到自己过于激动，她喝了口水，继续说，语速放慢了。这么多年，我一直不明白，你无缘无故地消失，到底为什么？是我消失还是你消失？好了，桑眉，咱不说这个了，过去这么多年，一切都不一样了，说这些还有啥意义呢？我们谈谈当下好不好？你不是有正事要跟我谈吗？

门敲了两声，服务生开门进来，两杯拿铁，一份开心果，请慢用。等服务生掩上门出去，桑眉低着头，用勺子搅动着杯子里的咖啡，宁生，你还记得吗，那年冬天你偷了家里的一个小铁桶给我做了一个小火罐，放在我课桌下面让我取暖，我上课太专心，没注意，小火罐把我的棉鞋烤焦了，还差点伤了我的脚，把你吓坏了，脸都吓黄了。李宁生笑，那小铁桶子找得不容易，还是拿我最爱的铁链子枪跟校长家的孩子换的，人家装了奶粉不要的。不过，你也太皮实了，刚烧着你都不察觉。老师讲语文课文，听得我入迷了。宁生，那时候日

252

子是苦了点，可是很美好，很开心。这么多年，我一直觉得你放弃了高考太可惜了，你成绩那么好，完全应该有个很好的前程。高考结束，当我从老师那里打听你的高考填报志愿的情况时，老师告诉我你已经提前退学离开学校了。你知道我当时什么感受吗？我情绪差极了，我觉得是我害了你。我们很多同学都考上了不错的大学，有的虽然复读了一两年，可他们现在都是各行各业的脊梁。我知道你在责怪我离开你，你觉得因为我的离开我们没有了缘分，你就拿自己的前途赌气，你真傻，你这种选择让我负疚，你是想让我为你亏欠一辈子吗？

往事再次勾上了心头，李宁生不由想起了那年离开学校的情形。兰州，那时候对他来说是多么遥远啊，那简直就是天上和地下的区别。桑眉还没走的时候，他没有意识到他们有多大的不同。她走了，而且是被她的母亲、他们的英语老师强行带走的，连面都不让见一面。这种强横与霸道彻底暴露了柳老师他们这帮人对他们这些静宁人的鄙视与傲慢，这像一把铁锤，重重地砸伤了他的自尊心。不能不承认，撕碎桑眉的留言一气之下离开学校就是赌气，可是一旦离开，却明白再也回不了头了，既然是两个世界的人，就应该各自回到属于自己的世界。当高考录取的喜讯不断传来，那些成绩不如他的同学好几个都走进了大学校门，去了全国各地，那一刻他气急败坏，不能不说那时候的他还是对未来有着无尽的期待、对生活充满了希望与理想的。就像桑眉一直给他说的，我们都是要考大学的，考上大学就可以去看看外面的世界，生活就有了无限可能的美好。但是自己的选择只能自己来承担后果。他所能做的就是跟那些同学一一断了联系，甚至没考上大学回乡的同学他都有意疏远他们。一段时间他很忌讳提说自己读过高中这事，他总是爱说他初中毕业就回乡劳动了。不过多年过去以后，他已经没有了当初的纠结和后悔。他认识到，大学只是给了你一个挣钱养家的平台而已，挣钱养家的门路千千万万，只要肯努力，做什么都会有出息。这一点，跟郭思嫚的想法不谋而合，高度一致，不然郭思嫚也不会放弃大学、只读了一年就弃学嫁给了他。想到这里，他认真地望着桑眉说，桑眉，谁也不欠谁的，那是因为我们生在不同的环境，不同的家庭，那种不对等乃至较大落差的身份，是一条不可逾越的鸿沟。这就是当时严酷的现实。我们有鸿沟？不说我们是同学了，我还是半个静宁人，我就生在静宁，我们有鸿沟？宁生，我觉得这话很可笑，你跟那个外国女人难道就没有鸿沟了？高中毕业，短短的几年，你就跑到国外，找了外国女人，可见，你对我毫无真情可言。

桑眉此刻的言行和情绪让李宁生诧异，这一点都不像一个已经年过不惑的女人所说的话，她这样讲，是要干什么？追究谁爱谁多一点，还是谁负了谁？可追究这些的目的又是什么呢？不过，李宁生能看出这是她真实内心的暴露。李宁生不由轻声笑了一下，桑眉，我一直记得你最不爱吃的就是醋，看来这些年你的变化太大了。面对现实吧，我们都各自成家，各自为人父母，这些往事就让它过去吧。我觉得你不应该来静宁挂职，全省那么多地方，你何必非要来静宁呢？李宁生，你以为我是为你来的？未免太把自己当根葱了。我给你讲过，我也是半个静宁人，我是在这里出生的。忽然，桑眉的情绪又一下子低落起来了，我母亲当年再有多鄙视我父亲，排斥他，可他毕竟是我的父亲，我回来有多一半因素是因为他。他现在就在城关镇的老年护理中心，跟母亲离婚后，这么多年他一直是一个人，现在因为严重的脑血栓已经不能行动了，我去看他，他哭得像个孩子。我是他目前这个世界上唯一的亲人。桑眉说着抽泣了一下鼻子，摘掉眼镜擦了擦，对不起，宁生，我没控制住，给你说，我来挂职，本来是有一个想法，如果可能，挂职期满，我想留下。我看到今天的静宁已经变得山清水秀了，与当年已经无法相比了，那些年，母亲总是给我重复着一句话，那里就不适合人类生存，第一次去，完全把人吓倒了，山川大地像是被火烧过一样，一派铅灰色，见到的人，男人，女人，老人，年轻人，头脸和衣服，都像是刚从灰烬里滚爬出来的。也是的，那时候的静宁，就像人们说的一样，囤子里柴草装，肚子清汤胀，黑了睡冰炕，盖的烂衣裳。如果她泉下有知，看到今天的静宁，她还会不会惊倒？母亲去世后，我想我该回来陪着父亲度过晚年了。李宁生愕然，柳老师，她去世了？按年龄还不大呢，那你，你丈夫，孩子呢？可能说了你都不相信，现在我一个人。

一个人？你？李宁生吃惊地望着桑眉。别那样看着我，我不会傻到一直为等你而成为大龄剩女。我也结过婚，可是我远没有你幸福，结婚一年多就离婚了，你刚才说我们是两个世界的人，我和前夫才真正是两个世界的人，出身和身份并不能把两个人隔在两个世界，只有性情和志趣才可以。就像你跟郭思嫚，身份差异那么大，可是为什么能走在一起，而且十多年没有任何问题。其实也没有什么，我目前挺好的，一个人把全部精力都放在事业上，倒也过得蛮充实的。其实一个人挺好的，没有顾虑，没有牵绊，无非是孤单了一点。

李宁生恍恍惚惚，不知道是怎么离开避风塘的，他隐隐约约听到了那首久违的歌：早知道黄河的水要干哪，修他妈的那个铁桥是做啥呢？早知道尕妹妹的心要变哪，谈他妈的那个恋爱又是做啥呢……粗糙的歌声里埋藏的是无解的爱情。出门作别后，天已经漆黑一片，李宁生一头撞进黑夜里，那颗本不平静的心比刚来的时候又乱了几分。在他心目中，趾高气扬、高高在上、充满优越感一直是桑眉的不二标签，她简直就是他们那一届所有同学的偶像，用现在的话说那就是他们的女神。以前是，现在仍然是。可没有想到，当年被多少同学垂涎的桑眉终了却是孤独一人，所谓红颜薄命，真是印证了这句话。而一人的她忽然来到静宁，又忽然跟他联系上，这意味着什么？在学校里的时候，男女同学虽然不说话，但却是暗流涌动，那些少男少女们的情思都有。如今说起那些小心思，被许多人听作就是笑话，不过，有小心思，才是正常，毕竟都是青春年少，青春没疯狂，也不至于太冷血吧。回到家，他没有说一句话。在避风塘他们最后一人要了一份茶点，桑眉都没有吃完，而他全部吃完也基本等于没吃。

回到家，他去厨房抓了两个馒头，就着一根大葱，三两下消灭了。郭思嫚奇怪地看着他，也没有问他。李宁生觉得自己不到三点出去，一直到快八点了才回来，这都好几个小时过去了，连一顿饭都没吃？有那么忙吗？她应该问问他的，可是她就是没有。自从结婚前，那次出走，郭思嫚和李宁生都开始重新审视对方，各自的缺点和性格慢慢都有了深入了解，婚姻经过慢慢的磨合变得冷静又理性。晚上，李宁生早早上了床，郭思嫚洗完澡，爬上床，熄了灯，听不见李宁生惯常的呼噜声。只要有她在身边，李宁生总会呼噜连连。连李宁生自己都说，一个人睡的时候，总是猛然就会醒来，睡睡醒醒的。我知道你没睡，心里有啥事别憋着，对身体不好。也没啥，米拉，我想跟你商量个事。你说。我的意思是，当然只是我个人的意思，那个苗木繁育基地的项目咱不要了。为什么？不为什么，更纯粹些好。纯粹些？什么纯粹些？什么都纯粹，旅游文化就是旅游文化，不整那些不相干的。

　　沉默半晌，两人的呼吸好像都特别急促，在暗夜里似有暗潮涌动。结婚十年了，他们的不和谐和小争执不是没有过，但都没有什么原则性问题，过日子的磕磕绊绊和大多数普通家庭并没有什么区别，何况郭思嫚的身上永远刻着异域女人与生俱来的个性。她是个不愿意将就的人，她看不惯中国男人明明日子都过不下去了，还在为了面子或者以孩子之名痛苦不堪地维系着。郭思嫚心里有些难过，她忽然对婚姻少了几分信心，她希望她和李宁生之间能永远像从前一样毫无罅隙，更无戒备，有什么话都是放开来说。郭思嫚缓缓地说，我想我是明白了。李宁生问，你明白什么了？顿了顿，郭思嫚还是说了出来，你跟她还是有事情，不然你不会回避。李宁生坐了起来，我有什么事情？米拉，这是你们外国人的思维方式，中国人永远不想把问题复杂化。连你都不相信我，我真的很无语。郭思嫚转过了身子，宁生，不是我不相信，是你的行为很不正常，你自己暴露了你的心迹。李宁生争辩道，我做什么了，我可以发誓，我没有对不起你，倒是你，在西湾，都在传你跟马天雄长长短短的，我问过你吗？你现在却怀疑我？

李宁生，你真是太可笑了，你是在报复给我看吗？跟你们中国人打交道真是太吃力了，就不能就事论事？李宁生刚想说，中国人怎么了，是谁缠着搛着要嫁中国人……刚说出中国人三个字，就来了个急刹车，住了嘴，翻身下床，披衣来到了院子里。夜色迷离中，他想起了去世的母亲，不由悲从中来。

39

吼吼被人给打了。

打得还不轻，动手的是西湾的李铁匠家的上门女婿张银生。李铁匠带着点心去乡卫生院看吼吼，吼吼的头上缠着纱布，半个眼眶子都乌青了。李宁生又悔又恼，你说你，事情总有个解决的办法么，咋能动手打人呢？吼吼的嗓子里唔哧唔哧的，谁让他骂人哩，骂我就罢了，还拉出我祖宗八代。李宁生叹了口气，这事也怪我，没有提前沟通好。这医药费李老你，得出，回去好好给银生说说。李铁匠把拐杖在地上恨恨捣，一脸羞愧，痛心疾首：笸篮里睡觉，那就是个大完货！吼吼的喉咙里又一阵唔哧唔哧，要是我二楞哥在就好了，我也不至于这么势单力薄。

哥哥李城生在县里办了果业公司，人手紧，李二楞就跟着李城生去干了，李城生还给他任命了个销售部经理。把人高兴得回到西湾就显摆，人说，二楞，李经理，骆驼放屁，趾高气扬，这上衣领子都张到天上去了。李二楞脖子一梗，那是，油饼饼都沓着吃呢。以前李城生有事就叫二楞和吼吼，他们两个就像李城生的哼哈二将，当村支书的时候没少挨人骂，看把你两个舔沟子的势，你大（爸）总有下台的一天。到了李城生真正下台了，他们谁都不说话了，嘴巴夹得一个比一个紧。李二楞不仅没有疏远李城生，还跟着他进城了，吼吼自从宁生给他介绍了媳妇，就对李宁生亦步亦趋。李宁生说要修路，吼吼第一个响应。人们这才意识到，吸引他们的并不是支书这个官帽子。

　　树叶子开始泛黄的时候，李宁生已经坐不住了，好像他自己也跟着泛黄了一样，生怕一下子落下去，就再也长不起来。从果园到大路口，从大路口到果园，他走过来走过去走了不下八遍。从西村口连片的果园旁开始，到东边的大路畔止，穿村而过，约两里长。看似窄窄的一条土路，追根溯源起来，还是西湾人祖祖辈辈挑着水、牵着牛、扛着粮，一步一步、踏踏实实走出来的。春去秋来，四季更迭，孩童追跑着，跑成少年，留下一串串清澈的笑声。少年背上行囊，带上梦想去远方。李耕读这些父辈们赤着脚、弯着腰来往于家院和田地，五爷李安福这样的老人拄着拐杖，步履蹒跚，走到路口翘首盼望着远归的李葫这些外出求学、务工的娃娃们。但路到底是土路，一到下雨天，泥浆弄湿裤脚，坑坑洼洼、泥泞不堪、一步三滑。村里那几头牛要牵去河边吃草，再来回踩两趟，就完全无处下脚了。一场暴雨过后，大坑大槽遍布路面，每次都是哥哥李城生叫人拉运土方垫起来。要说没修吗，年年在修，年年投入人力财力，可是就是不能从根本上解决问题。自从果园发展起来，大雨一下，因为没有边沟，排水不畅，洪水涌进果园，造成大水漫灌。郭思嫚对大家说，大水进了果园容易引起果树表层吸收根死亡，主要是由于大水漫灌后，表层土壤的通气性、温度、含水量等发生很大变化，处于表层土壤的吸收根势必大量死亡。而这些根系的死亡，会造成果树营养的暂时亏缺，直到新的吸收根长出来，所以，一些果树经过大水漫灌后，会出现叶片发黄或者落果等现象，甚至还会破坏土壤团粒结构，造成土壤板结，使地温升高缓慢，影响根系生长、推迟苹果成熟的时间。这些除了给李宁生说，她也给前来家里培训学习的果农讲，李宁生听着焦急，果农们听着也焦急。今年他已经和司马经理联系好，大问题算是解决了。跟司马经理说这事已经多半年过去了，人家早早就在催问他了，过了这村可没这店,多么忙的人,人家干的都是大事。这么好的机会,司马经理把施工队派进来,机械设备的都有,他自己又是行家,一条土路改造成砂石路,在他们手里是多么简单的一件事呢。

为了准备砂石,计算土方量,他带着吼吼背着石灰按四米五的规划宽度去放线,放了线他就知道沿路要拓展出去占用的那些地方,都涉及谁家。再计算出涉及户的土地损失。他从东边大路口放线,吼吼从西边果园那里放,两个人差不多快会合的时候,吼吼就跟张银生动起了手。李宁生赶到跟前的时候,吼吼的脑袋上已经挨了一锄头把,正捂着头哇哇叫呢。李宁生看到他的手指头缝隙里有血流出来。张银生手里还晃着锄头,李宁生喊,银生,放下锄头。吼吼又瘦又小,张银生高大威猛,两个人本就不在一个重量级上,加上张银生又是西岔村有名的张五十社人。说起这张五十社,也是个有历史的地方,同治年上,兵荒马乱,土匪肆虐,西岔有个叫张五十的人,练就一身的武艺,刀枪棍棒可谓样样精通,土匪来犯,他组织村民修筑堡子,抗击土匪,不断击退匪帮的一次次进攻,土匪无奈遂改变战术,派探子包头巾,穿花衣裳,男扮女装,在山坡上假装掐苜蓿伺机刺探虚实,恰巧路过一个女人也掐苜蓿,探子上前探问,女人心实无防备,竟把张五十的布防问得一清二楚,堡子的薄弱之处尽在掌握之中。当日夜半,土匪调整战术,攻进堡子防务空虚之处,烧杀抢掠,村民死伤无数。张五十坚壁清野,奋勇抵抗,终因寡不敌众被土匪杀害。后来,人们为了怀念张五十,就把这个社改名叫张五十社。你这张银生,月亮娃捉长虫,瓜胆子大得很么,你咋个也算是忠烈之后,怎么乱伤无辜,你看把人打成个啥咧。李宁生扶住吼吼,伤这么厉害,瞅啥呢,赶紧帮我往医院送,出了人命你会好过?

吼吼被送到乡卫生院,大夫说,哎呀,这恐怕要去县医院检查,这里没设备么。大夫问了他几个问题,脑子还清醒,也便简单处理了外部的伤口,包扎起来,说要上仪器看看脑颅情况,还得去县里。李宁生准备叫车,吼吼嚷,我不去不去,没事。什么没事,留下后遗症咋办，走，赶紧的。一旁的张银生说，他都说没事，我看还是不去县医院了吧？少在那瞎嚷嚷，你是怕花钱，你打了人，你得负责到底，走，把人送县里走。两人带着吼吼，叫了辆三轮车，直奔县医院。脑部拍片，幸好，脑颅没事，只是皮外伤，轻微脑震荡，需要静养观察，静养家里不行，还得输点液，李宁生又把他送到了乡卫生院，随后把这事郑重其事报告了村支书。

西湾人把土地看得比命都金贵，这个李宁生清楚。根据放线的情况看，除了占了三家的果园，再就是包括张银生在内的五户人的耕地。新支书是以前的村副主任。关于这条路他也听到不少呼声，特别是苹果收获的季节，他的门槛都快要被踏烂了。可是村里实在是捉襟见肘，拿不出钱来，也就这么一直拖着。今年年初，他还给李宁生说过，最近国家有政策，要优先建设产业路，列项拨付补助资金，他把这条路已经报上去了，等上面批。这次李宁生去找他，刚提出这条路，还没说啥呢，支书就说，还没批么，估计还得等。支书，不是，等也等不起，我来找你两件事，一是为修路吼吼的脑袋让人开了瓢，这事得有个交代。二个是修路涉及几户人的耕地补偿，将来不管国家修还是谁修，这个都是绕不过去的，看村上能不能给这些人一些倾斜政策，从集体用地中兑一些或者在林木补助上补一些，或者其他什么办法，总之是给把这些损失补回来，让不要阻拦开路基。

李宁生说，这个不能拖了，拖一年损失一年苹果的价，只有咬着牙把它修了，苹果收效上去了，也就填补了修路的费用，是个一劳永逸的事。我已经联系好了工队，只要咱们备好砂石，机械啥的都有，很快的，现在主要问题是拓宽占地的事。听说工队和机械都有了，砂石材料也都有了着落，支书一下子提起了兴趣，他和村主任碰了个头，让文书马上通知村班子成员、包片干部和西湾各社社长，一起开个道路改造安排部署会议，他给李宁生表态，路是修给大家的，收益的也是大家，咱们有一事一议政策，该做出牺牲的得牺牲。

他马上安顿文书，通知李宁生所说的这五户每家来一个主事的人在村委会开会，宁生，你把事都做到了这一步，等于把大问题解决了，这事再困难也得顶着办了。不过咱们把最坏的结果也要预计到，万一这五户谈不下来，你们三户果农也可做些牺牲，修路最大的收益还是你们么。李宁生一听这话，心里有些窝火，刚开始话还说得很暖心，怎么说着说着就变味了。可是为了修路大局，他控制了情绪，没吭气。会议开完，大家意见统一，支书起草了一份会议决议。然后通知涉及的三户果农和五户占地户来村委会继续开会。五户占地户，来了三户，张银生没来，他爹李铁匠拄着个拐杖来了，一见支书和李宁生就声泪俱下，娃娃失手么，你别告官了，我们凑钱给吼吼看。支书说，这医药费肯定得你们给掏了，还有一件事，这修路是大家的事，占用的地块无偿让出来，今后村上在集体机动用地里再给你们补偿。李铁匠说，不是我们不讲道理，是线放得不公平，明显靠我们这边多，靠那边少，线没走直么。李宁生知道张银生就是因为这个和吼吼闹起来，倒不是单纯因为占地。听老人这样说，就赶紧解释，这个线是临时的，吼吼眼神不好，线确实是画歪了，我们会纠正的。再有两户所占的耕地基本上没啥产出，也快撂荒了，也打算翻了栽果树的，倒没啥阻力，支持占用。另外没来的两户一家坚决要求兑现了补偿才肯答应，另外一户家里除了一个瞎眼的老娘，儿子儿媳带着孩子都外出打工了。支书找到男人的电话，打通。他说，他家地头上还有一棵桑树呢，树长这么大不容易。李宁生接过电话说，树我们负责给你移栽好，另外无偿给你送三棵苹果树，也负责给你栽好，保证明年你就能见到苹果。男人在电话顿了顿，答应了。

最后，只剩下那一户了。两小块玉米地，按玉米的单位产出折价也就几百块钱，李宁生替他揽了下来。两户果农一看，小声嘀咕起来，受损失谁不受损失，我们起码十几棵树要伤了。支书见状说，你们都嚷着修路修路，现在机会来了，困难要大家共同解决，宁生已经把最大的问题落实了，大家的事要大家办，集资修路也罢，投工投劳也罢，这些都是各道四处采取的办法，你们既不掏钱也不出力，宁生仁义么，自己张罗备料，自己去找工队，这得多少钱，你们算过吗，这次还给这一户钉子户揽补偿款，难道他的果园不受损失？李宁生说，大家放心吧，只要路修好了，苹果的成本就低了，损失的苹果树也就抵顶回来了。你们都经历过好几单生意因为货车进出不便最终没能谈下来的经历，希望以后这样的事永远不要再有。两个人点头答应了，好的好的，只要路修好，苹果有人上门来收，也值得。你看，要是动了工，需要我们干啥的尽管盼咐，这条路我们盼望了多年了。

让李宁生没有想到的是司马经理竟然亲自来了。老朋友见面，分外开心，他带来了四个人，一台挖掘机，一台压路机，当这两个大家伙停放在路口的时候，西湾又一次轰动了。之前说修路，没有想到这么快就有动静了。李宁生家里的新房子今年刚修成，他又要为果农改造道路了。正式放线工作开始了，白色的横线画上了，司马经理听说了这个协调的过程，对李宁生连连跷大拇指。铲车一推开路基，全村在家的劳力都出来了，扛起铁锹、肩挑扁担、带上铁锤，全都忙活起来了，他们从李宁生的举动中看出了决心和诚心，也感动于司马经理这些外地人的无私援手，最后，连张银生都加入到拉土垫方的队伍中。李宁生听哥哥李城生说过，作为上门女婿，张银生一直很自卑，也很敏感，这次打伤吼吼的事本不该发生，吼吼其实也有责任，吼吼放线粗枝大叶，多占了张银生地块，让张银子敏感地误以为吼吼故意欺负他这个倒插门。短短的十天时间，终于将原有的路加高了一米多，又填充了许多石块，留出了石头边沟。

碾路机开了进来，先碾路基，再碾土方垫层，碾一遍，洒一遍水，最后碾几遍砂石面层，直到碾得瓷实，就像铁板一块。李宁生像个工程师，给大家说，经过一个冬天雪水的浸泡，一个夏天的日头暴晒，车辆行人的碾踏，这条路就是古城路基最结实的路了。为了感谢司马经理他们，郭思嫚去古城集上买了两只羊，在院子里收拾了，做成了清汤羊肉，司马经理感叹，像是尝到了杜尚别大把扎的味道。吼吼也出院了，温堡女人程萍秀来看他，李宁生当着大伙的面，说，进了腊月，吼吼的好日子就来了，我斗胆做个主，大家做个见证。程萍秀红了脸，把吼吼美得大嘴咧到了耳朵上。

司马经理走的时候，果农们给他们车上装满了苹果，大伙集体来送他们。司马经理的车渐渐走远了。走到拐弯处，李宁生回头看去，明艳的彩云挂在天边，这一条蜿蜒的路，这一个小小的村子在霞光的沐浴下闪耀着异样的光辉。

40

路，仍是那条路，西起东止，穿村而过，短短两里。路，又早已不是当年那条路。从田间小道到加固加高的砂石路，再到宽阔平坦、出行畅通的水泥路。这条短短的村路终于迎来了它的第二次华丽转身。国家投资畅通工程建设项目，补助资金，对这条路再次进行了加固加宽加高。平整宽阔的通村水泥路，如长带般飘逸，蜿蜒，顺着河沿，缓缓爬上，成为西湾村重要的产业路和旅游路。来自全国各地的果商们比亲戚还亲热，大大小小的车辆开进来，停在地头上，三天两头来果园里看果子，论价格。汽车鸣笛声声，它们有的通往果园，更多的是通往西湾红红火火的乡村旅游点。

有一道阳光正好照亮了半山里的古城，两列青山错落交叠，状如汉式衣襟的领口。细看，更像两臂交叠的山门。门里，新楼与旧屋紧相依存，豪华大巴走在西湾宽阔的水泥路上。正值收获苹果的季节，很多苹果树已经落了树叶，只剩下红彤彤的苹果压弯枝头，一望无际的苹果把梁塬沟壑染成了红色，新鲜的苹果清香味在空气中弥漫，扑鼻而来，让人陶醉。果园里，间隔着有风车一样的东西。有人问，这是什么？果斯曼先生说，我想那是用来除霜的，待有霜降的预报，这儿就会开动这种除霜的风车，除霜的效果非常好。果斯曼先生口里不停地说，哈拉少，哈拉少，我也是从米拉的视频里了解到的。惹他一车的同事说了一连串的哈拉少，哈拉少。果斯曼先生说，我的女婿李宁生是个道路建筑师，他参与修过杜尚别到恰纳克的公路。有人回应，尊敬的果斯曼教授，又提那陈年酵母，这话您已经说过好多遍了。果斯曼先生大笑，小麦有选择地供养人，而黑麦则供养一切人。原谅我这个老头子，我总是健忘。不是健忘，是把有些东西记得太深了，着迷了。

一路上，有不少车辆来来去去，穿行在这条路上。一辆辆货车拉着苹果、洋芋、蔬菜，走出村，走出乡，走出县，运往大城市。一辆辆客车，拉来南来北往的客人，走进古城，走进西湾，让西湾成了一个人气满棚的地方。果斯曼先生和他的团队是西湾乡村旅游点迎来的第一批外国游客。为了迎接果斯曼先生一行的到来，李宁生和李城生做了大量的准备工作。因为国庆长假在即，西湾乡村旅游的旺季已经来临，网络订宿的已经爆满，有些人不得已选择住在了县城，李宁生和郭思嫚守在西湾，忙内务接待的事。李城生在县城迎候果斯曼先生一行，并设计了周密的旅游行程计划。一进县城，李城生安排的专业导游就上了他们的大巴，标准的俄语一出口，迎来一片唏嘘声。漂亮的导游小姐用俄语说，静宁县地处六盘山西麓，静宁之名，始见于元成宗大德八年，置静宁州，有安静宁谧之意，借以表达各族人民和睦相处的愿望。静宁既是红色圣地，也是苹果王国，这里，曾是中国工农红军长征的途经点，是夺取全国胜利的歇息地，是三大红军主力会师的地点之一，红军长征期间三次经过静宁，在静宁南北乡村播下了革命的火种，随军参加红军的老百姓接二连三。英雄的红军战士和朴实的静宁人民从此结下了浓浓的鱼水深情，同时也使静宁人民懂得了中国革命的道理，为静宁的历史留下了一段美好而珍贵的记忆。

旅行团去了界石铺长征纪念馆、成纪文化城和县博物馆。走进伏羲大殿，风拂过他们的思绪，拨动着他们迷离的眼神，伏羲巨雕像肃穆，庄严，神秘。导游在这里讲了那个"圣果衍人类"的故事，让这些远道而来的游客们恍然大悟为什么苹果独独在静宁蓬勃发展，形成气候。随后，李城生带领他们参观了他的现代农业园。

李宁生拒绝了桑眉带来的苗木繁育基地项目，桑眉在意料之中，又在意料之外。她慢慢明白了李宁生的意思，可又一心想把这个项目落在静宁，她想来想去，就找了李城生。当年，李家一家，只有李城生是支持李宁生跟她好的，这个情她多年一直铭记在心。哥，我原本想给宁生一个大礼，表达和寄托这么多年我对他依然不变的感情。可是宁生不领情，回绝了我。哥，你能帮我挽回一点面子吗？我想让这个项目落在咱们静宁，我毕竟是这儿生这儿长的。桑书记，你莫怪宁生，他其实很想要这个项目呢，可是一码归一码，他是担心节外生枝，闹得大家都不好相处。你不知道，小郭因为你跟我弟弟闹别扭，我看不下去，把两个人都美美地收拾了一顿，不饿肚子了，就开始胡乱寻事情，我看都是吃饱了撑的。当然，你能把这个项目落实到我这里，我都不知道该怎么感谢你。不用感谢，是我要谢你的。宁生拒绝了我，我都不知道怎么收场好，我原以为我毕竟是咱中国人……好了，不说了，你能接受就是帮我了。你完了自己跟宁生解释解释。于是，很快，在桑眉的帮助下，李城生与省农科院合作启动了占地五百亩的省国家苹果种苗繁育基地建设项目，研发适合本土及周边县生态条件的自根砧矮化苗木。走进苹果育苗基地，李城生介绍说，对国外流行的矮化密植、宽行窄株、机械化作业、肥水一体化、简化修剪、生物防控等现代苹果生产技术及新品种进行引进示范，将对全县苹果生产技术及品种的更新换代起到积极的作用，间接带动全县苹果种植水平的提高，为新的种植模式的推广起到示范带动作用。

对于果斯曼先生来说，他最想去的地方还是西湾。李二楞开着车，拉着李城生走在最前面给大巴带着路。他们一行终于走进了梦想中的西湾。最先映入他们眼帘的，是路边两排古色古香的路灯。早些年好多人家的土墙茅屋，已然化为尘土，只有石筑的镌纹基底，偶或露在某个屋檐脚下，透出年岁的沧桑。一村的房屋，最为高大的，定然还是学校。老人们大都面陈风霜，坐在自家新砌的屋檐下面，晒着自己的太阳，怡然和美。这样的时候，老人是高兴的，新屋也是高兴的。李二楞的车子一进停车场，还没站稳，郭思嫚、李葫就和一伙人围了过来。车门子一开，早早候在门口的果斯曼先生就迫不及待地下了车子，郭思嫚一下子扑上来，紧紧抱住了果斯曼先生，久久不分开。哦，亲爱的米拉，平放的石头底下，水也流不过去，你真是优秀，干了一件天大的事。微信视频的广泛应用，让他们父女早就没有了疏离的陌生感，要见几乎天天都能见到。郭思嫚常常在忙碌的工作中，会打开视频让果斯曼先生看她的日常，无论是郭思嫚对于父亲一家以及杜尚别，还是父母亲、塔赫米对于西湾以及旅游村，彼此都是不陌生的。这就是所谓的地球村和人类社会的共时性。十五名杜尚别来的客人陆续下了车子，被几个县电视台的记者围住了，这么大规模的外国游客来静宁旅游，有史以来还是第一次。郭思嫚左手按胸，身体微微前倾，伸出右手——去握家乡来的贵客的手，然后两人用面颊往左往右各贴一下，热情寒暄，惊叫不断。

　　随后，郭思嫚带领他们沿人工湖走了一圈，她有些撂生的俄语这下子派上了用场。一路走，她一路介绍。李葫紧紧跟在后面即时发快手，做网络直播，忙得都快要手脚并用了。走进他们和李氏文化研究会联手打造的李氏祠堂，面对诗人李白的画像，果斯曼先生给大家介绍，举头望明月，低头思故乡。大诗人李白就是宁生李家的先人。他其实出生在中亚，我们的邻邦吉尔吉斯斯坦。这恰恰是中国同我们中亚国家的民族在历史上有着非常紧密关系的表现。事实上各位不妨细细想一下，中国一些古代的名人，跟我们中亚地区古代的一些哲人，虽然远隔千里，可以说在思想上、灵魂上是相互呼应的，比如说我们塔吉克斯坦十世纪的伟大诗人鲁达基，他就有这样的诗句，意思就是世界上没有这样的欢聚，能比得上朋友与亲人的相逢。话音未落，站在一旁的郭思嫚率先鼓起掌来，紧接着大家一起鼓掌。郭思嫚的激动之情感染了在场的每一个人。果斯曼先生借古说今，抒发情怀，深深打动了这些旁观者，他们联想到李宁生和米拉·果斯曼的跨国婚姻，觉得这已经不仅仅是两个人、两家人之间的情谊，已经延伸为两个地域、两个国家之间绵绵不绝的深情厚谊。来到民宿文化街，秋日暖阳中，别具特色的石桥民宿群，又引起了大家一连串的哈拉少、哈拉少。数百米的文化墙上镶嵌着陶罐青瓷，还有一些收购来的老旧的黑白电视、单卡录音机、老二八自行车、手摇电话机、老式打字机点缀其间，它们记录着一些过往的蹉跎岁月，呼唤着一代人的童年记忆。

就像吃厌了西式快餐，来一道地方小菜，会让人眼前一亮，对于住多了豪华酒店的塔吉克斯坦孔子学院的教职工们，眼前的西湾民宿更让他们兴趣盎然。亲爱的果斯曼先生，各位老师，你们一定是饿了，顺道看看我们生态山庄，在那里您就可以放下行李，一卸旅途的劳顿，尝尝我们的美味了。郭思嫚推开那扇厚重的院落大门，大家就望见了傍山而立十来栋小别墅式三层民宿。远眺，周围绿草成茵，树木环绕，一排竹子伫立在草地中，与青砖黛瓦、风格复古的民宿建筑相映，典雅宁静，勾勒出一幅世外桃源画面。跟着郭思嫚，漫步走进民宿，内部装修和陈设与其外表大异其趣，形成反差，一律现代简约，或民族，或异域特点凸显。郭思嫚的塔吉克语出来了，考虑到需求不一样，每个房间都配备了独立卫生间，套间内也都有，我们还安装了卡拉OK，城市里现在已经不流行这个了，我们就把它转移乡村。

再往里走，他们就来到了一个大餐厅，玻璃窗外层层叠叠的拱形连廊，让人有一种穿越时空进入中世纪欧洲的错觉，青蓝色的穹顶和精美的窗格熟悉又陌生，让人遐想，令人生疑。一进门，果斯曼先生大跌眼镜，淘气鬼处处都能赶上，亲爱的米拉，这是在杜尚别吗？只见柱廊上镶嵌着美丽的花砖，雕刻着漂亮花纹，墙上装饰着鲜艳的图案和壁毯，门窗上的帐幔绣有稀奇的花鸟，窗户的两面都向外敞开，凉风习习，头顶的天花板上画着色彩鲜艳的花朵图样，假山与各种花草树木坐落在餐厅四周，中间放置了五十张凳子。置身餐厅，仿佛走进了植物园，整个餐厅都充满了大自然的气息，植物园众多也是杜尚别的一个特征。果斯曼先生，这可是为您量身打造的。亲爱的米拉，太奢侈，太豪华，太不可思议了，不过，用一只布谷鸟换来一只鹰，这可不好。果斯曼先生，您放心，这个包间平时不是都闲着，好多县里那些熟悉我的人都想了解我的家乡，我会在这里接待他们，给他们讲美丽的杜尚别，讲世界上最高的旗杆，最大的茶馆。当然了，平时，我也会和宁生、李塔在这里用餐，就假装和您在一起。原谅我，为了给您惊喜，雪藏这么久。大家唏嘘不已，果斯曼先生湿润了眼睛，亲爱的宝贝，我们是一家人，杜尚别和西湾，塔吉克斯坦和中国都是亲人。亲人，亲人。大家一起随声附和着落座。

　　李宁生负责晚宴，他精心设计了三道程序。落座后，苹果酒已经斟满，第一道，李宁生介绍说，这叫"果"真好。第一盘是一盘蒸煮苹果。小块水煮的苹果摆在盘子里，搭配着几小块洋芋，有一股酒香味。第二盘是烧烤苹果，热气腾腾，上面还带着铁钎，土香土味。第三盘是油炸苹果，也叫苹果焗面，苹果削皮，切丁翻炒，下油锅，撒上面，焗熟了用勺子翻匀，油炸金黄，松软香甜，果香和面香混在一起，芳香四溢。第四盘是凉拌苹果，白糖拌苹果条，酸酸甜甜。第五盘是冰冻苹果。把冻好的苹果放在冷水里解冻，慢慢现出一层冰碴，冰碴化开，如在晶莹剔透玻璃罩里的苹果又凉又软，冰爽酸甜。大家一律尝过后，第二道程序开始，李宁生说，这第二道系列叫西湾好。先是盘，第一盘是酿皮子，依次是甜醅子、凉粉鱼鱼子、小油饼、荞面搅团；再是碗，肉膳碗子、浆水疙瘩拌汤、捣洋芋，最后加一个砂暖锅。果斯曼先生赞不绝口，中国人，都是美食家。第二个程序吃得差不多了，第三个程序开启，这叫星期一，于是一阵惊呼，烤羊、烤鱼、烤鸡、烤包子，还有加了鹰嘴豆的抓饭和肉馕一一上桌，每一个大盘子沿子上都有一小束玫瑰花，典型的塔人习俗，一尝，就是米拉·果斯曼培养出来的厨师的手艺，众人大呼过瘾，在异域他乡还能尝到家乡的味道，真是妙不可言。米拉把一个瓢饭团夹到果斯曼先生的碟子里，尝尝这个，你最爱吃的。旁边的李塔接口着，爷爷，就是个米饭团，里面夹的肉丸和杏仁布丁。一句话，惹起了一桌子人的笑，他们一个个都从大浅盘子里抬起头来，冲李塔竖着大拇指。第四个程序，是全球通，牛排、料理、比萨、蔬菜沙拉、水果沙拉和咖啡、牛奶。果斯曼先生端起干红葡萄酒，频频举杯，亲爱的，你真是让我感到骄傲，也让我们的国家感到骄傲。一桌子人谈笑风生，其乐融融，这一切都被李葫的直播发到了网上，惹来全国各地的人关注，有人问，这是哪里呀，这么有趣，就像个小小世界城呢。

酒足饭饱的晚上，正好有民歌演唱会。郭思嫚、李宁生和李葫带着他们沿人工湖步行去舞台广场，一路被连片的苹果园所环绕。再有一个月就到了采摘苹果的季节了，空气里已经弥漫果香味，那氤氲着苹果香的气息里，不仅是苹果的味道、苹果的芬芳，透过蓝透了的天，透过静宁人轻盈的脚步、喜悦的乡音乡语，静宁仿佛笼罩在天赐一方的苹果的光芒里。吉祥如意的光芒，穿越了时空的光芒，通透了静宁人心的光芒。月亮升起来，清清亮亮，舞台上弦乐已经响起，众人落座，台上唱的是果园相会：

夫妻跪在胡儿地，祈告空中过往神。
叩罢头来提衣起，破镜重圆黄道日，
鸳鸯成对鸟成双，丫鬟院子喜洋洋。
从前只说难得见，谁知相识在湖边，
一步且把中堂进，手托手儿见夫人……

两个曲子戏演过，穿红袄的女子、戴白头巾的男子上台，唱起了民歌。这时候李葫说，我二妈的民歌唱得才叫好呢。郭思嫚听见，说，葫芦娃莫胡说。李宁生一笑，果斯曼先生，想不想听米拉唱民歌？果斯曼先生还没说话呢，旁边的老师已经先声夺人了，想啊想啊，很好奇塔吉克女人怎么唱这里的民歌的，我们塔吉克人本来就是能歌善舞的。在大家的怂恿下，郭思嫚上了台子，叽里哇啦说了一通塔吉克语，然后让后台放了伴奏，她手握话筒，启唇放歌：

> 扁豆花开乱扰扰，把奴家给在山坳坳，
> 姐儿来妹子吆，把奴家给在山坳坳。
> 日出东山羊出圈，日落西山羊进圈，
> 上心上心寻无常，扔不下一双二爹娘，
> 上心上心寻无常，放不下前庭后楼房，
> 早上担水四十担，晚上研磨二更天，
> 沟底树儿往上长，我在底下避凉凉。
> 扁豆花开乱扰扰，把奴家给在山坳坳，
> 上心上心寻无常，扔不下一双二爹娘，
> 上心上心寻无常，放不下前庭后楼房……

好宁静的山乡，好深情的歌声，果斯曼先生听出了女儿歌声里远嫁异国他乡的浓浓思乡情，这种深情只有他能懂。当晚，李葫发出的短视频单条播放量已上千万。

41

西湾再次沸腾。

国庆节，一辆辆大车拉着各种村里人从未见过的机器进驻了西湾村，他们把所有民宿全部包下了。紧接着人们看到了电视上经常出现的那几个熟悉又好看的面孔，这个说，你看，那不是《橙红年代》

演绎毒队长的嘛，呀，还真是，真帅啊，跟电视上一模一样。那个，那个，《绝不放过你》上面那个硬汉，快看，快看，后面那个女的，好面熟，什么上面有，《杀破狼》，不对不对，是《猎豺狼》，对对，对对的，《猎豺狼》上的女公安，喜欢男公安的那个。

马天雄跟在这一群人里，指手画脚。他的驻村帮扶工作马上就要结束了。经省政府批准，全县二百二十六个贫困村全部摘掉了穷帽子，西湾村迎来了贫困村出列的喜讯。西湾民宿街上的十家餐饮经营者，都是村里的建档立卡贫困户，村上给每户补助了一万元。在西湾的脱贫摘帽中，李宁生和郭思嫚的乡村旅游产业做出了巨大的贡献，可以说功不可没。马天雄萌生了一个想法，就是想拍一部关于反映他们夫妻事迹的微电影，这个想法说给胡烁，得到了胡烁的支持。不过，我只能做幕后英雄，我帮你，事儿你干，你懂的。马天雄会意，那段时间胡烁已被提名市文物局副局长一职，李宁生也算个他远方亲戚，他担心自己有利用公权力之嫌，影响提拔。有了胡烁的支持，马天雄亲自撰稿，初稿形成通过胡烁邀请专家评审、修改完善，然后把本子交给市电视台的制作团队。胡烁请了市上最有影响力的制片人，带着他的团队深入西湾，深入果园和乡村旅游点，拍摄取景，剪辑完成，前不久刚刚获得全省微电影制作大奖。他的本意是给自己在西湾两年半的驻村工作画上一个圆满的句号，用影像的方式记录下这一对平凡的农村夫妻。没有想到的是，这一个小小的微电影竟然引起了正在市上拍摄人文纪录片的北京剧组的注意。这是个很好的电视剧素材啊，脱贫攻坚收官，乡村振兴，人类命运共同体，明年是建党一百周年，这部剧作为献礼剧再适合不过了。马书记，你是文化人，又在这里驻了几年村，有感情，也熟悉，我们请人编剧，你也参与上，项目我们负责报批，咱们把这部戏拿下来。马天雄有喜有忧，喜的是，编成电视剧，电视台一播，西湾的旅游就更热了，这里的百姓就更富裕了。忧的是，拍电视剧可需要一大笔资金，不是一百万、两百万的事，他试着把这事跟李宁生、李城生一商议，没想到他们都很积极，表示都愿意提供赞助，只是要求不要演他们个人，好好把西湾、把苹果演一下。马天雄说，艺术都是虚构，你放心，你们是西湾代表，咱们主要宣传西湾的乡村旅游和苹果。

　　胡尚勤听李葫给他说了要拍电视剧的事情，特意扯了胡沐子，借儿子的面子叫了李翠玉。三个人开着车一起去西湾。这么大的事，怎么能少了翠玉，少了胡总呢？李翠玉内心高兴，嘴里骂，你就是个冬天的大葱，皮干叶烂心不死。胡尚勤嘻嘻笑，心死了咋办？沐子那就成了没爸的娃娃。胡沐子说，男人不能惯，这越惯越混蛋。李翠玉打了一锤头开车的胡沐子，好好开你的车。随即陷入了沉思，前不久，遇见高奋强，整个人变得有些邋遢，眼睛越发近视得厉害，人都到跟前了，半天才反应过来。时光真的就像一把杀猪刀啊！问起他的情况，高奋强说，其实一个人挺好的，没有顾虑，没有牵绊，无非是孤单了一点。李翠玉后来把这话说给弟弟李宁生，李宁生愣怔了一下，这话听着咋就那么耳熟？来到了西湾，胡尚勤找到马天雄，说了冠名赞助的事。马天雄喜出望外，太好了，瞌睡来了遇枕头呢。我就在参与剧本创作，你赞助了，我在里面用上翠玉果业，给你打广告，等将来上了央视，你们就火得一塌糊涂了。

　　国庆节长假，剧本已经完成差不多，摄制剧组正式进驻西湾。一进村，这些全国各地跑的人都被这里的景色深深吸引了。一进西湾，木桥上风车随风轻轻转动。河边的湿地公园里花木丛生，亭台错落，回廊曲折，几个头发花白的老人正在树下含饴弄孙。布谷鸟的叫声从远处飘来，好一处纯天然的自然风光啊。李宁生想得周到，在民宿每层楼的楼梯下面修了一个小房子，是给剧组准备的厨房，由他提供柴米油盐，让剧组自己做饭。如果忙了，没时间做，就去生态餐厅吃大餐，还可以去小吃一条街里面找最想吃的当地美食小吃。导演非常满意这样的安排，他说，我们拍了不少戏，去了好多地方，大都是盒饭凑和，这是他们拍戏以来最好的待遇。

　　杜全知作为电视剧的地方文化指导也被邀请参与了进来。他提出,这个剧的背景是静宁,少不了静宁历史文化,起码要把伏羲的故事贯穿进去,这才能奠定静宁伏羲文化的地位。杜全知不失时机给剧组灌输起了关于伏羲的故事:很久很久以前,中国西北部有一座羊山就是今天我们隔壁的仇池山,山上居住着一个叫花族的部落,族中有一位名叫花胥的美丽少女。一天,花胥在茂密的丛林中迷了路,随一群鹿来到遥远的鹿山,也就是今天的六盘山。在鹿山,花胥巧遇火族族长火羲,就是官方叫的燧人氏,并与之结合。在雷泽休憩时,她梦中踩到雷神龙王的脚印,怀上"龙孩"。之后,她一直与火族人一起生活在棚屋居地大地湾,并成为火族的族母。那是一个狂风呼啸的夜晚,"龙孩"突降人间,取名"风羲",被视为龙王在人世间的第一代传人。风羲天资聪颖,禀赋奇异,英武超人,喜观天象地理,常思人伦秩序,发明了许多生活、生产资料,比如保存并传播火种以及树路、鱼网、鸟网、干戈、葫芦浮水析而成瓢等等,使人类渐渐结束茹毛饮血的时代。火羲死后,他被选举为族长,改"火族"为"龙族"。在遭遇恶族抢夺、劫掠后,为了保护龙族,他改革了原始的部族管理格局。花胥陆续生了十一个男孩,第十三个孩子便是女娃,因有感于织女下凡,故称其为"云娃"。一场毁灭人类的洪水突如其来,淹没了大地、丘陵与高山;花胥与族人在洪水中丧生。风羲和云娃依靠大瓢侥幸生存。面对天灾,风羲对上天主宰人类产生了质疑和反思,探索出"对立、轮回、和谐"的天地人三道。为了垂示后人,他发明记事符号,并借助龙马的帮助,将天地人三道密码刻画于"天道地图",从而为开发书契、八卦、浑仪、甲历等文明奠定基础。为了延续人类,他与云娃结合为人类第一对夫妇,从而归顺了人类婚姻嫁娶、家庭姓氏等人伦文明秩序。为了寻找洪水浩劫中活着的人,风羲和云娃踏上了沿河东寻之路。人类渐聚,组成新的龙族。在风羲率领下,新龙族一边休养生息,一边沿河继续东行,终于走出西部崇山峻岭,在一马平川的地方定居建立了龙族家园;又与周围原始部族联合结成龙联盟。为了使人类共同过上富足的生活,共同步入文明社会，风羲在中原宛丘建立了天下第一邦国——龙邦，并继天为王，君临天下，帝号"太昊"；聚合龙邦八方九部原始部族的特征创制了"龙图腾"，将龙邦精神与灵魂凝聚为一龙——鳄鱼头，猛虎眼，长鲸须，雄鹿角，蟒蛇身，红鲤鳞，巨蜥腿，苍鹰爪，白鲨尾。天下诸族伏首臣服，接受帝昊文明教化，虔诚拜称"伏羲"。杜全知口舌生津，讲得栩栩如生，让包括马天雄在内的听众回味无穷。制片人说，原来这才是龙的传人的由来啊。多年来，我们都是知其然而不知其所以然。作为地方文化元素，马天雄赶夜把它加了进去。

西湾乡村旅游的兴起，让素来以种地为生的农民跃跃欲试，在家门口经营起了小买卖，路边，林林总总的小吃摊一字摆开，酿皮子、油糕等地方美食飘散着诱人的香味，刺绣、草编、药枕等民间工艺品让人驻足。剧组进驻后，开始拍空镜头，采集西湾的百姓生活，这一切都成了剧中的背景素材。在扶贫车间，他们拍下了妇女们做荷包、刺绣、宫灯和草编场景。在甘渭子河，他们拍下了成群的鸭子、鹅戏水的场景，还有仿木桥和生态庄园。当然少不了承载西湾幸福和梦想的代表性果园、温室采摘棚，它们和景区环形路上的万寿菊田、山野水吧、采摘园为一体的景观成为剧组绝佳的拍摄外景地。

在矮砧密植苹果基地采摘园里，演员们拎着果袋，提着果篮，在园子里寻找印着自己剪纸头像的苹果，识别哪个是瑞阳，哪个是爱妃，哪个是富士，一旦摘错了自己头像的要向所采摘头像的人分一个自己篮子最大最好的苹果。要是不得法，拽断树枝或果面受到伤害也要受到相应的处罚。因为那些长在枝权上的果子，需要用食指在果把儿的背后垫一下才能轻松摘下，不然很容易伤到树枝或者果子。比赛速度、比赛眼力也比赛技艺，在固定的时间内，包括采摘数量在内的各项综合指标倒数三名的要做五十个到一百个俯卧撑，每人表演一个节目。趣味盎然的采摘体验，让这些繁华大都市里来的明星们放松极了，欢声笑语洒了一果园。他们唱着跳着，摆着各种姿势，与苹果合影，为西湾苹果代言。他们亲手采摘的苹果当天就通过快递发往了他们位于全国各地的家里。导演感叹，以前听说这地方穷，进了县城，感觉高楼大厦，豪车如流，哪里像个贫困县？走进西湾，更是傻眼，这不亚于南方的一些山水小镇。往常拍戏，搭建外景就要花费好多钱，你们这里省事多了，直接就用了，就像给我们专门打造的影视城。什么是旅行？旅行就是，即便是同一个世界，你们发现的却是不一样的世界。制片人表态，等他们拍摄结束，作为回报，剧组要给西湾旅游打造一个水幕电影，也是拍了这部戏的一个很好的留念。

西湾的苹果文化园里，把苹果当作神果一样地供奉着。苹果展区亮晶晶的，玻璃很多，玻璃柜台，玻璃器皿，苹果在玻璃的映衬下洁净鲜艳。郭思嫚说，有的人为了好看，给苹果打蜡，我们西湾从来不这样做。这是静宁一号，是县果树果品研究所从秦冠苹果中选育出的中短枝型品种。你看它个大，端正，颜色鲜红，目前推广面积五万亩。前面的这个是成纪一号，是果研所从富士芽变中选出，易成花、早果丰产性好，抗病害，你看它果实比较圆，色泽艳丽，好看，目前推广种植十五万亩。请到这边，你们看到的青色的是瑞雪、瑞阳果，瑞雪苹果香气成分要比红富士多出了十七种，耐储藏，常温下可以储藏六个月的时间。比如说今年的果子可以到明年的十月份拿出来销售都没有问题，一个苹果卖到十块到二十块钱，适合高端消费群体……摄影师一边拍，一边感叹，真是一个苹果的王国啊。每一个苹果都有它的资源编号，比如玉华早富，资源编号为MAPUM6208260014。品种来源是山东烟台。主要特性，从日本引进的早熟、易着色富士苹果品种。果皮薄韧有蜡质，底色黄绿或淡黄，有鲜红色条纹，果面光洁无锈。资源编号，其实就是苹果的身份证。杂交，洋为中用，中西结合，取长补短，发挥优势。这让人们不由自主想到了李宁生，想到了米拉·果斯曼。

开机那天，县长和马上要退休的县人大副主任尹学林，新任政协副主席陶旺财、一周前调任县委宣传部常务副部长的司安顺都来了。马天雄陪着廖阔海也赶到了西湾。车上，廖阔海对马天雄语重心长地说，这几年你也不容易，苦受了，委屈也受了，回来好好当你的科长，前途还是很好的。马天雄笑，虽然通报批评了我，我还是留恋这地方，有几分不舍呢。那我建议你留下当古城乡长好了。别别，那我可干不了。原来一直讲，什么位置把谁放上都能干，我现才明白了说这话的人就没有一点实践经历，有些事、有些位置并不是人人都能干的。

西湾大戏台布置一新，尹学林主持活动仪式，县长致辞：我们县走出去的著名经济学家马光远说，世界上有四个苹果，一是夏娃的苹果，二是牛顿的苹果，三是乔布斯的苹果，四是静宁的苹果。确实，静宁苹果已成为全国产业扶贫领域中特色产业带动群众脱贫的典型范例嘛，静宁苹果种植面积已覆盖全县百分之九十五以上的农户，全县农民收入的百分之九十五来源于苹果产业，更多的贫困户在苹果产业链上获得了稳定收益。在这里，我要报告大家一个好消息，上个月，在广东省举办的第六届中国果业品牌大会及亚洲（广州）果蔬产业大会上，我们的苹果一举拿下了十一项大奖。讲完，他宣布，我县历史上第一部电视剧开机！三门礼炮连响三声，全体演职人员手拿鲜红的苹果，高呼：收视长虹！几乎全古城的老百姓都涌到了西湾。小吃一条街的酿皮子、荞面摊饼一时三刻风卷残云，供应不及，整个西湾陷入在一片热闹的海洋里。

"一个没有大海只有绿海的西湾。"文字下面，配着一张西湾风光的图片——绿色连绵的山梁之上，是辽阔无边的蓝天。郭思嫚不断把西湾拍摄现场的景象又拍视频又发照片，给果斯曼先生看。上次，果斯曼先生一行回去后，又来了不少塔吉克斯坦的游客。西湾乡村旅游点的人气指数直线上升。而且，他们学校的十多名同事花了八十万元，每人认购了四棵西湾苹果树，分别用自己和家人的名字命名。每一棵果树每年的保底产量都在两百斤，当年消费不了，西湾这边存放在果库里代为保管，待到他们需要时，再快递给他们，保证订制方一年四季都有苹果。不管什么时候，一有空闲，远在杜尚别的他们就会打开直播间，欣赏自己的苹果树，看着果树从开花到果子葡萄般大小，再到红彤彤的苹果挂满枝头。在苹果收获的日子里，他们看到那些穿着一模一样红色工作服的女工们，手里拿着一个分级圈，正在手脚麻利地分拣装箱。前些年，在装箱的时候，为了防止苹果把儿不安分互相伤害，女工们手指上戴着细铁丝制作的套环，把苹果把儿从中间勒掉。现在，人们有了更新的认识，认为苹果把儿上驴蹄状的东西能锁住水分，所以在装箱的时候不勒把儿，而是用发泡网包裹起来，还会在包发泡网之前再包上一层纸。一个细节一个细节，他们隔着视频看得一清二楚，连女工们脸上细细的映照在红光里的绒毛都能看见，仿佛把西湾的果园完全搬到了杜尚别。他们和静宁之间的距离好像一下子缩短了。

有一天，果斯曼先生忽然给郭思嫚发来一个视频，留言说，亲爱的米拉，你看了这个一定会激动的，毫不避讳，我激动得都要疯了。郭思嫚打开视频，原来是一则来自欧洲的电视新闻：在经济全球化的当下，世界各国的交流越来越密切，一个国家不可能独立地存在，或多或少都需要世界各国的帮助和支持。众所周知，中国是建交大国，在发展自身的同时，也帮助一些困难的国家。一些中亚国家就是最好的例子，它们在中国的帮助下慢慢发展起来，没有忘记对中国的报答。近日，塔吉克斯坦共和国为了报答中国的援助，直接归还一千多平方公里领土给中国。记者继续展开介绍，在苏联解体、国家内战之后，塔吉克斯坦经济发展十分缓慢，经济基础薄弱，经济结构也十分单一，对外交通不便，人均国内生产总值不到一千美元。中方慷慨解囊，提供大额低息贷款帮助塔吉克斯坦进行战后重建，同时还派遣多家基建企业援助塔吉克斯坦，推动了塔吉克斯坦的基础建设日益完善，更为该国人民带来了大量的工作岗位，从根本上解除了该国经济恢复的阻碍，让该国人民过上了小康生活。作为回报，塔吉克斯坦政府主动向中华人民共和国归还了两国当年有争议的领土，面积达一千一百五十八平方公里。而塔吉克斯坦自身总面积不过十五万平方公里。对于塔吉克斯坦主动向中国归还领土一事，俄罗斯军事专家表示，塔吉克斯坦真是一个非常聪明的国家，因为他们做出了一个明智的选择，选择投靠中国而并非美国，因为只有中国才能带领他们走向富强。

42

　　春天似乎刚刚过去，枝繁叶茂的七棵苹果树上那些美丽芳香的花朵也好像刚刚开过，又大又红的果实就已经悄悄冒了出来，香气飘出很远。

　　这一天，国王的儿子到这儿来打猎，远远地就闻见了苹果的香气，仆人们顺着香气一路来到园子里，决定摘两个带回去给王子尝尝。住手！忽然一个严厉的声音喊道。人们吓了一跳，四处张望，终于确定那是一棵大苹果树在说话。是王子派我们来的，我们只想带两个苹果回去给他，一个仆人壮起胆子说道。原来是王子想吃苹果，哥哥们，你们说给不给他呢？那棵小小的苹果树也说话了。我们可不管什么王子还是平民，只想知道王子做过什么好事，或者有什么造福大家的事情来回报我们。仆人们互相望望，回答不上来，低头耷脑地骑着马离开了园子。

　　我们最最尊敬的王子，说出来你一定不会相信，香气是从很远的一个花园里飘来的。王子呀，我们向您发誓，那些苹果树都会说话。当我们要摘苹果的时候，竟然遭到了拒绝。仆人们向王子报告说。你们这些骗子，一定是偷懒了，你们根本没有找到香气的来源，所以才跑回来用这种幼稚的谎言欺骗我，有谁听说过树能说话？谁听过？王子生气地说道。随后，王子自己怒气冲冲地顺着香味寻去，很快就找到了那个花园。果然看见一棵清秀的小苹果树被六棵大苹果树围绕着。看来他们确实来过这里。可是树怎么会说话呢？王子自言自语道。他试探着走到苹果树下，伸手想摘苹果。住手！不管你是谁，怎么可以不经允许就拿别人的东西呢？一棵大苹果树大吼一声。我是这个国家的王子呀，难道我摘两个苹果都不可以吗？王子吓了一跳，冲着白杨树说道。无论什么人，只要品德高尚，做过很多好事，就可以得到你的果实。王子，你说说看，你都做过哪些好事？帮助过些什么人？一棵大苹果树问道。王子站在树下抠着脑门想了很久。从小到大一直都是别人在照顾自己，而自己却从来没有为他人做过任何事情。想到这里，王子的脸红了。他躬身向苹果树行了个礼。谢谢你们教给我做人的道理，你们说得对，不管什么人，如果没有奉献和付出，他就不配得到最好的东西。王子惭愧地说道，然后转身离开了。

　　一天，一位老人风尘仆仆地来到花园，坐在苹果树下乘凉。啊，这一定是世界上最香甜的苹果啦！老人赞叹道，却丝毫没有摘苹果的意思。这么好的苹果，你为什么不摘一个尝尝呢？一个大苹果树哥哥忍不住问道。是呀，老爷爷难道不馋吗？小苹果树妹妹也很好奇。对苹果树会说话，老人虽然感到惊奇，但一点儿也不害怕。世界上好东西不计其数，如果一见到好的东西不经过主人的同意，就想着装进自己的口袋，不征求主人的意见就把它吃到肚子里，这和小偷强盗有什么区别呢？老人笑着说道。老爷爷，你满头大汗，这是要到哪儿去呀？小苹果树妹妹问道。我是一名兽医，听说前面的一个村子里有好多的牛羊生病了，很痛苦，所以要赶过去看看。我有这个手艺，一生救过很多小动物的命，老人回答道。小苹果树妹妹感动得快要流泪了，她和苹果树哥哥们一起摇曳起了叶子，唱起了欢快的歌。哥哥们，我可以请老爷爷吃苹果吗？小苹果树妹妹迫不及待地征询六个哥哥的意见。当然，亲爱的妹妹，爷爷是一个品德高尚的人，并且喜欢帮助别人。这样的人，能邀请他来品尝苹果，我们感到很荣幸。苹果树哥哥们齐声说道。老爷爷，请你吃苹果吧！小苹果树妹妹热情地发出了邀请。谢谢苹果姑娘，老人从树荫下站起身来，感激地说道。老人摘了一颗苹果吃起来。他觉得浑身的毛孔顿时都舒展开来，疲惫一下子全消失了。感谢你们珍贵的礼物，我要为你们祝福一声，永远安乐，不会被邪恶诅咒。老人诚恳的话音刚落，七棵苹果树的树干就突然"咔嚓"一声裂开，六个哥哥和他们的小妹妹从树干里钻了出来，原来是老人的一句祝福解开了老妖婆的咒语。被妖婆诅咒变成树木的兄妹七人终于打破了捆绑他们多年的枷锁，高兴地连连向老人道谢，老人也为自己帮助别人走出了困境而感到高兴。

兄妹们告别了老人欢快地向家里奔去。他们的妈妈看到了多年前最早失踪的六个儿子，也看到了随后失踪去找哥哥们的女儿，又惊又喜，对她这个女儿既佩服又后怕。一家人喜极而泣，紧紧地拥抱在一起，发誓再也不分开了。

这个苹果树妹妹的故事尤利娅女士讲给米拉·果斯曼，米拉·果斯曼又讲给李塔。在他们家的二楼，母亲讲苹果的故事，也讲苹果的栽植技术。好多女人来听课，都带着孩子，母亲在二楼的教室里给女人们上课：苹果应该最早是一种叫"柰"的果木，梵音叫"频婆"，汉语读出来就是"苹果"。苹果在中国已有两千多年的栽培历史，相传夏禹所吃的"紫柰"，就是红苹果。我想说的是，而今静宁辉煌的苹果产业，其实也是静宁古老农业文化的一个明证。我还查到这样一个资料，在地理学上，苹果特别适宜纬度三十二到四十三度的暖温带。静宁正处于这个黄金苹果带上，再加上黄土高原特有的地质条件和静宁独有的气候条件，静宁苹果名满天下，自然是静宁该有的荣耀。而在地球一个圆满的弧线上，一年一度神奇地上演着苹果树的花开花落……李塔在一楼的会客厅里给孩子们讲故事：王子的脸红了。他向杨树和苹果树行了个礼，谢谢你们教给我做人的道理，不管什么人，如果没做过好事，他就不配得到最好的东西。王子惭愧地说完，转身离开了，随后来过很多人摘苹果，但都被苹果树哥哥们拒绝了，他们中也有人做过好事，但也犯过很多错误，所以也就失去了品尝苹果的权利……塔吉克斯坦口耳相传的童话故事又在中国这个东方国家开始流传，在他们家里，苹果既是科技和文化之果，也是高尚情操之果。

李塔记得他上三年级的时候，突然跑回家号啕大哭。李宁生和郭思嫚怎么也问不出个究竟。李塔在学校爱学习，成绩好，勤快，爱劳动，用三好学生的标准来衡量，一点也不勉强。可是，在上课时间背着书包跑回来这也太反常了。李宁生和郭思嫚轮番询问，李塔只是哭，就是什么也不说，李宁生急躁得火气都上来了。别着急，孩子突然回来，肯定事出有因，得去学校看看。走，李塔，男子汉流血不流泪，哭什么，咱们回学校，再大的事学得上。郭思嫚拉着擦着眼泪的李塔走到半路的时候，李塔的班主任老师拽着一个男孩子迎面碰上了。郭老师，正好，我去你家呢。袁园，给李塔道歉。那个叫袁园的孩子从班主任背后移步上来，红着脸说，李塔，对不起，我不该那么说。老师，这究竟怎么回事？李塔在学校一直跟同学很团结的，他们俩到底怎么回事？是这样，这次考试李塔又是全班第一名，袁园成绩也好，可就是每次都差李塔那么几分，他不服气，给同学说，李塔跟他们都不一样，李塔他妈是外国人，李塔是，是，是，唉，我还说不出口，这尿娃说的。郭思嫚明白了，她望着袁园说，袁园，你说李塔是什么，是不是说，我是外国人，李塔是杂种。袁园吓得又退到了班主任身后，瑟瑟发抖，一张小脸都吓黄了。别怕，我不怪你。这话我听到过，相信你也不是自己想出来的，肯定是听大人们说的。袁园一听这话，扑闪着两只小眼睛，怯怯地说，我以后再不说了。李塔，过来，拉住袁园的手，既然同学已经道了歉，你们就还是好朋友，知错必改的孩子都是好孩子。两只小手拉在了一起，班主任也拉住了郭思嫚的手，谢谢你，郭老师，谢谢你的宽容。郭思嫚说，李塔一岁的时候，我就带他回了塔吉克斯坦见过他外公、外婆，只不过他那时候小，加之时间久了没见面，他也曾问过我这个问题，说为什么人都说他跟其他孩子长得不太一样。郭老师，一样呢，一样呢，你跟大家都一样，李塔自然就都一样了。其实呢，袁园说得也有道理，他说的杂种另一种顺耳的说法叫混血儿。混血儿被公认为要比一般孩子聪明，从基因学角度说，父母基因染色体相差越远，越容易遗传父母的显性基因，一般较为聪明，除了基因因素，两种不同的地域文化的教育影响也很重要。当然，这种聪明也需要后天培养，再聪明的人没有老师您的培养教育，也就像我们的苹果树一样，不修理，不拉枝，就长歪了。班主任老师笑着说，有你这样的话，我们就很欣慰，李塔，袁园，走，回学校上课走。

苹果，是世间最素朴的果实之一，它似乎非常符合北方淳朴踏实的情味。李塔考上了初中，袁园也考上了，两个男孩子成了无话不说的好朋友，跟所有甘渭子河畔的孩子们一样，他们的目标也瞄准了静宁一中，继而也瞄准了那些前沿城市的重本学校。国庆长假，李塔和袁园跟着李萌在村子里跑剧组帮忙。李萌把胡沐子叫来做场外指导，给西湾村委会注册了短视频账号——西湾在线，从发布电视剧开机仪式开始，连续推出记录苹果摘袋、喂牛养鸡、作坊酿酒、剪纸草编等生活碎片，还以果业合作社社员为重点，扩大村民为账户好友，通过短视频和直播的方式让他们主动参与公共事务管理，开通村务直播间，播出乡村小学学生流失现状、河道垃圾堆放、外出打工者的老人现状，吸引身处异地他乡的西湾人不自觉地投身到乡村事务管理中来，让李宁生和郭思嫚直呼，这一代人不得了，上一代人的落伍是眨眼间的事。国庆节第三天，西湾在线发布一个讣告：西湾的寿星李安福无疾而终，终年九十九岁。

李安福就是李城生和李宁生的五爷，家庭联产承包责任制后第一任西湾党支部书，是西湾年龄最长、辈分最高的人。人们常常看见他靠在墙角晒太阳，一顶毡帽子遮挡皱巴巴的脸，一把灰白的胡须，孩子们都喜欢过去揪一把，他喜欢孩子们放学回来围着他，他还能说一些过去的事情，竟然不颠三，也不倒四。谁家的红白喜事，都要邀请他去。他走得很突然又很安详，他的辞世方式让人们记忆深刻，似乎前无古人，后无来者，没有病痛的纠缠，没有床榻前过久的侍奉，一觉睡来，已无声息。李城生记得每年正月天气变暖，麦苗绿油油地盖严了地皮儿，乡上都会有庙会。五爷喜欢听大戏，有好几次还带着他，一路翻山越岭走过去，在古城集上给他买个大锅盔。刚出炉的那种，热腾腾，香喷喷，他一口气吃了一半，剩下的打算带回家给母亲和宁生吃，可是大戏演完天已经漆黑。他跟着五爷往回走，路那么长，走着、走着肚子就饥得很，一点一点撕锅盔吃，待到进家门的时候，锅盔已被撕得所剩无几。那时候他就怀疑五爷是神仙，不用吃饭也能活。那个锅盔那么香，五爷一口都没吃，走在山路上比他还要精神。怕他睡着，五爷一直不停地给他讲戏里演的故事。他其实站在戏台下看不懂戏台上的故事，好多戏文故事都是五爷讲给他的。

就是现在，人们都觉得五爷是大德望，是神仙，像是西湾的山神爷。九十九岁的高龄已经被人们忽略了有一天他也会去世，以为他已经活成精了。五爷离世的消息在西湾在线一发布，人们这才恍悟，五爷原来跟大伙儿一样，也是个普通人，也有生老病死，人们有的，他都有。这一天，除了李耕读弓着吃力的腰，和李城生、李宁生等几个李家后人扶棺上山、入土安葬外，更大场面的祭奠在西湾在线。在网上，人们以各种各样的形式表达怀念，一种哀而不伤的气氛把线上和线下勾连起来，李葫选了一首较为平淡的古琴曲《广陵散》作为背景音乐，配上了关于五爷的简要文字介绍，送花，奠酒，叩拜，先是各地的西湾人，再是各地的古城人，乃至扩展到各地的静宁人，最后甚至扩大到整个李氏人，穿越时空的追思让五爷的灵魂飘在了更远的天空。杜全知感叹：李家五爷的驾鹤西去，标志着李家新的时代开始了！

正如李葫对马天雄所说，我对未来的愿景是，随着视频播放量的持续上涨，我们可以成为一个个西湾网红，为西湾旅游和苹果等农产品做宣传，我们还会带动所有返乡创业的青年，让更多网红成为连接美丽西湾和广大游客的使者，我们的西湾就成了乡村旅游不可多得的网红打卡地。对于未来苹果产业的发展，李葫和胡沐子同样给李宁生他们勾画了听起来像神话一样的场景：无人机打药，剪枝机剪枝，物联网上场，来控制整个果园，自动检测土地的温度、湿度、风向，何时浇水、施肥一目了然，滴灌技术浇水，一部手机操作，自动检测病虫害，一片叶子、一只蜜蜂的情况在手机的终端也是一目了然……郭思嫚和李宁生听罢这些不可思议的描述，不由自主伸伸舌头，并相互望望，他们不约而同有了一种马上要被新时代所遗弃的紧迫感。李宁生他们那一代，为了摆脱家乡的苦难，曾经奔波在异乡的城里。如今，他和她的下一代，重新找到了返乡的绝佳路径。已成为乡村建设生力军的李葫、胡沐子他们这些优秀的年青一代，用现代科学知识换取的资本打造成的美丽乡村，重新构筑起了他们心中的另一个故乡。

安葬了五爷，李宁生就被导演叫去给男一号说戏，也就是让他谈谈赴外打工的感受，谈谈带郭思嫚回静宁的前前后后。男一号要演好剧中的"李宁生"，就得不停地跟现实中的李宁生交流，体会他的心理动因，了解他的心灵世界，从而让剧中的"李宁生"更真实生动、更有感染力。李城生来到剧组，好不容易找到了李宁生。这下还成了春天的蜜蜂，尽往花里钻，要当大明星的节奏，见一面难得很么。哥，莫取笑我，这不是在配合剧组的工作么，急急忙忙的，什么事啊？李城生从包里取出一个折叠成三角形的折纸，交给他。这是什么？信。什么信？她走了，回兰州了，让我把这个交给你。你自己看吧。我走了，还忙呢。李宁生捏在手里，我还是不看了吧。你还是看看，你怕啥呢，人已经走了，不回来了。李宁生打开信，看了起来。宁生，你好，我父亲去世了，我走了，不再回来。虽然刚开始我恨你，但是现在我想明白了，爱情这东西，一旦抓不住，就再也不属于你了。你很幸运，找到了最适合你、也最优秀的女人。我原以为一个外国人怎么可能和我们生活在一起，就算生活在一起了，又怎么会长久？我也天真地以为，你找她是赌气给我——我找不了一个来兰州的，我找一个外国的给你看。结果我都错了，你们有共同的事业，你们很了不起。你的事业越来越红火，祝福你，真心的。宁生，上高中的时候，你一直比我成绩好，但是高考的关键时刻，我赢了，你输了。时隔这么多年，人生走到中途，我不得不承认，我输了，你赢了。

　　我赢了，米拉，我们赢了，我们赢了！李宁生看见远处的郭思嫚又穿上了那件深色毛呢裙子，戴上了绒球花帽。十三年过去了，她还生了李塔，可她的身材一点也没有变化。那件熟悉的衣服，穿在她身上还是那么贴身、雅致。此刻，她全身的轮廓衬映在背后西湾绿色山体的背景上，好似一幅油画。风吹着她深色的毛呢裙子紧贴着两腿，把她那顶带绒球的花帽又吹得耸了起来。苹果树妹妹！李宁生内心春潮涌动，向他的米拉·果斯曼跑了过去……

2020年11月7日—2021年1月23日初稿
2021年2月26日—3月31日二稿
2021年6月18日—6月28日定稿

图书在版编目（CIP）数据

嫁果记 / 马宇龙著 .—北京：作家出版社，2022.9
ISBN 978-7-5212-1996-8

Ⅰ.①嫁… Ⅱ.①马… Ⅲ.①长篇小说—中国—当代 Ⅳ.① I247.5

中国版本图书馆 CIP 数据核字（2022）第 156676 号

嫁果记

策　　划：	德美集团公司
作　　者：	马宇龙
责任编辑：	史佳丽
封面设计：	郭子仪
出版发行：	作家出版社有限公司
社　　址：	北京农展馆南里 10 号　　邮　　编：100125
电话传真：	86-10-65067186（发行中心及邮购部）
	86-10-65004079（总编室）

E-mail:zuojia @ zuojia.net.cn
http://www.zuojiachubanshe.com

印　　刷：	唐山嘉德印刷有限公司
成品尺寸：	152×230
字　　数：	238 千字
印　　张：	18.25
版　　次：	2022 年 9 月第 1 版
印　　次：	2022 年 9 月第 1 次印刷

ISBN 978-7-5212-1996-8

定　　价：50.00 元

作家版图书，版权所有，侵权必究。
作家版图书，印装错误可随时退换。